Rapazinhos

A vida em Plumfield com os meninos de Jo

Louisa May Alcott

Rapazinhos

A VIDA EM PLUMFIELD COM OS MENINOS DE JO

Tradução
Karla Lima

Esta é uma publicação Principis, selo exclusivo da Ciranda Cultural
© 2021 Ciranda Cultural Editora e Distribuidora Ltda.

Traduzido do original em inglês
Little men: life at Plumfield with Jo's Boys

Texto
Louisa May Alcott

Tradução
Karla Lima

Preparação
Regiane Miyashiro

Revisão
Marta de Sá
Eliel Cunha

Produção editorial
Ciranda Cultural

Diagramação
Ciranda Cultural

Design de capa
Ciranda Cultural

Imagens
Frame Art/Shutterstock.com;
Usova Olga/Shutterstock.com;
NadzeyaShanchuk/Shutterstock.com;
stereoliar/Shutterstock.com;
Maja K/Shutterstock.com;
Julia Raketic/Shutterstock.com;
BTSK/Shutterstock.com;
irina_angelic/Shutterstock.com;
eva_mask/Shutterstock.com;
Intellson/Shutterstock.com

Dados Internacionais de Catalogação na Publicação (CIP) de acordo com ISBD

A355r	Alcott, Louisa May
	Rapazinhos: A vida em Plumfield com os meninos de Jo / Louisa May Alcott ; traduzido por Karla Lima. - Jandira : Principis, 2021.
	352 p. ; 15,5cm x 22,6cm. - (Clássicos da literatura mundial)
	Tradução de: Little Men: Life At Plumfield With Jo's Boys
	ISBN: 978-65-5552-176-4
	1. Literatura americana. 2. Romance. I. Lima, Karla. II. Título. III. Série.
2020-2494	CDD 813.5
	CDU 821.111(73)-31

Elaborado por Vagner Rodolfo da Silva - CRB-8/9410

Índice para catálogo sistemático:
1. Literatura americana : Romance 813.5
2. Literatura americana : Romance 821.111(73)-31

1ª edição em 2021
www.cirandacultural.com.br
Todos os direitos reservados.
Nenhuma parte desta publicação pode ser reproduzida, arquivada em sistema de busca ou transmitida por qualquer meio, seja ele eletrônico, fotocópia, gravação ou outros, sem prévia autorização do detentor dos direitos, e não pode circular encadernada ou encapada de maneira distinta daquela em que foi publicada, ou sem que as mesmas condições sejam impostas aos compradores subsequentes.

Sumário

Nat 9

Os meninos 25

Domingo 34

Caminho 54

Assadeiras 66

Arruaceiro 87

Nan levada 109

Travessuras e brincadeiras 121

O baile de Daisy 134

De volta ao lar 148

Tio Teddy 167

Mirtilos 182

Cachinhos Dourados 208

Damon e Pítias 218

No salgueiro 240

Domando o potro 260

Dia de redação 271

Colheitas 286

John Brooke 297

Ao redor do fogo 311

Ação de Graças 334

*Para Freddy e Johnny, os rapazinhos a quem ela deve
algumas das melhores e mais felizes horas de sua vida,
este livro é dedicado, com muita gratidão,
por sua amorosa "tia Weedy"*

Nat

– Por favor, senhor, aqui é Plumfield? – perguntou um menino maltrapilho ao homem que abriu o grande portão diante do qual o ônibus o havia deixado.

– Sim. Quem mandou você?

– O senhor Laurence. Tenho uma carta para a senhora.

– Muito bem. Suba até a casa e entregue, ela cuidará de você, garotinho.

O homem falou com gentileza e o menino avançou, sentindo-se muito encorajado pelas palavras. Em meio à suave chuva de primavera que caía sobre a grama brotando e as árvores crescendo, Nat viu uma grande casa quadrada diante de si, uma casa de aparência bem hospitaleira, com um alpendre à moda antiga, degraus largos e luzes acesas em várias janelas. Nem cortinas nem venezianas ocultavam o brilho animado e, fazendo uma pausa antes de bater, Nat viu muitas sombras pequenas dançando nas paredes, ouviu o murmúrio agradável de vozes jovens e sentiu que dificilmente seria possível que a luz, o calor e o conforto ali dentro pudessem se destinar a um "garotinho" sem lar como ele.

"Espero que a senhora cuide de mim", ele pensou, e bateu timidamente com a grande aldrava de metal, que tinha o formato de um jovial animal mitológico.

Uma empregada de bochechas rosadas abriu a porta e sorriu ao pegar a carta que ele silenciosamente estendeu. Ela parecia acostumada a receber meninos desconhecidos, pois apontou para uma poltrona na grande sala e falou, indicando com a cabeça:

– Sente ali e deixe a roupa escorrer no tapete um pouco, enquanto levo isso pra patroa.

Nat encontrou muito com que se entreter enquanto aguardava e analisou o entorno com curiosidade, apreciando a vista, mas aliviado por fazê-lo sem ser observado, no canto mal iluminado junto à porta.

A casa parecia fervilhar de meninos, que tentavam levar a melhor sobre o crepúsculo chuvoso com todo tipo de divertimento. Havia meninos em todos os lugares, no andar de cima e no de baixo e no quarto da senhora, aparentemente, pois diversas portas abertas mostravam simpáticos grupos de meninos grandes, meninos pequenos e meninos de tamanho médio em todos os estágios do relaxamento de fim de dia, para não dizer efervescência. Dois cômodos amplos à direita eram evidentemente salas de aula, pois carteiras, mapas, lousas e livros estavam espalhados por todo lado. Chamas vivas ardiam na fogueira e muitos garotos indolentes estavam deitados de costas no chão diante dela, discutindo sobre um novo campo de críquete com tamanha animação que suas botas balançavam no ar. Um jovem alto praticava flauta em um canto, alheio à algazarra ao redor. Dois ou três outros saltavam sobre as carteiras, parando de vez em quando para tomar fôlego e rir dos desenhos cômicos de um menino engraçado, que estava caricaturando todos da casa em uma lousa.

Na sala à esquerda, via-se uma mesa de refeições comprida, com grandes jarros de leite fresco, pilhas de pão branco e de centeio e montes perfeitos daqueles biscoitos de gengibre tão caros à alma de um menino.

Pairavam no ar aroma de torradas e insinuações de maçãs assadas, muito hipnotizantes para um narizinho e um estômago famintos.

O saguão com a escada, porém, era o que oferecia a visão mais convidativa de todas, pois um ágil pega-pega estava em curso na parte de cima. Um patamar entre os lances era dedicado às bolinhas de gude, outro ao jogo de damas, enquanto os degraus eram ocupados por um menino que estava lendo, por uma menina ninando a boneca, dois filhotes de cachorro, um gatinho e uma sucessão constante de meninos pequenos descendo pelo corrimão, para grande prejuízo de suas roupas e risco para suas pernas.

Nat ficou tão absorto por aquela corrida excitante que se aventurou para mais e mais longe de seu cantinho; e quando um menino muito entusiasmado desceu tão rápido que não conseguiu frear, tombando do corrimão com um estrondo que teria partido qualquer cabeça, exceto aquela, quase tão dura quanto uma bola de canhão devido aos onze anos de pancadas contínuas, Nat se esqueceu de si mesmo e correu para o deslizador caído esperando encontrá-lo meio morto. O menino, porém, apenas piscou depressa por um segundo e depois ficou deitado calmamente, olhando para o novo rosto com um surpreso "Oiê!".

– Oiê! – devolveu Nat, sem saber o que mais poderia dizer e julgando aquela forma de resposta tanto breve quanto fácil.

– Você é um menino novo? – perguntou o jovem reclinado, sem se agitar.

– Ainda não sei.

– Qual é o seu nome?

– Nat Blake.

– O meu é Tommy Bangs. Sobe e desce escorregando, quer? – e Tommy pôs-se de pé como alguém que, de repente, se lembra das obrigações da hospitalidade.

– Acho melhor não, até saber se vou ficar ou não – respondeu Nat, sentindo crescer a cada instante seu desejo de ficar.

– Bem, Demi, aqui está um novato. Vem cuidar dele – e o jovial Thomas retomou seu esporte com inabalada disposição.

A esse chamado, o menino que lia no degrau olhou para cima com um par de grandes olhos castanhos e após um momento de pausa, como se um pouco tímido, pôs o livro debaixo do braço e desceu para cumprimentar o recém-chegado, que viu algo bem amistoso no rosto daquele menino esguio de olhar suave.

– Você já viu a tia Jo? – ele perguntou, como se aquilo fosse algum tipo de cerimônia muito importante.

–Ainda não vi ninguém exceto vocês; estou esperando – respondeu Nat.

– O tio Laurie mandou você? – continuou Demi, educado porém sério.

– Foi o senhor Laurence.

– Ele é o tio Laurie; e ele sempre manda meninos bacanas.

Nat pareceu grato pelo comentário e sorriu de um modo que tornou agradável seu rosto magro. Ele não soube o que dizer em seguida, então os dois ficaram de pé se olhando em amigável silêncio, até que a menininha se aproximou trazendo a boneca nos braços. Ela era muito parecida com Demi, apenas não tão alta, tinha um rosto mais redondo e rosado, e olhos azuis.

– Esta é a minha irmã, Daisy – anunciou Demi, como se apresentando uma criatura rara e preciosa.

As crianças acenaram uma para a outra; havia covinhas de prazer no rosto da menina, quando ela disse, afavelmente:

– Espero que você fique. Nós nos divertimos tanto aqui; não é, Demi?

– Claro que sim, é para isso que a tia Jo tem Plumfield.

– Parece um lugar muito bom, realmente – comentou Nat, sentindo que precisava responder àqueles jovens tão acolhedores.

– É o melhor lugar do mundo, não é, Demi? – disse Daisy, que evidentemente considerava o irmão uma autoridade em todos os assuntos.

– Não. Eu acho que a Groenlândia, onde tem icebergs e focas, é mais interessante. Mas sou fã de Plumfield e é um lugar muito bom para estarmos – replicou Demi, que estava interessado no momento em um livro sobre a Groenlândia. Ele estava prestes a se oferecer para mostrar e explicar as figuras a Nat, quando a empregada voltou, dizendo com um aceno em direção à sala de visitas:

– Muito bem, vocês precisam parar.

– Com prazer. E agora venha falar com a tia Jo – e Daisy o tomou pela mão com um ar muito protetor, que fez Nat sentir-se em casa de uma vez por todas.

Demi voltou a seu amado livro, enquanto a irmã conduzia o recém-chegado para uma sala nos fundos, onde um cavalheiro vigoroso estava brincando com dois menininhos no sofá e uma senhora magra estava terminando de ler a carta, aparentemente pela segunda vez.

– Aqui está ele, tia! – anunciou Daisy.

– Então este é meu novo menino? Fico contente por vê-lo, querido, e espero que seja feliz aqui – disse a senhora, puxando-o para si e afastando o cabelo da testa de Nat com uma mão gentil e um olhar maternal que aqueceram o coração solitário de Nat.

Ela não era nem um pouco bonita, mas tinha um rosto do tipo alegre que parecia jamais ter se esquecido de certos traços e trejeitos infantis, assim como sua voz e os modos; essas coisas, difíceis de descrever, mas muito fáceis de ver e sentir, faziam dela uma pessoa afetuosa, à vontade e gentil com quem era simples lidar, e muito "contente", como diriam os meninos. Ela notou os pequenos e trêmulos lábios de Nat enquanto afagava os cabelos dele e seu olhar se suavizou, mas ela apenas trouxe a criança para perto e disse, rindo:

– Eu sou a mamãe Bhaer, aquele cavalheiro é o papai Bhaer, e esses são os dois pequenos Bhaers. Venham ver o Nat, meninos.

Os três lutadores obedeceram imediatamente; e o homem robusto, com uma criança rechonchuda em cada ombro, veio dar as boas-vindas ao menino novo. Rob e Teddy apenas sorriram para ele, mas o senhor Bhaer deu-lhe um aperto de mão e, apontando para uma cadeira baixa perto da lareira, falou com uma voz cordial:

– Um lugar já está pronto para recebê-lo, meu filho; sente-se lá e seque seus pés molhados.

– Molhados? Pois estão mesmo! Meu querido, tire estes sapatos agora mesmo, e vou providenciar uns secos para você num instante – disse a senhora Bhaer, saindo às pressas com tamanha explosão de energia que Nat se viu instalado na confortável cadeirinha, com meias secas e chinelos macios, mais depressa do que poderia ter dito Jack Robinson, se tivesse tentado. Em lugar disso, o que ele disse foi "Obrigado, senhora", e com tanta gratidão que os olhos da senhora Bhaer se tornaram suaves novamente, e ela disse algo alegre, porque sentiu muita ternura; ela era desse jeito.

– Esses chinelos são do Tommy Bangs, mas ele nunca se lembra de calçá-los dentro de casa, então ficará sem eles. São grandes demais, mas tanto melhor: você não vai conseguir fugir de nós tão depressa quanto se eles fossem do tamanho certo.

– Eu não quero fugir, senhora – e com um longo suspiro de satisfação, Nat esticou as mãozinhas sujas diante das chamas reconfortantes.

– Muito bem! Agora eu vou esquentar você bem direitinho e tentar livrá-lo dessa tosse feia. Há quanto tempo está com ela, querido? – perguntou a senhora Bhaer, enquanto vasculhava o grande cesto em busca de um retalho de flanela.

– O inverno inteiro. Peguei um resfriado e, por algum motivo, ele não sarou mais.

– Não me admira, vivendo naquele celeiro úmido mal tendo um cobertor para pôr nas costas! – disse a senhora Bhaer em voz baixa para o marido, que olhava para o menino com um par de olhos habilidosos, que observavam as têmporas estreitas e os lábios febris, bem como a voz rouca e os frequentes ataques de tosse que sacudiam os ombros caídos sob a jaqueta remendada.

— Robin, meu rapaz, vá até a Nursey e peça que ela lhe dê a garrafa de xarope e o unguento — disse o senhor Bhaer, depois que seus olhos trocaram mensagens com os da esposa.

Nat pareceu ficar ansioso com os preparativos, mas se esqueceu do medo com uma risada calorosa, quando a senhora Bhaer cochichou para ele, com um olhar zombeteiro:

— Ouça só o malandro do meu Teddy tentando tossir. O xarope que vou lhe dar contém mel, e ele quer um pouco.

O pequeno Ted estava corado pelo esforço quando a garrafa chegou, e teve permissão para lamber a colher depois que Nat havia corajosamente tomado sua dose e posto um pedaço de flanela ao redor do pescoço.

Esses primeiros passos em direção à cura mal tinham sido completados quando soou um grande sino, e um tropel bem alto anunciou o lanche. Acanhado, Nat tremeu à ideia de encontrar muitos meninos estranhos, mas a senhora Bhaer o tomou pela mão e Rob disse, paternalmente:

— Não tenha medo, vou tomar conta de você.

Doze meninos, seis de cada lado, estavam de pé atrás das respectivas cadeiras, remexendo-se de impaciência para começar a comer, enquanto o jovem flautista tentava acalmar o anseio deles. Mas ninguém se sentou até que a senhora Bhaer assumiu seu lugar atrás do bule de chá, com Teddy à esquerda e Nat à direita.

— Este é o nosso novo menino, Nat Blake. Depois do lanche, vocês podem contar como estão? Calma, rapazes, calma.

Enquanto ela falava, cada um encarou Nat e depois todos sentaram depressa, tentando ser ordeiros e falhando redondamente. Os Bhaers faziam o melhor que podiam para que os peraltas se comportassem bem durante as refeições e em geral conseguiam, pois as regras eram poucas e sensatas, e os meninos, sabendo que o casal tentava tornar tudo fácil e feliz, faziam seu melhor para obedecer. Mas há momentos em que meninos famintos não podem ser contidos a não ser com verdadeira crueldade, e as tardes de sábado, após meio período de folga, era um desses momentos.

– Pobres pequenas almas, que eles tenham um dia em que possam gritar e bagunçar e brincar para a alegria de seus coraçõezinhos. Um dia de folga não é de folga sem liberdade e diversão em abundância, e eles devem ter total amplitude uma vez por semana – a senhora Bhaer costumava dizer, quando pessoas afetadas perguntavam por que escorregar no corrimão, fazer luta de travesseiros e todo tipo de jogos animados eram permitidos sob o teto antes decoroso de Plumfield.

É fato que, às vezes, o antes mencionado teto parecia na iminência de sair voando, mas isso nunca aconteceu, pois uma palavra do papai Bhaer conseguia aquietar tudo a qualquer momento, e os peraltas haviam aprendido que não se deve abusar da liberdade. Assim, a despeito das muitas previsões sombrias, a escola floresceu e moral e boas maneiras foram transmitidas sem que os alunos soubessem exatamente como aquilo fora feito.

Nat se viu muito bem instalado atrás dos jarros altos, com Tommy Bangs bem ali na curva e a senhora Bhaer muito próxima, para abastecer o prato e a caneca quase tão depressa quanto ele os esvaziava.

– Quem é aquele menino perto da garota na outra ponta da mesa? – cochichou Nat ao jovem vizinho, aproveitando o disfarce oferecido por uma risada geral.

– É o Demi John Brooke. O senhor Bhaer é tio dele.

– Que nome estranho!

– O nome verdadeiro é John, mas o chamam de Demi porque o pai se chama John também. "Demi" significa "meio". É uma piada, você percebe? – disse Tommy, explicando com gentileza. Nat não percebia, mas sorriu educadamente e perguntou, com interesse:

– Ele não é muito bacana?

– Pode apostar que sim; ele sabe muitas coisas e lê como ninguém.

– E quem é o fortinho ao lado dele?

— Ah, aquele é o Rechonchudo Cole. O nome dele é George, mas nós o chamamos de Rechonchudo porque ele come demais. E o pequenininho ao lado do papai Bhaer é o filho dele, Rob, e o grandão é Franz, o sobrinho; ele dá algumas aulas e meio que cuida de nós.

— Ele toca flauta, não toca? – perguntou Nat, quando Tommy se recolheu ao silêncio colocando uma maçã assada inteira na boca de uma vez só.

Tommy assentiu e disse, mais rápido do que alguém poderia imaginar ser possível diante de tais circunstâncias:

— Toca, toca sim. E nós também dançamos, de vez em quando, e fazemos ginástica ouvindo música. Eu mesmo gosto de percussão e pretendo aprender o mais rápido que puder.

— Eu prefiro violino, e sei tocar – disse Nat, ganhando confiança nesse assunto cativante.

— Sabe? – e Tommy o observou por cima da borda da caneca, com olhos redondos e cheios de interesse. – O senhor Bhaer tem um violino antigo e deixará você tocar, se você quiser.

— Eu poderia, mesmo? Ah, eu gostaria tanto! Sabe, eu costumava andar por aí tocando com meu pai e outro homem, até que ele morreu.

— Devia ser muito divertido – exclamou Tommy, muito impressionado.

— Não, era horrível; tão frio no inverno e tão quente no verão. E eu ficava cansado e, às vezes, eles ficavam bravos e eu não ganhava o suficiente para comer – Nat fez uma pausa para dar uma generosa mordida no biscoito de gengibre, como que para se certificar de que os períodos difíceis tinham passado, e depois acrescentou, cheio de arrependimento: – Mas eu adorava o meu pequeno violino, e sinto falta dele. Nicolo levou embora quando meu pai morreu e eu mesmo não ia durar muito, porque estava doente.

— Você vai participar da banda, se tocar bem. Espere só pra ver.

— Vocês têm uma banda aqui? – os olhos de Nat brilharam.

– Acho que sim, uma banda bem alegre, todos os meninos, e eles dão concertos e essas coisas. Você vai ver o que vai acontecer amanhã à noite.

Após essa observação agradavelmente excitante, Tommy se voltou para o lanche, e Nat mergulhou no próprio prato em um abençoado devaneio.

A senhora Bhaer escutou tudo o que diziam, apesar de parecer concentrada no enchimento das canecas e na supervisão do pequeno Ted, que estava com tanto sono que enfiou a colher no olho, balançou como uma papoula rosada e, afinal, adormeceu logo, com a bochecha apoiada sobre um macio pão doce de passas. A senhora Bhaer tinha posto Nat perto de Tommy porque o menino roliço tinha modos francos e sociáveis muito atraentes para pessoas tímidas. Nat, percebendo isso, fez várias pequenas confidências durante o lanche, o que deu à senhora Bhaer a chave para o temperamento do menino novo, muito mais do que se ela tivesse conversado diretamente com ele.

Na carta mandada junto com Nat, o senhor Laurence tinha dito:

> QUERIDA JO: aqui está um caso que você vai adorar. Este pobre coitadinho está órfão agora, doente e sem amigos. Ele era músico de rua e eu o encontrei em um celeiro chorando pelo pai falecido e pela perda do violino. Creio que há algo nele, e imagino que entre nós possamos dar uma força a este rapazinho. Você cura o corpo maltratado, Fritz ajuda a mente negligenciada e, quando ele estiver pronto, irei ver se ele é um gênio ou apenas um garoto cujo talento pode lhe garantir o pão de cada dia. Dê a ele uma chance, em nome desse seu menino, TEDDY.

– Mas é claro que darei! – afirmou a senhora Bhaer enquanto lia a carta; e quando viu Nat, sentiu imediatamente que, fosse um gênio ou não, lá estava um menino solitário e doente precisando do que ela mais amava dar: um lar e cuidados maternais.

Tanto ela quanto o senhor Bhaer observaram-no discretamente e, a despeito das roupas rasgadas, dos modos estranhos e do rosto sujo, enxergaram muito em Nat que lhes agradou. Era um menino magro e pálido de 12 anos, com olhos azuis e uma boa testa debaixo do cabelo irregular e abandonado; uma expressão aflita e assustada, às vezes, como se à espera de palavras ásperas ou broncas; uma boca sensível que tremia quando um olhar gentil caía sobre ele, ao mesmo tempo que um discurso meigo provocava um olhar de gratidão muito doce de se ver. "Deus abençoe o pobrezinho, ele vai tocar violino o dia inteiro se quiser", a senhora Bhaer disse com seus botões, ao observar a expressão ansiosa e feliz no rosto dele quando Tommy mencionou a banda.

Assim, após o lanche, quando os garotos se agruparam na sala de aula para mais brincadeiras, a senhora Jo apareceu com um violino na mão e, depois de trocar uma palavra com o marido, foi até Nat, que estava sentado em um canto observando a cena com grande interesse.

– Agora, rapaz, dê-nos um pouco de música. Queremos um violino na nossa banda, e acho que você vai dar conta muito bem.

Ela esperou que ele hesitasse, mas ele apanhou o velho violino de uma vez, e o manuseou com tanto cuidado e amor que ficou evidente que a música era sua paixão.

– Farei o melhor que puder, senhora – foi só o que ele disse; e então ele deslizou o arco pelas cordas, como que ansioso por ouvir de novo as suas queridas notas.

Havia muito ruído na classe, mas como se estivesse surdo para quaisquer sons exceto os que ele produzia, Nat tocou suavemente para si mesmo, esquecendo-se de tudo em seu deleite. Era apenas uma melodia negra muito simples, como os músicos de rua tocam, mas capturou os ouvidos dos meninos imediatamente, e os silenciou até que ficaram todos parados ouvindo com surpresa e prazer. Pouco a pouco chegaram mais perto, e o senhor Bhaer veio ver o menino, pois, como se estivesse em seu próprio elemento agora, Nat tocava sem se importar com nada, seus olhos brilhavam, suas bochechas coravam e seus dedos voavam, enquanto ele abraçava o velho violino e o fazia falar a todos os corações ali presentes no idioma que ele amava.

Uma rodada de aplausos calorosos o recompensou mais do que uma chuva de moedas, quando ele parou e olhou ao redor, como se para dizer: "Fiz meu melhor, por favor, gostem".

– Vou lhe dizer, você é muito bom – exclamou Tommy, que considerava Nat seu protegido.

– Você vai ser o primeiro violino da minha banda – acrescentou Franz, com um sorriso de aprovação.

A senhora Bhaer murmurou para o marido:

– O Teddy está certo, tem alguma coisa nessa criança – e o senhor Bhaer assentiu enfaticamente, enquanto tocava Nat no ombro e dizia, afetuoso:

– Você toca bem, meu filho. Venha agora tocar algo que possamos acompanhar cantando.

Foi o minuto mais feliz e orgulhoso da vida do coitado do menino, quando ele foi conduzido ao lugar de honra ao lado do piano, e os rapazes se reuniram em volta, jamais notando suas pobres roupas, mas sim o admirando respeitosamente e aguardando cheios de ansiedade para ouvi-lo tocar de novo.

Escolheram uma música que ele conhecia; e depois de um ou dois começos fracassados, eles engrenaram, e violino, flauta e piano lideraram um coro de meninos que fez o velho telhado vibrar de novo. Aquilo foi demais para Nat, que era mais frágil do que pensava, e quando as palavras finais sumiram, seu rosto começou a se contorcer, ele apoiou o violino, virou-se para a parede e soluçou como uma criancinha.

– Meu querido, o que foi? – perguntou a senhora Bhaer, que tinha cantado com toda a força e tentado impedir que o pequeno Rob marcasse o tempo com as botas.

– Vocês todos são tão gentis e é tudo tão lindo que não consigo evitar – soluçou Nat, tossindo até perder o fôlego.

— Venha comigo, amorzinho; você precisa ir para a cama e descansar. Você está exausto e este lugar está barulhento demais agora – cochichou a senhora Bhaer, levando-o para sua saleta particular, onde o deixou chorar em paz.

Em seguida, ela conseguiu com jeitinho que ele lhe relatasse todos os seus sofrimentos, e escutou a pequena história com lágrimas nos próprios olhos, embora nada ali fosse novidade para ela.

— Minha criança, você tem um pai e uma mãe agora, e isto é um lar. Não pense mais naquela época triste; melhore e fique contente. Tenha certeza de que você nunca mais vai sofrer de novo, se pudermos evitar. Este lugar existe para que todos os tipos de menino passem aqui um período bom, aprendam a ajudar a si mesmos e a se tornarem homens úteis, é o que eu espero. Você terá tanta música quanto quiser, apenas precisa ficar mais forte antes. Agora suba até a Nursey, tome banho e vá para a cama, e amanhã nós vamos pensar juntos em um plano.

Nat segurou a mão dela firmemente entre as suas, mas não conseguiu dizer uma palavra e deixou que os olhos gratos falassem por ele. Então, ela o conduziu a um grande dormitório, onde encontraram uma alemã robusta com um rosto tão redondo e alegre que parecia um tipo de sol, com o babado largo da touca representando os raios.

— Esta é a Nursey Hummel. Ela vai lhe dar um bom banho e cortar seu cabelo e deixar você "no jeito", como o Rob diz. Ali é o banheiro. Nos sábados à noite, nós esfregamos todos os meninos menores primeiro, e depois os despachamos para a cama antes que os maiores terminem a cantoria. Agora, então, Rob, para dentro.

Enquanto falava, a senhora Bhaer havia tirado as roupas de Rob e o colocado em uma banheira comprida no pequeno cômodo que dava para o dormitório.

Havia duas banheiras, além de bacias para os pés, tinas, mangueiras e todo tipo de artefato de limpeza. Dali a pouco, Nat estava se esbaldando na outra banheira. Enquanto cozinhava ali, ele observou o desempenho das duas mulheres, que esfregaram, vestiram pijamas limpos e puseram na cama quatro ou cinco meninos pequenos, que naturalmente deram diversas piruetas durante a operação, e mantiveram cada um em perfeito estado de contentamento até que todos desabaram em suas camas.

Quando Nat estava limpo e embrulhado em um cobertor junto à lareira, enquanto Nursey lhe cortava os cabelos, um novo destacamento de meninos chegou e foi trancado no banheiro, onde fizeram tanto barulho e espirraram tanta água quanto uma turma de jovens baleias brincando.

– É melhor que o Nat durma aqui, assim, se a tosse o perturbar durante a noite, você pode garantir que ele tome um bom gole de chá de semente de linho – disse a senhora Bhaer, que voava de um lado a outro como uma galinha atarantada por uma grande ninhada de pintinhos muito agitados.

Nursey aprovou o plano e terminou com Nat dando-lhe um pijama de flanela e uma bebida quente e doce e, em seguida, o enfiou sob os cobertores de uma das três pequenas camas do dormitório, onde ele ficou parecendo uma múmia feliz, sentindo que nada mais em termos de luxo poderia lhe ser oferecido. A limpeza em si era uma sensação nova e deliciosa; pijama de flanela era um conforto desconhecido em seu mundo; goles de "coisa boa" acalmaram sua tosse tão agradavelmente quanto as palavras gentis fizeram com seu coração solitário; e a sensação de que alguém se importava com ele fez com que o quarto simples parecesse um tipo de paraíso para a criança sem lar. Era como um sonho aconchegante, e ele com frequência fechava os olhos para ver se não teria desaparecido quando os reabrisse. Era tudo agradável demais para deixá-lo dormir e ele não teria conseguido nem se tivesse tentado, pois dali a poucos minutos uma das peculiares instituições de Plumfield foi revelada a seus olhos assombrados, porém apreciativos.

Uma pausa momentânea nos exercícios aquáticos foi seguida pela aparição súbita de travesseiros voando em todas as direções, rodopiados por duendes brancos que se aproximavam em grande desordem saindo de suas camas. A batalha corria solta em diversos quartos ao longo de todo o corredor de cima e até invadia o dormitório vez por outra, quando algum guerreiro, pressionado demais, se refugiava ali. Ninguém parecia se importar minimamente com aquela explosão, ninguém proibia nem parecia surpreso. Nursey continuou pendurando as toalhas, e a senhora Bhaer arrumando as roupas limpas, tão calmamente como se a mais perfeita ordem reinasse. Não, ela até perseguiu um menino atrevido para fora do quarto, atirando nele o travesseiro que ele, abusado, jogara nela.

– Eles não vão se machucar? – perguntou Nat, que ria com todas as forças.

– Ah, não, meu querido! Nós sempre permitimos uma luta de travesseiros na noite de sábado. Os botões são trocados no domingo; e isso anima os meninos depois do banho, então até eu mesma acabo gostando – disse a senhora Bhaer, ocupada de novo com sua dúzia de pares de meias.

– Que escola muito boa é esta aqui! – comentou Nat, em um rompante de admiração.

– É estranha – riu a senhora Bhaer –, mas você vê, nós não acreditamos em infernizar as crianças com excesso de regras e estudos em demasia. Eu proibia as festas do pijama no começo. Porém, graças a Deus, foi inútil. Eu não conseguia manter os meninos na cama mais do que macaquinhos em uma caixa. Então fiz um acordo com eles: eu permitiria uma luta de travesseiros de quinze minutos todo sábado à noite, e eles prometiam ir para a cama bonzinhos em todas as outras noites. Tentei e funcionou bem. Se eles não cumprirem a palavra, fim da brincadeira; se cumprirem, eu só ponho as lâmpadas em lugares seguros e deixo que se agitem tanto quanto quiserem.

– É um ótimo plano – disse Nat, sentindo que gostaria de se juntar à farra, mas não se atrevendo a propor isso na primeira noite. Então ele permaneceu deitado apreciando o espetáculo, que era certamente muito animado.

Tommy liderou o partido invasor e Demi defendeu o próprio quarto com uma coragem obstinada que dava gosto de ver, recolhendo os travesseiros caídos atrás de si quase tão depressa quanto eles eram lançados, até que a tropa de ataque ficou sem munição, quando então o atacaram em grupo e recuperaram suas armas. Uns poucos acidentes leves ocorreram, mas ninguém se importou e todos receberam os sonoros golpes com perfeito bom humor, enquanto os travesseiros voavam como grandes flocos de neve, até que a senhora Bhaer olhou para o relógio e gritou:

– Chegou a hora, meninos. Todos para a cama, ou paguem a penalidade!

– Qual é a penalidade? – perguntou Nat, sentando-se de ansiedade para saber o que acontecia aos patifes que desobedeciam àquela singular mas espirituosa senhora bedel.

– Perder a farra da próxima vez – respondeu a senhora Bhaer. – Eu dou a eles cinco minutos para se acalmar e apagar as luzes, e espero ordem. Eles são rapazes honrados e mantêm a palavra.

Era evidente que sim, pois a batalha terminou tão abruptamente quanto começou, com um ou dois golpes de despedida, um grito final, quando Demi disparou o sétimo travesseiro sobre o inimigo em retirada, alguns desafios para a vez seguinte, e a ordem prevaleceu. E nada além de uma risadinha ocasional ou um cochicho reprimido interrompeu o silêncio que se seguiu à brincadeira do sábado à noite, quando a mamãe Bhaer beijou seu novo menino e o deixou com sonhos felizes de sua vida em Plumfield.

Os meninos

Enquanto Nat dorme um sono longo e bom, contarei aos meus pequenos leitores algo sobre os meninos entre os quais ele se encontrava quando acordou.

Vou começar com os nossos velhos amigos. Franz tinha agora 16 anos e era um rapaz alto, um alemão comum, grande, loiro, estudioso e também muito caseiro, amável e musical. Seu tio o preparava para a faculdade e a tia o preparava para ter a própria casa depois de formado, pois cuidadosamente o estimulava a ter modos gentis, amor pelas crianças, respeito pelas mulheres, pelos idosos e jovens, e atitudes úteis na manutenção do lar. Ele era o braço direito dela em todas as ocasiões, firme, meigo e paciente, e ele amava aquela tia alegre como a uma mãe, pois isso foi o que ela tentou ser para ele.

Emil, muito diferente, tinha temperamento acelerado, era incansável e empreendedor. Era indomável e estava decidido a partir para o mar, pois o sangue de velhos vikings corria em suas veias. O tio prometeu que ele poderia ir quando completasse 16 anos, e o pôs para estudar navegação, deu-lhe para ler boas histórias de almirantes e heróis famosos e permitia que ele vivesse como um sapo no rio, na lagoa e no riacho, quando as lições estavam feitas. O quarto dele parecia a cabine de um soldado embarcado para a guerra, pois cada item era náutico, militar e em forma de navio. O livro *Capitão Kyd* era seu deleite, e seu passatempo favorito, vestir-se como aquele cavalheiro pirata e rugir canções marítimas a plenos pulmões. Ele só sabia dançar músicas de marinheiro, gingava naqueles passos, e sua conversa era tão náutica quanto seu tio permitia. Os meninos o chamavam de Commodore e se orgulhavam muito de sua frota, que pontilhava a lagoa de branco e sofreu desastres que teriam assustado qualquer comandante, exceto um menino do mar.

Demi era uma dessas crianças que demonstram totalmente o resultado do amor e do cuidado inteligentes, pois corpo e alma funcionavam juntos em grande harmonia. O refinamento natural, que nada além da influência doméstica pode ensinar, dotou-o de maneiras doces e simples: a mãe havia fomentado nele o coração inocente e amoroso; o pai tinha cuidado do crescimento físico de seu menino e mantido o corpinho ereto e forte com alimentos integrais, exercício e sono, ao passo que o vovô March cultivara a pequena mente com a sabedoria carinhosa de um Pitágoras moderno, não a desafiando com lições extensas e árduas, absorvidas por repetição, mas ajudando-a a desenvolver-se com tanta naturalidade e beleza como o sol e o orvalho ajudam as rosas a desabrochar. Ele não era uma criança perfeita, de forma nenhuma, mas suas falhas eram do melhor tipo e, tendo desde cedo sido ensinado o segredo do autocontrole, não se via à mercê de suas vontades e paixões, como alguns pobres mortais se veem, para depois serem punidos por cederem a tentações contra as quais não têm armas. Um menino tranquilo e singular era o Demi, mas ainda assim alegre, inconsciente de sua beleza e extraordinária inteligência, porém rápido em reconhecer e admirar a beleza e a inteligência em outras crianças. Era grande fã de livros e cheio de fantasias vívidas, pois nascera com uma imaginação poderosa e um temperamento religioso: esses traços deixavam os pais aflitos por equilibrá-los com saberes úteis e companhias saudáveis, não fossem eles fazer do filho uma dessas pálidas crianças precoces que, às vezes, surpreendem e encantam a família, para então murcharem como flores de estufa, porque a jovem alma desabrocha cedo demais e depois não tem um corpo vigoroso onde possa deitar raízes firmemente no solo proveitoso deste mundo.

De modo que Demi foi transplantado para Plumfield e abraçou tão bem a vida lá que Meg e John e o vovô ficaram satisfeitos por terem agido bem. Misturar-se com outros meninos trouxe à tona seu lado prático, elevou seu espírito e espanou as belas teias de aranha que ele tanto gostava de tecer naquela cabecinha. Tanto foi assim que ele chocou sua mãe quando voltou para casa, pois bateu portas, disse "Por Júpiter!" com bastante ênfase e exigiu botas longas e pesadas que fizessem "o mesmo barulho que as do papai". Mas John se alegrou pelo filho, riu das observações explosivas e providenciou as botas, declarando, contente:

– Ele está indo bem, deixe que pise duro. Quero que meu filho seja um menino viril, e essa brusquidão temporária não lhe fará mal. Podemos dar-lhe polimento aos poucos. Quanto ao aprendizado, ele vai assimilar tudo com a facilidade de um pombo pegando ervilhas, então não vamos apressá-lo.

Daisy estava tão luminosa e encantadora quanto sempre, com todo tipo de traço feminino brotando, pois era igual à sua terna mãe e adorava as coisas domésticas. Ela tinha uma família de bonecas a quem tinha educado de forma exemplar; não conseguia passar sem seu pequeno cesto de trabalho e retalhos de costura, e costurava tão bem que Demi com frequência tirava o lenço do bolso para exibir os pontos caprichados, e Baby Josy tinha um conjuntinho de flanela lindamente executado pela mana Daisy. Gostava de saracotear em volta do armário de louças, encher os saleiros e dispor as colheres muito retas sobre a mesa, e todo dia percorria o quarto com o espanador, tirando o pó de mesas e cadeiras.

Demi a chamava de sua "Maria", mas era muito grato a ela por manter suas coisas em ordem, por emprestar-lhe seus dedos ágeis em vários tipos de trabalho e ajudá-lo com as lições, pois quanto a isso se mantinham equiparados e nem cogitavam uma rivalidade.

O amor entre eles era mais forte do que nunca, e nenhuma gozação o impedia de ter modos amorosos com Daisy. Ele encampava as lutas dela com valentia e nunca entendeu por que os meninos deveriam sentir vergonha de declarar, em alto e bom som, que amavam suas irmãs. Daisy adorava seu gêmeo e julgava "o meu irmão" o garoto mais admirável do mundo; e todas as manhãs, embrulhada em seu roupão, corria para bater de leve na porta dele, com um maternal "Acorde, meu querido, está quase na hora do café da manhã, e eu trouxe seu colarinho limpo".

Rob era um tiquinho energético de menino, que parecia ter descoberto o segredo do moto contínuo, pois jamais ficava parado. Por sorte, não era arteiro nem muito corajoso, então se mantinha razoavelmente longe de encrenca e oscilava entre o pai e a mãe como um pequeno pêndulo afetuoso com um tique-taque vívido, pois Rob era um tagarela.

Teddy era jovem demais para desempenhar um papel de importância nos assuntos de Plumfield, mas ainda assim tinha a própria pequena esfera de atuação e a preenchia lindamente. Todos eles sentiam de vez em quando a necessidade de ter uma mascote, e Baby estava sempre pronto a ocupar essa posição, pois beijar e afagar lhe caíam muito bem. A senhora Jo raramente circulava sem ele, de forma que seu dedinho perfurava todas as tortas da casa, e os outros as achavam mais saborosas por isso mesmo, porque em Plumfield respeitavam-se os bebês.

Dick Brown e Adolphus "Dolly" Pettingill eram dois meninos de 8 anos. Dolly gaguejava severamente, mas, em geral, estava superando isso aos poucos, já que ninguém tinha permissão para caçoar dele, e o senhor Bhaer tentava curá-lo fazendo-o falar devagar. Dolly era um bom camaradinha, desinteressante e comum, mas ali ele floresceu, e dava conta de seus deveres e prazeres com adequação e plácido contentamento.

A aflição de Dick Brown eram suas costas curvadas, todavia ele suportava seu fardo com tanta leveza que Demi certa vez perguntou, à sua maneira particular: "Corcundas tornam as pessoas alegres? Se sim, eu gostaria de uma". Dick estava sempre feliz e fazia o melhor que podia para ser como os outros meninos, pois um espírito destemido habitava seu corpinho frágil. Quando chegou, ele era muito sensível àquele infortúnio, mas logo aprendeu a ignorá-lo, pois ninguém se atreveu a lembrá-lo, depois que o senhor Bhaer puniu um menino por rir dele.

– Deus não se importa, porque minha alma é reta, ainda que minhas costas não sejam – choramingou Dick perante o algoz na ocasião, e, nutrindo essa ideia, os Bhaers logo o levaram a crer que as pessoas também amavam a alma dele sem se importar com o corpo a não ser para lamentar e ajudá-lo a suportar.

Certa vez, brincando de zoológico com os outros meninos, alguém perguntou:

– Qual animal você vai ser, Dick?

– Ah, o dromedário, você não está vendo a corcova nas minhas costas? – foi a risonha resposta.

– Muito bem, meu amiguinho que não carrega cargas, mas marcha ao lado dos elefantes na linha de frente da procissão – disse Demi, que estava organizando o espetáculo.

– Espero que os outros sejam tão gentis com o pobrezinho quanto os meus meninos aprenderam a ser – disse a senhora Jo, bastante satisfeita com o sucesso de seus ensinamentos, quando Dick passou por ela com passos lentos, parecendo um dromedário muito feliz, embora débil, ao lado do Rechonchudo, que interpretava o elefante com paquidérmica adequação.

Jack Ford era um garoto arguto, um tanto ardiloso, que tinha sido mandado àquela escola por ela ser barata. Muitos homens o teriam julgado um menino esperto, mas o senhor Bhaer não gostava do jeito dele de incorporar essa palavra ianque, e pensava que aquela astúcia nada infantil e seu amor ao dinheiro eram tão aflitivas quanto a gagueira de Dolly ou a corcunda de Dick.

Ned Barker era como mil outros meninos de 14 anos, cheio de braços, desajeitado e intempestivo. Na verdade, a família o chamava de Estabanado e sempre esperava vê-lo tropeçar em cadeiras, trombar contra mesas e derrubar qualquer objeto pequeno que estivesse por perto. Ele se gabava um bocado sobre o que sabia fazer, mas raramente fazia qualquer coisa para provar a alegação, não era corajoso e tinha tendência a contar lorotas. Era capaz de atormentar os meninos pequenos e bajular os grandes e, sem ser de todo mau, era exatamente o tipo de camarada que poderia ser desviado do bom caminho com grande facilidade.

George Cole tinha sido mimado por uma mãe demasiado indulgente que o entupia de doces até que ele caísse enfermo e o achava delicado demais para estudar, de modo que, aos 12 anos, ele era um menino pálido, acima do peso, bobo, rabugento e preguiçoso. Uma amiga a convencera a mandar o filho para Plumfield, e assim que ele chegou, logo foi acordado, já que doces eram raramente permitidos, exercícios eram intensamente demandados, e o estudo tornado tão atraente que Rechonchudo foi atraído para ele com toda a gentileza, até que espantou a ansiosa mamãe com sua evolução e a convenceu sobre haver algo de fato notável no ar de Plumfield.

Billy Ward era o que os escoceses chamam carinhosamente de um "inocente", pois, embora tivesse 13 anos, era como uma criança de 6. Ele havia sido um menino de rara inteligência que o pai empurrara com excessiva pressa, dando-lhe todo tipo de lições difíceis, mantendo-o sobre os livros seis horas por dia e esperando que ele absorvesse o conhecimento como um ganso de Estrasburgo absorve a comida que lhe enfiam goela abaixo. Ele pensava estar cumprindo o que era seu dever, mas quase matou o filho, pois uma febre deu à pobre criança uma triste pausa e, quando ele se recuperou, seu cérebro sobrecarregado havia parado de funcionar, e a mente de Billy estava vazia como uma lousa sobre a qual tivessem passado uma esponja.

Foi uma lição terrível para o pai ambicioso, que não suportava a visão de seu promissor filho transformado em um menino fraco e abobado. Assim, despachou-o para Plumfield, com poucas esperanças de que pudesse ser ajudado, mas certo de que seria bem tratado. Bastante dócil e inofensivo era o Billy, e dava pena ver quanto ele se esforçava para tentar aprender, como se estivesse tateando no escuro em busca do conhecimento perdido que tanto lhe custara adquirir.

Dia após dia, ele queimava as pestanas com o alfabeto, dizia com muito orgulho A e B e pensava que conhecia aquelas letras, mas, na manhã seguinte, elas desapareciam e todo o trabalho precisava ser feito de novo e de novo. O senhor Bhaer tinha uma paciência infinita com ele e seguia em frente apesar de o trabalho parecer sem esperança, deixando de lado as lições dos livros e tentando gentilmente, em lugar disso, desfazer a névoa daquela mente opaca e devolver-lhe inteligência suficiente para tornar o menino um fardo mais leve e menos aflitivo.

A senhora Bhaer fortalecia a saúde física dele com todo tipo de artifício que conseguisse inventar, e os meninos tinham pena e eram afetuosos com ele. Billy não gostava das brincadeiras agitadas, mas ficava por longas horas observando as pombas, cavando buracos para Teddy até que mesmo o menininho insistente se desse por satisfeito, e seguindo Silas, o encarregado, de um lugar a outro para vê-lo trabalhar, pois o confiável Si era bom para ele e, embora se esquecesse das letras, Billy sempre se lembrava de rostos amigáveis.

Tommy Bangs era o levado da escola e o menino mais levado que já existiu. Fazia tantas travessuras quanto um macaco, mas tinha um coração tão bondoso que ninguém conseguia evitar perdoá-lo pelo que aprontava; era tão cabeça oca que as palavras passavam por ele como vento, mas demonstrava tanto arrependimento pelas estripulias que era impossível manter a sobriedade quando ele fazia juras solenes de se emendar ou propunha toda sorte de castigos esquisitos a serem aplicados contra si mesmo. O senhor e a senhora Bhaer viviam em permanente estado de prontidão para qualquer acidente, desde Tommy quebrar o pescoço até explodir a família inteira com pólvora, e Nursey tinha uma gaveta específica onde guardava ataduras, emplastros e pomadas para usar especificamente nele, porque Tommy era sempre levado para dentro meio morto; mas nada nunca o matava, e ele se reerguia de cada queda com redobrado vigor.

No dia em que chegou, ele cortou a ponta de um dedo na ceifadeira de feno e, ao longo da semana, caiu do telhado do galpão, foi perseguido por uma galinha zangada que tentou bicá-lo nas partes salientes porque ele tinha mexido com os pintinhos, foi afugentado e teve as orelhas golpeadas violentamente por Asia, que o flagrou deslizando luxuriosamente metade de uma torta roubada em uma panela de creme. Porém, não se deixando intimidar por fracassos nem broncas, esse jovem indomável continuou se divertindo com todo tipo de truque, até que ninguém mais se sentia seguro. Quando ele não sabia a lição, sempre tinha uma desculpa engraçada para oferecer, e como em geral se saía bem nos exercícios, e era brilhante ao inventar respostas quando não as sabia, ele acabava indo muito bem na escola. Mas fora dela, minha Nossa Senhora, como Tommy farreava!

Ele amarrou a gorducha Asia a um poste usando as fitas da roupa dela e a deixou lá por meia hora, soltando reprimendas e fumaça pelas ventas, em certa manhã muito ocupada de segunda-feira. Ele deixou cair uma moeda quente nas costas de Mary Ann enquanto a bela jovem empregada estava servindo à mesa em uma ocasião em que havia cavalheiros para o jantar, donde a pobre mocinha derrubou a sopa e saiu correndo da sala muito embaraçada, deixando a família pensar que havia enlouquecido. Ele instalou um balde de água em uma árvore com um pedaço de corda preso à alça, e quando Daisy, atraída pela cordinha, tentou puxá-la, tomou um banho que estragou o vestido limpo e feriu profundamente seus sentimentos. Ele colocou pequenas pedras brancas no açucareiro quando a avó veio em visita para o chá, e a pobre senhora ficou se perguntando por que os torrões não se dissolviam, mas era educada demais para dizer qualquer coisa. Ele espalhou rapé na igreja a ponto de cinco meninos espirrarem tanto que precisaram sair. Ele cavou valas no inverno e depois as encheu de água para que as pessoas caíssem. Ele quase tirou Silas do sério ao pendurar suas grandes botas em lugares bem visíveis, porque ele tinha pés enormes e sentia muita vergonha deles. Ele convenceu o pequeno e crédulo Dolly a amarrar um fio em um dente mole e a deixar esse fio caído para fora da boca ao ir dormir, para que Tommy puxasse sem que ele sentisse medo durante a operação. Só que o dente não saiu na primeira puxada, e o pobre Dolly acordou muito angustiado e perdeu toda a fé em Tommy daquele dia em diante.

A última que ele aprontou foi dar às galinhas pão embebido em rum, o que as deixou levemente embriagadas e escandalizou todas as demais aves, porque as respeitáveis velhas penosas começaram a circular cambaleando, bicando e cacarejando do modo mais ébrio, enquanto a família gargalhava convulsivamente diante da cena, até que a pequena Daisy se apiedou delas e as fechou no galinheiro, para que dormissem até que a bebedeira passasse.

Esses eram os meninos e eles viviam juntos tão felizes quanto doze meninos poderiam viver, estudando e brincando, trabalhando e competindo, combatendo suas falhas e cultivando suas virtudes do bom e velho jeito. Os meninos de outras escolas provavelmente aprendiam mais dos livros, mas menos daquela sabedoria superior que forma os homens bons. Latim, grego e matemática estavam muito bem, mas, na opinião do professor Bhaer, autoconhecimento, autoajuda e autocontrole eram mais importantes, e ele tentava ensinar a cada um com dedicação. Às vezes, as pessoas abanavam a cabeça diante dessas ideias, mesmo quando precisavam admitir que os meninos aprimoravam esplendidamente seus modos e valores morais. Por outro lado, como a senhora Jo tinha dito ao Nat, "esta é uma escola estranha".

Domingo

No momento em que o sino tocou na manhã seguinte, Nat pulou da cama e vestiu com imensa satisfação as roupas que encontrou na cadeira. Não eram novas, e sim trajes meio puídos dos meninos mais ricos; mas a senhora Bhaer guardava essas penas sobressalentes para os pequenos pardais que acabavam desviados para seu ninho. As roupas mal estavam vestidas quando Tommy apareceu com toda a pompa em seu colarinho branco, e acompanhou Nat para baixo para o café da manhã.

O sol brilhava na sala de jantar sobre a mesa bem servida e sobre o bando de garotos famintos e bem dispostos que se reunia em volta dela. Nat reparou que eles estavam muito mais ordeiros do que na noite anterior, e cada um aguardava em silêncio atrás da respectiva cadeira enquanto o pequeno Rob, de pé ao lado do pai na cabeceira da mesa, entrelaçava as mãos, baixava a cabeça em reverência e dizia suavemente uma prece curta à maneira devotada dos alemães, que o senhor Bhaer amava e tinha ensinado seu filho a honrar. Depois, todos se sentaram para desfrutar do café da manhã dominical, composto de café, carne e batatas assadas, em lugar do pão e leite básicos com que em geral satisfaziam seus jovens apetites. Houve muita conversa amena enquanto facas e garfos tilintavam vivamente, pois as lições do domingo deviam ser aprendidas, os passeios de domingo estabelecidos, e os planos para a semana combinados. Enquanto ouvia, Nat pensou que, pelo que parecia, aquele dia seria muito gostoso, pois ele amava a tranquilidade, e uma alegria calma perpassava tudo e lhe agradava bastante, porque, apesar da vida difícil, o menino tinha os nervos sensíveis que caracterizam a natureza dos que amam a música.

– E agora, meus rapazinhos, cuidem de seus deveres matinais e tratem de estar prontos para a igreja quando o ônibus chegar – disse o papai Bhaer, e deu o exemplo ao partir para a sala de aula, para deixar os livros prontos para o dia seguinte.

Todos se dispersaram para cumprir a própria tarefa, pois cada um tinha um pequeno dever diário e esperava-se que o executasse rigorosamente. Alguns trouxeram lenha e água, varreram os degraus ou fizeram pequenos serviços para a senhora Bhaer. Outros alimentaram os animais domésticos e deram tratos ao celeiro em companhia de Franz. Daisy lavou a louça e Demi secou, pois os gêmeos gostavam de trabalhar juntos e, desde a casa da família, Demi tinha sido ensinado a ser útil. Até mesmo o Baby Teddy tinha um trabalhinho a fazer, e andava de um lado a outro recolhendo os guardanapos e empurrando as cadeiras de volta a seus lugares. Por uma hora e meia, os garotos estiveram numa azáfama digna de abelhas, então o ônibus chegou, papai Bhaer e Franz e mais oito ou nove meninos subiram, e lá se foram eles para um trajeto de quase cinco quilômetros até a igreja na cidade.

Por causa da tosse inconveniente, Nat preferiu ficar em casa com os outros quatro meninos menores, e passou uma manhã bem feliz no quarto da senhora Bhaer, ouvindo as histórias que ela lia para eles, aprendendo os hinos religiosos que ela lhes ensinava e depois se dedicando sossegadamente a colar fotos em um velho livro.

– Esta é a minha estante de domingo – ela disse, mostrando a ele prateleiras repletas de livros de figuras, caixas de tintas, blocos de montar, pequenos cadernos e material para a redação de cartas. – Quero que meus meninos amem os domingos, que o achem um dia de paz, em que podem descansar dos estudos e brincadeiras comuns, mas, ao mesmo tempo, que apreciem os prazeres tranquilos e aprendam, de modos simples, lições mais importantes do que qualquer uma ensinada na escola. Você entende? – ela perguntou, observando o rosto atento de Nat.

– A senhora quer dizer ser bonzinho? – ele disse, após hesitar por um minuto.

– Sim. Ser bom e amar ser bom. É custoso de vez em quando, sei muito bem, mas todos nós nos ajudamos, e assim vamos em frente. Essa é uma das formas pelas quais tento ajudar os meus garotos – e ela pegou um livro grosso, que parecia quase todo escrito, e abriu em uma página onde havia uma palavra no alto.

– Ah, é o meu nome! – gritou Nat, parecendo ao mesmo tempo surpreso e interessado.

– Sim. Eu tenho uma página para cada menino. Faço uma pequena contabilidade de como ele se comporta ao longo da semana e, no domingo à noite, mostro a cada um o seu registro. Se é ruim, eu lamento e me decepciono, se é bom, eu fico contente e orgulhosa; porém, seja como for, os meninos sabem que quero ajudá-los e tentam fazer o melhor que podem por amor a mim e ao papai Bhaer.

– Acho que tentam – disse Nat, percebendo de esguelha o nome de Tommy em frente ao seu e se perguntando o que estaria escrito abaixo dele.

A senhora Bhaer notou os olhos dele nas palavras e balançou a cabeça, dizendo, enquanto virava a página:

– Não, eu não mostro minhas anotações para ninguém a não ser ao dono do registro. Eu chamo isto de meu Livro da Consciência, e só você e eu saberemos o que está escrito abaixo do seu nome. Se você vai ficar contente ou envergonhado de ler no próximo domingo só depende de você mesmo. Eu acredito que será um bom relatório; seja como for, tentarei facilitar as coisas para você neste lugar novo e ficarei feliz se você cumprir nossas poucas regras, viver em harmonia com os outros meninos e aprender alguma coisa.

– Eu vou tentar, senhora – e o rosto magro de Nat corou pela seriedade de seu desejo em tornar a senhora Bhaer "contente e orgulhosa", e não "lamentando e decepcionada". – Deve dar muito trabalho escrever sobre tanta gente – ele acrescentou, enquanto ela fechava o livro com um tapinha de incentivo no ombro dele.

– Para mim não é, pois de fato não sei do que gosto mais, se de escrever ou dos meninos – ela disse, rindo ao ver Nat arregalar os olhos de espanto diante do último item. – Sim, eu sei que muitas pessoas pensam que os meninos são um aborrecimento, mas isso é porque elas não os compreendem. Eu sim, e até hoje não encontrei um único com quem eu não pudesse me dar maravilhosamente bem, depois de encontrar o caminho para seu coração. Ah, eu não poderia viver, absolutamente, sem meu bando de meninos queridos, barulhentos, peraltas e sem juízo, poderia, Teddy? – e a senhora Bhaer abraçou o malandrinho bem a tempo de salvar o grande pote de tinta prestes a ir para o bolso dele.

Nat, que jamais tinha ouvido nada parecido antes, não sabia de verdade se a mamãe Bhaer era um tiquinho doida ou a mulher mais extraordinária que ele já tinha conhecido. Ele se inclinava para a segunda hipótese, apesar de seus modos peculiares, porque Nat achava muito envolvente o jeito como ela completava o prato de um sujeito antes que ele pedisse, como ria das piadas, puxava delicadamente o camarada pelas orelhas ou dava tapinhas no ombro.

– Agora acho que você gostaria de ir à sala de aula ensaiar alguns dos hinos que vamos cantar hoje à noite – ela disse, adivinhando com excelente pontaria a coisa, dentre todas as outras, que ele mais queria fazer.

Sozinho com seu amado violino e o livro de partituras estendido à frente na janela ensolarada, enquanto a beleza da primavera preenchia tudo lá fora, e o silêncio do domingo reinava no lado de dentro, Nat desfrutou de uma ou duas horas de genuína felicidade, aprendendo doces melodias antigas e esquecendo o passado difícil no presente alegre.

Quando aqueles que tinham ido à igreja voltaram e o almoço tinha terminado, eles leram, escreveram cartas para casa, fizeram as lições dominicais ou conversaram calmamente uns com os outros, sentados aqui e ali pela casa. Às três horas, a família inteira foi dar um passeio, pois todos os corpos jovens e ativos precisam se exercitar, e nesses passeios, as jovens mentes ativas eram ensinadas a enxergar e amar a providência divina nos belos milagres que a natureza operava bem diante de seus olhos. O senhor Bhaer sempre os acompanhava e de seu jeito simples e paternal localizava para eles, como Shakespeare, "pedras que dizem sermões, riachos que murmuram livros e a bondade em todas as coisas".

A senhora Bhaer, com Daisy e seus dois meninos, foi para a cidade para a visita semanal à vovó, que era para a atarefada mamãe Bhaer uma folga e o maior dos prazeres. Nat não estava forte o suficiente para a longa caminhada e pediu para ficar em casa com Tommy, que gentilmente se ofereceu para fazer as honras de Plumfield.

– Você já viu a casa, então vamos lá fora dar uma espiada no jardim, no celeiro e nos animais – disse Tommy, quando estavam a sós com Asia, responsável por garantir que eles não se metessem em encrenca; pois, embora Tommy fosse um dos meninos mais bem-intencionados que já adornaram calções curtos, acidentes do tipo mais terrível estavam sempre acontecendo a ele, ninguém sabia exatamente como.

– O que é o zoológico? – perguntou Nat, enquanto eles caminhavam pelo passeio que circundava a casa.

– Todos nós temos animais de estimação, sabe, eles ficam no celeiro de milho e nós chamamos lá de zoológico. Chegamos. Meu porquinho-da-índia não é uma graça? – e Tommy orgulhosamente apontou para um dos espécimes mais feios que Nat já tinha visto daquele bichinho tão amável.

— Eu conheço um menino que tem uma dúzia deles e ele falou que me daria um, mas eu não tinha um lugar pra ele, então não pude pegar. Era branco, com manchas pretas e focinho alinhado, e talvez eu possa conseguir pra você, se você quiser – disse Nat, sentindo que seria uma retribuição gentil às atenções recebidas de Tommy.

— Eu gostaria muito e te dou este, e eles podem viver juntos, se não brigarem. Aqueles camundongos são do Rob, foi o Franz que deu. Os coelhos são do Ned e as galinhas miúdas pertencem ao Rechonchudo. Aquele quadrado é o tanque de tartarugas do Demi, mas ele ainda não começou a mexer nelas. No ano passado, ele tinha sessenta e duas, algumas formidáveis. Ele marcou uma delas com o nome dele e o ano e depois deixou ir embora. Ele diz que talvez a encontre no futuro, e assim saberá que é a dele. Ele leu sobre uma tartaruga que foi encontrada com uma marca que mostrava que ela devia ter mais de cem anos. O Demi é um sujeito engraçado.

— O que tem nesta caixa? – perguntou Nat, parando diante de uma grande, profunda e com terra até metade.

— Ah, essa é a loja de minhocas do Jack Ford. Ele desenterra montes delas e guarda aqui, então, quando queremos ir pescar, compramos dele. Poupa bastante trabalho, pena que ele cobre tão caro por elas. Poxa, da última vez que negociei, precisei pagar dois centavos pela dúzia, e vieram umas pequenininhas. O Jack é sovina de vez em quando, e eu falei pra ele que vou desenterrar pessoalmente as minhas minhocas, se ele não baixar os preços. Bom, eu tenho duas galinhas, aquelas cinza de crista espetada são de primeira categoria e eu vendo os ovos pra senhora Bhaer, mas nunca peço mais do que vinte e cinco centavos pela dúzia, nunca! Eu teria vergonha – exclamou Tommy, com um olhar de desprezo para a loja de minhocas.

— De quem são os cachorros? – perguntou Nat, muito interessado naquelas transações comerciais e sentindo que T. Bangs era um homem com quem seria um privilégio e um prazer se associar.

– O grande é do Emil. O nome dele é Cristóvão Colombo. A senhora Bhaer o nomeou porque gosta de dizer Cristóvão Colombo, e ninguém se importa se ela está se referindo ao cachorro – respondeu Tommy, no tom de um mestre de cerimônias exibindo seus animais. – O cachorrinho branco é do Rob e o amarelo é do Teddy. Um homem ia afogar ele na nossa lagoa, e o papai Bhaer não permitiu. Os cachorros fazem bem para os meninos menores, mas eu mesmo não ligo muito para eles. Os nomes deles são Castor e Pollux.

– Eu gostaria mais do asno Toby, se pudesse ter algum, porque ele é tão bom pra montar, tão pequeno e bonzinho – disse Nat, recordando as caminhadas exaustivas que havia feito com os próprios pés cansados.

– O senhor Laurie mandou o asno para a senhora Bhaer pra que ela não precisasse carregar o Teddy nas costas quando saímos para passear. Todos nós adoramos o Toby e ele é um asno de primeira linha, sim senhor. Os pombos pertencem a muitos de nós; cada um tem o seu preferido e repartimos os pequenos assim que eles nascem. Os passarinhos são muito divertidos; agora não tem nenhum, mas você pode ir lá espiar os mais velhos, enquanto vejo se a Trigueira e a Vozinha botaram algum ovo.

Nat subiu em uma escada, enfiou a cabeça por um alçapão e deu uma boa olhada nas belas pombas bicando e arrulhando em seu espaçoso casarão. Algumas nos ninhos, algumas se movimentando para dentro e para fora, enquanto muitas voavam do telhado ensolarado para a cobertura de palha trançada do pátio, onde seis vacas lustrosas pastavam placidamente.

"Todo mundo tem algum bicho, menos eu. Queria ter uma pomba ou uma galinha ou até uma tartaruga, só pra mim", pensou Nat, sentindo-se muito pobre ao ver os ricos tesouros dos outros meninos.

– Como vocês conseguem essas coisas? – ele perguntou, quando se juntou a Tommy no celeiro.

– Nós encontramos ou compramos, ou as pessoas nos dão. O meu pai manda os meus, mas assim que eu conseguir dinheiro suficiente com os ovos, vou comprar um casal de patos. Tem uma bela lagoa pra eles atrás do celeiro, e as pessoas pagam bem por ovos de pata, e os patinhos são muito bonitos e é divertido ver quando eles nadam – disse Tommy, com ares de um milionário.

Nat suspirou, pois não tinha pai nem dinheiro, nadinha no vasto mundo, a não ser uma velha carteira vazia e a habilidade que repousava na ponta de seus dez dedos. Tommy pareceu entender a questão e o suspiro que se seguiu à resposta, pois após um instante de profunda meditação ele, de repente, soltou:

– Olha, já sei o que vou fazer. Se você recolher os ovos pra mim, porque eu detesto fazer isso, vou lhe dar um ovo a cada dúzia. Você mantém o registro e, quando tiver doze, a mamãe Bhaer vai dar vinte e cinco centavos por eles, e daí você poderá comprar o que quiser, está entendendo?

– Vou fazer isso! Que amigão você é, Tommy! – gritou Nat, deslumbrado com aquela proposta brilhante.

– Ora, não é nada. Você começa agora vasculhando o celeiro, e eu espero. A Vozinha está cacarejando, então é certo que você vai encontrar um ovo em algum lugar – e Tommy se jogou no feno com uma sensação embriagante de ter fechado um bom negócio e feito uma coisa muito amigável.

Nat começou alegremente a procura, e foi remexendo de pombal em pombal até que encontrou dois bons ovos, um escondido debaixo de uma viga e o outro em um velho comedouro do qual a senhora Trigueira havia tomado posse.

– Você pode ficar com um e eu fico com o outro, ele vai completar a minha dúzia e amanhã nós recomeçamos do zero. Aqui, marque suas contas ao lado das minhas, e assim ficaremos bem – disse Tommy, apontando para uma fileira de caracteres misteriosos na lateral de uma velha máquina de peneirar.

Com uma deliciosa sensação de importância, o orgulhoso proprietário de um ovo inaugurou sua contabilidade com o amigo, que rindo escreveu, acima dos números, estas imponentes palavras: T. Bangs & Cia.

O coitado do Nat as achou tão fascinantes que só com muita dificuldade foi convencido a ir depositar seu primeiro pedaço de propriedade portátil na despensa de Asia. Eles então retomaram a ronda, e tendo feito as apresentações de dois cavalos, seis vacas, três porcos e um novilho, como os bezerros são chamados na Nova Inglaterra, Tommy levou Nat a certo salgueiro antigo que pendia sobre um pequeno riacho barulhento. A partir da cerca, era fácil escalar até um amplo nicho entre os três grandes galhos, que tinham sido cortados ano após ano para virarem uma grande quantidade de gravetos finos, até que um manto verde se formou no alto. Nesse ponto, pequenos assentos tinham sido instalados; um espaço oco, transformado em um armário grande o suficiente para guardar um livro ou dois, um barco desmontado e vários apitos só parcialmente prontos.

– Aqui é o canto particular meu e do Demi; nós construímos e ninguém pode subir sem ser convidado, exceto a Daisy. Com ela, nós não nos importamos – disse Tommy, enquanto Nat olhava deliciado para a água marrom que murmurava lá embaixo e para o arco verde acima, onde abelhas zumbiam melodicamente enquanto festejavam nas longas flores amarelas que enchiam o ar de doçura.

– É maravilhoso! – gritou Nat. – Eu espero que você me deixe subir, de vez em quando. Nunca vi um lugar tão lindo em toda a minha vida. Gostaria de ser um pássaro e viver sempre aqui.

– É bem bacana. Você pode subir se o Demi não se incomodar, e acho que não vai, porque ontem à noite ele falou que gostou de você.

– Falou? – e Nat sorriu de prazer, pois a opinião de Demi parecia ser valorizada por todos os meninos, em parte por ele ser sobrinho do papai Bhaer e em parte porque ele era um camarada tão sóbrio e ponderado.

– Falou. O Demi gosta de sujeitos tranquilos, e acho que você e ele vão se dar bem, se você se der ao trabalho de ler como ele.

O rubor de prazer do pobre Nat se transformou em um escarlate doloroso diante daquelas últimas palavras, e ele gaguejou:

– Eu não sei ler muito bem, nunca tive tempo livre, estava sempre andando de um lado pro outro, você sabe.

– Eu mesmo não amo ler, mas me saio bem, quando quero – disse Tommy, depois de um olhar surpreso que revelou, com a clareza de palavras, "Um menino de doze anos que não sabe ler!".

– Seja como for, eu sei ler partitura – acrescentou Nat, contrariado por ter de confessar sua ignorância.

– Eu não sei – Tommy falou em um tom respeitoso, que encorajou Nat a dizer, com firmeza:

– Eu pretendo estudar realmente a sério e aprender tudo que eu puder, já que nunca tive uma chance antes. O senhor Bhaer dá lições muito difíceis?

– Não. Ele não é nem um pouco rabugento, meio que explica as coisas e dá um empurrãozinho nas partes mais complicadas. Algumas pessoas não ajudam, meu professor anterior não ajudava. Se perdíamos uma palavra, levávamos tabefes na cabeça! – e Tommy esfregou a cachola como se ela ainda vibrasse pela farta distribuição de tabefes, cuja lembrança era a única coisa que permanecera nele, depois de um ano com o "professor anterior".

– Eu acho que consigo ler isto – disse Nat, que vinha examinando os livros.

– Leia um pouco então; eu ajudo – retomou Tommy, com um ar paternal.

Então Nat fez o melhor que pôde e patinou ao longo de uma página com diversos empurrõezinhos amigáveis de Tommy, que afirmou que ele logo "pegaria o jeito" tão bem quanto qualquer um. Depois eles se sentaram e conversaram, à moda dos meninos, sobre todo tipo de coisa; entre outras, jardinagem, pois Nat, olhando para baixo de seu poleiro, perguntou o que estava plantado nos muitos lotes abaixo deles, do lado de lá do riacho.

– Lá são os nossos cultivos – disse Tommy. – Cada um tem um lote e pode cultivar o que quiser nele, só precisamos escolher coisas diferentes, não podemos trocar até ter colheita e temos que manter em ordem durante todo o verão.

– O que você vai plantar este ano?

– Bão, eu matutei que vô plantá fejão, que é a cultura que dá mais fácir.

Nat não conteve uma gargalhada, pois Tommy tinha empurrado o chapéu para trás, enfiado as mãos nos bolsos e enrolado as palavras em uma imitação inocente de Silas, o encarregado que gerenciava o lugar para o senhor Bhaer.

– Também não precisa dar risada; feijão é tão mais fácil do que milho ou batata. Eu tentei melões no ano passado, mas as pragas foram uma chatice e os mais antigos não amadureceram antes da geada, então eu só tive um melão bom e dois pequenos muito empapaguados – disse Tommy, escorregando em um "silaísmo" na última palavra.

– É bonito o milho enquanto está crescendo – disse Nat, com toda a educação, para se redimir pela gargalhada.

– É, mas você precisa capinar a toda hora. Você vê, em seis semanas o feijão só precisa ser capinado uma ou duas vezes, e eles amadurecem rápido. Vou tentar, pois fui eu que falei primeiro. O Rechonchudo também queria, mas precisou ficar com as ervilhas. Elas só precisam ser colhidas, e é certo que seja ele a colher, porque come montes delas.

– Será que eu também vou ter um lote? – perguntou Nat, pensando que mesmo capinar o milho deveria ser um trabalho agradável.

– Claro que vai – disse uma voz vinda de baixo, e lá estava o senhor Bhaer voltando do passeio e indo ao encontro deles, pois sempre dava um jeito de ter uma breve conversa com cada um dos meninos em algum momento do dia, e descobrira que esses papos proporcionavam um bom começo para a semana seguinte.

A simpatia é uma coisa muito doce e operava maravilhas em Plumfield, pois cada menino sabia que papai Bhaer estava interessado nele, e alguns estavam mais dispostos a abrir seus corações com ele do que com uma mulher, especialmente os mais velhos, que gostavam de conversar sobre suas esperanças e seus planos de homem para homem. Quando doentes ou com problemas, eles instintivamente se voltavam para a senhora Jo, enquanto os menores faziam dela sua mãe e confessora em todas as ocasiões.

Quando desceram de seu ninho, Tommy caiu no riacho; como estava habituado a isso, ele com toda a calma saiu da água e entrou em casa para se secar. Isso deixou Nat sozinho com o senhor Bhaer, exatamente como o homem queria, e, durante o passeio no jardim, ele conquistou o coração do rapazinho ao lhe conceder um lote e debater as culturas com tanta seriedade como se a alimentação da família dependesse da safra. Desse agradável assunto eles foram para outros, e a mente de Nat recebeu muitas e úteis ideias, acolhidas com tanta gratidão quanto a terra seca recebe a primeira chuva morna da primavera. Durante todo o jantar, ele meditou sobre elas, com frequência fixando os olhos no senhor Bhaer com uma expressão inquisitiva que parecia dizer "Gostei disso, faça outras vezes, senhor". Eu não sei se o homem compreendeu ou não a linguagem muda da criança, mas quando os meninos foram reunidos no quarto da senhora Bhaer para a conversa das noites de domingo, ele escolheu um tema que pode ter sido sugerido pelo passeio no jardim.

Quando olhou ao redor, Nat pensou que aquilo parecia mais uma grande família do que uma escola, pois os companheiros estavam sentados em um amplo semicírculo em volta da lareira, alguns em cadeiras, outros no tapete, Daisy e Demi nos joelhos do tio Fritz e Rob confortavelmente alojado atrás da poltrona da mãe, de onde, sem ser visto, poderia abanar a cabeça sempre que a conversa ficasse mais complexa do que sua capacidade de compreensão.

Todos pareciam muito à vontade e ouviam com atenção, porque o longo passeio tornava o descanso agradável e, como cada um sabia que seria chamado a dar sua opinião, mantinha-se atento para ter uma resposta pronta.

– Era uma vez – começou o senhor Bhaer, do bom e velho modo – um jardineiro muito experiente e sábio que possuía o maior jardim já visto. Era um lugar maravilhoso e adorável, do qual ele cuidava com bastante habilidade e afeto. Ele cultivava diversos tipos de coisas excelentes e úteis, mas ervas daninhas crescem até mesmo em jardins assim tão bons. Com frequência, o solo era pobre e as boas sementes plantadas não brotavam. Ele tinha muitos assistentes para ajudá-lo. Alguns cumpriam seu dever e conquistavam os altos salários que ele lhes oferecia; mas outros negligenciavam suas responsabilidades e permitiam o desperdício, o que o desagradava sobremaneira. Mas ele era muito paciente, e por milhares e milhares de anos trabalhou e esperou por sua colheita maravilhosa.

– Ele devia ser bem velho – observou Demi, que estava encarando o tio Fritz como se para absorver cada palavra.

– Psss, Demi, é um conto de fadas – sussurrou Daisy.

– Não, eu acho que é uma arregoria – disse Demi.

– O que é uma arregoria? – inquiriu Tommy, que era de temperamento questionador.

– Diga a ele, Demi, se puder, e não use palavras a menos que você esteja seguro de saber o que elas significam – disse o senhor Bhaer.

– Eu sei, o vovô me ensinou! Uma fábula é uma arregoria: é uma história que representa uma coisa. A minha "História sem fim" é uma, porque a criança representa uma alma. Não é, tia? – disse Demi, ansioso por provar que estava certo.

– Sim, meu querido, e a história do tio é uma alegoria, estou certa disso; então ouça e veja o que ela representa – respondeu a senhora Jo, que sempre participava do que quer que estivesse acontecendo, e apreciava aquelas conversas tanto quanto qualquer um dos meninos.

Demi se recompôs e o senhor Bhaer prosseguiu em seu melhor inglês, pois havia melhorado bastante nos últimos cinco anos, e confirmou aos meninos que sim, uma alegoria representa alguma coisa.

– Esse fantástico jardineiro deu cerca de uma dúzia de pequenos lotes a um de seus servos, e lhe disse que fizesse o melhor possível e visse o que conseguiria criar. Bem, esse servo não era rico nem sábio, tampouco muito bom, mas ele desejava ajudar, porque o grande jardineiro tinha sido muito gentil com ele de várias formas. Então, com toda a boa disposição, ele pegou os pequenos lotes e se entregou ao trabalho. Eles eram de todas as variedades de formatos e tamanhos, alguns tinham um solo muito rico, outros eram pedregosos e todos precisavam de muitos cuidados, pois no solo rico as ervas daninhas crescem rápido, e no solo pobre havia muitas pedras.

– O que crescia neles além de ervas daninhas e pedras? – perguntou Nat, tão interessado que esqueceu a timidez e falou diante de todos.

– Flores – disse o senhor Bhaer, com um olhar gentil. – Até o pequeno canteiro mais árido e negligenciado continha alguns amore-perfeitos ou um raminho de sempre-viva. Alguns tinham rosas, ervilhas-de--cheiro ou margaridas – e ele apertou gentilmente a bochecha da menina apoiada em seu braço. – Outros possuíam todo tipo de planta interessante, seixos reluzentes, uma trepadeira que subia como o pé de feijão do João da história, e muitas sementes boas já começando a brotar; pois, vejam vocês, esse canteiro tinha sido muito bem cuidado por um velho sábio, que havia trabalhado em jardins desse tipo durante a vida inteira.

Nesse ponto da "arregoria", Demi entortou a cabeça como um pássaro e fixou os olhos brilhantes no rosto do tio, como se suspeitasse de algo e estivesse prestando atenção. Mas o senhor Bhaer aparentava perfeita inocência e prosseguiu, observando um jovem rosto após o outro, com um olhar sério e melancólico que revelava muito à esposa, que sabia com que intensidade ele desejava realizar bem o seu trabalho com aqueles pequenos canteiros de jardim.

– É como eu lhes digo, alguns desses canteiros eram de fácil cultivo, como cuidar de margaridas, e alguns eram muito desafiadores.

Havia um em particular, um canteiro pequeno e ensolarado, que poderia estar repleto de frutas e legumes assim como de flores, porém ele não se esforçava, e quando o homem semeava, digamos, melões, eles não geravam nada, porque o pequeno canteiro não cuidava bem deles. O homem lamentava e continuava tentando, apesar de todas as vezes que a colheita fracassava o canteiro dizer simplesmente "Eu esqueci".

A essa altura, uma gargalhada geral irrompeu e todos olharam para Tommy, que tinha espichado as orelhas ao escutar "melões", e baixado a cabeça ao ouvir sua justificativa favorita.

– Eu sabia que ele estava falando de nós! – gritou Demi, batendo as mãos. – O senhor é o homem e nós somos os pequenos jardins, não é, tio Fritz?

– Você adivinhou. Agora, cada um irá me dizer que tipo de cultivo eu devo tentar semear em vocês nesta primavera, de maneira que no próximo outono eu consiga uma boa colheita dos meus doze, não, treze lotes – disse o senhor Bhaer, acenando a Nat enquanto se corrigia.

– O senhor não pode semear milho e feijões e ervilhas em nós. A não ser que o senhor queira que cada um coma muito e fique gordo – disse Rechonchudo, cujo rosto redondo e sem graça ganhou um clarão súbito quando a ideia lhe ocorreu.

– Não é desse tipo de semente que ele está falando. Ele quer dizer nos fazer ser bons, e as ervas daninhas são os erros – exclamou Demi, que em geral assumia a liderança nessas conversas, porque estava habituado a esse tipo de coisa e apreciava muito.

– Sim, cada um de vocês deve pensar sobre o que mais precisa e então me contar, e eu vou ajudá-los a desenvolver esse aspecto. Apenas vocês devem dar o seu melhor, do contrário acabarão como os melões de Tommy, todo folhas e nada de frutas. Começarei com a pessoa mais velha e perguntarei à mãe o que ela deseja ter em seu canteiro, pois todos nós somos partes do lindo jardim, e podemos dar safras abundantes ao nosso Mestre se O amarmos o suficiente – disse o papai Bhaer.

— Eu vou dedicar o meu lote inteiro à maior colheita de paciência que puder, porque é disso que eu mais preciso — disse a senhora Jo, com tanta sobriedade que os rapazes começaram a pensar a sério no que diriam quando sua vez chegasse, e alguns entre eles sentiram pontadas de remorso por terem contribuído para gastar tão rápido o estoque de paciência da mamãe Bhaer.

Franz quis perseverança; Tommy, firmeza; Ned escolheu boa disposição; Daisy, diligência; Demi, "tanta sabedoria quanto o vovô"; e Nat timidamente declarou que queria tantas coisas que deixaria o senhor Bhaer escolher por ele. Os demais escolheram praticamente as mesmas coisas, e assim paciência, boa disposição e generosidade foram as culturas favoritas. Um menino desejou gostar de acordar cedo, mas não soube que nome dar a esse tipo de semente, ao passo que o coitado do Rechonchudo suspirou:

— Eu queria gostar das aulas tanto quanto gosto do jantar, mas não consigo.

— Nós vamos plantar renúncia, capinar e regar e fazê-la crescer tão forte que no próximo Natal ninguém vai passar mal por comer demais na ceia. Se você exercitar sua mente, George, ela ficará tão faminta quanto seu corpo, e você amará os livros quase tanto quanto o meu filósofo aqui — disse o senhor Bhaer, acrescentando, enquanto afastava uma mecha dos cabelos da testa de Demi: — Você é guloso também, meu filho, e gosta de entupir essa cabecinha com contos de fadas e fantasias, assim como o George gosta de preencher o estômago com bolos e balas. Ambos são ruins, e eu quero que vocês tentem algo melhor. Aritmética não é tão divertida quanto "As mil e uma noites", bem sei, mas é uma coisa muito útil e agora é o momento de aprendê-la, do contrário sentirão pesar e vergonha no futuro.

— Mas *Harry e Lucy* e *Frank* não são livros de fábulas, estão cheios de barômetros, tijolos e sobre como colocar ferraduras em cavalos e eu sou fã deles; não sou, Daisy? — disse Demi, ansioso por se defender.

– É verdade que eles têm esses assuntos, mas eu o vejo lendo *Roland e Maybird* com muito mais frequência do que *Harry e Lucy*, e creio que você não seja tão fã de *Frank* quanto é de *Simbad*. Vamos, vou fazer uma pequena permuta com vocês dois: o George comerá somente três vezes ao dia, e você lerá apenas um livro por semana, e em troca eu lhes darei o novo campo de críquete, vocês só precisam prometer jogar nele – disse tio Fritz, daquele seu jeito persuasivo, pois Rechonchudo amava mordiscar e Demi estava sempre lendo nas horas de lazer.

– Mas nós não gostamos de críquete – disse Demi.

– Talvez não agora, mas vão gostar quando souberem jogar. Além disso, vocês gostam de ser generosos, e os outros meninos querem jogar, e vocês podem oferecer o campo novo a eles, se quiserem.

Essa tirada os atingiu certeiramente, e eles concordaram com a permuta, para enorme satisfação dos demais.

Houve um pouco mais de conversa sobre jardins e depois todos cantaram juntos. A banda encantou Nat, pois a senhora Bhaer tocou piano, Franz tocou flauta, o senhor Bhaer, uma viola baixa, e ele próprio, violino. Um concerto bastante simples, mas todos pareceram apreciar, e a velha Asia, sentada a um canto, juntava-se ao grupo vez por outra com a voz mais doce de todas, pois nessa família patrões e empregados, idosos e jovens, pretos e brancos compartilhavam a cantoria dos domingos, que chegava até o Pai deles todos. Depois, cada um trocou apertos de mão com o papai Bhaer; a mamãe Bhaer beijou cada um deles, desde Franz, com seus 16 anos, até o pequeno Rob, que reservava a ponta do nariz dela para seus beijos particulares, e, em seguida, todos marcharam para a cama.

O brilho do lampião à meia-luz que queimava no dormitório iluminava suavemente um quadro pendurado aos pés da cama de Nat. Havia muitos outros nas paredes, mas o menino achava que existia algo especial naquele, que tinha uma moldura muito graciosa de musgo e cones e, em um pequeno suporte abaixo dele, ficava um vaso de flores silvestres colhidas havia pouco no bosque primaveril. Era o quadro mais bonito de todos, e Nat ficou deitado olhando para a imagem, sentindo vagamente o que significava e desejando saber tudo a respeito.

– Este quadro é meu – disse uma vozinha no quarto.

Nat levantou a cabeça e lá estava Demi, de pijama, fazendo uma pausa em sua volta do quarto da tia Jo, aonde tinha ido receber um curativo em um corte no dedo.

– O que ele está fazendo com as crianças? – perguntou Nat.

– Este é Cristo, o Homem Bondoso, e Ele está abençoando as crianças. Você não sabe nada Dele? – disse Demi, surpreso.

– Não muito, mas queria saber, Ele parece tão gentil – respondeu Nat, cujo principal conhecimento acerca do Homem Bondoso consistia em ouvir Seu nome dito em vão.

– Eu sei tudo a respeito e gosto muito, porque é verdade – disse Demi.

– Quem contou pra você?

– Meu avô, ele sabe tudo e conta as melhores histórias do mundo. Quando eu era pequeno, eu brincava com os livros dele, construía pontes e ferrovias e casas – começou Demi.

– Quantos anos você tem agora? – perguntou Nat, respeitosamente.

– Quase dez.

– Você sabe muitas coisas, não sabe?

– Sei. Você vê, a minha cabeça é bem grande, e o vovô fala que vai custar encher tudo isso, então eu fico colocando pedaços de conhecimento nela o mais rápido que eu consigo – respondeu Demi, de seu modo singular.

Nat riu e depois disse, sério:

– Continua contando, por favor.

E Demi, com grande satisfação, continuou contando sem pausa nem ponto.

– Eu encontrei um livro muito bonito um dia e quis brincar com ele, mas o vovô falou que eu não podia, daí me mostrou as figuras e me falou delas, e eu gostei muito das histórias, do José e os irmãos maus dele e dos sapos que vieram do mar, e do Moisés fofinho na água, e tantas outras tão adoráveis, mas eu gostei da do Homem Bondoso mais do que todas, e o vovô me contou a história dele tantas vezes que eu decorei, e ele me deu esse quadro pra eu não esquecer, e foi pendurado aqui uma vez quando fiquei doente, e eu deixei ficar aí pra outros meninos doentes poderem ver.

– Por que ele abençoa as crianças? – perguntou Nat, que sentia alguma coisa muito atraente na figura principal do grupo.

– Porque Ele as ama.

– Essas crianças eram pobres? – perguntou Nat, ansioso.

– Sim, acho que sim; você vê que algumas mal têm alguma roupa pra se cobrir, e as mães também não parecem senhoras ricas. Ele gostava das pessoas pobres e era bondoso com elas. Ele fazia o bem por elas e as ajudava, e dizia às pessoas ricas que não fossem rudes com os pobres, e eles O amavam de todo o coração, de todo o coração – gritou Demi, com entusiasmo.

– Ele era rico?

– Ah, não! Ele nasceu em um estábulo e era tão pobre que não tinha uma casa pra morar quando cresceu, e de vez em quando nada pra comer também, mas as pessoas doavam pra Ele, e Ele saía por aí pregando pra todo mundo e tentando fazer as pessoas serem boas, até que os homens maus O mataram.

– Por quê? – e Nat sentou na cama para enxergar e escutar, de tão interessado que estava naquele homem que tanto se importava com os pobres.

– Eu vou contar tudo pra você, a tia Jo não vai se importar – e Demi se acomodou na cama oposta, grato por contar sua história favorita a um ouvinte tão interessado.

Nursey espiou para ver se Nat estava dormindo, porém, quando viu o que estava acontecendo, deslizou para fora em silêncio e foi até a senhora Bhaer, dizendo, com seu rosto amável cheio de emoção maternal:

— A minha cara senhora não viria comigo ver uma cena linda? É Nat ouvindo de todo o coração enquanto o Demi conta a história de Cristo criança, como o anjinho que ele de fato é.

A senhora Bhaer já pretendia ir conversar com Nat por um momento antes que ele adormecesse, pois sabia que uma palavrinha séria dita nessa ocasião com frequência fazia muito bem. Porém, quando chegou à porta do dormitório e viu Nat sorvendo com ansiedade as palavras do amiguinho, enquanto Demi contava a história doce e solene que lhe tinha sido ensinada, falando com toda a suavidade enquanto mantinha os lindos olhos fixos no rosto terno acima deles, os dela se encheram de lágrimas, e ela se retirou silenciosamente, pensando: "Demi está inconscientemente ajudando o pobre coitadinho melhor do que eu poderia; não vou estragar isso com uma única palavra".

O murmúrio da voz infantil continuou por muito tempo, enquanto um coração inocente pregava o grande sermão para outro, e ninguém os mandou silenciar. Quando afinal acabou e a senhora Bhaer foi até lá retirar o lampião, Demi havia partido e Nat dormia profundamente, com o rosto virado para o quadro, como se já tivesse aprendido a amar o Homem Bondoso que amava as criancinhas e era um amigo leal dos pobres. O rosto do menino estava muito plácido e, ao olhar para ele, ela sentiu que, se um único dia de cuidado e gentileza havia conseguido tanto, um ano de cultivo paciente iria com toda a certeza extrair uma colheita farta daquele jardim abandonado, que acabara de ser semeado com a melhor de todas as sementes pelo pequeno missionário de pijama.

Caminho

Quando Nat chegou para a aula na segunda-feira de manhã, tremia por dentro, pensando que agora teria de mostrar sua ignorância na frente deles todos. Mas o senhor Bhaer lhe deu um lugar no parapeito da janela que se projetava para fora, onde ele podia dar as costas aos demais, e Franz o ouviu ler as lições ali, onde ninguém mais conseguia ouvi-lo gaguejar nem podia ver os muitos borrões no caderno. Ele ficou verdadeiramente grato por isso e se dedicou com tamanha diligência que o senhor Bhaer disse, sorrindo, ao ver o rosto corado e os dedos manchados de tinta:

– Não trabalhe tão duro, meu menino, ou acabará exausto, e há tempo suficiente.

– Mas eu preciso trabalhar duro, ou não conseguirei acompanhar os outros. Eles sabem muito e eu não sei nada – respondeu Nat, que tinha sido reduzido a um estado de desespero, ao ouvir os meninos declamarem as lições de gramática, história e geografia com o que lhe pareceu uma facilidade e uma precisão espantosas.

— Você sabe muitas coisas que eles ignoram – disse o senhor Bhaer, sentando-se ao lado dele, enquanto Franz conduzia a pequena turma de alunos através das intrincadas tabelas de multiplicação.

— Sei? – e Nat parecia absolutamente incrédulo.

— Sim. Para começar, você sabe controlar seus impulsos, e Jack, que é bom com números, não consegue; esta é uma lição excelente, e creio que você a aprendeu muito bem. Depois, você sabe tocar violino, e nenhum dos outros garotos sabe, embora queiram muito saber. Mas o melhor de tudo, Nat, é que você realmente quer aprender algo, e isso é metade da batalha ganha. No começo, parece difícil e você vai se sentir desanimado, mas persista, e as coisas ficarão cada vez mais fáceis ao longo do caminho.

O rosto de Nat ficava cada vez mais iluminado conforme ele ouvia, pois, por menor que fosse a lista de seus conhecimentos, alegrava-o muitíssimo sentir que tinha algo em que se apoiar. "Sim, eu sei controlar meus impulsos, as surras que levei do meu pai me ensinaram isso; e sei tocar, apesar de não saber onde fica a Baía de Biscayne", ele pensou, com uma sensação reconfortante impossível de expressar. Então disse em voz alta, e com tanta gravidade que Demi o ouviu:

— Eu quero muito aprender e vou me esforçar. Eu nunca fui à escola, mas não por culpa minha, e se os meninos não derem risada de mim, acho que vou me sair bem. O senhor e a senhora são tão bons para mim.

— Eles não vão rir de você e, se rirem, eu vou dizer para não fazerem isso – gritou Demi, esquecendo por um instante onde estava.

A turma parou no meio de sete vezes nove e todos olharam para cima para ver o que estava acontecendo.

Refletindo que, naquele momento, uma lição sobre aprender a ajudar o outro era melhor do que aritmética, o senhor Bhaer contou a eles sobre Nat, fazendo da lição uma história tão interessante e comovente que todos os generosos meninos prometeram contribuir, e se sentiram muito honrados por serem chamados a repartir seus estoques de sabedoria com o camarada que tocava violino tão bem. Esse apelo estabeleceu o sentimento correto entre eles, e Nat teve poucos obstáculos contra os quais lutar, pois cada um se sentia grato por lhe dar um "empurrãzinho" até o degrau seguinte na escada do aprendizado.

Até que ele estivesse plenamente recuperado, porém, estudo demais não era bom, e a senhora Jo encontrou várias diversões na casa para ele, enquanto os demais continuavam com os livros. Mas o jardim era o melhor remédio para Nat, e ele trabalhava sem descanso como um castor, preparando seu pequeno lote, semeando feijão, observando com ansiedade o crescimento e celebrando cada folhinha verde e ramo fino que despontava e florescia no clima ameno da primavera. Jamais um jardim foi capinado com mais fé; o senhor Bhaer até receava que nada teria tempo de crescer, de tanto que Nat remexia o solo; então, deu a ele serviços mais simples com as flores e os morangos, onde ele trabalhava e cantarolava tanto quanto as abelhas que o rodeavam.

– Esta é a minha colheita favorita – a senhora Bhaer costumava dizer, ao apertar as bochechas antes murchas, mas agora ganhando carne e cor, ou ao afagar os ombros que vinham lentamente se endireitando graças a trabalho saudável, boa alimentação e ausência daquele pesado fardo, a pobreza.

Demi era seu amigo, Tommy seu protetor, e Daisy, o alívio para todas as suas aflições, pois, embora os três fossem mais novos do que ele, seu temperamento tímido encontrava grande prazer na companhia inocente deles, e Nat fugia dos esportes brutos dos companheiros mais velhos. O senhor Laurence não o esquecera: mandava roupas e livros, partituras e mensagens gentis, e, de vez em quando, também o levava à cidade para assistir a um concerto, ocasiões em que Nat se sentia no sétimo céu, pois ele ia à grande casa do senhor Laurence, via a bela esposa e a pequena fada que era sua filha, comia um jantar delicioso e era deixado tão à vontade que depois passava dias falando a respeito e noites sonhando com tudo.

Custa tão pouco fazer uma criança feliz que é uma pena que, em um mundo tão cheio de sol e de coisas agradáveis, existam rostos tristes, mãos vazias e coraçõezinhos solitários. Sentindo isso, os Bhaers juntavam todas as migalhas que conseguiam encontrar para dar ao seu bando de pequenos pardais famintos, pois eles não eram ricos, a não ser em caridade. Muitas das amigas da senhora Jo que tinham crianças pequenas mandavam para ela os brinquedos dos quais os filhos tão depressa se cansavam, e no conserto deles, Nat encontrou um emprego que lhe servia perfeitamente. Ele era muito caprichoso e hábil com aqueles seus dedos esguios e passou muitas tardes chuvosas com seu frasco de cola, caixa de tintas e canivete restaurando móveis, bonecos e jogos, enquanto Daisy era a costureira das bonecas despossuídas. Assim que os brinquedos estavam arrumados, eram postos com todo o cuidado em determinada gaveta, cujo conteúdo deveria abastecer uma árvore de Natal para todas as crianças pobres da vizinhança. Esse era o modo como os meninos de Plumfield celebravam o aniversário Daquele que amava os pobres e abençoava os pequenos.

Demi nunca se cansava de ler e de falar sobre seus livros favoritos, e muitas horas agradáveis eles passaram no velho salgueiro, divertindo-se com *Robinson Crusoé*, *As mil e uma noites*, *Contos de Edgeworth* e várias outras queridas histórias imortais, que seguirão encantando crianças pelos próximos séculos. Isso descortinou um novo mundo para Nat; sua ansiedade para saber o que vinha a seguir na história o ajudou até que ele conseguia ler tão bem quanto qualquer um, e se sentiu tão rico e orgulhoso com a nova conquista que havia um perigo real de se tornar um devorador de livros igual ao Demi.

Outra coisa útil aconteceu da forma mais inesperada e agradável. Muitos dos meninos tinham "negócios", como eles diziam, pois a maioria era pobre e, sabendo que aos poucos precisariam ganhar o próprio sustento, os Bhaers incentivavam qualquer esforço por independência. Tommy vendia ovos; Jack especulava com iscas; Franz ajudava a lecionar e era pago por isso; Ned tinha jeito para a carpintaria, e um torno foi montado para ele, no qual ele produzia todo tipo de coisas úteis e bonitas, e as vendia; enquanto Demi construía moinhos de água, ventoinhas e máquinas desconhecidas de natureza intrincada e inútil, que depois passava adiante para os meninos.

— Que ele seja um mecânico, se quiser — dizia o senhor Bhaer. — Dê a um menino um ofício, e ele se torna independente. Trabalhar é íntegro, e qualquer que seja o talento que os rapazes possuam, seja para a poesia ou para a agricultura, deve ser cultivado e tornado útil para eles, se possível.

Assim, quando Nat veio correndo certo dia para perguntar, muito agitado:

— Posso tocar violino para umas pessoas que vão fazer piquenique no nosso bosque? Eles vão me pagar, e eu queria ganhar algum dinheiro como os outros meninos ganham, e tocar é o único jeito que eu conheço de conseguir.

O senhor Bhaer respondeu prontamente:

— Vá e aproveite. É um modo fácil e agradável de trabalhar, e fico contente que lhe tenha sido oferecido.

Nat foi, e se saiu tão bem que voltou para casa com dois dólares no bolso, os quais exibiu com intensa satisfação, enquanto contava quanto havia se divertido durante a tarde, como os jovens eram educados e como haviam elogiado sua música e prometido chamá-lo de novo.

— É tão melhor do que tocar na rua, porque antes eu não ficava com nada do dinheiro e agora fico com ele todo, além de me divertir. Agora eu tenho um negócio assim como o Tommy e o Jack, e estou adorando — disse Nat, orgulhosamente batendo na velha carteira e já se sentindo um milionário.

E de fato ele estava no mercado, pois os piqueniques abundavam conforme o verão se aproximava, e a habilidade de Nat tinha grande demanda. Ele tinha total liberdade para ir, desde que as aulas não fossem negligenciadas e os contratantes fossem jovens respeitáveis, pois o senhor Bhaer explicou a ele que uma boa educação básica é importante para todo mundo, e que nenhuma quantia de dinheiro deveria levá-lo a um lugar onde fosse tentado a agir mal. Nat concordava totalmente com isso, e era uma cena muito agradável ver o rapazinho de coração puro afastar-se nas carroças alegres que paravam no portão para apanhá-lo, ou ouvi-lo tocar na volta, cansado porém feliz, trazendo no bolso o dinheiro ganho honestamente e mais uns "agradinhos" para o deleite de Daisy ou do pequeno Ted, de quem ele nunca se esquecia.

– Eu vou economizar até ter o suficiente para comprar um violino para mim e depois vou poder tocar para me sustentar, não é? – ele costumava dizer, enquanto entregava o dinheiro para que o senhor Bhaer guardasse.

– Espero que sim, Nat, mas antes temos de torná-lo forte e saudável, e colocar um pouco mais de conhecimento nessa sua cabecinha musical. Depois o senhor Laurie vai encontrar um bom lugar para você e, em poucos anos, todos nós iremos vê-lo tocar em público.

Recebendo tarefas apropriadas, incentivo e esperança, Nat percebeu a vida ficando mais fácil e mais feliz a cada dia, e fez tamanho progresso em suas aulas de música que o professor perdoou certa lentidão em outras áreas, sabendo muito bem que a mente funciona melhor onde o coração está. O único castigo que o menino alguma vez recebeu por negligenciar lições mais importantes foi deixar de lado o violino e o arco por um dia. O medo de perder de uma vez seu amigo do peito o fez debruçar-se sobre os livros com vontade; e, tendo provado que conseguia aprender as lições, qual era a utilidade de dizer "Eu não consigo"?

Daisy tinha profundo amor pela música e enorme respeito por qualquer um capaz de produzi-la, e sempre era vista sentada nos degraus fora da sala de Nat enquanto ele treinava. Isso o deixava muito contente, e ele tocava o melhor que podia para aquela única pequena ouvinte silenciosa; ela jamais entrava, preferia ficar sentada costurando seus remendos coloridos, ou cuidando de uma das várias bonecas, com uma expressão de prazer sonhador no rosto que fazia a tia Jo dizer, com lágrimas nos olhos:

– Igualzinha à minha Beth – e se afastar discretamente, não fosse a presença familiar perturbar a doce satisfação da menina.

Nat tinha muito carinho pela senhora Bhaer, mas algo no bondoso professor o atraía mais, pois ele tinha um cuidado paternal com o menino tímido e frágil que, por bem pouco, escapara com vida dos mares tormentosos onde seu barquinho fora brutalmente jogado de um lado a outro por doze anos. Algum anjo bom deve ter olhado por ele, já que, apesar de o corpo haver padecido, a alma parecia ter sofrido poucos danos e chegado à praia com a inocência de um bebê naufragado. Talvez o amor à música a tenha mantido terna, apesar de toda a discórdia que cercava o menino; foi o senhor Laurie quem disse, e ele deve saber. Seja como for, o papai Bhaer gostava muito de fomentar as virtudes do pobre Nat e de corrigir seus erros, encontrando naquele novo pupilo tanta docilidade e tanto afeto quanto em uma menina. Ele com frequência se referia a Nat como "filha" quando falava dele para a senhora Jo, e ela dava risada dessa fantasia, porque gostava de meninos masculinos e achava Nat adorável, porém frágil, mas você nunca imaginaria isso, já que ela o mimava como mimava Daisy, e ele a considerava uma mulher maravilhosa.

Um erro de Nat provocou nos Bhaers uma angústia tremenda, embora eles reconhecessem que ela havia sido reforçada pelo medo e desconhecimento deles. Lamento dizer que Nat de vez em quando contava mentiras. Não muito cabeludas, raramente piores do que só um pouco peludas e, no geral, quase carecas; mas isso não importa, mentira é mentira, e apesar de todos nós dizermos muitas inverdades por educação neste nosso mundo estranho, não é certo e qualquer um sabe disso.

– O cuidado nunca é demais. Vigie sua língua, seus olhos e suas mãos, pois é muito fácil falar, olhar e agir com inverdade – disse o senhor Bhaer em uma das conversas que teve com Nat sobre sua principal tentação.

– Eu sei, e não tenho intenção, mas as coisas são tão mais fáceis quando a pessoa não é muito exigente com a verdade perfeita. Antes eu contava mentiras porque tinha medo do meu pai e do Nicolo, agora eu minto de vez em quando porque os meninos riem de mim.

Eu sei que é errado, mas eu esqueço – e Nat demonstrava muito remorso por seus pecados.

– Quando eu era um menininho, também costumava contar mentiras! Ach! Que lorotas eu dizia, e minha avó me curou, acredita? Meus pais tinham conversado, chorado e punido, mas ainda assim eu me esquecia, como você. Então, minha querida avó falou: "Vou ajudá-lo a se lembrar, colocando essa parte desobediente sob supervisão", e dizendo isso ela puxou minha língua para fora e com a ponta da tesoura espetou até sair sangue. Foi terrível, pode acreditar no que lhe digo, mas me fez muito bem, porque ficou doendo por muitos dias, e cada palavra que eu falava saía tão devagar que me dava tempo para refletir. Depois daquilo, passei a ter mais cuidado, e fui ficando cada vez melhor, pois tinha medo da grande tesoura. Independentemente disso, minha querida avó era muito carinhosa comigo em todas as coisas, e quando ela morreu, lá longe em Nuremberg, fez uma oração para que o pequeno Fritz amasse a Deus e sempre dissesse a verdade.

– Eu nunca tive nenhuma vó, mas se o senhor acha que isso pode me curar, deixo furar a minha língua – disse Nat, heroicamente, pois tinha bastante medo de sentir dor, mas ainda assim desejava muito parar com as mentiras.

O senhor Bhaer sorriu, mas balançou a cabeça.

– Tenho um jeito melhor do que esse, já tentei uma vez e funcionou muito bem. Veja só, agora, quando você contar uma mentira, eu não vou castigá-lo, você é que deverá castigar a mim.

– Como? – perguntou Nat, assustado com a ideia.

– Você deve usar a palmatória em mim, à moda antiga. Eu mesmo raramente faço isso, mas talvez você se lembre melhor se me causar dor do que se senti-la você mesmo.

– Bater no senhor? Ah, mas eu não conseguiria! – gritou Nat.

– Então preste atenção às falhas dessa sua língua. Eu não desejo ser machucado, mas com toda a boa vontade vou suportar a dor, se isso curar seu erro.

Essa sugestão causou tremenda impressão em Nat, pois por um longo período ele manteve a boca em vigilância severa e era desesperadamente preciso em tudo que dizia, pois o senhor Bhaer acertara em sua avaliação: que o amor de Nat por ele teria mais força junto ao menino do que o medo que sentiria por si mesmo. Mas, ah, pobre dele! Certo dia, triste dia, Nat estava com a guarda baixa, e quando o espevitado Emil ameaçou bater nele, se tivesse sido ele a correr pelo jardim esmagando suas melhores espigas de milho, Nat declarou que não tinha sido, e depois teve vergonha de assumir que sim: havia pisoteado a plantação de Emil enquanto Jack o perseguia, na noite anterior.

Ele imaginou que ninguém iria descobrir, mas Tommy por acaso o tinha visto, e quando Emil comentou o fato, um ou dois dias depois, Tommy deu seu testemunho, e o senhor Bhaer ouviu. A aula tinha acabado, todos estavam relaxando no corredor e o senhor Bhaer acabara de se sentar no sofá de palha para brincar com Teddy; mas quando ele escutou Tommy e viu Nat ficando roxo, olhando para ele com uma expressão assustada, pôs o menininho no chão e disse: "Vá com a mamãe, *bubchen*, eu já vou", tomou Nat pela mão, levou-o para a sala de aula e trancou a porta.

Os meninos se entreolharam em silêncio por um minuto, e então Tommy deslizou para fora, e, espiando pela cortina mal fechada, viu uma cena que muito o assombrou. O senhor Bhaer tinha acabado de pegar a longa régua que pendia acima de sua escrivaninha, usada tão raramente que estava recoberta de poeira.

"O quê? Ele vai bater pesado no Nat desta vez. Queria não ter dito nada!", pensou o bondoso Tommy, pois apanhar de régua era a pior desgraça, naquela escola.

– Você se lembra do que lhe falei da última vez? – disse o senhor Bhaer, pesaroso mas não bravo.

– Sim. Mas, por favor, não me obrigue, eu não vou aguentar – gritou Nat, recuando até a porta com ambas as mãos atrás das costas e o rosto tomado pela angústia.

"Por que ele não se endireita e aceita feito homem?", pensou Tommy, embora o coração batesse acelerado diante da cena.

– Eu manterei minha palavra e você deve se lembrar de dizer a verdade. Obedeça-me, Nat, pegue isto e me dê seis bons golpes.

Tommy ficou tão estupefato com essas últimas palavras que quase caiu do banco, mas se salvou e dependurou-se no parapeito, enquanto olhava para dentro com olhos tão arregalados quanto os da coruja empalhada que ficava na chaminé.

Nat pegou a régua, pois quando o senhor Bhaer falava naquele tom, todos o obedeciam, e, parecendo tão assustado e culpado como se estivesse prestes a esfaquear o mestre, deu dois golpes bem fraquinhos na ampla palma da mão estendida à sua frente. Então parou e olhou para cima, meio cego pelas lágrimas, mas o senhor Bhaer disse, com firmeza:

– Adiante. E bata com mais força.

Percebendo que precisava ser feita, e ansioso por deixar logo para trás a amarga tarefa, Nat cobriu os olhos com um dos braços e aplicou outras duas pancadas rápidas e mais fortes, que avermelharam a mão, porém doeram mais no aplicador.

– Já não está bom? – ele perguntou, em um tom de voz já desmaiado.

– Mais duas vezes – foi a resposta, e Nat golpeou, mal enxergando o que estava atingindo, e depois jogou a régua longe, para o lado oposto da sala; envolvendo aquela mão gentil entre as suas, ele pousou o rosto nela, chorando de amor apaixonado, de vergonha e de penitência.

– Eu vou me lembrar! Ah, eu vou me lembrar!

Então o senhor Bhaer pôs o braço em volta dele e falou, com tanta compaixão quanto antes tinha sido firme:

– Creio que vai. Peça ao amado Deus que o ajude, e tente poupar a nós dois de outra situação como esta.

Tommy não viu mais nada, pois rastejou de volta para o corredor tão nervoso e solene que os meninos o cercaram para saber o que tinha acontecido com o Nat.

Em um murmúrio muito impressionado, Tommy lhes contou, e eles reagiram como se o céu estivesse prestes a cair sobre suas cabeças, pois essa inversão na ordem das coisas quase lhes tirou o fôlego.

– Uma vez ele me obrigou a fazer a mesma coisa – disse Emil como se confessando um crime da mais profunda indignidade.

– E você bateu nele? No querido papai Bhaer? Por Júpiter, eu queria ver você fazer isso agora! – disse Ned, jogando Emil em um mais do que justificado ânimo furioso.

– Isso foi há muito tempo. Eu preferiria ter a cabeça decepada a fazer isso agora – e Emil empurrou Ned de leve, em vez de prender seus punhos, como em uma ocasião menos solene ele teria sentido que era seu dever fazer.

– Como você pôde? – perguntou Demi, horrorizado.

– Eu andava muito raivoso naquela época e achei que não me importaria nem um pouco, e talvez até gostasse. Mas, quando dei um belo golpe no tio, tudo que ele já tinha feito por mim veio de algum jeito à minha cabeça de uma vez, e eu não consegui continuar. Não, senhor! Se ele tivesse me deitado e caminhado por cima de mim, eu não teria me importado, de tão mal que me senti – e Emil aplicou no próprio peito uma pancada forte, para expressar o remorso que sentia em relação ao passado.

– Agora o Nat está chorando feito não sei o quê e sofrendo uma dor sem fim, então não vamos dizer uma palavra a respeito, concordam? – disse o bondoso Tommy.

– Claro que não diremos, mas dizer mentiras é horrível – e Demi parecia sentir que o horror era muito aumentado porque o castigo recaíra não sobre o pecador, mas sobre seu amado tio Fritz.

– Que tal se sairmos daqui, para que o Nat possa cortar caminho lá para cima, se quiser – propôs Franz, e liderou a turma até o celeiro, o refúgio dos momentos turbulentos.

Nat não desceu para almoçar, mas a senhora Jo levou um pouco de comida para ele e disse umas palavras gentis, que lhe fizeram bem, embora não conseguisse olhar para ela. Pouco a pouco, os garotos brincando lá fora ouviram o violino e disseram entre si: "Ele está melhor, agora". Ele estava melhor, mas sentia vergonha de descer, até que abriu a porta para sair às escondidas para o bosque e encontrou Daisy sentada nos degraus, sem trabalho de costura nem boneca, apenas um lencinho nas mãos, como se houvesse chorado por seu amigo preso.

– Vou dar um passeio; quer vir? – perguntou Nat, tentando agir como se não houvesse nenhum problema, mas se sentindo grato pela solidariedade silenciosa dela, pois imaginava que todos os demais passariam a olhar para ele como um ser desprezível.

– Quero sim! – e Daisy foi correndo buscar o chapéu, orgulhosa por ser escolhida como companhia de um dos meninos grandes.

Os demais os viram partir, mas ninguém foi atrás, pois meninos têm muito mais delicadeza do que lhes é reconhecida, e os camaradas instintivamente sentiram que, em momentos de desgraça, a pequena e meiga Daisy era a amiga mais adequada.

O passeio fez bem a Nat e ele voltou para casa mais quieto do que de costume, porém parecendo contente de novo e todo enfeitado com guirlandas de margaridas, que sua amiguinha havia trançado enquanto ele estivera deitado na grama contando-lhe histórias.

Ninguém disse uma palavra sobre a cena ocorrida de manhã, mas o efeito talvez tenha sido mais duradouro justamente por isso. Nat fez o melhor que pôde e contou com bastante ajuda, não só nas pequenas preces muito compenetradas que dirigia a seu Amigo celeste, mas também no cuidado paciente do amigo terreno, cuja mão gentil ele jamais voltaria a tocar sem se lembrar que ela havia voluntariamente suportado a dor em benefício dele.

Assadeiras

— Qual o problema, Daisy?

— Os meninos não me deixam brincar com eles.

— Por que não?

— Eles falaram que meninas não sabem jogar futebol.

— Sabem sim, eu mesma joguei! – e a senhora Bhaer riu ao se lembrar de certas brincadeiras da juventude.

— Eu sei que eu sei jogar, o Demi e eu jogávamos e nos divertíamos, mas agora ele não me deixa porque os outros meninos dão risada dele – e Daisy demonstrava profundo ressentimento pela insensibilidade do irmão.

— Levando tudo em conta, acho que ele está certo, querida. Tudo muito bem quando são vocês dois sozinhos, mas acho que é um esporte muito bruto para você jogar com uma dúzia de garotos. Se eu fosse você, iria por minha conta procurar alguma coisa gostosa para fazer.

— Eu estou cansada de brincar sozinha – e a voz de Daisy era puro lamento.

– Eu brinco com você daqui a pouco, mas agora preciso correr e aprontar várias coisas para a ida à cidade. Você pode ir comigo e ver a mamãe, e se quiser pode ficar com ela.

– Eu gostaria de ir junto e ver a Baby Josy, mas quero voltar, por favor. O Demi teria saudade de mim e eu amo estar aqui, tia.

– Você não consegue viver sem o seu Demi, não é? – e tia Jo parecia entender perfeitamente o amor da menininha por seu único irmão.

– Claro que não consigo; nós somos gêmeos, então nos amamos mais do que amamos qualquer outra pessoa – respondeu Daisy com a face iluminada, pois considerava ser gêmea uma das mais altas honrarias que poderia receber.

– Bom, e como você vai se divertir enquanto eu cuido das coisas? – perguntou a senhora Bhaer, que com enorme agilidade guardava pilhas de lençóis em um armário.

– Não sei, eu estou cansada das bonecas e das outras coisas; eu queria que a senhora pensasse em uma nova brincadeira pra mim, tia Jo – disse Daisy, balançando-se inquieta na porta.

– Vou precisar pensar em alguma coisa, e vai levar algum tempo. Então, que tal se você descer até a cozinha pra ver o que a Asia está preparando para comermos? – sugeriu a senhora Bhaer, pensando que aquele era um bom jeito de dispensar o pequeno obstáculo por um período.

– Sim, acho que vou gostar, se ela não estiver de mau humor – e Daisy partiu lentamente para a cozinha, onde Asia, a cozinheira negra, reinava imperturbável.

Em cinco minutos, Daisy estava de volta, com uma expressão vívida, um pouco de massa na mão e uma pitada de farinha no narizinho.

– Ah, tia! Por favor, posso fazer biscoito de gengibre e outras coisas? A Asia não está mal-humorada e falou que eu podia, e ia ser tão divertido, por favor, deixa – exclamou Daisy de um só fôlego.

— Perfeito, vá e aproveite, faça o que preferir e fique quanto quiser — respondeu a senhora Bhaer bastante aliviada, pois às vezes é mais difícil entreter uma única menina do que uma dúzia de meninos.

Daisy saiu correndo e, enquanto trabalhava, tia Jo espremia o cérebro em busca de um brinquedo novo. De repente, ela teve uma ideia, sorriu para si mesma, bateu a porta do armário e saiu toda apressada, dizendo:

— Vou fazer isso, se for uma coisa possível!

Do que se tratava ninguém descobriu naquele dia, mas os olhos da tia Jo brilharam tanto quando ela contou para Daisy que tinha pensado em um novo brinquedo e ia comprá-lo, que Daisy ficou excitadíssima e disparou perguntas ao longo de todo o caminho até a cidade, sem, porém, obter respostas que esclarecessem alguma coisa. Ela foi deixada em casa para brincar com a bebê e deliciar os olhos de sua mãe, enquanto tia Jo partiu para as compras. Quando voltou, como todo tipo de pacote estranho nos cantos da charrete, Daisy estava tão curiosa que queria voltar a Plumfield imediatamente. Mas a tia não se deixou apressar, e fez uma visita comprida ao quarto da mamãe, sentada no chão com a bebê no colo, fazendo a senhora Brooke rir ao contar das brincadeiras dos meninos e sobre várias bobagens divertidas.

Como a tia havia contado o segredo era coisa que Daisy não podia imaginar, mas a verdade é que sua mãe o conhecia, pois disse a ela, enquanto atava o laço da touca e beijava a bochecha rosada:

— Seja uma boa menina, minha filha, e aprenda a nova brincadeira que a titia arranjou pra você. É bem útil e interessante e é muito gentil da parte dela brincar com você, porque ela mesma não gosta tanto assim.

Essas últimas palavras fizeram as duas senhoras dar muita risada e aumentaram o espanto de Daisy. Enquanto elas rumavam para casa, algo tilintava na traseira da charrete.

— O que é isso? — perguntou Daisy, apurando os ouvidos.

– O brinquedo novo – respondeu a senhora Jo, solenemente.

– Do que é feito? – quis saber Daisy.

– Ferro, estanho, madeira, latão, açúcar, sal, carvão e uma centena de outras coisas.

– Que estranho! De que cor é?

– De todas as cores.

– É grande?

– Uma parte é, e outra parte não.

– Eu já vi algum?

– Já viu muitos, mas nunca um tão bonito quanto este.

– Ah, o que pode ser? Não consigo esperar. Quando vou poder ver? – e Daisy se sacudia de impaciência.

– Amanhã de manhã, depois da aula.

– É para os meninos também?

– Não, é todinho pra você e para a Bess. Os meninos vão querer ver e brincar com uma parte, mas é você que decide se vai deixar.

– Vou deixar o Demi, se ele quiser.

– Tenha certeza de que todos vão querer, especialmente o Rechonchudo – e os olhos da senhora Bhaer brilharam mais que nunca, quando ela deu um tapinha de leve no embrulho esquisito que levava no colo.

– Deixa eu sentir um pouco – pediu Daisy.

– Nem uma sentidinha, você adivinharia na hora e estragaria a diversão.

Daisy resmungou, e depois um enorme sorriso se espalhou por todo o seu rosto, pois, através de um pequeno buraco no papel, ela conseguiu um vislumbre de uma coisa muito brilhante.

– Como vou conseguir esperar tanto? Não posso ver hoje?

– Ah, não, minha querida! Precisa ser montado, e cada uma das muitas partes tem de ser posta no lugar certo. Eu prometi ao tio Teddy que você não veria nada até que tudo estivesse deliciosamente em ordem.

– Se o tio sabe o que é, então deve ser maravilhoso – gritou Daisy, batendo as mãos; pois aquele tio afetuoso, rico e alegre era tão bom quanto uma fada madrinha para as crianças, e estava sempre planejando surpresas, presentes bonitos e diversões engraçadas para elas.

– Sim, o Teddy foi comprar comigo e nós nos divertimos muito na loja, escolhendo as partes. Ele quis tudo grande e de boa qualidade, e como era de esperar, meu pequeno plano ficou esplêndido quando ele assumiu. Você deve dar seu beijo mais especial nele na próxima visita, pois ele é o melhor tio que já houve, e comprou um charmoso fo... Misericórdia! Eu quase contei o que é!

A senhora Bhaer interrompeu no meio a palavra que mais interessava e pôs-se a examinar as contas, como se com medo de deixar o gato escapar do saco se continuasse falando. Daisy entrelaçou as mãos com ar resignado e ficou sentada em silêncio, tentando pensar qual brinquedo continha "fo".

Quando chegaram em casa, ela observou cada pacote levado para dentro, e um, grande e pesado, que Franz levou diretamente para o andar de cima e escondeu no dormitório, encheu-a de maravilhamento e curiosidade. Algo muito misterioso aconteceu lá em cima naquela tarde, pois Franz estava martelando, Asia subia e descia sem parar, e a tia Jo voejava em volta como um fogo-fátuo carregando todo tipo de coisa sob o avental, enquanto o pequeno Ted, que era a única criança admitida no quarto, pois ainda não sabia falar direito, balbuciava e ria e tentava adivinhar o que era a "côsa biíta".

Tudo isso deixou Daisy meio selvagem, e a agitação dela se espalhou entre os meninos, que sobrecarregaram a mamãe Bhaer com suas ofertas de ajuda, de que ela declinou citando as palavras deles para Daisy:

– Meninas não podem brincar com meninos. Isto é para Daisy, Bess e para mim, e não queremos vocês – com isso os jovens cavalheiros se retiraram humildemente e convidaram Daisy para uma partida de bolinhas de gude, para andar a cavalo, jogar futebol ou qualquer outra coisa que ela quisesse, com um afeto súbito e inútil que muito espantou sua inocente alma.

Graças a essas atenções, ela atravessou a tarde, foi cedo para a cama e, na manhã seguinte, fez as lições com uma eficiência que levou tio Fritz a desejar que um brinquedo novo fosse inventado todos os dias. Um arrepio de excitação perpassou a sala de aula quando Daisy foi dispensada às onze horas, pois todos sabiam que ela ia então ganhar o brinquedo misterioso.

Muitos olhos a acompanharam quando ela saiu correndo, e a mente de Demi estava tão distraída pelo acontecimento que, quando Franz perguntou a ele onde ficava o Deserto do Saara, ele murmurou em resposta "No dormitório", e a classe toda riu dele.

– Tia Jo, eu fiz todos os meus exercícios e não aguento esperar nem mais um minuto! – gritou Daisy, voando para dentro do quarto da senhora Bhaer.

– Está bem; vamos – e acomodando Ted debaixo de um braço e o cesto de costura debaixo do outro, tia Jo começou imediatamente a subir a escada.

– Não estou vendo nada – disse Daisy, espreitando ao redor quando chegou à porta do dormitório.

– Está escutando alguma coisa? – perguntou a tia Jo, puxando Ted para trás pelos cueiros, pois ele estava indo direto para uma lateral do quarto.

Daisy de fato ouviu um estalo esquisito, depois um ronronado baixo como se fosse uma chaleira cantando. Esses ruídos vinham de trás de uma cortina fechada que ficava na frente de uma janela que se projetava para fora. Daisy afastou a cortina e soltou um alegre "Ah!" e ficou imóvel, hipnotizada pelo... adivinha o quê?

Um grande alicerce se estendia pelas três faces da janela; de um lado pendiam variadas panelas, frigideiras e grelhas; do outro lado, um pequeno aparelho de jantar e um jogo de chá; e no centro, um fogão. Não de estanho, que isso seria inútil, mas um fogão real, de ferro, grande o suficiente para se cozinhar nele para uma ampla família de bonecas famintas. Mas o melhor era que um fogo de verdade ardia lá dentro, vapor de verdade saía do bico da chaleira, e sua tampa tremelicava de verdade, de tão forte que borbulhava a água dentro dela. Um dos vidros da janela tinha sido substituído por um painel de metal, com um buraco para o cano, e fumaça de verdade bailava para fora com tanta naturalidade que a cena era de aquecer o coração. A caixa de madeira com o suprimento de carvão repousava ali perto; logo acima dela ficavam a pá de recolher fuligem, a escova e a vassoura; uma pequena cesta de mercado estava sobre a mesa baixa onde Daisy costumava brincar, e do encosto da cadeirinha pendiam um avental branco com babadouro e uma touca de cozinha. O sol brilhava como se apreciasse a diversão, o pequeno fogão rugia lindamente, a chaleira soltava vapor, os objetos de metal lançavam reflexos nas paredes, a bela louça estava enfileirada com toda organização, e no conjunto era uma cozinha tão alegre e completa quanto qualquer criança poderia desejar.

 Daisy ficara muito quieta depois do primeiro "Ah!" entusiasmado, mas seus olhos iam depressa de um objeto lindo ao seguinte, iluminando-se enquanto olhavam, até que chegaram ao rosto contente da tia Jo; ali eles pararam e a menininha a abraçou, dizendo, com imensa gratidão:

 – Ah, tia, é um brinquedo esplêndido! Eu posso mesmo cozinhar neste fogão lindo, dar festas e oferecer chás, e limpar e acender fogo que queima de verdade? Eu gostei tanto! Como teve essa ideia?

 – Você gostar de fazer biscoitos de gengibre com a Asia foi o que me fez pensar nisso – disse a senhora Bhaer, segurando Daisy, que se agitava tanto que parecia prestes a sair voando. – Eu sabia que a Asia não permitiria que você remexesse a cozinha dela com muita frequência, e ali você poderia se queimar, então pensei em ver se encontrava um fogão pequeno para ensiná-la a cozinhar, o que seria divertido e útil também. Eu fui a várias lojas de brinquedos, mas todos os modelos grandes custavam muito caro, e eu já estava achando que deveria desistir da ideia, quando encontrei o tio Teddy. Assim que ele soube o que eu pretendia, falou que queria ajudar e insistiu em comprar o maior fogão de brinquedo que conseguíssemos encontrar. Eu lhe dei uma bronca, mas ele só deu risada e me provocou, recordando as experiências que tive na cozinha quando éramos jovens, e disse que eu deveria ensinar a Bess, além de você, e foi em frente comprando todo tipo de coisinhas bacanas para as minhas "aulas de culinária", como ele chamou.

– Estou tão feliz porque vocês se encontraram! – disse Daisy, quando a senhora Jo parou para rir da lembrança da ocasião engraçada que tinha vivido com o tio Teddy.

– Você precisa estudar a sério e aprender a fazer vários tipos de coisas, pois ele disse que virá para o chá com bastante frequência, e que espera encontrar quitutes realmente especiais.

– É a cozinha mais linda do mundo, e eu vou gostar mais de estudar nela do que de fazer qualquer outra coisa. Eu não posso aprender a fazer tortas e bolo e *macaron* e todo o resto? – exclamou Daisy, dançando pelo quarto com uma caçarola em uma mão e um pequeno atiçador de brasas na outra.

– Cada coisa a seu tempo. Isto é para ser uma brincadeira útil. Eu vou lhe ajudar, e você será minha cozinheira, então eu vou dizer o que você vai preparar e mostrar como. Depois, precisaremos ter coisas adequadas para comer, e você vai aprender de verdade a cozinhar em pequena escala. Eu vou chamá-la de Sally e brincar que você é uma menina que acabou de chegar – acrescentou a senhora Jo, arrumando-se para o trabalho, enquanto Teddy estava no chão sugando o polegar e encarando o fogão como se fosse uma coisa viva cuja aparência o interessava profundamente.

– Eu vou adorar isso! O que vamos cozinhar primeiro? – perguntou Sally, com uma expressão tão feliz e bem disposta que a tia Jo desejou que todas as novas cozinheiras tivessem metade desses atributos.

– Antes de qualquer coisa, vista a touca e o avental. Sou um pouco antiga e gosto que minha cozinheira seja bem asseada.

Sally enfiou o cabelo cacheado na touca e pôs o avental sem nenhuma reclamação, embora, no geral, se rebelasse contra babadouros.

– Agora você pode organizar as coisas e lavar a louça nova. O conjunto antigo também precisa ser lavado, pois minha última ajudante era mestre em deixá-lo em petição de miséria depois de um chá.

Tia Jo falou em um tom bastante sóbrio, mas Sally riu, pois sabia quem era a menina pouco higiênica que tinha deixado as xícaras grudentas. Então ela arregaçou as mangas e, com um suspiro de satisfação, inaugurou as atividades na cozinha, tendo de vez em quando rompantes de êxtase com o "doce rolo de abrir massa", a "querida cuba de lavar louça" e o "engenhoso pimenteiro".

– Agora, Sally, pegue a cesta e vá ao mercado; aqui está a lista das coisas que quero para o jantar – disse a senhora Jo, entregando-lhe um pedaço de papel depois que as louças estavam em ordem.

– Onde é o mercado? – perguntou Daisy, pensando que a nova brincadeira ficava mais interessante a cada minuto.

– O mercado é a Asia.

E lá se foi Sally, causando outro frêmito na sala de aula ao passar pela porta em sua roupa nova e cochichar para Demi, com o rosto em total deleite:

– É um brinquedo perfeitamente esplêndido!

A velha Asia gostou da brincadeira tanto quanto Daisy, e riu com vontade quando a menina entrou voando no cômodo, com a touca caída de lado e as alças da cesta batendo como castanholas, parecendo uma cozinheira muito maluquinha.

– A senhora tia Jo quer estas coisas e preciso levar imediatamente – disse Daisy, sentindo-se muito importante.

– Vamos ver, querida; dois quilos de carne, batatas, abóbora, maçãs, pão e manteiga. Bom, a carne ainda não veio; quando chegar, mandarei lá para cima. Os outros itens estão bem à mão.

Asia então acomodou na cesta uma batata, uma maçã, um pedaço de abóbora, um pouco de manteiga e um filão de pão, dizendo a Sally que ficasse atenta com o entregador do açougue, porque ele às vezes pregava peças.

– Quem é o entregador? – e Daisy esperava que fosse Demi.

– Você vai ver – foi só o que Asia disse; e lá se foi Sally cheia de entusiasmo, cantando um verso da adorável história em rimas de Mary Howitt:

> *E lá vai a pequena Mabel*
> *Levando um bolo tão gostosinho*
> *Um pouco de manteiga fresca*
> *E uma garrafa de bom vinho*

– Por enquanto, ponha tudo, menos a maçã, no armário – disse a senhora Jo quando a cozinheira voltou.

Havia um gabinete debaixo da prateleira do meio que, ao ser aberto, revelou novas delícias. Uma metade era evidentemente o depósito, pois achas, gravetos e carvão estavam ali guardados. A outra metade estava cheia de pequenas jarras e caixas e diversos tipos de dispositivo para o armazenamento de pequenas quantidades de farinha, polvilho, açúcar, sal e outras provisões domésticas. Havia um pote de geleia, uma caixinha de metal com biscoito de gengibre, um frasco com vinho de groselha e um pote pequeno de chá. Mas o maior encanto eram duas panelas de boneca para leite fresco com um creme verdadeiro fermentando e uma escumadeira diminuta pronta para escumar de verdade. Daisy bateu palmas diante do delicioso espetáculo e quis recolher o creme imediatamente, mas a tia Jo falou:

– Ainda não; o creme é para colocar na torta de maçã depois da refeição, e não devemos mexer nele até lá.

– Vou ganhar torta de maçã? – gritou Daisy, mal acreditando que tantas coisas boas poderiam estar reservadas para ela.

— Sim. Se o seu forno funcionar direito, teremos duas tortas, uma de maçã e uma de morango – disse a senhora Jo, que estava quase tão interessada na nova brincadeira quanto a própria Daisy.

— Oh, e agora? – perguntou Sally, impaciente para começar logo.

— Feche a tampa de baixo do fogão, para preaquecer o forno. Depois lave as mãos e tire a farinha, o açúcar, o sal, a manteiga e a canela. Verifique se a assadeira de tortas está limpa e corte a maçã até ficar pronta para colocar na massa.

Daisy arrumou as coisas com o menor barulho e a menor sujeira que se poderia esperar de uma cozinheira tão jovem.

— Eu não sei como calcular as medidas para tortas tão pequenas; vou ter de adivinhar e, se não tivermos sucesso, tentaremos de novo – disse a senhora Jo, aparentando perplexidade e se divertindo com a pequena preocupação que tinha diante de si. – Pegue aquela panela cheia de farinha, acrescente uma pitada de sal e depois esfregue naquele prato tanta manteiga quanto for necessário. Lembre-se de sempre colocar os itens secos primeiro e depois os úmidos. Assim eles se misturam melhor.

— Eu sei como, vi a Asia fazendo. Não devo untar as assadeiras das tortas também? Ela unta antes de tudo – disse Daisy, despejando a farinha com generosidade.

— Muito bem! Acho que você tem dom para a culinária, aprende tudo tão rápido – disse a tia Jo, em tom de aprovação. – Agora um pouco de água fria, só o suficiente para umedecer; depois polvilhe um pouco da farinha na mesa, amasse um pouco e dobre a massa para fora; isso, assim mesmo. Agora ponha nacos de manteiga e enrole por cima de novo. Não poremos recheio demais, ou as bonecas vão ter dispepsia.

Daisy riu daquela ideia e espalhou a manteiga com mãos pródigas. Depois ela esticou e esticou com o adorável rolinho e, tendo preparado a massa, começou a cobrir os pratos com ela. Em seguida vieram as maçãs fatiadas, e o açúcar e a canela foram acrescentados com o fôlego suspenso pela concentração.

– Eu sempre quis cortar redondo e a Asia nunca me deixou. Como é bom poder fazer as coisas do meu próprio jeito – disse Daisy, enquanto a faquinha ia aparando a curva do prato de boneca apoiado na mão oposta.

Todos os cozinheiros, até os melhores, encaram infortúnios algumas vezes, e o primeiro de Sally ocorreu nesse momento, pois a faca se movia tão depressa que o prato escorregou, deu uma cambalhota no ar e aterrissou no chão com a adorável tortinha de cabeça para baixo. Sally gritou, a senhora Jo deu risada, Teddy rastejou para pegar e, por um instante, uma grande confusão reinou na nova cozinha.

– O recheio não derramou e a massa não esfarelou, porque eu amassei as bordas bem apertadas; não estragou nem um pouquinho, então vou fazer os furos e vai ficar pronta – disse Sally, resgatando o tesouro capotado e colocando-o de volta na forma, com infantil desprezo pelo pó acumulado na queda.

– Vejo que a minha nova cozinheira tem bom humor, e isso é um alívio – disse a senhora Jo. – Agora abra o pote de geleia de morango, preencha a torta ainda não coberta e ponha tiras de massa por cima, como a Asia faz.

– Vou fazer um D no meio e decorar com massa em zigue-zague, vai ficar muito interessante na hora de comer – disse Sally, encerrando o preparo com tantos volteios e floreios que deixaria um confeiteiro de verdade bem irritado. – Agora vou colocar lá dentro – ela exclamou, quando o último enfeite de massa foi cuidadosamente plantado no campo vermelho de geleia e, com ar triunfal, ela fechou as tortas dentro do pequeno forno.

– Agora, recolha suas coisas; uma boa cozinheira jamais deixa seus utensílios espalhados. Depois, descasque a abóbora e as batatas.

– Só tem uma batata – choramingou Sally.

– Corte em quatro, para que caibam na panela, e ponha os pedaços em água fria até que chegue o momento de cozinhá-los.

– Mergulho a abóbora na água também?

– Ah, não! Só tire a casca, corte e coloque no vaporizador em cima da panela. Fica mais seco assim, apesar de levar mais tempo para cozinhar.

Um arranhar na porta levou Sally a correr para abri-la e surgiu Kit, carregando um cesto coberto na boca.

– Ah, o entregador do açougue! – gritou Daisy, achando muita graça naquela ideia, enquanto o livrava da carga; ele começou a lamber os lábios e a implorar, claramente achando que se tratava do jantar dele, pois sempre o transportava daquele modo para o dono. Enganado, ele partiu muito frustrado e latiu sem parar escada abaixo para acalmar seus sentimentos feridos.

No cesto havia dois nacos de carne (em medidas de boneca), uma pera assada, um bolo pequeno e um bilhete onde Asia havia rabiscado: "Para o almoço da senhorita, caso a comida dela não tenha dado certo".

– Eu não quero nada dessas peras velhas e outras coisas; minha comida vai dar muito certo e eu vou ter uma refeição esplêndida, você vai ver só! – disse Daisy, indignada.

– Talvez seja útil se aparecer alguém. É sempre bom ter alguma reserva – disse a tia Jo, que havia aprendido essa valiosa lição após uma série de pânicos domésticos.

– Tô cum fome – anunciou Teddy, começando a pensar que, com tanta coisa sendo preparada, já era hora de alguém comer algo. A mãe lhe entregou o cesto de costura para que brincasse, esperando com isso mantê-lo quieto até que a comida estivesse pronta, e então voltou a seus afazeres.

– Coloque os legumes, ponha a mesa e deixe alguns carvões prontos para a carne.

Que delícia era ver as batatas dançando na pequena panela; espiar a abóbora ficando macia tão depressa no leve vapor; abrir animadamente a porta do forno a cada cinco minutos para ver como as tortas estavam indo e, por fim, quando os carvões estavam incandescentes e vermelhos, colocar dois pedaços de bife de verdade na grelha de um dedo de comprimento e, com indizível orgulho, virá-los com um garfo. As batatas ficaram prontas antes, e não é de admirar, pois tinham fervido freneticamente durante todo o tempo. Elas foram amassadas em um pilãozinho, receberam muita manteiga e nenhum sal (a cozinheira se esqueceu, na emoção do momento); depois, foram transformadas em um montículo em uma travessa vermelha muito alegre, alisadas com uma faca mergulhada em leite e levadas ao forno para dourar.

Sally estava tão concentrada nesses últimos afazeres que se esqueceu dos doces, até que abriu o forno para colocar as batatas e um lamento alto surgiu, pois oh, não!, as tortinhas estavam carbonizadas!

– Ah, as minhas tortas! Minhas queridas tortinhas estragaram! – chorou a pobre Sally, retorcendo as pequenas mãos sujas enquanto avaliava a ruína de seu trabalho. A decorada estava particularmente digna de pena, pois os zigue-zagues de massa se espalhavam em todas as direções sobre a geleia enegrecida, como as paredes e a chaminé de uma casa depois de um incêndio.

– Minha querida, minha querida, eu me esqueci de lembrá-la de tirar as tortas, foi culpa minha – disse a tia Jo, cheia de remorso. – Não chore, amor, foi erro meu; vamos tentar de novo depois de comer – ela acrescentou, enquanto dos olhos de Sally escorreu uma lágrima grossa que chiou ao cair nas ruínas ferventes da torta.

Mais lágrimas teriam caído se naquele momento os bifes não tivessem pegado fogo, assim absorvendo toda a atenção da cozinheira e depressa apagando de sua mente as tortas perdidas.

– Ponha a travessa da carne e os pratos para aquecer, enquanto você amassa a abóbora com manteiga, sal e um pouco de pimenta por cima – disse a senhora Jo, esperando de todo o coração que o preparo chegasse ao fim sem mais acidentes.

O "engenhoso pimenteiro" alegrou um pouco os sentimentos de Sally, e ela preparou a abóbora com muito estilo. A comida foi posta sobre a mesa em total segurança; as seis bonecas estavam sentadas à mesa, três de cada lado; Teddy ficou com a ponta e Sally na cabeceira. Quando todos estavam acomodados, foi um espetáculo imponente, pois uma das bonecas estava em roupa de gala, outra de camisola; Jerry, o menino de lã, trajava o casaco vermelho de inverno, enquanto Annabella, a adorada boneca que não tinha nariz, tinha sido vaporosamente vestida com nada além da própria pele. Teddy, como o pai da família, se comportou com perfeita adequação, pois devorou sorrindo tudo quanto lhe foi oferecido e não encontrou um só defeito em nada. Daisy se desdobrava em gentilezas para com os companheiros como a anfitriã cansada, afogueada, mas hospitaleira, que com tanta frequência se vê em mesas bem maiores do que aquela, e fez as honras com um ar de satisfação inocente que nem sempre encontramos em outros lugares.

O bife ficou tão duro que a pequena faca não conseguia cortar; a batata não foi suficiente e a abóbora estava molenga; mas os convidados demonstraram uma educada indiferença a essas ninharias; e o senhor e a senhora da casa rasparam os pratos com um apetite de fazer inveja a qualquer um. A alegria de escumar uma panela cheia de creme diminuiu a angústia sentida pela perda das tortas, e o antes desprezado bolo de Asia se provou um tesouro como sobremesa.

– Este é o melhor lanche da minha vida; posso fazer todo dia? – perguntou Daisy, enquanto comia as sobras de tudo ao redor.

– Você pode cozinhar todos os dias depois da aula, mas prefiro que você se alimente nas refeições de sempre, e só coma no lanche alguns biscoitos de gengibre. Hoje, sendo a primeira vez, tudo bem, mas precisamos manter as regras. À tarde, você pode preparar alguma coisa para o chá, se quiser – disse a senhora Jo, que havia gostado muito da festinha, embora ninguém a tivesse convidado a participar.

– Posso fazer panquecas para o Demi? Ele gosta tanto, e é tão divertido virar e colocar açúcar no meio – exclamou Daisy, enquanto com todo o carinho limpava uma mancha amarela do nariz quebrado de Annabella, pois Bella tinha se recusado a comer a abóbora que foi pressionada contra seu rosto e era bom para seu "rumatismo", um problema que não nos admira que ela tivesse, considerando a ausência de roupas.

– Mas se você der um agradinho ao Demi, todos os demais vão querer também, e você vai se ver em apuros.

– Eu não podia chamar o Demi para o chá sozinho, só hoje? Depois, eu poderia cozinhar coisas para os outros, se eles forem bonzinhos – propôs Daisy, com uma inspiração repentina.

– Mas que ideia fabulosa, minha flor! Vamos transformar suas pequenas bagunças em recompensa para os meninos comportados, e não sei de um entre eles que não gostaria de um quitute gostoso mais do que qualquer outra coisa para comer. Se os homens pequenos forem como os grandes, comida boa vai tocar seus corações e acalmar os ânimos lindamente – completou a tia Jo, com um aceno alegre para a porta, onde estava papai Bhaer, observando a cena com uma expressão muito divertida.

– Essa última parte foi dirigida a mim, mulher perspicaz. Eu a aceito, pois é verdade; porém, se eu tivesse me casado pelo que a senhora cozinha, minha amada, teria passado muito mal todos esses anos – respondeu o professor, rindo enquanto volteava com Teddy, que havia ficado quase apoplético em seus esforços de descrever o banquete que tinha acabado de comer.

Com enorme orgulho, Daisy mostrou sua cozinha e precipitadamente prometeu ao tio Fritz tantas panquecas quantas ele conseguisse comer. Ela estava contando sobre o novo sistema de recompensas quando os meninos, liderados por Demi, irromperam no quarto farejando o ar como uma matilha de cães famintos, pois a aula tinha terminado, o almoço não estava pronto ainda e o aroma dos bifes de Daisy os havia conduzido direto à fonte.

Jamais se viu uma jovem donzela tão orgulhosa quanto Sally, enquanto ela apresentava seus tesouros e contava aos rapazinhos o que estava à espera deles. Muitos torceram o nariz para a ideia de que ela seria capaz de cozinhar qualquer coisa adequada para ser comida, mas o coração do Rechonchudo foi conquistado de imediato. Nat e Demi tinham sólida confiança na habilidade dela, enquanto os outros declararam que iam esperar para ver. Todos, porém, admiraram a cozinha e examinaram o fogão com profundo interesse. Ali mesmo, Demi se ofereceu para comprar o vaporizador, que pretendia usar em um motor a vapor que estava construindo; e Ned declarou que a panela maior era um recipiente perfeito onde ele poderia derreter chumbo, quando por acaso encontrasse munição, machadinhas e outras bagatelas.

Daisy ficou tão assustada com aquelas propostas que, na mesma hora, a senhora Jo criou e proclamou uma lei segundo a qual nenhum menino poderia tocar no fogão sagrado, usá-lo ou mesmo se aproximar dele sem a expressa permissão da proprietária. Isso aumentou significativamente o valor do objeto aos olhos dos cavalheiros, em especial porque qualquer infração da lei seria punida com a perda do direito de desfrutar das delícias prometidas aos virtuosos.

A essa altura, o sino tocou e todos desceram para o almoço, refeição que foi alegrada pelo fato de cada menino dar a Daisy uma lista das coisas que gostaria que fossem preparadas, assim que ele fizesse por merecer. Daisy, cuja confiança no fogão era ilimitada, prometeu tudo, se a tia Jo lhe dissesse como fazer. Essa sugestão alarmou bastante a senhora Jo, pois alguns pratos estavam bem além de sua capacidade; bolo de casamento, por exemplo, ou olho de sogra, e sopa de repolho com arenque e cerejas, que o senhor Bhaer sugeriu por ser seu prato favorito, com isso reduzindo a pobre esposa imediatamente ao desespero, pois a culinária alemã estava muito além de seu alcance.

Daisy quis começar de novo no minuto em que o almoço acabou, mas só obteve permissão para limpar tudo, preencher a chaleira com água para o chá e lavar o avental, cujo estado poderia indicar um banquete natalino. Ela foi então mandada para fora para brincar até as cinco horas, pois o tio Fritz falou que muito estudo, mesmo culinário, fazia mal aos pequenos, e a tia Jo sabia, por longa experiência, como os brinquedos novos perdem o encanto se não são usados com moderação.

Todos foram muito gentis com Daisy naquela tarde. Tommy lhe prometeu os primeiros frutos de seu jardim, embora a única cultura visível naquele momento fossem flores; Nat se ofereceu para abastecê-la de lenha, sem custo; Rechonchudo a estava praticamente idolatrando; Ned foi na mesma hora trabalhar em um pequeno refrigerador para a cozinha; e Demi, com uma pontualidade linda de ver em alguém tão jovem, a acompanhou até o dormitório assim que o relógio bateu cinco horas. Ainda não era a hora do chá, mas ele implorou tanto para entrar com ela e ajudar, que ganhou privilégios que raros visitantes recebem, pois acendeu o fogo, cuidou de uma coisa ou outra e observou a atividade de sua superiora com extremo interesse. A senhora Jo conduzia o caso conforme entrava e saía, atarefada na instalação de cortinas limpas na casa inteira.

– Pede pra Asia uma xícara de creme azedo, assim os bolos vão ficar leves sem precisar de muito bicarbonato, pois eu não gosto – foi a primeira ordem.

Demi partiu escada abaixo e voltou com o creme, e também com o rosto retorcido, pois tinha provado no meio do caminho e achado tão azedo que previu que os bolos seriam intragáveis. A senhora Jo aproveitou a oportunidade para, do patamar da escada, fazer um pequeno sermão sobre as propriedades químicas da soda, que Daisy não ouviu, mas Demi sim, e absorveu, como provou pela resposta breve porém completa.

– Sim, eu entendo, o bicarbonato torna doces as coisas azedas, e as borbulhas deixam leves. Vamos ver você fazer, Daisy.

– Encha aquela tigela quase até em cima com farinha e acrescente um pouco de sal – continuou a senhora Jo.

– Minha nossa, parece que tudo precisa ter sal – disse Sally, cansada de abrir a caixinha de comprimidos onde ele ficava guardado.

– Sal é como bom humor e quase tudo fica melhor com uma pitada dele, Florzinha – e o tio Fritz parou enquanto passava, de martelo em mãos, para bater um ou dois pregos onde as panelas de Sally pudessem ser penduradas.

– O senhor não está convidado para o chá, mas eu lhe darei um pouco de bolo e não serei malcriada – disse Daisy, estendendo o rosto floral para agradecer-lhe com um beijo.

– Fritz, você não pode interromper minha aula de culinária, ou eu vou invadir a sua quando estiver ensinando latim. O que acharia disso? – disse a senhora Jo, atirando uma grande cortina de *chintz* em cima da cabeça dele.

– Eu adoraria, tente só para ver – e o amável papai Bhaer se afastou cantarolando e batucando pela casa como um pica-pau gigante.

– Ponha o bicarbonato no creme e quando "assobiar", como diz o Demi, despeje sobre a farinha e bata o mais depressa que conseguir. Aqueça a frigideira, unte bem e frite até eu voltar – e a tia Jo também sumiu.

Tanto barulho fez a colherinha, e tamanha sova a massa recebeu, que quase virou espuma, posso assegurar; e, quando Daisy despejou um pouco na frigideira, ela se elevou feito mágica em uma panqueca tão fofa que fez Demi salivar. Na verdade, a primeira grudou e solou, porque ela se esquecera da manteiga, mas, depois desse pequeno erro, tudo correu bem, e seis pequenas panquecas maravilhosas chegaram sãs e salvas à travessa.

– Acho que gosto de xarope de bordo mais do que de açúcar – disse Demi, da poltrona onde havia se acomodado depois de pôr a mesa de um modo novo e peculiar.

– Então pede um pouco pra Asia – respondeu Daisy, indo ao banheiro lavar as mãos.

Enquanto o dormitório estava vazio, aconteceu uma coisa terrível. Porque, veja só, Kit tinha passado o dia todo magoado, pois levara a carne em segurança e ainda assim não recebera nenhum pagamento. Ele não era um cachorro mau, mas tinha seus pequenos defeitos como todos nós, e nem sempre resistia às tentações. Ao entrar por acaso no dormitório bem naquela hora, ele farejou os doces, viu-os desprotegidos na mesinha baixa e nem parou para pensar nas consequências: engoliu as seis panquecas de uma vez só. Tenho prazer em dizer que elas estavam muito quentes, e o queimaram tanto que ele não pôde reprimir um ganido de surpresa. Daisy escutou e foi correndo, viu a travessa vazia e a ponta de um rabo amarelo desaparecendo sob a cama. Sem uma palavra, ela agarrou o rabo, puxou o ladrão e o sacudiu até que suas orelhas abanaram com uma aparência selvagem; depois, carregou-o escada abaixo como se fosse um pacote e o levou ao galpão, onde ele passou uma noite muito solitária na caixa de carvão.

Reconfortada pela solidariedade prestada por Demi, Daisy fez outra dose de massa e fritou uma dúzia de panquecas, que saíram até melhores do que a primeira leva. Tanto é que o tio Fritz, depois de comer duas, mandou dizer que jamais tinha saboreado alguma tão deliciosa, e todos os meninos à mesa, lá embaixo, invejaram Demi pela festa de panquecas que ocorria lá em cima.

Foi verdadeiramente um jantar maravilhoso, pois a tampa do pequeno bule só caiu três vezes, e a jarra de leite só causou problemas uma vez; as panquecas boiavam na calda e a torrada tinha um incrível sabor de bife, graças ao fato de a cozinheira ter usado as grelhas para tostá-la. Demi esqueceu a filosofia e se entupiu como qualquer menino carnal, ao passo que Daisy planejava banquetes suntuosos e as bonecas observavam tudo com sorrisos amáveis.

– Bem, meus queridos, vocês se divertiram? – perguntou a senhora Jo, chegando com Teddy de cavalinho nos ombros.

– Nós nos divertimos muito. Vou voltar em breve – respondeu Demi, enfático.

– Receio que você tenha comido demais, pela aparência da mesa.

– Não comi, não; apenas quinze panquecas, e elas eram bem pequenininhas – protestou Demi, que havia mantido a irmã ocupada reabastecendo seu prato.

– Não vão fazer mal pra ele, estão muito boas – disse Daisy, com um misto tão divertido de admiração maternal e orgulho de dona de casa que a tia Jo só pôde sorrir e dizer:

– Então, no geral, o novo brinquedo é um sucesso?

– Eu gostei – disse Demi, como se sua aprovação fosse a única coisa necessária.

– É o brinquedo mais maravilhoso já feito! – gritou Daisy, abraçando a pequena cuba onde se propunha a lavar as xícaras. – Eu queria que todo mundo tivesse um fogão de cozinhar tão incrível quanto o meu – ela acrescentou, lançando olhares afetuosos para o fogão.

– Essa brincadeira precisa ter um nome – disse Demi, muito sério, tirando o xarope do rosto com a língua.

– Ela já tem.

– Ah, já? Qual é? – perguntaram as duas crianças com ansiedade.

– Bem, acho que podemos chamá-la de assadeiras – e a tia Jo se afastou, feliz com o sucesso da última armadilha que havia montado para capturar um raio de sol.

Arruaceiro

– Por favor, posso falar com a senhora? É uma coisa muito importante – disse Nat, enfiando a cabeça pela porta do quarto da senhora Bhaer.

Era a quinta cabeça que aparecia ali na última meia hora; mas a senhora Jo estava acostumada, então olhou para cima e falou, com vivacidade:

– Do que se trata, rapazinho?

Nat entrou, fechou a porta com todo o cuidado atrás de si e falou, em um tom ansioso e aflito:

– O Dan chegou.

– Quem é Dan?

– É um menino que eu conheço de quando tocava violino nas ruas. Ele vendia jornal e era bacana comigo; eu o encontrei outro dia na cidade, contei como era bom aqui, e ele veio.

– Mas meu querido, que jeito abrupto de fazer uma visita!

– Ah, mas não é uma visita, ele quer ficar, se a senhora permitir! – disse Nat, com inocência.

– Bem, quanto a isso, não sei – começou a senhora Bhaer, bastante espantada com a frieza da proposta.

– Ué, eu achei que a senhora gostasse que meninos pobres viessem morar aqui, e de ser gentil com eles como foi comigo – disse Nat, parecendo surpreso e assustado.

– E gosto mesmo, mas gosto de saber algo sobre eles primeiro. Preciso escolher, porque há muitos, e não temos espaço para todos. Queria que tivéssemos.

– Eu falei pra ele vir porque pensei que a senhora ia gostar, mas se não tiver lugar, ele pode ir embora – disse Nat, lamentoso.

A confiança do menino em sua hospitalidade comoveu a senhora Bhaer e ela não teve coragem de desiludi-lo e estragar os planos gentis que ele tinha feito, então ela falou:

– Fale-me sobre esse Dan.

– Eu não sei nada, só que ele não tem família, que é pobre e era bacana comigo, então eu gostaria de ser bacana com ele, se eu pudesse.

– São razões excelentes, cada uma delas; mas realmente, Nat, a casa está cheia e eu não sei onde poderia colocá-lo – disse a senhora Bhaer, sentindo-se cada vez mais propensa a provar ser o porto seguro que ele pensava que ela era.

– Ele poderia ficar com a minha cama e eu iria dormir no celeiro. Não está fazendo frio e eu não me importo, eu dormia em qualquer lugar com o meu pai – disse Nat, avidamente.

Algo no discurso e no rosto dele levou a senhora Jo a pousar as mãos em seu ombro e dizer, com sua voz mais doce:

– Traga seu amigo para dentro, Nat; acho que precisamos encontrar espaço para ele sem lhe dar o seu lugar.

Nat partiu correndo, muito contente; logo voltou seguido por um menino bem desagradável, que entrou desleixado olhando ao redor, com um jeito em parte desafiador e em parte sombrio que fez a senhora Bhaer dizer a si mesma, após uma espiada rápida: "Um exemplar ruim, receio".

— Este é o Dan – disse Nat, apresentando-o como se estivesse seguro de que seria bem-vindo.

— Nat me disse que você gostaria de ficar conosco – começou a senhora Jo, em um tom amigável.

— É – foi a resposta áspera.

— Você não tem amigos que possam cuidar de você?

— Não.

— Diga "não, senhora" – cochichou Nat.

— Nem a pau – resmungou Dan.

— Quantos anos você tem?

— Mais ou menos 14.

— Você parece mais velho. O que sabe fazer?

— Quase qualquer coisa.

— Se você ficar, nós vamos esperar que você faça como os outros, que trabalhe e estude, além de brincar. Você está disposto a concordar com isso?

— Não ligo de tentar.

— Bem, você pode ficar por uns poucos dias, e então veremos como vamos nos acertar. Leve-o para fora, Nat, e o entretenha até que o senhor Bhaer chegue em casa, quando então vamos debater o assunto – disse a senhora Jo, achando bastante difícil lidar com aquele jovem frio, que fixou os grandes olhos negros nela com uma expressão dura, desconfiada e dolorosamente não infantil.

— Vem, Nat – e ele se arrastou para fora.

— Obrigado, senhora – acrescentou Nat, sentindo, sem de fato compreender, a diferença na acolhida dada a ele e ao amigo descortês.

— Os meninos estão brincando de circo no celeiro, você não quer vir ver? – ele perguntou, enquanto desciam os degraus largos e chegavam ao gramado.

— São caras grandes? – perguntou Dan.

— Não; os grandes foram pescar.

– Então vamos – disse Dan.

Nat o conduziu ao grande celeiro e o apresentou aos amigos, que se divertiam entre as divisões meio vazias. Um círculo amplo estava sinalizado com feno no chão espaçoso, e no centro estava Demi segurando um chicote comprido, enquanto Tommy, montado no resistente asno Toby, cabriolava pelo círculo brincando de ser um macaco.

– Vocês precisam pagar um alfinete cada um, senão não podem ver o espetáculo – disse Rechonchudo, de pé ao lado do carrinho de mão no qual estava sentada a banda, que consistia em um pente de bolso soprado por Ned e de um tambor de brinquedo batido espasmodicamente por Rob.

– Ele é acompanhante, então vou pagar as duas – disse Nat, com generosidade, enquanto espetava dois alfinetes tortos no cogumelo desidratado que servia de caixa registradora.

Com um aceno para os artistas, eles se acomodaram em duas tábuas e a apresentação continuou. Depois do número do macaco, Ned lhes deu uma bela demonstração de agilidade, saltando por cima de uma velha cadeira e subindo e descendo escadas à moda dos marinheiros. Em seguida, Demi dançou, levando a ginga tão a sério que dava gosto de ver. Nat foi chamado a lutar com Rechonchudo, e bem depressa deixou aquela robustez juvenil caída no chão. Depois disso, Tommy orgulhosamente avançou para dar um salto, uma conquista que ele havia adquirido com dolorosa perseverança, treinando sozinho até que cada junta de seu corpo estivesse preta ou roxa. Seus feitos foram recebidos com aplausos entusiasmados, e ele estava prestes a se retirar, corado de orgulho e com um fio de sangue na cabeça, quando uma voz de escárnio foi ouvida na platcia:

– Ah, isso aí não é nada!

– Repete o que acabou de dizer – e Tommy se armou como um galo de briga.

– Você quer lutar? – disse Dan, descendo imediatamente de onde estava e erguendo os punhos como quem vai às vias de fato.

—Não, não quero — e o meigo Thomas recuou um passo, surpreso com aquela proposta.

— Lutas não são permitidas! — gritaram os outros, muito agitados.

— Que belo bando vocês são — fungou Dan, com desprezo.

— Vamos, vamos. Se você não se comportar, não vai poder ficar — disse Nat, na sequência daquela ofensa, olhando para os amigos.

— Eu gostaria de ver se ele faz melhor do que eu fiz, só isso — comentou Tommy, com empáfia.

— Abre espaço, então — e sem a menor preparação Dan deu três saltos em seguida, parando de pé no fim.

— Você não faz melhor do que isso, Tom; você sempre bate a cabeça e cai estatelado — disse Nat, contente com o sucesso do amigo.

Antes que ele pudesse dizer mais qualquer coisa, a plateia foi eletrizada por mais três saltos, dessa vez para trás, e um passeio curto com as mãos, a cabeça para baixo, os pés para cima. Isso trouxe o celeiro abaixo, e Tommy se juntou aos demais nos gritos admirados que reconheciam o ginasta fabuloso, enquanto ele se endireitava e olhava para eles com um ar de calma superioridade.

— Você acha que eu poderia aprender a fazer isso sem me machucar demais? — Tom perguntou humildemente, esfregando os cotovelos, ainda doloridos depois da última tentativa.

— O que você me dá pra eu te ensinar? — perguntou Dan.

— Meu canivete novo; tem cinco lâminas e só uma está quebrada.

— Passa pra cá, então.

Tommy entregou o canivete com um olhar afetuoso para o cabo torneado. Dan o examinou cuidadosamente e então, enfiando-o no bolso, se afastou, dizendo com uma piscadela:

— Treina até conseguir, e é isso.

O urro de ira de Tommy foi seguido por um levante generalizado que não perdeu força até que Dan, vendo-se em minoria, propôs que eles competissem para ver quem conseguia enfiar a lâmina mais profundamente no solo, e quem vencesse ficaria com o tesouro. Tommy concordou, e o jogo foi disputado no meio de um círculo de rostos excitados, que adquiriram uma expressão de satisfação quando Tommy venceu e guardou o canivete na segurança das profundezas de seu bolso.

– Vem comigo, vou mostrar o lugar – disse Nat, sentindo que precisava ter uma conversinha séria em particular com o amigo.

O que se passou entre eles ninguém soube, porém, quando reapareceram, Dan estava mais respeitoso com todos, embora ainda áspero no falar e bruto no agir; mas o que mais se poderia esperar de um pobre sujeito que havia batido cabeça mundo afora ao longo de toda a sua curta vida, sem ninguém que lhe ensinasse a ser melhor?

Os meninos concluíram que não tinham gostado dele e, assim, deixaram-no ao encargo de Nat, que depressa se sentiu oprimido pela responsabilidade, mas era gentil demais para abandoná-lo.

Tommy, entretanto, sentia que, apesar da transação do canivete, havia entre eles um vínculo de simpatia, e ansiava por retomar o interessante tema das piruetas. Ele logo encontrou uma oportunidade, pois Dan, notando a admiração do outro, tornou-se mais amigável e, no fim da primeira semana, estava bastante próximo do jovial Tom.

O senhor Bhaer, quando ouviu a história e viu Dan, balançou a cabeça, mas apenas disse, com tranquilidade:

– O experimento terá um preço, mas tentaremos.

Se Dan sentiu alguma gratidão pelo refúgio, não demonstrou, e recebeu sem agradecer tudo que lhe foi oferecido. Ele era ignorante, mas muito rápido para aprender, quando queria; tinha um olhar agudo para observar o que ocorria à sua volta; uma língua afiada, maneiras rudes e um temperamento que oscilava entre o feroz e o sombrio. Ele jogava com toda a sua capacidade, e jogava bem quase tudo. Era calado ou seco diante dos adultos, e só muito de vez em quando era totalmente sociável com os meninos. Poucos gostavam dele de verdade, mas não conseguiam evitar admirar sua coragem e força, pois nada o amedrontava, e ele havia derrubado o alto Franz no chão, em certa ocasião, com uma facilidade que levou todos os demais a manter uma distância respeitosa de seus punhos. O senhor Bhaer o observava em silêncio e fazia o melhor que podia para domar o "menino selvagem", como o chamava, mas, em particular, aquele digno homem balançava a cabeça e ponderava, sobriamente: "Espero que o experimento funcione, mas temo que venha a custar caro demais".

A senhora Bhaer perdia a paciência com Dan meia dúzia de vezes por dia, mas nunca desistia dele e sempre insistia que havia algo de bom no menino, afinal; pois ele era mais gentil com os animais do que com as pessoas, gostava de vagar pelo bosque e, o melhor de tudo, o pequeno Ted era um grande fã dele. Qual era o segredo ninguém jamais soube, mas o bebê o adotou imediatamente, costumava balbuciar e cantarolar sempre que o via, preferia cavalgar nas costas fortes de Dan a fazê-lo nas de qualquer outra pessoa e o chamava de "Meu Danny", expressão inventada pela própria cabecinha. Teddy era a única criatura com quem Dan demonstrava afeto, e, mesmo assim, só o manifestava quando achava que ninguém estava vendo; mas os olhos das mães são ágeis, e os corações maternos instintivamente adivinham quem ama seus bebês. Assim, a senhora Jo logo identificou e sentiu que havia um lado bom do áspero Dan, e aguardou até que pudesse tocá-lo e conquistá-lo.

Mas um evento inesperado e decididamente alarmante estragou os planos, e baniu Dan de Plumfield.

Tommy, Nat e Demi começaram a proteger Dan, porque os outros meninos o desprezavam; logo, porém, cada um sentiu que havia algo de fascinante no menino mau e, de olhá-lo de cima, passaram a olhá-lo de baixo, cada qual por uma razão diferente. Tommy admirava suas habilidades e a coragem; Nat era grato pelas gentilezas do passado; e Demi o considerava uma espécie de livro de histórias animado, pois, quando queria, Dan era capaz de contar suas aventuras do jeito mais interessante.

Dan ficava muito satisfeito por ter os três favoritos gostando dele, e se esforçava para ser agradável, o que era o segredo de seu sucesso.

Os Bhaers ficaram surpresos, mas torciam para que os rapazes exercessem uma influência positiva sobre Dan e aguardavam, com certa ansiedade, confiando que nada de mal poderia sair daquilo.

Dan sentia que o senhor e a senhora Bhaer não confiavam nele e jamais lhes mostrava seu melhor lado; em vez disso, sentia um prazer perverso em testar o limite de sua paciência e em frustrar as esperanças deles até onde ousava.

O senhor Bhaer não aprovava lutas e não considerava prova nem de masculinidade nem de coragem que dois sujeitos socassem um ao outro para a diversão dos demais. Todo tipo de jogos e exercícios brutos eram incentivados, e esperava-se que os meninos recebessem golpes fortes e que caíssem sem gemer; mas olhos roxos e narizes sangrando por mera diversão eram proibidos, por serem uma brincadeira idiota e bruta.

Dan dava risada dessa regra e contava casos tão interessantes sobre o próprio valor e as muitas brigas de que tinha participado que, em alguns dos rapazes, acendeu-se uma chama de desejo por "uma boa troca de sopapos".

– Se ninguém contar, eu mostro como é – disse Dan. Reuniu meia dúzia de camaradas atrás do celeiro e deu uma lição de boxe que satisfez o ardor da maioria. Emil, entretanto, não podia aceitar apanhar de um sujeito mais novo do que ele próprio, pois já passara dos catorze e era um rapazote parrudo, então desafiou Dan para uma luta. Dan aceitou na hora, e os demais observaram com um interesse enorme.

Ninguém nunca soube qual passarinho levou as notícias para o quartel-general, mas no momento mais intenso da briga, quando Dan e Emil estavam lutando como dois jovens buldogues, e os outros, com expressões ferozes e excitadas, gritavam em estímulo, o senhor Bhaer entrou no ringue, separou os combatentes com mão firme e disse, com um tom de voz poucas vezes ouvido:

– Não posso permitir isso, meninos! Parem imediatamente e jamais permitam que eu veja isso de novo. Eu tenho uma escola para garotos, não para bestas selvagens! Olhem um para o outro e tenham vergonha de si mesmos!

– Me solta que eu derrubo ele de novo – gritou Dan, que seguia desferindo golpes apesar de estar preso pelo colarinho.

– Vem, pode vir! Você não acabou comigo ainda! – gritou Emil, que tinha sido derrubado cinco vezes, mas não reconhecia que perdera.

– Eles estão fazendo como os *gladidores* ou não sei como se chama, como os romanos faziam, tio Fritz – declarou Demi, cujos olhos estavam maiores do que nunca ante a excitação daquele novo passatempo.

– Os romanos eram uns brutos, mas creio que tenhamos aprendido algo desde então, ou assim espero, e não vou permitir que vocês transformem meu celeiro em um Coliseu. Quem teve a ideia? – perguntou o senhor Bhaer.

– Dan – responderam diversas vozes.

– Você não sabe que isto é proibido?

– Sei – roncou Dan, sombrio.

– Então por que quebrar a regra?

– Eles serão uns molengas fracotes, se não souberem brigar.

– Você achou o Emil um molenga fracote? Para mim, ele não parece nem um pouco.

O senhor Bhaer pôs os dois frente a frente. Dan tinha um olho roxo e a jaqueta estava feita em tiras, mas o rosto de Emil estava coberto de sangue por causa de um corte na boca e do nariz golpeado, e um calombo em sua testa já estava púrpura como uma ameixa. Apesar dos ferimentos, porém, ele ainda encarava o inimigo e evidentemente ansiava por retomar a briga.

– Ele seria um campeão se fosse treinado – disse Dan, incapaz de conter o elogio do menino que tinha exigido que ele desse o melhor de si.

– Ele será ensinado aos poucos a se defender e a boxear, mas até lá eu creio que ele pode passar muito bem sem lições de agressão. Vão lavar o rosto; e lembre-se, Dan, se você tornar a quebrar uma regra, será mandado embora. Este era o trato: você faz sua parte e nós fazemos a nossa.

Os garotos partiram e, depois de mais algumas palavras para os espectadores, o senhor Bhaer os seguiu, para fazer curativos nos jovens gladiadores. Emil foi para a cama, doente, e Dan foi, durante uma semana, uma imagem feia de ver.

Mas o menino sem lei não tinha a intenção de obedecer, e logo transgrediu de novo.

Certo sábado à tarde, quando uma parte dos meninos saiu para brincar, Tommy disse:

– Vamos descer até o rio e cortar novas varas de pesca.

– Levem o Toby pra trazê-las para cá, e um de nós pode voltar montado – sugeriu Rechonchudo, que detestava caminhar.

– Isso quer dizer você mesmo, suponho. Bem, se apressem, seus preguiçosos – disse Dan.

Lá se foram eles; recolhidos os caniços, estavam prestes a voltar para casa quando Demi, desafortunadamente, disse para Tommy, que estava sobre Toby carregando uma longa haste:

– Você parece o quadro do homem na tourada, só que não tem o pano vermelho nem roupas bonitas.

– Eu bem que queria ver uma. Olha ali a velha Buttercup no pasto, vai até lá, Tom, põe ela pra correr – disse Dan, propenso a aprontar alguma.

– Não, você não deve – começou Demi, que estava aprendendo a desconfiar das sugestões de Dan.

– E por que não, seu tonto?

– Não acho que o tio Fritz fosse aprovar.

– Alguma vez ele falou que não podíamos brincar de tourada?

– Não, acho que nunca falou – admitiu Demi.

– Então segura a língua. Vai lá, Tom, e aqui está um pano vermelho pra agitar pra aquela carcaça velha. Vamos, eu te ajudo a provocar.

Dan avançou sobre a cerca, animado com o novo jogo, e o resto foi atrás como um rebanho de ovelhas; até Demi, sentado nas traves, observou a diversão com interesse.

A coitada da Buttercup não estava de muito bom humor, pois recentemente tinha sido separada de seu bezerro e lamentava pelo pobrezinho com profundo pesar. Nesse momento, considerava a humanidade inteira como inimiga (e eu não a culpo), então, quando o toureiro se aproximou, com o lenço vermelho balançando na ponta de sua longa lança, ela levantou a cabeça e soltou um mais do que adequado *"muuu!"*. Tommy cavalgava com elegância na direção dela, e Toby, reconhecendo a velha amiga, estava desejoso de se aproximar; porém, quando a lança desceu sobre o lombo dela com um *"crac"* alto, tanto a vaca quanto o burro ficaram surpresos e ofendidos. Toby recuou zurrando em protesto, e Buttercup baixou os chifres, muito brava.

– Vai pra cima de novo, Tom; ela está lindamente zangada e vai reagir direitinho! – incitou Dan, aproximando-se por trás com outra vara, enquanto Jack e Ned seguiam o exemplo.

Vendo-se assim cercada e tratada com tamanho desrespeito, Buttercup percorreu trotando a área cercada, sentindo-se cada vez mais desnorteada e agitada a cada instante, pois, para onde quer que se voltasse, lá estava um garoto horroroso, gritando e empunhando um tipo novo e muito desagradável de chicote. Foi uma diversão e tanto para eles, mas um sofrimento real para ela, até que, perdendo a paciência, ela virou a mesa do modo mais inesperado. De repente, ela deu meia-volta e investiu com força total contra seu velho amigo Toby, cujo comportamento a tinha ofendido de morte. O pobre e vagaroso Toby recuou de forma tão atabalhoada que tropicou em uma pedra, e ao chão se foram o asno, o toureiro e todo o resto, formando uma pilha vergonhosa, enquanto Buttercup, muito confusa, deu um espantoso salto por cima da cerca e fugiu estrada abaixo, galopando a toda, até sumir de vista.

– Parem a vaca! Pega, segura! Corre, pessoal! – berrava Dan, partindo atrás dela em desabalada carreira, pois Buttercup era o animal de estimação do senhor Bhaer, uma vaca da raça Alderney, e Dan temia que, se algo acontecesse a ela, seria o fim da linha para ele. Ah, quanta corrida e quanta correria, como gritaram e resfolegaram antes de conseguir alcançá-la! As varas de pesca foram deixadas para trás; Toby ficou quase sem pernas pela velocidade da cavalgada de perseguição; e todos os meninos estavam vermelhos, sem fôlego e muito assustados. Por fim, encontraram a coitada da Buttercup em um jardim, onde ela havia se refugiado, exausta pela maratona. Usando uma corda para fazer o cabresto, Dan a conduziu para casa, seguido por um grupo de jovens cavalheiros muito sérios, pois a vaca estava em triste estado: estirou o ombro no salto, de modo que mancava; os olhos tinham expressão selvagem; e o pelo brilhante estava úmido e lamacento.

– Desta vez você está enrascado, Dan – disse Tommy, conduzindo o asno arfante ao lado da maltratada vaca.

– Você também, por ter ajudado.

– Todos nós ajudamos, só o Demi que não – acrescentou Jack.

– Ele que deu a ideia – disse Ned.

– Eu falei pra vocês não fazerem isso! – gritou Demi, que estava com o coração partido pela situação miserável de Buttercup.

– Acho que o velho Bhaer vai me mandar embora. Mas eu não ligo – resmungou Dan, aparentando preocupação, a despeito do que dizia.

– Vamos pedir a ele que não, todos nós – disse Demi, e os demais assentiram, com exceção de Rechonchudo, que nutria a esperança de que todos os castigos caíssem sobre um único culpado.

Dan apenas disse:

– Não se preocupem comigo – mas ele nunca se esqueceu daquela atitude, embora tenha levado os meninos para o mau caminho de novo, assim que a tentação apareceu.

Quando o senhor Bhaer viu o animal e ouviu a história, falou muito pouco, claramente temendo que falaria demais naquele primeiro momento de irritação. Buttercup foi instalada com todo o conforto em sua baia, e os meninos mandados para seus quartos até a hora do jantar. Esse breve intervalo deu a eles tempo para refletir sobre o assunto, para se perguntar qual seria o castigo e para tentar imaginar para onde Dan seria mandado. Ele assoviava alegremente no quarto, para que ninguém pensasse que ele se importava; porém, a vontade de ficar aumentava cada vez mais, enquanto esperava para conhecer seu destino, enquanto repassava o conforto e o carinho que tinha recebido ali e a hostilidade e a negligência que havia experimentado em outros lugares. Ele sabia que eles tinham tentado ajudá-lo, e no fundo do coração era grato, mas sua vida difícil o havia endurecido, e ele se tornara descuidado, desconfiado e obstinado. Ele odiava restrições de qualquer tipo e lutava contra elas como uma criatura chucra, mesmo sabendo que a intenção era boa e intuindo que ele seria uma pessoa melhor graças a ela. Ele tomou a decisão de ficar à deriva de novo, de percorrer a cidade à toa como havia feito por quase a vida inteira; uma perspectiva que o fez franzir as sobrancelhas negras e observar o quarto aconchegante ao redor com uma expressão que teria comovido até um coração muito mais duro do que o do senhor Bhaer, se ele tivesse visto a cena. Mas ela sumiu imediatamente, quando o bom homem entrou e falou, em seu tom grave habitual:

– Ouvi tudo a respeito, Dan, e embora você tenha quebrado as regras mais uma vez, eu vou lhe dar mais uma chance, para agradar à mamãe Bhaer.

Dan ruborizou até a testa ao escutar aquele inesperado adiamento, mas apenas falou, de seu jeito áspero:

– Eu não sabia que tinha uma regra sobre touradas.

– Como nunca esperei que alguma ocorresse em Plumfield, nunca criei tal regra – respondeu o senhor Bhaer, sorrindo mesmo sem querer

diante da desculpa do menino. Depois, acrescentou, com seriedade:
– Mas uma das primeiras e mais importantes regras, entre as poucas que temos, está a gentileza para com cada criatura do lugar. Eu quero que tudo e todos sejam felizes aqui, que nos amem e confiem em nós e nos sirvam, da mesma forma como nós tentamos amá-los, confiar neles e servir a eles fielmente e de boa vontade. Eu disse com frequência que você era mais gentil com os animais do que qualquer um dos outros meninos, e a senhora Bhaer gostava muito desse seu traço, porque ela pensava que ele indicava um coração bondoso. Mas você nos desapontou em relação a isso e nós sentimos muitíssimo, pois esperávamos torná-lo um de nós. Será que devemos tentar de novo?

Os olhos de Dan só miravam o chão, e suas mãos esfarelavam nervosamente a lasca de madeira que ele manuseava quando o senhor Bhaer entrou, porém, quando ouviu a voz afetuosa fazer a pergunta, olhou para cima bem depressa e disse, em um tom mais respeitoso do que jamais tinha usado antes:

– Sim, por favor.

– Muito bem, então, não diremos mais nada a respeito, apenas você ficará em casa amanhã em vez de ir passear, assim como os outros meninos ficarão, e todos terão de esperar que a pobre Buttercup se recupere e esteja bem novamente.

– Eu vou ficar.

– Agora, desça para jantar e comporte-se o melhor que puder, meu rapaz, em nome do seu próprio bem-estar, mais do que pelo nosso.

Então, o senhor Bhaer trocou apertos de mão com ele, e Dan desceu mais domado pela gentileza do que teria sido pelas boas chicotadas que Asia havia fortemente recomendado.

Dan tentou por um dia ou dois, porém, por não estar habituado, logo se cansou e recaiu em seus modos voluntariosos. Certo dia, o senhor Bhaer estava no trabalho quando o chamaram em casa, e os meninos não tiveram aula. Eles adoraram isso e brincaram a valer até a hora de ir para a cama, quando a maioria se recolheu aos quartos e dormiu instantaneamente. Dan, porém, tinha um plano em mente, e quando ele e Nat ficaram sozinhos, ele o revelou:

– Olha – ele disse, tirando de sob a cama uma garrafa, um charuto e um baralho. – Eu vou me divertir um pouco, como fazia com os camaradas na cidade. Aqui tem cerveja, eu consegui com o velho da estação, e um charuto; você pode pagar, ou o Tommy, que tem pilhas de dinheiro, enquanto eu não tenho um tostão furado. Vou convidar ele pra vir aqui; não, você vai, que você ninguém vai notar.

– O pessoal não vai gostar disso – começou Nat.

– Eles não vão saber. O papai Bhaer está fora e a senhora Bhaer está ocupada com o Ted; ele está com difteria ou seja lá o que for, e ela não pode sair de perto. Não vamos ficar até tarde nem fazer barulho, então, qual o problema?

– A Asia vai descobrir se usarmos o lampião tempo demais, ela sempre descobre.

– Não vai, não, eu tenho uma lanterna a pilha que não ilumina muito, é só desligar rápido se ouvirmos alguém chegando – disse Dan.

Essa ideia pareceu ótima a Nat, e acrescentou um toque dramático à coisa toda. Ele partiu para chamar Tommy, mas voltou e enfiou a cabeça no quarto de novo, dizendo:

– Você quer o Demi também, certo?

– Não, não quero; o Pároco vai revirar os olhos e fazer um sermão, se você contar. Ele vai estar dormindo, então é só cutucar o Tom, dar uma piscadela e voltar pra cá.

Nat obedeceu e voltou um minuto depois com Tommy meio vestido, bastante descabelado e totalmente sonolento, mas pronto para a diversão como sempre.

– Agora, bico fechado, que eu vou ensinar um jogo de primeira categoria chamado pôquer – disse Dan, enquanto os três rebeldes se reuniam em volta da mesa, sobre a qual foram dispostos a garrafa, o charuto e as cartas. – Primeiro, vamos dar uns goles; depois, umas baforadas; e então, jogar. É assim que os homens adultos fazem, e é muito divertido.

A cerveja circulou em canecas e os três molharam os lábios nela, embora Nat e Tommy não tenham gostado daquela coisa amarga. As baforadas correram ainda pior, mas eles não ousaram dizer nada, e cada um fumou até ficar zonzo ou engasgar, antes de passar para o vizinho. Dan gostou, pois o fez lembrar-se das ocasiões em que teve oportunidade de imitar os homens ordinários que o cercavam. Ele bebeu, fumou e contou vantagem, imitando-os tanto quanto conseguiu; depois, entrando no espírito do papel que estava representando, começou a praguejar por entre os dentes, com receio de que alguém o ouvisse.

– Não pode! É feio dizer "maldito"! – gritou Tommy, que até então vinha copiando o líder.

– Ah, para de fazer sermão e entra na brincadeira; xingar é parte da diversão.

– Eu prefiro falar "trovões de tartarugas" – respondeu Tommy, que havia criado a interessante exclamação e tinha muito orgulho dela.

– E eu vou falar "O diabo", que soa forte – acrescentou Nat, muito impressionado pelos modos viris de Dan.

Dan fungou de desprezo daquelas bobagens e praguejou robustamente enquanto tentava ensinar-lhes o novo jogo.

Mas Tommy estava com muito sono e a cabeça de Nat tinha começado a doer por causa da cerveja e do charuto, então nenhum dos dois foi muito rápido para aprender, e o jogo se arrastou. O quarto estava quase às escuras, pois a lanterna iluminava mal; eles não podiam rir nem se mover muito, pois Silas estava dormindo no galpão bem ao lado; em resumo, foi uma festa bem desanimada. No meio de uma jogada, Dan estancou de súbito e perguntou: "O que foi isso?", em um tom de voz cheio de susto, e na mesma hora apagou a lanterna. No meio da escuridão, uma voz trêmula disse: "Não consigo encontrar o Tommy", e, em seguida, houve um som de passos se afastando depressa para o andar de baixo e de lá para a entrada, que unia aquela ala à casa principal.

– É o Demi! Ele vai chamar alguém! Volta pra cama, Tom, e não conta nada! – gritou Dan, escondendo com grande agitação todos os sinais da desobediência e arrancando as roupas, no que era seguido por Nat.

Tommy foi voando para o quarto e mergulhou na cama, onde se deitou gargalhando, até que algo queimou sua mão, e ele descobriu que ainda estava apertando a ponta acesa do charuto, que por acaso era ele quem fumava, quando a festa foi interrompida.

Estava quase no fim e ele estava prestes a apagá-lo com todo o cuidado, quando ouviu a voz de Nursey; temendo que esconder a ponta na cama pudesse incriminá-lo, jogou-a para baixo dela, após um último apertão que ele pensou que a apagaria de vez.

Nursey entrou com Demi, que pareceu muito espantado de ver o rosto corado de Tommy repousando em completa paz no travesseiro.

– Ele não estava aqui um minuto atrás, porque eu acordei e não consegui encontrá-lo em lugar nenhum – disse Demi, cutucando o amigo.

– O que você andou aprontando, menino levado? – perguntou Nursey, abanando a cabeça com carinho, o que fez o dorminhoco abrir os olhos e dizer humildemente:

– Eu só fui ao quarto do Nat falar uma coisa com ele. Me deixa em paz, me deixa dormir, eu estou morrendo de sono.

Nursey acomodou Demi na cama e foi embora em missão de reconhecimento, porém apenas encontrou dois meninos vagando em paz pelo quarto de Dan. "Dois pequenos bagunceiros", ela pensou, e como não estavam fazendo mal nenhum, ela nada contou à senhora Bhaer, que estava ocupada e preocupada com o pequeno Teddy.

Tommy estava com sono e, dizendo a Demi que não se metesse onde não era chamado e não fizesse perguntas, em dez minutos estava roncando, sem nem em sonhos imaginar o que estava acontecendo debaixo de sua cama. O charuto não tinha se apagado: em lugar disso, havia fumegado no tapete de palha até incendiá-lo, e uma pequena chama faminta rastejou até escurecer a colcha de algodão, depois os lençóis e por fim a cama. A cerveja tornara o sono de Tommy muito pesado, e a fumaça entorpeceu Demi, e assim eles continuaram dormindo até que o fogo começou a chamuscá-los e eles correram o risco de morrer queimados.

Franz estava acordado estudando e, ao sair da sala de aula, sentiu o cheiro de queimado, subiu a escada voando e viu a fumaça saindo em nuvens da ala esquerda da casa. Sem parar para chamar ninguém, ele entrou correndo no quarto, arrastou os meninos das camas em chamas e jogou nas labaredas toda a água que conseguiu encontrar. Isso conteve um pouco o incêndio, mas não bastou para apagar o fogo, e as crianças, acordando ao serem jogadas de ponta-cabeça no corredor frio, começaram a gritar a plenos pulmões. A senhora Bhaer apareceu imediatamente e, no minuto seguinte, Silas saiu de seu quarto berrando "Fogo!" em um tom que despertou a casa inteira. Um bando de duendes vestidos de branco e com carinhas assustadas lotou o corredor, e num instante todos estavam tomados pelo pânico.

Então a senhora Bhaer voltou a si, pediu que Nursey tratasse dos meninos queimados e despachou Franz e Silas para irem buscar, no andar de baixo, umas roupas que estavam de molho, que ela jogou sobre a cama e no tapete e pressionou contra as cortinas, que agora ardiam com força total, ameaçando queimar inclusive as paredes.

A maior parte dos meninos ficou imóvel e com expressão aparvalhada, mas Demi e Emil trabalharam com muita coragem, transportando com grande velocidade a água trazida do banheiro e ajudando a arrancar as cortinas ameaçadoras.

O perigo logo O perigo logo passou e os meninos foram mandados de volta para a cama. A senhora Bhaer deixou Silas de vigia para que uma chama não irrompesse de novo e foi com Franz ver como estavam passando os pobres meninos. Demi havia escapado com uma queimadura e muito medo, mas Tommy não apenas tinha tido a maior parte do cabelo queimada mas também uma queimadura grande no braço, que o deixou meio louco de tanta dor. Demi foi logo aconchegado, e Franz o levou embora para a sua cama, onde, sendo o rapaz adorável que era, confortou o amigo, acalmou seus medos e o embalou docemente, como se fosse uma mulher, até que ele dormisse.

Nursey cuidou do pobre Tommy durante a noite inteira, tentando aliviar seu sofrimento, e a senhora Bhaer se alternou entre ele e o pequeno Teddy com azeite e algodão, analgésico e plantas medicinais, de vez em quando dizendo a si mesma, como se achasse certa graça naquele pensamento: "Eu sempre soube que Tommy poria fogo na casa, e agora ele pôs!".

Quando o senhor Bhaer voltou para casa na manhã seguinte, encontrou um belo estado de coisas. Tommy de cama, o peito de Teddy chiando feito uma baleia, a senhora Jo bastante aborrecida e os meninos tão agitados que falavam todos ao mesmo tempo, quase o arrastando à força para ir ver as ruínas. Sob sua administração tranquila, as coisas logo voltaram ao lugar, pois cada um sentiu que tinha a mesma importância que uma dúzia de emergências, e trabalhava com disposição em qualquer tarefa que ele lhe atribuísse.

Não houve aula naquela manhã, e à tarde o quarto danificado estava recuperado, os inválidos se sentiam melhor e ele teve tempo para escutar e julgar os pequenos malandros com calma. Nat e Tommy confessaram sua participação na travessura e lamentaram honestamente o perigo em que tinham colocado a velha e querida casa, bem como tudo que ela continha. Mas Dan fez aquela sua expressão de "não dou a mínima" e não reconheceu que muito mal havia sido feito.

Agora, acima de todas as coisas, o senhor Bhaer detestava a bebida, o jogo e os xingamentos; quanto a fumar, ele tinha presumido que os garotos não sentiriam a tentação de provar, e o entristecia e o zangava profundamente descobrir que justo o menino com quem ele tentara ser o mais tolerante possível houvesse, afinal, tirado vantagem de sua ausência e apresentado esses vícios proibidos, ensinando aos inocentes jovens que ceder a eles era masculino e agradável. Ele conversou longamente e com grande seriedade com os meninos reunidos e terminou dizendo, com um ar misto de firmeza e arrependimento:

– Penso que Tommy foi punido o suficiente, e a cicatriz em seu braço vai mantê-lo por bastante tempo longe desse tipo de coisa. O medo que Nat sentiu basta, pois ele realmente lamenta, e tenta me obedecer. Mas você, Dan, foi perdoado diversas vezes, e ainda assim não se comporta. Não posso permitir que meus meninos se machuquem por causa do seu mau exemplo, nem que meu tempo seja desperdiçado enquanto falo com ouvidos moucos, então você pode dizer adeus a todos eles e pedir que a Nursey ponha seus pertences em uma pequena sacola preta.

– Ah, senhor, para onde ele vai? – gritou Nat.

– Para um lugar agradável no campo, para onde eu às vezes envio os meninos que não se ajustam aqui. O senhor Page é um homem gentil e Dan será feliz lá, se escolher se esforçar.

– Ele vai voltar? – perguntou Demi.

– Isso vai depender dele; eu espero que sim.

Conforme falava, o senhor Bhaer foi saindo do cômodo para ir escrever uma carta ao senhor Page, enquanto os meninos rodearam Dan como as pessoas cercam um homem prestes a partir em uma longa e perigosa jornada rumo a regiões desconhecidas.

– Será que você vai gostar de lá? – começou Jack.

– Se eu não gostar, não fico – respondeu Dan friamente.

– Mas pra onde você vai? – perguntou Nat.

– Eu posso ir pro mar ou pro oeste ou ir dar uma espiada na Califórnia – respondeu Dan, com um ar de indiferença que roubou o fôlego dos meninos menores.

— Ah, não! Fica com o senhor Page por um período e depois volta pra cá, Dan — implorou Nat, muito afetado pela questão toda.

— Eu não ligo pra onde vou ou quanto tempo vou ficar, e prefiro ser enforcado antes de voltar pra cá — e com tal discurso raivoso Dan foi arrumar suas coisas, todas as quais lhe tinham sido presenteadas pelo senhor Bhaer.

E essa foi a única despedida que Dan deu aos meninos, pois estavam todos debatendo o assunto no celeiro quando ele desceu e pediu a Nat que não os chamasse. A charrete o aguardava à porta, e a senhora Bhaer saiu para falar com Dan, parecendo tão triste que o coração dele se apertou, e em uma voz baixa ele disse:

— Posso falar tchau para o Teddy?

— Sim, querido; vá lá dar-lhe um beijo; ele vai sentir muita saudade de seu Danny.

Ninguém viu a expressão nos olhos de Dan quando ele se curvou por cima do berço e o rostinho se iluminou ao perceber quem era, mas Dan ouviu a senhora Bhaer dizer, em súplica:

— Não podemos dar ao pobre coitado mais uma oportunidade, Fritz?

E o senhor Bhaer respondeu, de um modo firme:

— Minha querida, isso não seria o melhor, então deixe que vá para um lugar onde não poderá fazer mal a quem lhe faz o bem, e em breve ele há de voltar, eu prometo.

— Ele é o único menino com quem nós fracassamos e eu lamento tanto! Porque pensei que seria possível transformá-lo em um bom homem, apesar de seus defeitos.

Dan ouviu a senhora Bhaer suspirando e quis ir pessoalmente pedir mais uma chance, mas seu orgulho não permitiu, e ele voltou para fora com uma expressão dura, trocou apertos de mão sem dizer uma palavra e foi embora com o senhor Bhaer, deixando Nat e a senhora Jo observando-o com olhos marejados.

Alguns dias mais tarde, eles receberam uma carta do senhor Page, dizendo que Dan estava indo bem, o que muito alegrou a todos. Porém, três semanas depois chegou outra carta, dizendo que Dan havia fugido e que nada mais se sabia sobre ele, o que muito alarmou a todos e fez o senhor Bhaer dizer:

– Talvez eu devesse ter dado a ele mais uma chance.

A senhora Bhaer, entretanto, assentiu com sabedoria e respondeu:

– Não se aflija, Fritz; o menino voltará para nós, tenho certeza disso.

Mas o tempo passou e passou e Dan não apareceu.

Nan levada

— Fritz, eu tive uma ideia – exclamou a senhora Bhaer, ao encontrar o marido certo dia depois das aulas.

— Bem, minha querida, e o que seria? – e ele aguardou com expectativa para ouvir o novo plano, pois algumas das ideias da senhora Jo eram tão engraçadas que era impossível não rir delas, embora no geral fossem bastante sensatas e ele gostasse muito de pô-las em prática.

— A Daisy precisa de uma amiga e para os meninos seria ótimo ter outra menina por perto; você sabe que sempre defendemos que mocinhas e mocinhos fossem criados juntos, e é hora de agirmos conforme pregamos. Eles ora protegem e ora tiranizam a Daisy, e ela está ficando mimada. Então eles precisam aprender a ser gentis e a melhorar seus modos, e ter meninas aqui vai ajudá-los mais do que qualquer outra coisa.

— Você está certa, como sempre. Agora, quem aceitaríamos? – perguntou o senhor Bhaer, percebendo pelo olhar da esposa que ela já tinha alguém em mente.

— A Annie Harding.
— O quê? Aquela que os meninos chamam de "Nan desobediente"? — exclamou o senhor Bhaer, parecendo divertir-se com a ideia.
— Sim, ela está sem supervisão em casa desde que a mãe morreu, e é uma criança brilhante demais para ser mimada pelos empregados. Estou de olho nela já há algum tempo, e quando encontrei o pai dela na cidade, outro dia, perguntei por que ele não a mandava para a escola. Ele respondeu que mandaria com todo o prazer, se conseguisse encontrar uma escola para meninas tão boa quanto a nossa é para meninos. Eu sei que ele ficaria contente de mandá-la para cá, então, o que me diz de irmos até lá hoje à tarde conversar a respeito?
— Mas você já não tem trabalho demais, minha Jo, sem essa ciganinha para atormentá-la ainda mais? — perguntou o senhor Bhaer, afagando a mão pousada em seu braço.
— Ah, meu querido, de jeito nenhum — respondeu mamãe Bhaer com vivacidade. — Eu gosto, e desde que temos essa meninada meio selvagem por aqui, nunca fui tão feliz. Veja, Fritz, eu tenho enorme simpatia pela Nan, porque eu mesma era uma criança tão desobediente que sei tudo a respeito. Ela tem muita energia, só precisa ser ensinada sobre o que fazer com ela, e então será uma menina tão boazinha quanto a Daisy. A inteligência ágil dela tiraria muito bom proveito das lições, se fosse corretamente direcionada, e o que agora é uma pequena tratante seria, muito em breve, uma criança ativa e feliz. Eu sei como lidar com ela, pois me lembro de como minha santa mãe lidava comigo, e...
— E se você obtiver metade do sucesso que ela teve, terá realizado um trabalho magnífico — interrompeu o senhor Bhaer, que se enganava sobre a senhora B. ser a melhor e mais encantadora mulher do mundo.
— Agora, se você caçoar do meu plano, vou lhe servir café ruim por uma semana, e então como o senhor vai ficar? — disse a senhora Jo, torcendo de brincadeira a orelha do marido como se ele fosse um dos meninos.

— A Daisy não vai ficar de cabelos em pé de horror pelos modos incivilizados da Nan? – perguntou o senhor Bhaer, pouco depois, quando Teddy escalou seu colete e Rob subiu em suas costas, pois os meninos sempre voavam para o pai no minuto em que a aula terminava.

— No começo, talvez sim, mas acabará sendo bom pra nossa florzinha. Ela está ficando afetada e presunçosa, e precisa ser sacudida um pouco. Ela sempre se diverte quando a Nan vem para brincar, e elas vão se ajudar mutuamente sem nem perceber. Verdade seja dita, metade da ciência de ensinar é reconhecer quanto as crianças podem fazer umas pelas outras, e como misturá-las.

— Eu só espero que ela não acabe sendo outra arruaceira.

— Ah, coitadinho do Dan! Não consigo me perdoar por ter permitido que ele fosse embora – suspirou a senhora Bhaer.

Ao ouvir o nome, o pequeno Teddy, que jamais esquecera o amigo querido, se desvencilhou dos braços do pai, desceu ao chão, bamboleou até a porta e com uma expressão de expectativa olhou para o gramado ensolarado lá fora, e depois bamboleou de volta dizendo, como sempre dizia quando se desapontava por não o encontrar:

— Meu Danny vai vim logo.

— Eu acho realmente que deveríamos ter ficado com ele, nem que fosse apenas pelo Teddy, que gostava tanto dele, e quem sabe o amor de um bebê faria pelo Dan o que nós não conseguimos.

— Algumas vezes eu mesmo senti isso; mas após tanto agitar os meninos e quase queimar a família inteira, achei mais seguro afastar o arruaceiro, ao menos por um tempo – disse o senhor Bhaer.

— O almoço está pronto, deixa eu tocar o sino – e Rob começou a tocar no instrumento um solo que tornou impossível ouvir até o que a própria pessoa dizia.

— Então posso convidar a Nan, não posso? – perguntou a senhora Jo.

— Uma dúzia de Nans se você quiser, minha querida – respondeu o senhor Bhaer, que tinha em seu coração espaço suficiente para todas as crianças desobedientes e negligenciadas do mundo.

Quando a senhora Bhaer voltou de sua ida à cidade naquela tarde, antes que conseguisse se libertar do bando de meninos, sem os quais ela raramente se mexia, uma menininha de dez anos saiu da traseira da charrete e correu para a casa, berrando:

– Oi, Daisy! Onde você está?

Daisy veio e pareceu contente ao ver a convidada, mas também um pouquinho alarmada quando Nan falou, ainda pulando, como se fosse impossível parar quieta:

– Eu vou ficar aqui sempre, o papai falou que eu posso e minha bagagem vai chegar amanhã, todas as minhas coisas precisaram ser lavadas e arrumadas e a sua tia foi lá e me trouxe. Não é bacana?

– Ora, claro. Você trouxe sua boneca grande? – perguntou Daisy, torcendo para que sim, pois, na visita anterior, Nan havia destruído a casinha de bonecas e insistido em lavar o rosto de gesso de Blanche Matilda, o que havia arruinado a pobre coitadinha para sempre.

– Sim, ela está em algum lugar por aí – devolveu Nan, com um descuido quase não maternal. – No caminho para cá, eu fiz um anel pra você, arrancando os pelos do rabo do Dobbin. Você quer? – e Nan entregou um anel de pelo de cavalo em sinal de amizade, pois, da última vez que se separaram, ambas haviam jurado jamais conversar uma com a outra de novo.

Conquistada pela beleza do presente, Daisy se tornou mais cordial e propôs que fossem ao dormitório, mas Nan disse:

– Não, eu quero ver os meninos e o celeiro – e saiu correndo, balançando a touca por uma das fitas até que ela se rompeu, sendo então abandonada à própria sorte no gramado.

– Oiê, Nan! – gritaram os meninos quando ela pulou no meio deles com o anúncio "Vou ficar".

– Urra! – uivou Tommy do muro onde estava empoleirado, pois Nan e ele eram espíritos gêmeos, e ele antevia muitas travessuras.

— Eu sei rebater, me deixa jogar – disse Nan, que conseguia transformar a mão em qualquer coisa, e não se importava com golpes fortes.

— Nós não estamos jogando agora, e nosso time vence mesmo sem você.

— De qualquer forma, eu ganho de você na corrida – replicou Nan, voltando a seu ponto forte.

— É verdade? – Nat perguntou a Jack.

— Ela corre muito bem para uma menina – respondeu Jack, que olhava para Nan com ares superiores de aprovação condescendente.

— Quer tentar? – disse Nan, ansiando por demonstrar seus poderes.

— Está muito calor – e Tommy desabou contra o muro como se estivesse exausto.

— Qual o problema com o Rechonchudo? – perguntou Nan, cujos olhos rápidos estavam percorrendo um rosto após o outro.

— Uma bola machucou a mão dele; ele chora por qualquer coisa – respondeu Jack, zombeteiro.

— Eu não, eu nunca choro, não importa quanto esteja machucada; é coisa de nenê – disse Nan, com soberba.

— Puff! Eu poderia fazer você chorar em dois minutos – devolveu Rechonchudo, pondo-se de pé.

— Tenta, pra você ver.

— Vai e pega aquele monte de urtiga, então – e Rechonchudo apontou para um grande exemplar daquela planta espinhosa que crescia perto do muro.

Nan imediatamente agarrou a urtiga, puxou para cima e segurou no alto em um gesto desafiador, a despeito das picadas quase insuportáveis.

— Muito bem – gritaram os meninos, rápidos em reconhecer a coragem mesmo quando era demonstrada pelo sexo mais fraco.

Mais espetado do que Nan, Rechonchudo resolveu arrancar uma exclamação dela também, e disse, provocando:

– Você está acostumada a enfiar a mão em tudo, então isso não foi justo. Agora vai e bate a cabeça bem forte na parede do celeiro, pra ver se você não chora.

– Não faça isso – disse Nat, que odiava a crueldade.

Mas Nan já tinha ido e, correndo direto contra o celeiro, deu uma pancada que a derrubou e soou como um aríete. Zonza, mas destemida, ela cambaleou, dizendo com bravura, embora o rosto estivesse contorcido de dor:

– Isso doeu, mas eu não chorei.

– Faz de novo – disse Rechonchudo, com raiva, e Nan teria ido mesmo, mas Nat a segurou e Tommy, esquecendo o calor, voou até Rechonchudo como um pequeno galo de briga, rugindo:

– Para com isso ou vou jogar você por cima do celeiro – e sacudiu e empurrou tanto o pobre Rechonchudo que por um minuto ele não soube se estava de pé ou de cabeça para baixo.

– Ela que me provocou – foi só o que conseguiu dizer, quando Tommy o deixou em paz.

– Não importa se ela provocou, é uma vergonha querer machucar uma menininha – disse Demi, reprovadoramente.

– Ah! Eu não ligo e também não sou uma menininha, sou mais velha do que você e a Daisy, e agora, como fica? – gritou Nan, ingrata.

– Não faça sermões, Pároco, você atormenta a Daisy todos os dias – disse Emil "Commodore", que só então viu a cena.

– Mas eu não machuco a minha irmã; machuco, Daisy? – e Demi voltou-se para a gêmea, que estava lamentando as mãos formigantes de Nan e recomendando água para o calombo arroxeado que crescia depressa na testa dela.

– Você é o melhor menino do mundo – respondeu Daisy prontamente, acrescentando, pois a verdade a compelia: – Você me machuca às vezes, mas é sem intenção.

— Deixem de lado os bastões e outras coisas e atentem para o que estão fazendo, meus caros. Não se admite luta neste navio — disse Emil, que gostava de agir como um lorde com os demais.

— Como vai você, minha Madge Wildfire[1]? — disse o senhor Bhaer, quando Nan entrou com os outros para jantar. — Estenda a mão direita, filhinha, e preste atenção às boas maneiras — ele acrescentou, quando Nan lhe ofereceu a mão esquerda.

— A outra está doendo.

— Coitada desta mãozinha! O que ela andou fazendo para ficar com tantas bolhas? — ele perguntou, puxando-a das costas da menina, onde ela a escondera com um olhar que o fez pensar que ela havia aprontado alguma.

Antes que Nan pudesse inventar alguma desculpa, Daisy despejou a história toda, enquanto Rechonchudo tentava esconder o rosto em uma tigela de pão com leite. Quando o relato terminou, o olhar do senhor Bhaer percorreu a mesa até a ponta oposta, em direção à esposa, e disse, com olhar risonho:

— Isto pertence à sua alçada da casa, então não vou interferir, minha querida.

A senhora Jo sabia o que ele queria dizer, mas ela gostava ainda mais de sua pequena ovelha negra por causa de sua coragem, embora tenha se limitado a dizer, do jeito mais sóbrio:

— Vocês sabem por que eu pedi que a Nan viesse para cá?

— Para me incomodar — murmurou Rechonchudo, de boca cheia.

— Para me ajudar a transformá-los em pequenos cavalheiros, e acho que vocês demonstraram que alguns estão realmente precisando.

E aqui Rechonchudo baixou a cabeça para a tigela de novo, e não voltou à tona até que Demi provocou uma risada geral ao dizer, de seu jeito lento e criativo:

---

[1] Jovem desregrada, personagem do romance *The heart of Midlothian*, de Sir Walter Scott (1771-1832). (N.T.)

– Como ela vai fazer isso, sendo tão levada?

– Justamente por isso, ela precisa de ajuda tanto quanto vocês, e espero que deem o exemplo de bons modos.

– Ela também vai ser um pequeno cavalheiro? – perguntou Rob.

– Ela adoraria; não adoraria, Nan? – perguntou Tommy.

– Não! Eu odeio meninos! – respondeu Nan com ferocidade, pois a mão ainda doía e ela começava a pensar que deveria ter demonstrado coragem de uma forma mais sábia.

– Lamento muito que você odeie os meus meninos, pois eles podem ser muito bem-comportados e bastante agradáveis, quando querem. A gentileza na aparência, nas palavras e nos modos é a verdadeira educação, e qualquer pessoa consegue, se tentar tratar os outros como gostaria de ser tratada.

A senhora Bhaer havia se dirigido a Nan, mas os meninos trocaram sinais entre si e aparentaram entender a dica, ao menos naquele momento, e passaram a manteiga dizendo "por favor" e "obrigado", "sim, senhor" e "não, madame" com uma elegância e um respeito incomuns. Nan não disse nada; manteve-se em silêncio e não fez cócegas em Demi, apesar da enorme tentação de fazer isso, por causa do ar digno que ele havia assumido. Ela também pareceu esquecer que odiava meninos, pois brincou de espião com eles até escurecer. Rechonchudo foi visto muitas vezes oferecendo balas a ela, o que claramente havia adoçado seu humor, pois, antes de ir para a cama, a última coisa que ela disse foi:

– Quando a minha raquete e a peteca chegarem, vou deixar todos vocês brincarem com elas.

A primeira coisa que disse pela manhã foi "Minha bagagem chegou?" e, quando soube que chegaria em algum momento ao longo do dia, ela se zangou e se irritou e socou a boneca até que Daisy ficou horrorizada. De algum jeito, porém, ela conseguiu sobreviver até as cinco horas da tarde, quando desapareceu; sua ausência não foi notada até a hora do jantar, porque quem estava em casa supôs que ela tivesse ido à colina com Tommy e Demi.

– Eu a vi andando sozinha pela estrada, no passo mais acelerado que conseguia – disse Mary Ann, ao entrar com um pudim e encontrar todos se perguntando "Onde está a Nan?".

– Ela fugiu para casa, aquela ciganinha! – gritou a senhora Bhaer, parecendo aflita.

– Talvez ela tenha ido à estação procurar a bagagem – sugeriu Franz.

– Isso é impossível, ela não sabe o caminho e, mesmo que encontrasse a bagagem, não conseguiria carregar nem por um quilômetro – disse a senhora Bhaer, começando a pensar que talvez fosse difícil pôr em prática sua nova ideia.

– Seria típico dela – e dizendo isso o senhor Bhaer pegou o chapéu para ir procurar a menina, quando um grito de Jack, que estava à janela, fez todos correrem para a porta.

Pois lá estava de fato a senhorita Nan, arrastando atrás de si uma caixa enorme, usando para puxar uma sacola de linho amarrada à alça. Muito acalorada e empoeirada estava a menina, mas marchava firmemente ainda assim, e ofegando subiu os degraus, onde largou a carga com um suspiro de alívio; sentou-se em cima e comentou, enquanto cruzava os braços exaustos:

– Eu não aguentava mais esperar, então fui lá e peguei.

– Mas você não sabia o caminho – disse Tommy, enquanto os outros formaram um círculo, apreciando a piada.

– Ah, eu encontrei. Eu nunca me perco.

– Fica a mais de um quilômetro, como você conseguiu ir tão longe?

– Bom, era bem longe, mas eu parei várias vezes para descansar.

– Esta coisa não está pesada demais?

– É tão desajeitada que eu não conseguia pegar direito, e achei que meus braços iam cair.

– Não entendo como o responsável pela estação deixou você pegar – disse Tommy.

– Eu não disse nada pra ele. Ele estava naquele lugarzinho dos bilhetes e não me viu, então eu só tirei da plataforma.

– Vá até lá e diga a ele que está tudo bem, Franz, ou o velho Dodd vai pensar que foi roubada – disse a senhora Bhaer, juntando-se aos risos dos demais ante a frieza de Nan.

E depois:

– Eu lhe disse que nós mandaríamos buscar, se não chegasse. Em uma próxima oportunidade, você precisa esperar, pois pode se meter em confusão se andar por aí sozinha. Prometa, ou não poderei confiar que você saia da minha vista novamente – disse a senhora Bhaer, espanando a poeira do rosto quente de Nan.

– Bom, prometo que não, é só que o papai me diz para não adiar as coisas, então eu não adio.

– Bem, a isso é difícil responder; acho melhor dar a ela o jantar agora, e depois, em particular, ter uma conversa – disse o senhor Bhaer, divertido demais para ficar bravo com o feito da mocinha.

Os meninos acharam tudo muito engraçado, e Nan os divertiu durante o jantar com um relato de suas aventuras, pois um cachorro muito grande latiu quando ela passou, um homem deu risada dela, uma mulher a presenteou com um bolinho e, por fim, seu chapéu caiu no riacho quando ela parou para tomar água, exausta pelo exercício.

– Creio que você ficará muito ocupada agora, minha querida; Tommy e Nan são trabalho mais do que suficiente para uma mulher só – disse o senhor Bhaer, meia hora mais tarde.

– Eu sei que vai levar algum tempo para domar a criança, mas ela é uma coisinha tão generosa e tem tão bom coração que eu a amaria mesmo que fosse duas vezes mais arteira – respondeu a senhora Jo, apontando para o grupo alegre no meio do qual Nan estava de pé, distribuindo suas coisas a torto e a direito, com uma prodigalidade como se a grande caixa não tivesse fundo.

Foi a abundância daquelas ofertas que logo tornou a "Peraltinha", como eles a chamavam, querida de todos. Daisy nunca mais se queixou de estar entediada, pois Nan inventava as atividades mais deliciosas, e suas brincadeiras rivalizavam com as de Tommy, para deleite da escola toda. Ela enterrou a boneca grande e a esqueceu por uma semana, para então escavar e descobri-la cheia de fungos. Daisy ficou desesperada, mas Nan a levou ao pintor que estava trabalhando na casa e o fez pintá-la de vermelho tijolo, com olhos negros arregalados, depois muniu a boneca de penas, de flanela escarlate e de uma das machadinhas de chumbo de Ned; assim, caracterizada como chefe indígena, a Poppydilla tardia massacrou todas as outras bonecas, banhando o dormitório com sangue imaginário. Nan deu seus sapatos novos a uma criança pobre, esperando com isso poder andar descalça, mas descobriu ser impossível combinar caridade e conforto, e mandaram-na pedir autorização antes de dispor de suas roupas. Ela maravilhou os meninos ao construir um navio de fogo a partir de uma pequena telha de madeira com duas grandes velas umedecidas com terebintina, nas quais botou fogo, para em seguida mandar a pequena embarcação flutuando riacho abaixo ao entardecer. Ela atrelou um carrinho de palha ao velho peru e o fez correr em volta da casa a enorme velocidade. Ela deu um colar de coral para quatro pobres filhotinhos de gato que tinham sido maltratados por uns sujeitos sem coração, e cuidou deles por vários dias com carinho maternal, cobrindo suas feridas com pomada fria, alimentando-os com uma colher de brinquedo e guardando luto quando eles morreram, até ser consolada por uma das melhores tartarugas de Demi. Ela fez Silas tatuar em seu braço uma âncora igual à dele e implorou por uma estrela azul em cada bochecha, mas a isso ele não se atreveu, embora ela insistisse e brigasse até que seu coração mole quase cedeu. Ela montava todos os animais do lugar, desde o grande cavalo Andy até o porco mal-humorado, do qual foi resgatada com dificuldade. O que quer que os meninos a desafiassem a fazer, ela tentava imediatamente, não importando quanto fosse perigoso, e eles nunca se cansavam de pôr à prova sua coragem.

O senhor Bhaer sugeriu que eles disputassem quem se saía melhor nos estudos, e Nan sentia o mesmo prazer usando sua inteligência viva e excelente memória ou os pés ágeis e a língua afiada, ao passo que os rapazes precisavam se esforçar muito para manter suas posições, pois Nan lhes mostrou que meninas podem fazer a maioria das coisas tão bem quanto meninos, e algumas, ainda melhor. Não havia recompensas na escola, mas o "Muito bem!" do senhor Bhaer e os relatórios favoráveis da senhora Bhaer no Livro da Consciência lhes ensinaram a amar o dever por si mesmo e a tentar cumpri-lo seriamente, pois cedo ou tarde alguma recompensa viria. A pequena Nan foi rápida para perceber a nova atmosfera e apreciá-la, para mostrar que era daquilo que ela precisava; pois aquele pequeno jardim estava repleto de doces flores, meio escondidas pelas ervas daninhas; e quando mãos jeitosas começaram a cultivá-lo com carinho, todo tipo de broto verde surgiu, prometendo florir lindamente ao calor do amor e do cuidado, o melhor clima para jovens corações e mentes do mundo todo.

Travessuras e brincadeiras

Como esta história não segue um plano específico, mas apenas descreve algumas cenas da vida em Plumfield para diversão de certas pessoinhas, neste capítulo vamos perambular um pouco pelos passatempos dos meninos da senhora Jo. Peço licença para assegurar aos meus honrados leitores que a maioria dos incidentes foi tirada da vida real, e que os mais estranhos são os mais verdadeiros; pois, por mais criativa que seja uma imaginação, ninguém consegue inventar nada nem de longe tão cômico e esdrúxulo quanto as maluquices e fantasias nascidas da mente dessas pessoinhas.

Daisy e Demi eram cheios dessas invenções e viviam em um mundo próprio, povoado por criaturas adoráveis ou grotescas, a quem eles davam os nomes mais esquisitos e com quem brincavam das coisas mais esquisitas também. Uma dessas criações surgidas no dormitório era um espírito invisível chamado "O malvado Gato-Rato", em quem as crianças acreditaram, a quem temeram e serviram por muito tempo. Elas raramente falavam dele para alguém, mantinham os rituais tão secretos quanto possível e, como nunca tentaram descrevê-lo nem para si próprias, este ser tinha um charme vago e misterioso que muito agradava a Demi, que adorava elfos e duendes. O malvado Gato-Rato era mais caprichoso e tirânico do que se pode imaginar, e Daisy sentia um prazer temeroso em prestar-lhe serviços, obedecendo cegamente às exigências mais absurdas, as quais eram no geral proclamadas pelos lábios de Demi, cujos poderes inventivos eram ótimos. Rob e Teddy de vez em quando se juntavam a essas cerimônias e as consideravam uma diversão excelente, embora não entendessem metade do que acontecia.

Certo dia, após a aula, Demi cochichou para a irmã, com um meneio sombrio:

– O Gato-Rato nos quer hoje à tarde.

– Para quê? – perguntou Daisy, angustiada.

– Um *saquerifício* – respondeu Demi, solene. – Precisa haver uma fogueira atrás da pedra grande às duas horas, e temos de levar as coisas que mais adoramos e queimá-las! – ele acrescentou, com uma ênfase tenebrosa nas últimas palavras.

– Oh, não! Eu amo mais do que tudo as novas bonecas de papel que a tia Amy pintou para mim; será que preciso queimá-las? – gritou Daisy, que jamais pensava em negar ao tirano invisível nada do que ele exigia.

– Cada uma delas. Eu vou queimar meu barco, meu melhor caderno de desenhos e todos os meus soldados – disse Demi com firmeza.

– Bom, então eu também, mas é muito malvado do Gato-Rato querer nossas melhores coisas – suspirou Daisy.

– Um *saquerifício* significa abrir mão do que você mais gosta, então é o que devemos fazer – explicou Demi, a quem a ideia tinha ocorrido ao ouvir o tio Fritz descrever os costumes dos gregos para os meninos mais velhos, que estavam estudando Grécia Antiga na escola.

– O Rob também vem? – perguntou Daisy.

— Sim, e ele vai trazer a cidade de brinquedo; é toda feita de madeira, você sabe, e vai queimar bem. Vamos fazer uma fogueira grande e observar enquanto se incendeiam, certo?

Aquela perspectiva brilhante consolou Daisy, e ela almoçou com a fileira de bonecas de papel à sua frente, como uma espécie de banquete de despedida.

No horário determinado, o cortejo sacrificial partiu, cada criança levando os tesouros exigidos pelo insaciável Gato-Rato. Teddy insistiu em ir também e, vendo que os outros levavam brinquedos, enfiou debaixo de um braço um cordeiro que balia e, sob o outro, a velha Annabella, mal supondo a aflição que esta última preciosidade haveria de lhe proporcionar.

— Aonde vocês estão indo, meus pintinhos? — perguntou a senhora Jo, quando o bando passou por sua porta.

— Brincar na pedra grande; não podemos?

— Podem, mas não perto da lagoa, e cuidem do bebê.

— Eu sempre cuido — disse Daisy, conduzindo sua responsabilidade com um ar capaz.

— Agora vocês precisam se sentar de novo e não se mexer até eu falar que podem. A pedra plana é um altar e eu vou fazer fogo em cima dela.

Demi então começou a acender uma pequena chama, como tinha visto os meninos fazerem nos piqueniques. Quando a labareda estava queimando bem, ele ordenou à companhia que marchasse em volta três vezes e depois formasse um círculo.

— Eu vou começar, e assim que as minhas coisas tiverem queimado, vocês colocam as suas.

E com isso ele solenemente depositou um pequeno caderninho de papel cheio de desenhos que ele mesmo havia colado; a isso se seguiu um barco já meio destruído e depois, um a um, os infelizes soldadinhos de chumbo marcharam para a morte. Nem um falhou nem hesitou, desde o esplêndido capitão vermelho e amarelo até o mais insignificante tocador de tambor que havia perdido a perna; todos desapareceram nas chamas e se fundiram em uma poça comum de chumbo derretido.

– Agora, Daisy! – conclamou o alto sacerdote de Gato-Rato, quando suas próprias oferendas tinham sido consumidas, para grande satisfação das crianças.

– Minhas bonecas adoradas, como posso me separar delas? – gemeu Daisy, abraçando de uma vez a dúzia toda, com o rosto cheio de dor materna.

– Você precisa – comandou Demi; e com um beijo de adeus em cada uma, Daisy depositou as bonecas sobre o carvão.

– Deixe-me ficar só com uma, esta azul tão querida – suplicou a pobre mamãezinha, agarrando-se à última em desespero.

– Mais! Mais! – rosnou uma voz horrível, e Demi gritou: – É o Gato-Rato! Ele quer todas, rápido, ou vai nos unhar e arranhar.

E lá se foi a preciosa bela azul, com seus babados, chapéu cor-de-rosa e tudo, e nada da peça incandescente restou, além de flocos pretos.

– Ponha as casas e árvores em volta e deixe que peguem fogo sozinhas, como em um incêndio de verdade – disse Demi, que apreciava variedade em seus *saquerifícios*.

Encantadas com essa sugestão, as crianças arrumaram o vilarejo condenado, formaram uma linha de pedaços de carvão na rua principal e depois sentaram para observar a destruição. Demorou um pouco para o fogo pegar, por causa da tinta, mas por fim um chalé pretensioso começou a arder e incendiou uma árvore do tipo palmeira, que tombou sobre o telhado de uma grande mansão de família e, em poucos minutos, a cidade inteira queimava alegremente. A população observou a destruição imóvel como blocos de madeira, como de fato era, até ela mesma pegar fogo e queimar sem dar um pio. Levou algum tempo para que a cidade fosse reduzida a cinzas, e a plateia desfrutou do espetáculo imensamente, celebrando cada casa que caía, dançando como indígenas selvagens quando o campanário lançou labaredas ao alto, e até jogando uma mulher em forma de batedeira, que tinha escapado para os subúrbios, bem no coração das chamas.

O sucesso estrondoso dessa última oferenda excitou Teddy a tal ponto que ele primeiro atirou ao fogo o cordeiro e, antes que ele estivesse sequer chamuscado, lançou a pobre Annabella à pira funerária. É claro que ela não gostou nem um pouco, e expressou sua aflição e seu ressentimento de um modo que aterrorizou o destruidor-mirim. Sendo revestida de pelica, ela não se incendiou, mas fez algo pior: se contorceu. Primeiro uma perna se enrolou, depois a outra, de um modo muito horrível e real; em seguida, ela jogou os braços para cima, como se estivesse em grande agonia; a cabeça tombou sobre o ombro, os olhos de vidro caíram e, com uma torcedura final do corpo inteiro, ela afundou na massa escura das ruínas da cidade. Essa demonstração inesperada sobressaltou todos eles e alarmou Teddy profundamente. Ele olhou e deu um grito e voou para casa berrando "mama" o mais alto que pôde.

A senhora Bhaer escutou o grito e correu para fazer o salvamento, mas Teddy só conseguiu agarrar-se a ela e balbuciar "tadinha da Bella dodói", "o fogo feio" e "as monecas suíam". Temendo um incidente sério, a mãe o apanhou e saiu correndo rumo ao local da ação, onde encontrou os cegos adoradores de Gato-Rato pranteando os restos carbonizados de seus amados perdidos.

– Mas o que é que vocês estavam fazendo? Contem tudo – disse a senhora Jo, ajeitando-se para ouvir com toda a paciência, pois os culpados aparentavam tanto sofrimento que ela os perdoou de antemão.

Com alguma relutância Demi explicou, e a tia Jo chorou de tanto rir, as crianças se comportando com tanta solenidade ante uma brincadeira tão absurda.

– Eu pensava que vocês eram ajuizados demais para uma brincadeira tão tola quanto esta. Se eu tivesse algum Gato-Rato, teria um que gostasse que vocês brincassem de um jeito seguro e divertido, e não destruindo e assustando. Vejam a destruição que vocês provocaram. Todas as bonecas lindas da Daisy, os soldadinhos do Demi e a cidade nova do Rob, além do cordeiro do coitadinho do Teddy e a velha e querida Annabella. Eu vou ter de escrever no dormitório o verso que costumava vir impresso nas caixas dos brinquedos: "As crianças da Holanda têm prazer em produzir o que as crianças de Boston têm prazer em destruir"; vou só colocar Plumfield em lugar de Boston.

– Nós nunca mais vamos fazer isso, de verdade verdadeira! – gritaram os pequenos pecadores arrependidos, muito constrangidos com aquela reprovação.

– O Demi que mandou fazer – disse Rob.

– Bem, eu ouvi o tio falando sobre o povo da Grécia, que tinha altares e outras coisas, então quis fazer igual, mas não tinha criaturas vivas para o *saquerifício*, então queimamos os nossos brinquedos.

– Meu querido, isso é como a história do pé de feijão – disse a tia Jo, rindo de novo.

– Conta – pediu Daisy, para mudar o assunto.

– Era uma vez uma mulher pobre que tinha três ou quatro filhos, e ela trancava todos eles no quarto quando saía para trabalhar, para que ficassem em segurança. Um dia, quando estava saindo, ela falou: "Agora, meus queridos, não deixem que o bebê caia pela janela, não brinquem com fósforos e não enfiem feijões no nariz". Bom, as crianças nunca tinham pensado em fazer essa última coisa, mas ela pôs a ideia na cabeça deles e, no minuto em que virou as costas, eles correram e enfiaram montes de grãos de feijão nos narizinhos, só para sentir como era; quando ela voltou para casa, encontrou os filhos chorando muito.

– E doeu? – perguntou Rob, com um interesse tão evidente que a mãe depressa acrescentou uma continuação de alerta, não fosse uma nova versão da história surgir em sua própria família.

– Muitíssimo, como eu bem sei, porque, quando a minha mãe me contou essa história, fui boba o suficiente para tentar. Como não tinha feijões, eu peguei pedrinhas e enfiei várias no nariz. Mas não gostei nem um pouco da sensação e bem depressa quis tirar, mas uma não saiu, e eu fiquei com tanta vergonha de ter sido tão tola que passei horas com a pedra me machucando bastante. No final, a dor foi tanta que eu precisei contar, e quando a minha mãe também não conseguiu, o médico veio. Então, me puseram numa cadeira e me seguraram com força, Rob, enquanto o doutor usava umas pinças horríveis para puxar, até que a pedrinha saiu. Nem gosto de lembrar como meu nariz doía e como as pessoas riram de mim! – e a senhora Jo balançou a cabeça em grande desânimo, como se a mera lembrança do sofrimento fosse demais para ela.

Rob pareceu muito impressionado, e ficou feliz em dizer que levou o aviso a sério. Demi propôs que eles enterrassem a pobre Annabella e, ao se interessar pelo funeral, Teddy esqueceu o medo. Daisy logo foi consolada por uma nova leva de bonecas feitas pela tia Amy, e o malvado Gato-Rato, pelo visto, foi apaziguado por aquelas últimas oferendas, pois nunca mais os atormentou.

"Brops" era o nome de uma brincadeira nova e fascinante inventada por Tommy Bangs. Como esse interessante animal não pode ser encontrado em nenhum jardim zoológico, a menos que Du Chaillu[2] tenha recentemente trazido um exemplar das regiões selvagens da África, vou citar aqui alguns de seus peculiares traços e hábitos, em benefício das mentes mais inquisitivas. O Brop é um quadrúpede alado com um rosto humano de aparência jovem e alegre. Quando caminha no solo, ele grunhe; quando voa, pia com estridência; de vez em quando fica ereto e fala um bom inglês. O corpo é normalmente coberto por um material muito parecido com um xale, ora vermelho, ora azul, com frequência xadrez e, por mais estranho que pareça, eles muitas vezes trocam de pele entre si. Na cabeça, eles possuem um chifre que se parece bastante com um acendedor de lampiões feito de papel marrom bem duro. Asas do mesmo material batem de seus ombros quando eles voam, mas

---

[2] Paul Belloni Du Chaillu (1831-1903) foi um explorador e zoólogo franco-americano que nos anos 1860 confirmou a existência de gorilas. (N.T.)

esses voos nunca se afastam muito do solo, pois eles costumam despencar com grande violência quando se arriscam em voos altos. Eles pastam e comem brotos, mas também podem sentar e comer como um esquilo. O alimento favorito é bolo; maçãs também são consumidas livremente e às vezes cenouras cruas são mordiscadas, quando a comida escasseia. Vivem em tocas, onde constroem ninhos muito semelhantes a cestos de roupas, nos quais os Brops filhotes brincam até que as asas cresçam. Esses animais singulares vez por outra brigam, e é nessas ocasiões que adotam a fala humana, chamando-se uns aos outros de nomes feios, gritando, dando bronca e algumas vezes arrancando os chifres e a pele, declarando com ferocidade que "não vão mais brincar". Os poucos privilegiados que tiveram a oportunidade de estudá-los tendem a considerá-los uma combinação impressionante de macaco, esfinge e roca com as estranhas criaturas vistas pelo famoso Peter Wilkins[3].

Essa era uma das brincadeiras favoritas, e as crianças menores superaram muitas tardes chuvosas pulando ou rastejando no dormitório, agindo como pequenos lunáticos e se sentindo felizes como grilos. Na verdade, as roupas sofriam um pouco, principalmente nos joelhos e cotovelos; mas a senhora Bhaer só dizia, enquanto remendava e cerzia:

– Nós fazemos coisas tão bobas quanto, e muito menos inofensivas. Se eu pudesse extrair disso tanta felicidade quanto eles, também iria querer ser um Brop.

As diversões favoritas de Nat eram trabalhar em seu jardim e sentar-se no salgueiro com o violino, pois aquele ninho verde era um mundo de fadas para ele, e lá ele gostava de se empoleirar e produzir música como um passarinho feliz. Os garotos o chamavam de "Velho gorjeador", porque ele estava sempre cantarolando, assoviando ou tocando, e eles sempre interrompiam o trabalho ou a brincadeira um minutinho para escutar os tons suaves do violino, que parecia reger uma pequena

---

[3] Personagem do romance *As aventuras de Peter Wilkins*, de autoria do inglês Robert Paltock, publicado em 1751. (N.T.)

orquestra de sons de verão. Os pássaros pareciam considerá-lo um deles, e sem nenhum temor pousavam na cerca ou desciam até os galhos para observá-lo com seus olhos espertos e ágeis. Os tordos da macieira evidentemente o consideravam um amigo, pois o patriarca do bando caçava insetos bem perto e a mamãe tordo cuidava de seus ovos azuis com tanta confiança como se Nat fosse apenas um novo tipo de melro que, com sua música, alegrava o período em que ela pacientemente chocava. O riacho castanho gorgolejava e brilhava abaixo dele, as abelhas zuniam sobre os campos de trevo de ambos os lados, rostos amigáveis o espiavam quando passavam, a velha casa estendia hospitaleiramente as amplas alas na direção dele e, com uma abençoada sensação de repouso e amor e felicidade, Nat sonhava por horas em seu ninho, inconsciente dos milagres de saúde sendo forjados sobre si.

Ele tinha um ouvinte que jamais se cansava de escutá-lo e, para ele, Nat era mais do que um mero colega de escola. A principal diversão do pobrezinho do Billy era deitar ao lado do riacho observando a dança das folhas e da espuma, ouvindo sonhadoramente a música tocada no salgueiro. Ele parecia considerar Nat uma espécie de anjo que se sentava no alto e cantava, pois algumas recordações de quando ainda era um bebê permaneciam em sua memória e aparentavam ganhar novo brilho naqueles momentos. Percebendo o interesse que ele tinha em Nat, o senhor Bhaer pediu que ele o ajudasse com sua música delicada a dissipar a névoa que turvava o frágil cérebro. Satisfeito por fazer qualquer coisa para demonstrar sua gratidão, Nat sempre sorria para Billy quando este o seguia, e o deixava ouvir em paz sua música, que parecia falar em uma língua que Billy entendia. "Ajudem-se uns aos outros" era um dos principais lemas de Plumfield, e Nat aprendeu quanta doçura é acrescentada à vida quando se tenta levá-la seguindo este mote.

O curioso passatempo de Jack Ford era comprar e vender; ele prometia seguir os passos do tio, um comerciante rural que vendia um pouco de tudo e enriquecia depressa. Jack tinha testemunhado o açúcar receber areia, o melaço ser diluído, a manteiga ser misturada com banha e outras coisas do tipo, e trabalhava sob a ilusão de que tudo isso era normal, parte do negócio. A mercadoria que ele negociava era de outro gênero, mas ele extraía o máximo que conseguia de cada minhoca que vendia, e sempre levava a melhor quando trocava com os meninos por corda, facas, anzóis ou qualquer que fosse o artigo. Os meninos, todos com apelidos, o chamavam de "Pão-duro", mas Jack não se importava, desde que o velho estojo de tabaco onde ele guardava o dinheiro ficasse cada vez mais pesado.

Ele montou uma espécie de salão de leilões e, de vez em quando, vendia todas as bugigangas que havia coletado, ou então ajudava os camaradas a trocarem coisas entre si. Ele obtinha morcegos, bolas, tacos de hóquei, etc., baratos, de um grupo de amigos, restaurava e, por alguns trocados, passava adiante a outro grupo, com frequência estendendo os negócios para além dos portões de Plumfield, apesar das regras. O senhor Bhaer pôs um ponto final a algumas dessas especulações e tentou dar a ele uma ideia mais aprimorada do que seria talento para negócios, além de mera argúcia e da fraude contra os vizinhos. Vez por outra, Jack fazia um mau negócio e se sentia pior por isso do que por qualquer fracasso em aula ou em comportamento, e se vingava em cima do pobre cliente que aparecesse em seguida. Seu livro-caixa era uma preciosidade, e sua rapidez com números bastante notável. O senhor Bhaer o elogiava por isso e tentava tornar seu sentido de honestidade e honra igualmente agudo; aos poucos, conforme Jack descobriu que não poderia avançar sem essas virtudes, reconheceu que o professor estava certo.

Críquete e futebol os meninos jogavam, é claro; porém, depois dos relatos emocionantes sobre esses jogos no imortal *Tom Brown em Rugby*[4], nenhuma pobre caneta feminina pôde se aventurar a fazer mais nada do que respeitosamente referir-se a eles.

---

[4] Livro sobre uma escola pública para meninos, escrito pelo inglês Thomas Hughes e publicado em 1857. (N.T.)

Emil passava seu tempo livre no rio ou na lagoa e treinava os companheiros mais velhos para uma competição contra certos meninos da cidade que de vez em quando invadiam seu território. A disputa de fato ocorreu, porém, como terminou em naufrágio generalizado, jamais era mencionada em público; e o Commodore pensou seriamente em se retirar para uma ilha deserta, de tão desgostoso que ficou com seu time por um período. Não havendo uma ilha deserta à mão, ele foi forçado a permanecer entre os amigos e encontrou consolo na construção de um ancoradouro.

As menininhas se entregavam às brincadeiras habituais de sua idade, aprimorando-as um pouco segundo a imaginação de cada uma. A brincadeira principal e mais envolvente se chamava "senhora Shakespeare Smith"; o nome foi sugerido pela tia Jo, mas as agruras da pobre senhora eram bastante originais. Daisy era a senhora S. S., e Nan desempenhava, em turnos, o papel da filha ou de uma vizinha, a senhorita Peraltinha.

Nenhuma caneta conseguiria descrever as aventuras dessas damas, pois, em uma única tarde, a família delas foi palco de nascimentos, casamentos e falecimentos; terremotos, encontros vespertinos para o chá e passeios de balão. Milhões de quilômetros viajaram essas mulheres energéticas, vestidas com chapéus e trajes nunca antes vistos por olhos humanos, empoleiradas na cama, conduzindo os mastros como vigorosos corcéis e pulando até que as cabeças rodassem. Os ataques e os incêndios eram as aflições prediletas, com um massacre generalizado de vez em quando para variar. Nan nunca se cansava de criar novas combinações, e Daisy seguia sua líder com cega admiração. O pobre Teddy era uma vítima frequente e muitas vezes foi resgatado em cima da hora de algum perigo real, pois as agitadas senhoras esqueciam que ele não era feito do mesmo material de suas bonecas, velhas sofredoras. Uma vez ele foi trancado em um armário que fazia as vezes de masmorra, e lá esquecido pelas meninas, que saíram para alguma brincadeira externa. Em outra ocasião, ele foi parcialmente afogado na banheira enquanto interpretava um filhote de baleia muito esperto. E a pior de todas: cortaram a corda bem a tempo, depois que ele foi enforcado por roubo.

Mas a organização mais frequentada por todos era o Clube. Ele não tinha nome nem precisava de um, pois era o único nas redondezas. Os meninos mais velhos o puseram de pé, e os mais jovens eram ocasionalmente admitidos, se tivessem se comportado bem. Tommy e Demi eram membros honorários, mas sempre precisavam se retirar desagradavelmente cedo, devido a fatores sobre os quais não tinham controle. Os procedimentos do Clube eram um tanto peculiares, pois ele se reunia nos mais variados tipos de lugar e ocasião, executava cerimônias e entretenimentos os mais curiosos, e de vez em quando se desfazia de modos tempestuosos, apenas para ser restabelecido sobre bases mais firmes. Nas tardes chuvosas, os membros se encontravam na sala de aula e passavam o tempo com jogos: xadrez, ludo, gamão, esgrima, declamações, debates ou encenações dramáticas da natureza mais trágica e sombria. No verão, o celeiro era o ponto de encontro, e o que ocorria lá, nenhum forasteiro sabe. Nas noites abafadas, o Clube era transferido para o riacho para exercícios aquáticos, e os membros sentavam por ali em roupas arejadas e frescas que lembravam sapos. Em tais ocasiões, os discursos eram de uma eloquência rara, bastante fluidos, como alguém poderia qualificar; e se as observações de algum orador desagradasse à plateia, água fria era jogada sobre ele até que seu furor se extinguisse. Franz era o presidente e mantinha admiravelmente a ordem, considerando a natureza rebelde dos membros. O senhor Bhaer nunca interferia em seus assuntos, e essa sábia tolerância era recompensada de vez em quando por um convite para que compartilhasse dos mistérios revelados, o que ele parecia apreciar bastante.

Quando Nan chegou, ela quis se juntar ao Clube e provocou muita agitação e ruptura entre os cavalheiros ao apresentar infinitas petições, tanto escritas quanto verbais, perturbando as solenidades deles ao insultá-los pelo buraco da fechadura, ou ao cantar vigorosos solos diante da porta, e depois escrever comentários depreciativos em paredes e cercas, pois pertencia aos "Irreprimíveis". Percebendo que os apelos eram inúteis, as meninas, aconselhadas pela senhora Jo, fundaram a própria organização, a que deram o nome de Clube do Aconchego. A ele, elas generosamente convidaram os cavalheiros cuja juventude os excluía do outro, e tão bem entretiveram os favorecidos com jantares, novos jogos inventados por Nan e outras atividades agradáveis, que os meninos mais velhos confessaram o desejo de participar daquelas diversões mais refinadas e, depois de muita consulta, afinal resolveram propor um intercâmbio de civilidades.

Os membros do Clube do Aconchego foram convidados a prestigiar o estabelecimento rival em certas tardes e, para surpresa dos cavalheiros, a presença deles não foi julgada como obstáculo para a conversa nem para a diversão dos frequentadores regulares; o que não pode ser dito de todos os clubes, eu suponho. As senhoras responderam com grande refinamento e hospitalidade a essas propostas de paz, e ambas as organizações floresceram com alegria por muitos anos.

O baile de Daisy

A senhora Shakespeare Smith gostaria que o senhor John Brooke, o senhor Thomas Bangs e o senhor Nathaniel Blake comparecessem a seu baile às quinze horas de hoje.

P.S: Nat deve trazer o violino, para que possamos dançar, e todos os meninos devem se comportar bem, ou não poderão comer nenhuma das delícias que preparamos.

Esse elegante convite teria sido recusado, receio, se não fosse pela pista fornecida na última parte do *post scriptum*.

– Elas cozinharam um monte de coisa gostosa, consigo até sentir o cheiro. Vamos – disse Tommy.

– Não precisamos ficar depois que a comida acabar, você sabe – acrescentou Demi.

– Eu nunca fui a um baile. O que tem que fazer? – perguntou Nat.

– Ah, é só fingir que é homem, sentar bem duro e com cara de bobo como os adultos e dançar para agradar às meninas. Depois, comemos tudo que houver e vamos embora o mais rápido possível.

– Acho que consigo fazer isso – disse Nat, depois de refletir por um minuto sobre a descrição de Tommy.

— Vou escrever dizendo que vamos — e Demi despachou a seguinte resposta cavalheiresca:

Todos nós compareceremos. Por favor, preparem bastante comida. Ilustríssimo senhor J. B.

Grande era a ansiedade das senhoras acerca de seu primeiro baile, porque, se tudo corresse bem, elas planejavam oferecer um jantar para os poucos selecionados.

— A tia Jo gosta que os meninos brinquem conosco, quando eles não são brutos, então precisamos que eles gostem dos nossos bailes, assim estaremos fazendo o bem a eles — disse Daisy com seu ar maternal, enquanto punha a mesa e supervisionava o estoque de refrescos com olhar ansioso.

— O Demi e o Nat vão ser bonzinhos, mas o Tommy vai fazer algo errado, sei que vai — respondeu Nan, balançando a cabeça sobre o cesto de bolinhos que estava ajeitando.

— Se for assim, eu vou mandá-lo embora na mesma hora — disse Daisy, resoluta.

— Não se faz isso em festas, não é apropriado.

— Então nunca mais convidarei o Tommy.

— É suficiente. Ele ficaria triste de não vir ao jantar dançante, não ficaria?

— Acho que sim! Teremos as coisas mais esplêndidas jamais vistas, não teremos? Sopa de verdade servida com concha e uma *terrinha* [ela quis dizer "terrina"], um passarinho como se fosse peru, caldo de carne e vários tipos de guelumes — Daisy nunca tinha conseguido dizer "legumes" corretamente, e havia desistido de tentar.

— São quase três, precisamos nos vestir — disse Nan, que havia providenciado uma roupa fina para a ocasião e estava ansiosa por vesti-la.

— Eu sou a mãe, então não devo me arrumar demais — disse Daisy, vestindo uma touca de noite enfeitada com um laço vermelho, uma das saias compridas da tia e um xale; um par de óculos e um grande lenço de bolso completavam o figurino e faziam dela uma matrona gorducha e rosada.

Nan estava com uma tiara de flores artificiais, um par de velhos chinelos cor-de-rosa, um lenço amarelo, uma saia verde de musselina, um leque feito com as penas do espanador e, como toque final de elegância, um pequeno frasco de perfume sem nenhum perfume dentro.

– Eu sou a filha, então posso me equipar bastante, e devo cantar e dançar e falar mais do que você. As mães só servem o chá e se comportam de forma apropriada, você sabe.

Uma batida súbita e muito alta na porta fez com que a senhorita Smith voasse para uma cadeira e se abanasse com bastante violência, enquanto sua mãe se endireitava no sofá e tentava parecer totalmente calma e "apropriada". A pequena Bess, que estava fazendo uma visita, desempenhou seu papel de empregada e abriu a porta, dizendo com um sorriso:

– Tenham a *bundade* de entrar, *calhaveiros*, está tudo pronto.

Em honra da ocasião, os meninos usavam colarinhos altos feitos de papel, grandes cartolas pretas e luvas de todas as cores e material, pois elas tinham sido ideia de última hora e nenhum deles tinha um par perfeito.

– Bom dia, mãe – disse Demi, com uma voz grave tão difícil de fazer que ele precisava encurtar ao máximo os comentários.

Todos trocaram apertos de mão e se sentaram, com uma aparência tão hilária, apesar de sóbrios, que os cavalheiros esqueceram os bons modos e quase caíram da cadeira de tanto rir.

– Não fiquem rindo! – gritou a senhora Smith, muito nervosa.

– Vocês nunca mais vão poder vir se fizerem isso – acrescentou a senhorita Smith, cutucando o senhor Bangs com o frasquinho porque ele era quem ria mais alto.

– Não consigo segurar, você está parecendo uma bruxa – engasgou-se o senhor Bangs, com a mais descortês sinceridade.

– Você também, mas eu não teria a falta de educação de falar. Ele não vai vir para o jantar dançante, vai, Daisy? – gritou Nan, indignada.

– Acho que o melhor agora é dançarmos. Trouxe o violino, senhor? – perguntou a senhora Smith, tentando manter a compostura.

– Está atrás da porta – e Nat foi buscá-lo.

– Melhor tomarmos o chá antes – propôs o imperturbável Tommy, piscando descaradamente para Demi para lembrá-lo que, quanto mais cedo os refrescos estivessem garantidos, mais cedo eles poderiam escapar.

– Não, nós nunca começamos pela comida, e se vocês não dançarem direito, não vão ganhar comida nenhuma, nem uma mordidinha de nada, *sir* – disse a senhora Smith, com tamanha seriedade que os selvagens convidados perceberam que ela não seria enganada, e de repente se tornaram incrivelmente civilizados.

– Eu pegarei o senhor Bangs e vou ensinar-lhe polca, pois o que ele sabe não serve para ser visto – acrescentou a anfitriã, com um olhar de reprovação que aquietou Tommy na mesma hora.

Nat começou a tocar e o baile teve início com dois casais, que executaram com cuidado uma boa variedade de danças. As damas se saíram bem, porque gostavam de bailar, mas os cavalheiros se esforçaram por motivos mais egoístas, pois cada um sentia que precisava conquistar seu jantar e trabalhou honradamente com esse objetivo. Quando todos estavam sem fôlego, tiveram permissão para descansar; e, de fato, a pobre senhora Smith bem que estava precisando, pois a longa saia a havia feito tropeçar muitas vezes. A jovem empregada serviu melaço e água em xícaras tão diminutas que um convidado esvaziou nove delas. Vou me abster de revelar o nome porque, apesar de fraca, a bebida o afetou tanto que, na nona rodada, ele enfiou a xícara na boca e se engasgou em público.

– Agora você tem que pedir pra Nan tocar e cantar – disse Daisy ao irmão, sentado parecendo uma coruja, enquanto muito sério observava a cena festiva por entre as abas do colarinho.

– Dê-nos música, mãe – disse o convidado obediente, perguntando-se em segredo onde estaria o piano.

A senhorita Smith avançou até uma antiga escrivaninha que havia no aposento, jogou para trás a tampa e, sentando-se à frente dela, acompanhou a si mesma com tal vigor que a coitada da velha mesa rangeu, enquanto ela cantava uma canção adorável que começava assim:

O trovador dedilhava alegremente

O seu lindo violão

Ele voltava da guerra para casa

Com muito amor no coração

Os cavalheiros aplaudiram com tanto entusiasmo que ela lhes ofereceu "Ondas arrasadoras", "Espreitando por aí" e outras pérolas musicais, até que eles foram obrigados a insinuar que já tinham ouvido o bastante. Grata pelos elogios derramados sobre sua filha, a senhora Smith graciosamente anunciou:

– Agora, vamos tomar o chá. Sentem-se com cuidado e peguem as xícaras com delicadeza.

Foi lindo ver o ar de orgulho com o qual a boa senhora fez as honras da mesa e a tranquilidade com que suportou os pequenos incidentes que ocorreram. A melhor torta voou direto para chão quando ela tentou cortá-la com uma faca sem fio; o pão e a manteiga desapareceram com uma rapidez suficiente para desanimar qualquer dona de casa e, pior de tudo, o pudim ficou tão mole que precisou ser bebido, em vez de comido com elegância com as novas colheres de latão.

Lamento afirmar que a senhorita Smith entrou em uma disputa com a empregada pelas melhores rosquinhas, o que levou Bess a jogar a travessa inteira no ar e explodir em lágrimas em meio a uma chuva de doces caindo. Ela foi consolada por um assento à mesa e por um açucareiro para esvaziar, mas, durante toda essa agitação, um prato grande de tortas se extraviou misteriosamente e não pôde ser encontrado. Elas eram a principal atração da festa, e a senhora Smith ficou indignada com a perda, pois as havia preparado pessoalmente e elas tinham ficado lindas. Eu perguntaria a qualquer mulher se não seria difícil que uma dúzia de tortinhas deliciosas (feitas de farinha, sal e água, com uma grande uva passa no centro de cada uma e muito açúcar por cima de todas) sumisse de repente e de uma só vez.

– Você que escondeu, Tommy, eu sei que foi! – gritou a anfitriã ofendida, ameaçando o convidado suspeito com a leiteira.

– Não escondi!

– Escondeu!

– Refutar não é apropriado – disse Nan, que durante a confusão comia muito depressa toda a geleia.

– Devolve, Demi – disse Tommy.

– Isso é mentira, você enfiou nos seus bolsos – rugiu Demi, revoltado pela falsa acusação.

– Vamos tirar dele. É muito malvado fazer a Daisy chorar – sugeriu Nat, que estava achando seu primeiro baile muito mais interessante do que havia esperado.

Daisy estava chorando; Bess, como empregada exemplar, misturava suas lágrimas às da patroa; e Nan denunciava todos os meninos como "uma praga de raça". Enquanto isso, a batalha esquentava entre os cavalheiros, pois, quando os dois defensores da inocência caíram sobre o inimigo, aquele jovem vigoroso se escondeu detrás de uma mesa e de lá atirou neles com as tortas roubadas, que se revelaram mísseis muito eficientes e quase tão duros quanto munição. Enquanto tinha artilharia, o sitiado se aguentou bem, porém, no momento em que a última tortinha saiu voando por cima da proteção oferecida pela mesa, o vilão foi agarrado, arrastado uivando para fora do aposento e atirado como um saco no corredor. Os vencedores voltaram corados e, enquanto Demi consolava a pobre senhora Smith, Nat e Nan recolheram as tortinhas espalhadas, colocaram as passas de volta nos devidos lugares e arrumaram a louça, de modo que elas ficaram quase tão bem quanto antes.

Mas já não tinham nada de glorioso, pois todo o açúcar tinha caído e ninguém quis comê-las depois do que lhes tinha acontecido.

– Acho melhor irmos embora – disse Demi, de repente, quando a voz da tia Jo foi ouvida na escada.

– Talvez seja melhor – e Nat rapidamente deixou cair um pedaço de doce que tinha acabado de apanhar do chão.

Mas a senhora Jo estava entre eles antes que a partida fosse concluída, e em seus ouvidos acolhedores as jovens senhoritas despejaram a história de seu infortúnio.

– Nada mais de bailes para estes meninos até que eles compensem esse mau comportamento fazendo alguma coisa gentil para vocês – disse a senhora Jo, abanando a cabeça para os três culpados.

– Nós só estávamos nos divertindo – começou Demi.

– Não gosto de diversões que deixam outras pessoas tristes. Estou decepcionada com você, Demi, porque achei que você nunca provocaria a Daisy. Ela é uma irmãzinha tão meiga pra você.

– Meninos sempre provocam as irmãs, é o que o Tom fala – murmurou Demi.

– Pois não pretendo que os meus meninos façam isso, e mandarei a Daisy de volta para casa se vocês não puderem brincar direito juntos – disse a tia Jo, séria.

Diante dessa ameaça terrível, Demi foi para o lado da irmã, e Daisy depressa enxugou as lágrimas, pois serem separados era a pior coisa que poderia acontecer aos gêmeos.

– O Nat se comportou mal também, e o Tommy foi o pior de todos – comentou Nan, receosa de que dois dos infratores não recebessem sua dose justa de castigo.

– Eu sinto muito – disse Nat, bastante envergonhado.

– Eu não! – gritou Tommy pelo buraco da fechadura, onde tinha ficado escutando tudo.

A senhora Jo teve muita vontade de rir, mas se conteve e disse de um jeito impressionante, apontando para a porta:

— Podem ir agora, meninos, mas lembrem-se: vocês não podem conversar nem brincar com as meninas até que eu dê permissão. Vocês não merecem esse prazer, e por isso eu os proíbo.

Os meninos de maus modos se retiraram rápido e foram recebidos do lado de fora com gozação e desprezo pelo impenitente Tommy Bangs, que não se aproximou deles por pelo menos quinze minutos. Daisy foi logo consolada pelo fracasso de seu baile, mas lamentou a sentença que a separava do irmão e, em seu coraçãozinho generoso, lamentou pelas deficiências dele. Nan até que estava gostando da confusão, e circulou de nariz empinado para os três, especialmente Tommy, que fingia não se importar e em voz alta anunciava sua satisfação por estar livre daquelas "meninas bobas". Mas, no mais profundo de sua alma, ele logo se arrependeu da atitude bruta que causara seu banimento do convívio do grupo que ele amava, e cada hora da separação o ensinou o valor das "meninas bobas".

Os outros cederam bem depressa e tentaram ficar amigos de novo, pois não havia mais Daisy para paparicá-los e cozinhar para eles; não havia Nan para diverti-los e medicá-los; e, o mais grave, nada de senhora Jo para tornar agradável o ambiente doméstico e facilitar-lhes a vida. Para grande aflição dos meninos, a senhora Jo parecia considerar a si mesma como uma das meninas ofendidas, pois mal falava com os banidos, olhava como se não os enxergasse quando passava e agora estava sempre ocupada demais para atender aos pedidos deles. Esse súbito e completo exílio de todas as benevolências lançou uma melancolia sobre suas almas, pois, quando mamãe Bhaer os desertou, o sol pareceu se pôr ao meio-dia, de fato, e eles ficaram sem nenhum refúgio.

Esse estado antinatural de coisas durou na verdade três dias. Eles não conseguiam mais suportar e, temendo que o eclipse se tornasse total, procuraram o senhor Bhaer em busca de ajuda e aconselhamento.

É minha opinião particular que ele havia recebido instruções sobre como se comportar caso o assunto lhe fosse apresentado. Mas ninguém suspeitou de nada, e ele deu alguns conselhos aos aflitos garotos, que eles aceitaram com gratidão e executaram da seguinte maneira:

Isolando-se no sótão, eles dedicaram várias horas de brincadeira à fabricação de alguma misteriosa máquina, que consumiu tanta cola que a Asia chiou e as menininhas ficaram alvoroçadas de curiosidade. Nan quase levou um beliscão no narizinho intrometido enquanto tentava espiar o que acontecia lá dentro, e Daisy, sentada à toa, lamentava abertamente por eles não poderem brincar juntos em paz, em lugar de manterem segredos horríveis. A tarde de quarta-feira estava amena, e após muita consulta sobre o vento e o clima, Nat e Tommy partiram, transportando um enorme pacote achatado escondido sob vários jornais. Nan quase morreu de curiosidade sufocada, Daisy quase gritou de irritação e ambas praticamente tremiam de interesse quando Demi marchou até o quarto da senhora Bhaer, com o chapéu nas mãos, e disse, no tom de voz mais educado possível a um menino normal de sua idade:

– Por favor, tia Jo, a senhora e as meninas poderiam vir para fora, para uma festa surpresa que preparamos para vocês? Venham, será muito boa.

– Obrigada, iremos com prazer; mas eu preciso levar o Teddy comigo – respondeu a senhora Bhaer, com um sorriso que alegrou Demi como o sol após a chuva.

– Vamos gostar que ele venha. O carrinho está pronto para as meninas. A senhora não vai se incomodar de seguir a pé só até a colina Pennyroyal, vai, tia?

– Eu vou adorar, mas vocês têm certeza de que não vou atrapalhar?

– De jeito nenhum! Nós queremos muito que a senhora participe, e a festa será estragada se não vier – exclamou Demi, com grande seriedade.

– Então eu lhe agradeço muito, senhor – e a tia Jo se curvou em uma profunda reverência, pois apreciava aquelas brincadeiras tanto quanto qualquer um deles. E virando-se para as meninas: – Agora, senhoritas, não devemos fazê-los esperar; peguem os chapéus e vamos logo. Eu estou muito impaciente para ver qual é a surpresa.

Enquanto a senhora Bhaer falava, todas correram para se aprontar, e em cinco minutos as três menininhas e Teddy estavam acomodados no "cesto de roupas", como chamavam o carrinho de vime que Toby conduzia. Demi andava na frente do cortejo e a senhora Jo vinha por último, acompanhada por Kit, o cachorro. Era um grupo muito impressionante, eu posso lhes assegurar, pois Toby levava um espanador de penas vermelhas na cabeça, duas bandeiras notáveis ondulavam sobre o carrinho, Kit trazia no pescoço um lenço que quase o enlouqueceu, Demi tinha uma flor na casa do botão e a senhora Jo carregava uma estranha sombrinha japonesa em honra da ocasião.

As meninas tiveram calafrios de excitação ao longo do caminho inteiro, e Teddy estava tão encantado com o passeio que a todo momento atirava longe o chapéu, e quando o tiraram de seu alcance, ele se preparou para lançar a si mesmo, evidentemente sentindo que lhe cabia fazer algo pela diversão da festa.

Quando chegaram à colina, "nada havia a ser visto exceto a grama balançando ao vento", como dizem os livros de fadas, e as crianças ficaram decepcionadas. Mas Demi anunciou, de seu modo mais impressionante:

– Agora, saiam do carrinho que a surpresa vai chegar.

E com esse comentário, ele se retirou para trás de uma rocha, por cima da qual cabecinhas tinham se elevado para espiar por pelo menos meia hora.

Pequena pausa para intensificar o suspense e então Nat, Demi e Tommy avançaram marchando, cada um carregando uma pipa, as quais eles entregaram para as três senhoritas. Gritinhos de deleite foram ouvidos, porém foram silenciados pelos meninos, que disseram, com os rostos brilhando de contentamento, "Isso ainda não é a surpresa inteira" e, correndo para detrás da rocha, novamente emergiram trazendo uma quarta pipa de tamanho extraordinário, na qual estava escrito, com letras amarelas brilhantes, "Para mamãe Bhaer".

— Nós pensamos que a senhora gostaria de uma também, porque estava brava conosco e tomou o partido das meninas – eles disseram, sacudindo-se de tanto rir, pois essa parte era evidentemente uma surpresa para a senhora Jo.

Ela bateu palmas e se juntou ao riso, parecendo absolutamente encantada com a brincadeira.

— Ah, meninos, isto é nada menos que maravilhoso! Quem teve a ideia? – ela perguntou, recebendo a pipa monstruosa com tanto prazer quanto as meninas menores receberam as delas.

— O tio Fritz sugeriu quando pensamos em fazer as outras; ele disse que a senhora ia gostar, então fizemos bem grande – respondeu Demi, radiante de satisfação com o sucesso do complô.

— O tio Fritz sabe do que eu gosto. Sim, estas são pipas magníficas e nós quisemos tanto ter uma também, naquele dia em que vocês estavam empinando, não é, meninas?

— Foi por isso que fizemos para vocês – gritou Tommy, plantando bananeira como se aquele fosse o jeito mais adequado de expressar o que sentia.

— Vamos empinar, então – disse a energética Nan.

— Eu não sei – começou Daisy.

— Nós vamos mostrar, nós queremos mostrar! – gritaram todos os meninos em um ímpeto de devoção, enquanto Demi pegava a pipa de Daisy, Tommy, a de Nan, e Nat, com dificuldade, convencia Bess a se separar da dela, que era azul e pequena.

— Tia, se a senhora esperar só um minuto, vamos pôr a sua no alto também – disse Demi, sentindo que a benevolência da senhora Bhaer não poderia ser perdida por negligência deles mais uma vez.

— Não se preocupe, meu querido, eu sei tudo sobre pipas! E lá vem um menino que pode me ajudar com a decolagem – acrescentou a senhora Jo, conforme o professor espiava por detrás da rocha com uma expressão repleta de contentamento.

Ele deixou o esconderijo e se aproximou, lançou a grande pipa e a senhora Jo saiu correndo com ela em grande estilo, enquanto as crianças ficaram e apreciaram o espetáculo. Uma a uma, todas as pipas subiram e flutuaram muito alto como pássaros alegres, balançando na brisa fresca que soprava continuamente no alto da colina. Ah, como eles se divertiram! Correndo e gritando, dando linha e puxando as pipas, observando os volteios que faziam no ar e sentindo-as puxar como se fossem criaturas vivas tentando fugir. Nan estava quase fora de si com a brincadeira, Daisy achou a atividade quase tão interessante quanto brincar de boneca e a pequena Bess ficou tão fã de sua "pipa azulinha" que só a deixava fazer voos muito curtos, preferindo segurá-la no colo e se deliciar com os desenhos notáveis que Tommy havia pintado com seus pincéis atrevidos. A senhora Jo desfrutou muitíssimo da sua, e a pipa agia como se soubesse quem era sua dona, pois desceu de cabeça quando menos se esperava, ficou presa nas árvores, quase foi para o rio e finalmente disparou a tal altura que parecia um mero pontinho entre as nuvens.

Pouco a pouco, todos se cansaram e, depois de amarrar as linhas às árvores e às cercas, sentaram-se para descansar, exceto o senhor Bhaer, que partiu para ver as vacas, levando Teddy nos ombros.

– A senhora já se divertiu tanto assim alguma vez antes? – perguntou Nat, enquanto eles estavam deitados na grama, mordiscando o capim como um rebanho de ovelhas.

– Não desde que empinei pipa pela última vez, muitos anos atrás, quando ainda era uma menina – respondeu a senhora Jo.

– Eu queria ter conhecido a senhora quando a senhora era menina, deve ter sido tão divertida – disse Nat.

– Eu era uma menininha muito travessa, lamento dizer.

– Eu gosto de menininhas travessas – comentou Tommy, olhando para Nan, que fez uma careta assustadora para ele em resposta ao elogio.

– Por que eu não me lembro de como a senhora era, tia? Eu era muito pequeno? – perguntou Demi.

– Bastante, meu querido.

– Acho que na época eu não tinha memória ainda. O vovô diz que partes diferentes da mente se desenvolvem enquanto crescemos, e que a parte das memórias na minha mente ainda não tinha se desenvolvido quando a senhora era pequena, então não me lembro da sua aparência – explicou Demi.

– Agora, pequeno Sócrates, você devia guardar essa pergunta para fazer ao vovô, está além do meu alcance – respondeu a tia Jo, jogando um balde de água fria.

– É o que eu vou fazer mesmo, ele sabe muito sobre essas coisas e a senhora não – devolveu Demi, sentindo que, no geral, pipas estavam mais bem adaptadas à compreensão de sua companhia atual.

– Conta sobre a última vez que a senhora empinou uma pipa – disse Nat, pois a senhora Jo tinha rido ao mencionar o assunto, e ele achou que poderia ser interessante.

– Ah, foi só bem engraçado, eu era uma meninona de quinze anos e tinha vergonha de ser vista numa brincadeira daquelas, então o tio Teddy e eu fizemos nossas pipas em segredo e fugimos para empinar. Nós nos divertimos muito e deitamos para descansar, como agora, quando de repente ouvimos vozes e vimos um grupo de moças e rapazes voltando de um piquenique. Teddy não se importou, apesar de ser um menino já crescido para brincar de pipa, mas eu fiquei em apuros, pois sabia que ririam muito de mim e por muito tempo, porque meu jeito moleque divertia os vizinhos tanto quanto o da Nan diverte a nós. "O que eu faço?", eu cochichei para o Teddy, conforme as vozes chegavam cada vez mais perto. "Eu vou mostrar", ele disse, e, sacando o canivete, cortou as linhas. Lá se foram as pipas, e quando as pessoas chegaram, nós estávamos colhendo flores bastante bem-comportados. Eles nunca desconfiaram de nada e nós rimos muito de termos escapado por tão pouco.

– E as pipas se perderam, tia? – perguntou Daisy.

– Totalmente, mas eu não me importei, porque estava decidida que seria melhor esperar até me tornar uma velha senhora antes de empinar de novo; e você pode ver que esperei mesmo – disse a senhora Jo, começando a recolher a grande pipa, pois estava ficando tarde.

– Nós temos que ir agora?

– Temos, do contrário não teremos almoço, e esse tipo de surpresa não agradaria nem um pouco a vocês, meus pintinhos.

– Nossa festa não foi boa? – perguntou Tommy, complacente.

– Esplêndida! – responderam todos.

– Sabem por quê? Foi porque seus convidados se comportaram e tentaram fazer tudo correr bem. Vocês entendem o que estou querendo dizer, não?

– Sim, senhora! – foi só o que os meninos disseram, mas trocaram olhares envergonhados, enquanto humildemente apanhavam as pipas e voltavam para casa recordando uma festa em que os convidados não haviam se comportado e as coisas tinham corrido tão mal por causa disso.

De volta ao lar

Julho tinha chegado e começou a produção de feno; os pequenos jardins estavam indo muito bem e os dias compridos de verão eram repletos de horas agradáveis. A casa ficava aberta desde a manhã até a noite e os meninos viviam lá fora, exceto no período da escola. As aulas eram curtas e havia muitas folgas, pois os Bhaers acreditavam em cultivar corpos saudáveis por meio de muito exercício, e achavam que os nossos verões curtos são mais bem usados em atividades ao ar livre. Tão corados e vigorosos se tornaram os meninos; tamanho apetite tinham; tão grandes se tornaram seus braços e pernas, como se jaquetas e calças tivessem encolhido; tanto riso e corrida por todo lado; tantas brincadeiras na casa e no celeiro; tantas aventuras perambulando pelas colinas e pelos vales; e tamanha satisfação no coração dos corretos Bhaers, conforme viam seu bando prosperar física e mentalmente, eu nem posso começar a descrever. Só faltava uma coisa para torná-los perfeitamente felizes, e ela aconteceu quando eles menos esperavam.

Certa noite amena, quando os meninos menores já estavam na cama, os maiores se banhavam no riacho e a senhora Bhaer trocava a roupa de Teddy no quarto, ele de repente gritou:

– Meu Danny! – e apontou para a janela, onde a lua brilhava forte.

– Não, meu querido, ele não está lá, era só a lua – disse a mãe.

– Não, não! Danny na janela! Teddy viu ele! – insistiu o bebê, muito agitado.

– Pode ter sido – e a senhora Bhaer correu até a janela, esperando que fosse verdade.

Mas o rosto tinha sumido e em lugar nenhum havia sinal da presença de um menino; ela gritou seu nome, correu até a porta da frente com Teddy vestindo apenas uma camiseta, e o incentivou a chamar também, pensando que a voz do bebê poderia ter mais resultado do que a própria. Ninguém respondeu, nada surgiu, e eles entraram de volta muito desapontados. Teddy não se satisfazia com a lua, e depois de ser posto no berço, continuou levantando a cabecinha e perguntando se Danny não ia "vinhar logo".

Dali a pouco ele adormeceu, os garotos mais velhos marcharam para a cama, a casa mergulhou em tranquilidade e nada além do cricrilar dos grilos perturbava o silêncio da suave noite de verão. A senhora Bhaer se sentou para costurar, pois o grande cesto estava sempre entupido de meias com buracos portentosos, e ficou pensando no menino perdido. Ela concluiu que o bebê tinha se enganado e não quis incomodar o senhor Bhaer contando a fantasia da criança, pois o pobre homem tinha bem pouco tempo para si mesmo até que os meninos estivessem deitados, e estava agora ocupado escrevendo cartas. Passava das dez horas quando ela se levantou para fechar a casa. Quando parou por um instante nos degraus para apreciar a adorável paisagem, uma coisa branca chamou sua atenção para um dos montes de feno empilhados no gramado. As crianças haviam brincado lá durante a tarde inteira e, imaginando que Nan tivesse esquecido lá o chapéu, como de costume, a senhora Bhaer se adiantou para ir recolher. Porém, conforme se aproximou, viu que não se tratava nem de chapéu nem de lenço, e sim de uma manga de camisa com uma mão marrom despontando dela. Ela contornou correndo a pilha de feno e lá encontrou Dan deitado, dormindo profundamente.

Maltrapilha, suja, magra e exausta era sua aparência; um pé estava descalço, e o outro amarrado na velha jaqueta de algodão, que ele havia tirado das costas para usar como precária bandagem para algum ferimento. Pelo visto, ele havia se escondido atrás do monte de feno, porém, no sono, acabou esticando o braço e traindo sua presença. Ele suspirava e resmungava como se os sonhos o perturbassem e uma vez, quando se mexeu, gemeu como se sentisse dor, mas seguiu dormindo, totalmente esgotado.

"Ele não pode ficar aqui", pensou a senhora Bhaer, e curvou-se e chamou seu nome com delicadeza. Ele abriu os olhos e olhou para ela como se fosse parte do que estava sonhando, pois sorriu e falou, muito sonolento:

– Mamãe Bhaer, eu vim pra casa.

O olhar, as palavras tocaram-na profundamente; ela colocou a mão sob a cabeça do menino para levantá-lo, dizendo de seu jeito cordial:

– Eu pensei mesmo que você viria e fico contente por vê-lo, Dan.

Então, ele pareceu despertar completamente e começou a olhar em volta, como se de repente lembrasse onde estava e duvidasse daquela acolhida carinhosa. Seu rosto mudou e, do velho jeito áspero, ele disse:

– Eu ia partir de manhã. Eu só parei pra espiar, porque estava passando perto.

– Mas por que não entrar um pouco, Dan? Você não ouviu quando chamamos? Teddy o viu e gritou seu nome.

– Eu achei que vocês não iam me deixar entrar – ele disse, atrapalhando-se com um pacotinho que havia pego, como se estivesse partindo de imediato.

— Tente e veja — foi só o que a senhora Bhaer respondeu, esticando a mão e apontando para a porta, onde a luz brilhava de forma hospitaleira.

Com um suspiro profundo, como se um peso tivesse sido retirado de sua mente, Dan pegou um cajado robusto e começou a mancar em direção à casa, mas de súbito parou e disse, inquisitivamente:

— O senhor Bhaer não vai gostar. Eu fugi do Page.

— Ele sabe. Lamentou muito, mas agora não vai fazer diferença. Você está machucado? — perguntou a senhora Jo, quando ele recomeçou a coxear.

— Eu estava pulando um muro, aí uma pedra caiu e esmagou meu pé. Não faz mal — e ele fez o melhor que pôde para esconder a dor que cada passo provocava.

A senhora Bhaer o ajudou a chegar até o quarto dela e, uma vez lá, ele tombou sobre uma cadeira com a cabeça para trás, pálido e quase desmaiando de cansaço e sofrimento.

— Meu pobre Dan! Beba isto e depois coma um pouco. Você está em casa, agora, e mamãe Bhaer vai cuidar direitinho de você.

Ele apenas olhou para ela com um olhar cheio de gratidão, enquanto bebericava o vinho que ela levara até seus lábios, e depois começou bem devagar a comer a comida que ela trouxe. Cada garfada parecia lhe devolver um pouco a cor, e logo ele começou a falar como se estivesse ansioso para que ela soubesse tudo sobre ele.

— Por onde você andou, Dan? — ela perguntou, começando a remover uma parte da bandagem.

— Eu fugi há mais de um mês. O Page era bacana, mas rígido demais. Eu não gostei, então desci o rio com um homem que estava indo de barco. Por isso ninguém sabia pra onde eu tinha ido. Quando me separei desse homem, trabalhei com um fazendeiro por algumas semanas, mas eu bati no filho dele, então ele bateu em mim, daí fugi de novo e andei até aqui.

— Você andou o caminho todo?

– Andei. O homem não me pagou e eu não tinha como pedir. Ficou por eu ter batido no menino.

Dan riu, mas pareceu envergonhado, quando olhou para as roupas rasgadas e as mãos imundas.

– Como você sobreviveu? É uma distância enorme para um menino como você.

– Bom, até machucar o pé, eu fui bem; as pessoas me davam coisas pra comer e eu dormia em celeiros e andava durante o dia. Eu me perdi tentando pegar um atalho, do contrário teria chegado aqui antes.

– Mas se você não pretendia entrar e ficar conosco, o que iria fazer?

– Eu queria ver o Teddy e a senhora de novo e depois ia voltar para o meu antigo trabalho na cidade, mas eu estava tão cansado que fui dormir no feno. Eu ia partir pela manhã se a senhora não tivesse me achado.

– Mas você lamenta que eu o tenha encontrado? – e a senhora Jo olhou para ele com uma expressão meio divertida, meio reprovadora, enquanto se ajoelhava para observar o pé ferido.

Rubor subiu à face de Dan e ele manteve os olhos baixos no prato, ao responder, baixinho:

– Não, senhora. Eu estou contente, eu queria ficar, mas tive medo que...

Ele não concluiu, pois a senhora Bhaer o interrompeu com uma exclamação de pena, quando viu o pé, que estava seriamente machucado.

– Quando aconteceu isso?

– Três dias atrás.

– E você andou com ele nesta condição?

– Eu tinha um cajado, e lavava toda vez que encontrava um riacho, e uma mulher me deu uns trapos para enrolar nele.

– O senhor Bhaer precisa ver e proteger isso imediatamente – e a senhora Jo correu para o quarto ao lado, deixando a porta escancarada atrás de si, de forma que Dan ouviu tudo que conversaram.

– Fritz, o menino voltou.

– Quem? Dan?

– Ele mesmo, Teddy o viu pela janela e chamou, mas ele tinha se afastado e estava escondido nos montes de feno no gramado. Eu o encontrei lá agora mesmo, dormindo profundamente, meio morto de cansaço e dor. Ele fugiu do Page há um mês e vem se virando como pode desde então para chegar até nós. Ele diz que não queria que nós o víssemos, que ia para a cidade retomar o antigo trabalho depois de dar uma espiadinha rápida em nós. Mas é evidente que a esperança de ser aceito aqui de novo foi o que o motivou o tempo todo, e agora ele está esperando para saber se você vai perdoá-lo e recebê-lo de volta.

– Ele disse isso?

– Os olhos dele disseram, e quando eu o despertei, ele falou, como uma criança perdida, "Mamãe Bhaer, eu vim pra casa". Não tive coragem de brigar, simplesmente o trouxe para dentro como uma pobre ovelha desgarrada que volta para o rebanho. Posso ficar com ele, Fritz?

– Claro que sim! Isso prova que temos um lugar no coração dele, e agora eu não o mandaria embora mais do que poderia expulsar meu próprio Rob.

Dan escutou um som delicado, como se a senhora Jo agradecesse ao marido sem palavras e, no instante de silêncio que se seguiu, duas grandes lágrimas que vinham lentamente se avolumando nos olhos do menino rolaram por suas bochechas empoeiradas. Ninguém as viu, pois ele as secou com pressa; mas eu acho que, nessa breve pausa, a velha desconfiança de Dan em relação àquelas pessoas bondosas sumiu para sempre, pois seu coração foi tocado e ele sentiu um desejo impetuoso de provar que era digno de um amor e de uma compaixão tão pacientes e misericordiosos. Ele nada disse, apenas desejou com toda a força, determinado a tentar, à sua maneira juvenil e obstinada, e selou essa decisão com lágrimas que nem a dor, a fadiga ou a solidão haviam conseguido arrancar dele.

– Venha ver o pé dele. Temo que esteja gravemente ferido, pois passou três dias andando no calor e na poeira, sem nada além de água e uma velha jaqueta para proteger. Eu lhe digo, Fritz, aquele menino é um camarada de coragem, e um dia ainda há de ser um homem incrível.

– Espero bem que sim, por você, mulher entusiasmada. Sua fé merece recompensa. Agora, vou lá ver nosso jovem espartano. Onde ele está?

– No meu quarto. Mas, querido, seja gentil com ele, mesmo que ele se comporte com rudeza. Tenho certeza de que esse é o jeito de conquistá-lo. Ele não vai suportar muita seriedade nem muita reprovação, mas palavras doces e paciência infinita vão levá-lo ao bom caminho, como levaram a mim.

– Como se você alguma vez tivesse sido como esse malandrinho! – protestou o senhor Bhaer, rindo, mas meio bravo com a comparação.

– Eu fui, em espírito, apenas demonstrava de outro jeito. Parece que intuitivamente sei o que ele sente, entendo o que pode conquistá-lo e comovê-lo, e simpatizo com as tentações e erros dele. Fico contente que seja assim, pois isso vai me ajudar a ajudá-lo. E se eu conseguir transformar esse menino selvagem em um homem bom, esse terá sido o melhor trabalho da minha vida.

– Deus abençoe o trabalho e ajude a trabalhadora!

O senhor Bhaer falava agora com a mesma seriedade usada antes pela esposa. Ambos entraram juntos e encontraram Dan com a cabeça apoiada no braço, como se vencido pelo cansaço. Mas ele se endireitou rápido e tentou ficar de pé quando o senhor Bhaer disse, agradavelmente:

– Então, você gosta de Plumfield mais do que da fazenda do Page. Muito bem, vamos ver se conseguimos nos dar melhor desta vez do que da última.

– Agradecido, senhor – disse Dan, tentando não ser rude e achando mais fácil do que esperava.

– Agora, vamos ao pé. Ach! Não está nada bem. Temos de chamar o doutor Firth amanhã mesmo. Água morna, Jo, e tecido velho.

O senhor Bhaer lavou e enfaixou o pé machucado, enquanto a senhora Jo preparava a única cama disponível da casa. Ficava no pequeno quarto de hóspedes ao lado do quarto dela, e era usada sempre que algum menino não estava bem, pois isso poupava a senhora Jo de subir e descer, ao mesmo tempo que permitia ao convalescente ver o que acontecia. Quando ficou pronto, o senhor Bhaer pegou o menino nos braços e o carregou, ajudou-o a se despir, deitou-o na pequena cama branca e se despediu com mais um aperto de mãos e um "Boa noite, meu filho" muito paternal.

Dan caiu no sono imediatamente e dormiu pesado por muitas horas; depois, o pé começou a latejar e a doer, e ele acordou para mexê-lo, muito inquieto, mas tentando não gemer, não fosse alguém ouvi-lo, pois ele era um camarada de coragem e aguentava a dor como "um jovem espartano", como o senhor Bhaer o tinha chamado.

A senhora Jo tinha um jeito esvoaçante de percorrer a casa à noite, fechando as janelas caso o vento esfriasse, esticando o mosquiteiro sobre Teddy e vigiando Tommy, que às vezes tinha episódios de sonambulismo. O mais leve ruído a despertava, e como ela com frequência escutava ladrões, gatos e incêndios imaginários, as portas da casa inteira ficavam abertas, e por isso seus ouvidos atentos captaram o gemido baixo de Dan, e ela pôs-se de pé em um instante. Ele estava justamente socando o travesseiro quente com um golpe desesperado quando uma luz se aproximou bruxuleando pelo corredor, e a senhora Jo entrou parecendo um fantasma, com o cabelo preso em um grande coque no alto da cabeça e a cauda de um longo roupão cinza rastejando atrás.

– Está doendo, Dan?

– Bastante, mas eu não quis acordar a senhora.

– Eu sou uma espécie de coruja, sempre voando por aí à noite. Sim, seu pé está queimando de tão quente; o curativo precisa ser umedecido de novo – e lá se foi a mãe coruja tratar do resfriamento e pegar uma caneca grande de água gelada.

– Ah, isso é tão bom! – suspirou Dan, quando a faixa foi esfriada e um grande gole de água aliviou sua garganta sedenta.

– Bem, agora tente dormir o melhor que puder, e não se assuste se me vir de novo, eu vou voltar outras vezes para refrescar você.

Enquanto falava, a senhora Jo se curvou para virar o travesseiro e afofar a cama, quando, para sua enorme surpresa, Dan pôs-lhe o braço em volta do pescoço, baixou o rosto dela até aproximar-se do seu e lhe deu um beijo, com um "Obrigado, senhora" engasgado que disse mais do que qualquer discurso eloquente poderia ter dito; pois o beijo apressado e as palavras embaraçadas significavam "Eu sinto muito, eu vou tentar". Ela entendeu, aceitou a confissão não verbalizada e não a estragou com mais uma demonstração de espanto. Simplesmente, ela se lembrou de que ele não tinha mãe, beijou a bochecha suja meio afundada no travesseiro, como que com vergonha daquele pequeno toque de ternura, e se afastou dizendo, como ele recordaria por muitos anos:

– Você é o meu menino, agora. E, se quiser, você poderá me deixar orgulhosa de dizer isso.

Mais uma vez, ao amanhecer, ela foi até o quarto de hóspedes, onde o encontrou dormindo tão profundamente que ele não despertou nem deu nenhum sinal de consciência enquanto ela molhava seu pé, a não ser que a expressão de dor se suavizou e deixou seu rosto bastante tranquilo.

Era domingo, e a casa estava tão silenciosa que ele só acordou ao meio-dia; olhou em volta e viu um rostinho ansioso espiando da porta. Ele estendeu os braços e Teddy cruzou o quarto para se atirar resolutamente sobre a cama, gritando "Meu Danny voltô!", enquanto o abraçava e se contorcia de prazer. A senhora Bhaer apareceu em seguida trazendo o café da manhã e demonstrou não perceber a vergonha no rosto de Dan pela cena afetuosa da noite anterior. Teddy insistiu em dar o "afé da minhã" ao amigo, e o alimentou como se Dan fosse um bebê; como ele não estava com muita fome, achou bem divertido.

Depois veio o médico, e o pobre espartano passou por maus bocados, pois alguns ossinhos do pé estavam deslocados, e colocá-los no lugar foi um processo tão doloroso que os lábios de Dan ficaram sem cor e grandes gotas de suor brotaram em sua testa, embora ele não tenha dado nenhum grito, apenas apertado a mão da senhora Jo com tanta força que ela ficou arroxeada por muito tempo depois.

– A senhora precisa manter este menino imóvel por ao menos uma semana, e não deixá-lo apoiar o pé no chão. Até lá, eu saberei se ele pode dar uns pulinhos com a ajuda de muletas ou se deve fazer repouso por mais tempo – disse o doutor Firth, exibindo os instrumentos reluzentes que Dan não gostava nada de ver.

– Vai ficar bom com o tempo, não vai? – ele perguntou, parecendo assustado com a palavra "muletas".

– Espero que sim – e com isso o médico foi embora, deixando Dan muito deprimido, pois a perda de um pé é uma calamidade pavorosa para um menino ativo.

– Não se preocupe, eu sou uma enfermeira excelente e, em menos de um mês, vou colocar você de pé e andando por aí tão bem quanto sempre – disse a senhora Jo, adotando uma visão otimista da questão.

Mas o medo de ficar aleijado assombrava Dan e nem os carinhos de Teddy conseguiram alegrá-lo; então a senhora Jo propôs que um ou dois dos meninos fossem lhe fazer uma visitinha, e perguntou quem ele gostaria de ver.

– O Nat e o Demi; eu queria meu chapéu também, tem uma coisa lá dentro que acho que eles vão gostar de ver. A senhora deve ter jogado fora o embrulho com as minhas coisas, não? – disse Dan, parecendo aflito enquanto formulava a pergunta.

– Não, eu guardei, pois pensei que deviam ser algum tipo de tesouro, já que você era tão cuidadoso com elas – e a senhora Jo lhe entregou o velho chapéu de palha cheio de borboletas e de besouros, e com um lenço contendo uma coleção de coisas estranhas recolhidas ao longo do caminho: ovos de pássaros cuidadosamente recobertos de musgo, conchas e pedras interessantes, bocados de fungos e diversos pequenos caranguejos em estado de absoluta indignação por seu aprisionamento.

– Eu poderia ter algum lugar onde colocar estes camaradas? O senhor Hyde e eu os encontramos e são de primeira categoria, então gostaria de ficar com eles para poder observar; posso? – perguntou Dan, esquecendo-se do pé e rindo ao ver os caranguejos arrastando-se lateralmente de uma parte a outra da cama.

– Claro que pode; a velha gaiola da Polly vai servir perfeitamente. Cuide para que não mordam os dedinhos do Teddy, enquanto vou buscar – e lá se foi a senhora Jo, deixando Dan muito contente por perceber que seus tesouros não tinham sido jogados fora como lixo.

Nat, Demi e a gaiola chegaram juntos e os caranguejos foram instalados em sua nova casa, para grande deleite dos meninos, que, na empolgação do processo, se esqueceram de qualquer estranhamento que, do contrário, poderiam sentir ao cumprimentar o fugitivo. Para esses ouvintes admirados, Dan contou suas aventuras com muito mais detalhe do que havia contado para os Bhaers. Em seguida, exibiu sua "pilhagem" e descreveu cada item tão bem que a senhora Jo, que havia se retirado para o quarto ao lado a fim de deixá-los à vontade, ficou surpresa, interessada e se divertiu com a conversa animada deles.

"Ora, mas ele sabe muito sobre essas coisas, e como elas o absorvem! E que bênção isso é bem agora, uma vez que ele se interessa tão pouco por livros e seria difícil distraí-lo enquanto está de cama; mas os garotos podem fornecer-lhe infinitos besouros e pedras, e fico tão contente por descobrir esse interesse dele; é um interesse bom e quem sabe poderá encaminhá-lo na vida. Se ele se tornar um grande naturalista, e Nat um músico, eu terei motivo para me orgulhar do trabalho deste ano", e a senhora Jo sorriu, sentada lendo seu livro, enquanto construía castelos no ar, exatamente como fazia quando era menina, com a diferença de que, na época, os castelos eram para si mesma e agora eram para outras pessoas, o que talvez seja a razão de alguns deles terem virado realidade, pois a caridade é uma base excelente para a construção de qualquer coisa.

Nat estava mais interessado nas aventuras, mas Demi gostou imensamente dos besouros e das borboletas, absorvendo como se fosse um tipo novo e adorável de conto de fadas a história sobre a transformação pela qual passavam, pois, ainda que de um jeito básico, Dan contava bem, e extraía enorme satisfação da ideia de que pelo menos o pequeno filósofo podia aprender com ele. Tão absortos eles estavam pelo relato da captura de um rato almiscarado, cuja pele se encontrava entre os tesouros, que o senhor Bhaer precisou ir pessoalmente dizer a Nat e Demi que estava na hora da caminhada. Dan lhes lançou um olhar tão melancólico enquanto partiam que papai Bhaer sugeriu que o carregassem para o sofá da sala, para uma ligeira mudança de ares e de paisagem.

Quando ele estava acomodado e a casa, quieta, a senhora Jo, sentada ao lado e mostrando figuras a Teddy, perguntou, em um tom de voz muito interessado e indicando os tesouros que Dan ainda tinha em mãos:

– Onde você aprendeu tanto sobre essas coisas?

– Eu sempre gostei, mas não sabia muito até o senhor Hyde me contar. Ele era um homem que vivia nas florestas estudando essas coisas que eu não sei como chamam e escrevia sobre sapos, peixes e assim por diante. Ele ficava no Page e sempre queria que eu fosse junto e ajudasse, e era muito divertido porque ele sempre me contava muitas coisas e era alegre e sábio de um jeito que não é comum. Espero encontrá-lo de novo algum dia.

– Também espero que você encontre – disse a senhora Jo, pois o rosto de Dan tinha se iluminado e ele falara com tanto interesse que havia esquecido a habitual economia de palavras.

– Ele conseguia fazer os pássaros virem até ele, e os coelhos e esquilos não ligavam pra ele mais do que ligavam pras árvores. A senhora já fez cócegas em um lagarto com um pedaço de palha? – perguntou Dan, entusiasmado.

– Não, mas eu adoraria tentar.

– Pois eu fiz, e é tão engraçado ver quando o lagarto se vira e se estica, eles gostam tanto. O senhor Hyde também fazia; ele conseguia que as cobras ouvissem quando ele assobiava, e sabia quando certas flores iam desabrochar, e as abelhas não o picavam e ele contava as coisas mais deslumbrantes sobre peixes e insetos e sobre os índios e as pedras.

– Parece-me que você era tão fã de sair com o senhor Hyde que acabou descuidando do senhor Page – disse a senhora Jo, com astúcia.

– Descuidei mesmo. Eu detestava ter que semear e capinar quando podia estar andando com o senhor Hyde. O senhor Page achava aquilo tudo uma bobagem e chamava o senhor Hyde de louco porque ele podia ficar horas observando uma truta ou um passarinho.

– Que tal dizer "poderia" em lugar de "podia", é mais correto – disse a senhora Jo, com toda a delicadeza, e depois acrescentou: – Sim, o Page é um fazendeiro de fio a pavio, e não percebe que o trabalho de um naturalista é tão interessante quanto, e talvez tão importante quanto, o dele. Agora, Dan, se você ama de verdade essas coisas, como eu acho que ama e fico feliz em constatar, você há de ter tempo para estudá-las e livros para ajudá-lo. Mas eu quero que você faça mais uma coisa, e que faça com toda a seriedade, do contrário, cedo ou tarde, você vai se arrepender, e descobrir que precisará começar do início de novo.

– Sim, senhora – disse Dan, com humildade, parecendo um pouco assustado pelo tom grave das últimas palavras, pois ele detestava livros, porém tinha claramente decidido estudar qualquer coisa que ela sugerisse.

– Está vendo ali aquele armário de doze gavetas? – foi a surpreendente pergunta seguinte.

Dan estava vendo dois armários altos e antigos, um de cada lado do piano; ele os conhecia bem e com frequência tinha visto pedaços de corda, pregos, papel grosso e outros itens úteis saírem das várias gavetas. Ele assentiu e sorriu. A senhora Jo continuou:

– Bem, e você não acha que aquelas gavetas seriam bons lugares para guardar seus ovos, as pedras e conchas, os pedaços de líquen?

– Ah, seria maravilhoso, mas a senhora não ia gostar das minhas coisas "estorvando", como dizia o senhor Page – exclamou Dan, sentando-se para, com olhos brilhantes, inspecionar o velho móvel.

– Eu gosto desse tipo de tralha; e mesmo que não gostasse, eu lhe daria as gavetas, porque tenho consideração pelos pequenos tesouros das crianças e acho que devem ser tratados com respeito. Agora, vou propor um acordo com você, Dan, e espero que o cumpra honradamente. Aqui estão doze gavetas de muito bom tamanho, uma para cada mês do ano, e elas serão suas na velocidade que você puder conquistá-las, executando os pequenos deveres que lhe cabem. Eu acredito em recompensas de certo tipo, em especial para os jovens; elas nos ajudam a prosseguir e, mesmo que no começo nós sejamos bons por causa da recompensa, se ela é usada do modo certo, nós logo aprendemos a amar a bondade por si mesma.

– A senhora tem recompensas? – perguntou Dan, parecendo que ouvia aquele tipo de conversa pela primeira vez.

– Ora, se tenho! Ainda não aprendi a avançar sem elas. Minhas recompensas não são gavetas nem presentes nem dias de folga, mas são coisas que eu valorizo tanto quanto você aprecia as outras. O bom comportamento e o sucesso dos meus meninos é uma das recompensas que mais adoro, e trabalho para merecê-la tanto quanto quero que você se esforce pelas suas gavetas. Faça o que você não gosta, e faça bem feito, e você receberá duas recompensas: uma, o prêmio que você vê e toca; outra, a satisfação de um dever executado com alegria. Você entende?

– Sim, senhora.

– Todos nós precisamos dessas ajudinhas; então, você vai tentar fazer as suas lições e o seu trabalho, brincar gentilmente com todos os meninos e usar bem os dias de folga; e se você me trouxer um relatório positivo, ou se eu perceber e souber mesmo sem palavras, pois sou rápida para identificar os bons pequenos esforços dos meus meninos, você vai ganhar um compartimento na gaveta para os seus tesouros. Veja, algumas já estão divididas em quatro partes, e cuidarei para que as outras fiquem do mesmo jeito, sendo um compartimento para cada semana. E quando a gaveta estiver preenchida com coisas bonitas e interessantes, eu terei tanto orgulho dela quanto você; até mais orgulho, acho, pois no cascalho, musgo e nas alegres borboletas eu verei decisões executadas, falhas vencidas e uma promessa cumprida à risca. Vamos fazer este acordo, Dan?

O menino respondeu com um daqueles olhares que tanto dizem, pois demonstrou que sentiu e compreendeu a intenção e as palavras dela, embora não soubesse como expressar seu interesse e sua gratidão por tanto cuidado e carinho. Ela entendeu o olhar e, percebendo pelo rubor que surgiu na testa que ele estava comovido, como queria que ele ficasse, ela nada mais disse sobre aquele aspecto do novo plano e, em vez disso, removeu a gaveta superior, tirou o pó e a pousou sobre duas cadeiras postas diante do sofá, dizendo, cheia de energia:

– Bem, agora vamos começar de uma vez, colocando esses besouros incríveis em lugar seguro. Em cada compartimento caberão vários, como você vê. Eu espetaria as borboletas e insetos nas laterais, vão ficar seguros ali, e sobrará espaço para as coisas mais pesadas no fundo. Vou lhe trazer um pouco de algodão, papel limpo e alfinetes, e você pode se preparar para o trabalho da semana.

– Mas eu não posso sair para pegar mais coisas – disse Dan, olhando cheio de pena para o próprio pé.

– É verdade; mas tudo bem, vamos nos contentar com estas preciosidades por esta semana, e ouso dizer que os meninos vão lhe trazer montes de coisas, se você pedir.

– Eles não sabem os tipos certos; além disso, se eu ficar deitado aqui o tempo todo, não vou poder trabalhar nem estudar para ganhar as gavetas.

– Há muitas lições que você poderia aprender deitado aí, e diversos servicinhos que poderia fazer para mim.

– Podia? Quero dizer: poderia? – perguntou Dan, parecendo tanto surpreso quanto contente.

– Você pode aprender a ser paciente e alegre apesar da dor e de não poder brincar. Você pode distrair o Teddy por mim, fiar o algodão, ler para mim enquanto costuro e fazer várias outras coisas sem machucar o pé, e isso fará com que os dias passem depressa e não sejam desperdiçados.

Nesse momento, Demi entrou com uma grande borboleta em uma mão e um pequeno sapo muito feio na outra.

– Olha, Dan, eu que encontrei e vim correndo entregar pra você. Não são lindos? – ofegou Demi, totalmente sem ar.

Dan deu risada do sapo e disse que não tinha lugar para colocá-lo, mas a borboleta era uma maravilha, e se a senhora Jo lhe desse um alfinete grande, ele a prenderia imediatamente na gaveta.

– Não me agrada a ideia de ver a coitadinha se debatendo em um alfinete; se precisa morrer, vamos acabar com a dor de uma vez com uma gota de cânfora – disse a senhora Jo, alcançando o frasco.

– Eu sei como fazer, o senhor Hyde sempre matava desse jeito, mas eu nunca tinha cânfora, por isso usava o alfinete – e, com delicadeza, Dan derramou uma gota na cabeça do inseto, e as asas verde-claras bateram por um instante e depois se imobilizaram.

Essa pequena execução cortês mal tinha acabado quando Teddy gritou, do quarto:

– Acabô canguejo, o gande comeu tudo!

Demi e a tia correram para fazer o resgate e encontraram Teddy se remexendo muito agitado em uma cadeira, enquanto dois caranguejos miúdos corriam pelo chão, escapando por entre as barras da gaiola. Um terceiro estava dependurado no topo, evidentemente aterrorizado temendo por sua vida, pois abaixo a cena era triste, embora engraçada. O caranguejo grande tinha se enfiado no cantinho onde antes ficava o pote de Polly e lá, sentado, devorava na maior frieza um de seus conhecidos. Todas as pinças da pobre vítima tinham sido arrancadas e ela estava de ponta-cabeça, com a concha superior presa na boca do caranguejo grande como um prato; desse prato, ele se alimentava devagar usando a outra garra, fazendo pausas de vez em quando para girar os estranhos olhos esbugalhados de um lado a outro, pôr para fora a língua fina e lamber de um modo que fez as crianças rirem aos gritos. A senhora Jo carregou a gaiola para que Dan visse a cena, enquanto Demi capturou os andarilhos e os confinou debaixo de uma bacia virada para baixo.

– Eu terei de libertar esses sujeitos, não tenho como mantê-los na casa – disse Dan, com visível pesar.

– Eu cuido deles pra você, se você me disser como, e eles podem muito bem ir morar no meu tanque – disse Demi, que os achou mais interessantes até do que suas amadas e lentas tartarugas.

Então Dan lhe deu instruções acerca das necessidades e dos hábitos dos caranguejos e Demi os levou embora, para apresentá-los à nova casa e às novas vizinhas.

– Que menino bacana ele é! – disse Dan, acomodando com todo o cuidado a primeira borboleta e lembrando que Demi tinha aberto mão do passeio para ir entregá-la a ele.

– Nem podia ser de outro jeito, pois muito esforço foi empenhado para torná-lo assim.

– Ele teve família pra ensinar as coisas e ajudar, e eu não tive – disse Dan, com um suspiro, pensando em sua infância de abandono, algo que ele só muito raramente fazia, e sentindo que de alguma forma as coisas não tinham sido justas com ele.

– Eu sei, meu querido, e por essa razão eu não espero de você tanto quanto do Demi, apesar de ele ser mais novo; você receberá agora toda a ajuda que nós pudermos oferecer, e espero ensiná-lo a ajudar a si mesmo da melhor forma. Você esqueceu o que o papai Bhaer disse quando você esteve aqui antes, sobre querer ser bom e pedir que Deus o ajude?

– Não, senhora – muito baixo.

– Você ainda tenta?

– Não, senhora – ainda mais baixinho.

– Mas passará a tentar todas as noites agora, para me agradar?

– Sim, senhora – muito sério.

– Vou confiar que sim e acho que saberei se você for fiel à sua promessa, pois essas coisas sempre ficam claras para as pessoas que acreditam nelas, mesmo que nenhuma palavra seja dita. Agora, aqui está uma história muito boa sobre um menino que machucou o pé pior do que você feriu o seu; leia e veja como ele suportou bravamente as dificuldades.

Ela pôs nas mãos dele aquele livrinho encantador, *Os meninos Crofton*[5], e o deixou sozinho por uma hora, passando de vez em quando para que ele não se sentisse sozinho. Dan não amava ler, mas logo foi fisgado, e se surpreendeu quando os meninos voltaram para casa. Daisy lhe trouxe um ramalhete de flores silvestres e Nan insistiu em ajudar a servir-lhe a refeição. Dan estava no sofá e a porta estava aberta para a sala de jantar, de forma que ele conseguia ver os companheiros à mesa e eles conseguiam acenar para ele por cima de seus pães com manteiga.

O senhor Bhaer o carregou cedo para a cama e Teddy veio, de pijamas, dar boa noite, pois se recolhia a seu ninho cedo como os passarinhos.

– Quéio rezá pu Danny, posso? – ele perguntou, e quando a mãe disse "Pode", o pequeno se ajoelhou ao lado da cama de Dan e, entrelaçando as mãos gorduchinhas, disse com suavidade:

– Pufavô, Deus, bençoa tudo mundo e me ajuda a ser bonzinho.

---

[5] Romance da escritora e socióloga inglesa Harriet Martineau publicado em 1841. (N.T.)

Em seguida afastou-se, sorrindo com doçura sonolenta, aninhado no ombro da mãe.

Porém, quando a conversa noturna terminou, a cantoria noturna acabou e a casa mergulhou no belo silêncio dominical, Dan estava muito desperto em seu quarto, com novos pensamentos, sentindo novas esperanças e novos desejos crescendo em seu coração juvenil, pois dois anjos bons o haviam penetrado: o amor e a gratidão deram início ao trabalho que o tempo e o esforço levariam adiante; e com um desejo firme de manter sua primeira promessa, Dan cruzou as mãos na escuridão e murmurou suavemente a pequena oração de Teddy:

– Por favor, Deus, abençoe todo mundo e me ajude a ser bom.

Tio Teddy

Durante uma semana, Dan só foi da cama para o sofá, e que semana comprida e difícil foi aquela, pois às vezes o pé machucado doía bastante, os dias tranquilos eram tediosos para um camarada tão ativo, que desejava estar lá fora aproveitando o clima de verão, e especialmente árduo era ter paciência. Mas Dan fez o melhor que pôde e todos o ajudaram, cada um a seu modo; então o tempo passou e ele afinal foi recompensado ao ouvir o médico dizer, na manhã do sábado:

– Este pé está indo melhor do que eu esperava. Dê muletas ao rapaz hoje à tarde, e vamos deixá-lo dar uns pulinhos pela casa.

– Urra! – gritou Nat, e foi correndo contar a boa notícia aos outros meninos.

Todos ficaram muito contentes e, após o almoço, o bando todo se reuniu para apreciar Dan se locomovendo para cima e para baixo algumas vezes no corredor, antes de se instalar na varanda e presidir uma espécie de recepção. Ele ficou bastante agradecido pelo interesse e boa vontade demonstrados e se iluminava mais a cada minuto, conforme os meninos vinham prestar seus respeitos, as meninas dispunham ao seu redor banquinhos e almofadas e Teddy cuidava dele como se Dan fosse uma criatura frágil e incapaz de fazer qualquer coisa por si mesmo. Eles ainda estavam ali pelos degraus quando uma carruagem parou no portão, um chapéu foi agitado e com um grito de "Tio Teddy! Tio Teddy!" Rob correu rua abaixo tão depressa quanto suas pernas curtas puderam levá-lo. Todos os meninos, exceto Dan, correram atrás dele para ver quem seria o primeiro a abrir o portão, e em um instante a carruagem avançava, cercada pelos pequenos amontoados ao redor, enquanto o tio Teddy ria, sentado com a filhinha no colo.

– Pare a carruagem triunfal para que Júpiter desça! – ele disse, saltando e correndo para os degraus ao encontro da senhora Bhaer, que estava sorrindo e batendo palmas como uma menininha.

– Como vai, Teddy?

– Muito bem, Jo.

Então eles trocaram apertos de mão e o senhor Laurie pôs Bess nos braços da tia, dizendo, enquanto a criança a abraçava forte:

– Cachinhos dourados queria tanto ver você que fugi com ela, pois eu mesmo também estava muito ansioso para encontrá-la. Queremos brincar com os seus meninos por uma hora, mais ou menos, e ver como está se saindo a "velha senhora que morava em um sapato e tinha tantas crianças de quem cuidar que não sabia o que fazer".

– Pois fico muito feliz! Brinquem à vontade e não se metam em confusão – respondeu a senhora Jo.

Enquanto isso, os meninos cercavam a linda criança, admirados com os longos cabelos dourados, o vestido elegante e os modos refinados, pois a pequena "Princesa", como a chamavam, não permitia que ninguém a beijasse, ficava apenas sorrindo para eles e afagando graciosamente a cabeça deles com as mãozinhas brancas. Todos a adoravam e em especial Rob, que a considerava um tipo de boneca e não ousava tocá-la, para que não se quebrasse, mas idolatrava-a a uma distância respeitosa e ficava feliz com um comentário positivo ocasional proferido pela pequena alteza. Como ela exigiu ir imediatamente conhecer a cozinha de Daisy, foi carregada pela senhora Jo, arrastando um séquito de menininhos atrás. Os demais, exceto Nat e Demi, foram correndo para o zoológico e jardins para deixar tudo arrumado, pois o senhor Laurie sempre dava uma olhada geral e ficava muito desapontado se as coisas não estivessem em ordem.

De pé nos degraus, ele se voltou para Dan dizendo, como um velho conhecido, embora só o tivesse visto uma ou duas vezes antes:

– Como está o pé?

– Melhor, senhor.

– Você está cansado de ficar em casa, não?

– Com certeza! – e Dan lançou um olhar comprido para as colinas e os bosques onde ele tanto queria estar.

– Que tal se dermos uma voltinha antes que os outros voltem? Aquela carruagem grande será segura e confortável, e um pouco de ar fresco vai lhe fazer bem. Pegue uma almofada e um xale, Demi, e vamos levar o Dan.

Os meninos acharam que se tratava de uma piada divertida e Dan ficou encantado, mas perguntou, numa inesperada manifestação de virtude:

– A senhora Bhaer vai aprovar isso?

– Ah, vai; um minuto atrás nós já combinamos tudo.

– Não sei como poderiam, eu não vi vocês falando nada a respeito – disse Demi, inquisitivo.

– Nós temos um jeito de trocar mensagens um com o outro sem usar palavras. É um avanço e tanto em relação ao telégrafo.

– Eu sei, é com os olhos! Eu vi o senhor levantar as sobrancelhas e apontar com a cabeça pra carruagem e a senhora Bhaer dar risada e mexer a cabeça de volta! – gritou Nat, que a essa altura já se sentia muito à vontade com o senhor Laurie.

– Correto. Bem, então vamos, agora – e em um minuto Dan se viu acomodado na carruagem, com o pé apoiado em uma almofada no banco da frente, agradavelmente coberto por um xale tão aconchegante que parecia ter caído das nuvens. Demi se encarapitou no assento ao lado de Peter, o cocheiro negro. Nat sentou ao lado de Dan no lugar de honra, enquanto tio Teddy se instalou do lado oposto dizendo que era para vigiar o pé ferido, mas, na verdade, para poder estudar os rostos que tinha diante de si, ambos tão felizes e ainda assim tão diferentes, pois o de Dan era quadrado, moreno e forte, ao passo que o de Nat era comprido e claro, um tanto frágil, mas muito amistoso, com aqueles olhos delicados e testa bonita.

– A propósito, tenho aqui em algum lugar um livro que você talvez goste de ver – disse o mais velho dos rapazes, curvando-se para baixo do banco e de lá tirando um exemplar que fez Dan exclamar:

– Oh! Por Júpiter, não é incrível? – enquanto folheava as páginas e via gravuras de borboletas, pássaros e todo tipo de inseto interessante, coloridas como na natureza.

Ele ficou tão encantado que se esqueceu de agradecer, mas o senhor Laurie não se importou, e ficou bastante contente ao ver a alegria vívida do menino e ao ouvir exclamações dele diante das velhas figuras conhecidas que iam surgindo. Nat se inclinou sobre o ombro do amigo para espiar, e Demi ficou de costas para os cavalos, com as pernas balançando dentro da carruagem, para poder se juntar à conversa.

Quando chegaram aos besouros, o senhor Laurie tirou do bolso do colete um curioso pequeno objeto e, pousando-o na palma, disse:

– Aqui está um besouro de milhares de anos – e então, enquanto os meninos examinavam o estranho besouro de pedra, tão velho e tão cinza, ele lhes contou como o inseto saíra das bandagens de uma múmia, após ter passado muitas eras em uma tumba famosa.

Vendo o interesse dos garotos, ele começou a contar sobre os egípcios e as estranhas e esplêndidas ruínas que haviam deixado atrás de si junto ao Nilo, sobre como ele tinha navegado pelo poderoso rio, com belos homens de pele escura conduzindo o barco, como havia atirado em crocodilos, observado maravilhosas bestas e aves e como, depois, cruzara o deserto em um camelo que o jogava de um lado a outro como um barco na tempestade.

— O tio Teddy conta histórias quase tão bem quanto o vovô – disse Demi, em tom aprovador, quando o relato chegou ao fim e o olhar dos meninos pedia por mais.

— Obrigado – disse o senhor Laurie, com sobriedade, pois valorizava o elogio de Demi, uma vez que crianças são bons críticos em tais casos, e merecer o cumprimento era uma conquista da qual qualquer um sentiria orgulho. – E aqui estão mais umas coisinhas que enfiei no bolso enquanto revirava meus pertences para ver se encontrava algo que pudesse entreter o Dan – e tio Teddy apresentou uma ponta de seta muito interessante e um cordão de conchas.

— Uau! Conte sobre os índios – gritou Demi, que gostava muito de brincar de tenda indígena.

— O Dan sabe muita coisa sobre eles – acrescentou Nat.

— Mais do que eu, ouso dizer. Conte-nos algo – e o senhor Laurie olhou com tanto interesse quanto os outros dois.

— Foi o senhor Hyde que me contou, ele viveu entre os peles--vermelhas, fala a língua e gosta deles – começou Dan, envaidecido pela atenção que recebia, mas um pouco envergonhado por ter um ouvinte adulto.

— Para o que servem as conchas? – perguntou Demi, curioso, de seu poleiro.

Os demais fizeram perguntas parecidas e, antes de se dar conta, Dan estava repetindo tudo o que o senhor Hyde o havia ensinado, enquanto eles desciam o rio apenas algumas semanas antes. O senhor Laurie escutava com atenção, mas achava o menino mais interessante do que os índios, pois a senhora Jo havia lhe contado sobre Dan e ele acabara simpatizando com o garoto meio agreste, que havia fugido como ele próprio muitas vezes pensara em fugir, e que vinha lentamente sendo domesticado por meio de esforço e paciência.

– Eu andei pensando que seria um bom plano se vocês tivessem o próprio museu, um lugar onde pudessem reunir todas as coisas curiosas e interessantes que encontrassem, fizessem ou ganhassem. A senhora Jo é gentil demais para reclamar, mas é bem difícil para ela ter a casa cheia de todo tipo de traste, escaravelhos entupindo os vasos mais bonitos, por exemplo morcegos mortos pregados na parede dos fundos, ninhos de vespa caindo na cabeça das pessoas e pedras espalhadas por todo lado, em quantidade suficiente para pavimentar uma avenida. Ora, não há muitas mulheres por aí que aguentariam esse tipo de coisa, há?

Enquanto o senhor Laurie falava com uma expressão divertida nos olhos, os meninos riram e trocaram sinais, pois era claro que alguém havia contado certas histórias antigas, pois, do contrário, como ele poderia saber da existência desses tesouros inconvenientes?

– Mas onde vamos guardá-los, então? – perguntou Demi, cruzando as pernas e curvando-se para debater a questão.

– Na antiga oficina das carruagens.

– Mas lá tem vazamento e não tem janela nem nenhum lugar pra colocar as coisas, é só poeira e teia de aranha – começou Nat.

– Espere só até que Gibbs e eu tenhamos dado um jeitinho nela, para ver se não vai gostar. Ele deve vir na próxima segunda-feira para preparar tudo e no sábado seguinte eu voltarei e vamos consertar as coisas e dar pelo menos o pontapé inicial a um lindo pequeno museu. Cada um poderá trazer suas coisas e ter um lugar para elas e Dan será o responsável, porque sabe mais desses assuntos, e será um trabalho tranquilo e agradável para ele, agora que não há como saracotear por aí.

– Não vai ser maravilhoso? – gritou Nat, enquanto Dan sorriu com o rosto todo e não encontrou uma palavra para dizer; em lugar disso, abraçou o livro e encarou o senhor Laurie como se achasse que ele era um dos maiores benfeitores públicos que já abençoaram o mundo.

– Devo dar mais uma volta, senhor? – perguntou Peter, enquanto se aproximavam do portão, após duas voltas lentas ao redor do meio triângulo.

– Não. Precisamos ser prudentes, ou não poderemos voltar. Tenho de ir ao local dar uma espiada na oficina e conversar com a senhora Jo antes de partir – e, depositando Dan no sofá para que repousasse e desfrutasse do livro, o tio Teddy se afastou para brincar um pouco com a garotada, que vasculhava o lugar à procura dele.

Deixando as meninas com sua bagunça lá em cima, a senhora Bhaer desceu e sentou ao lado de Dan, e ouviu o animado relato que ele fez do passeio até que o rebanho todo voltou, empoeirado, calorento e excitado com o novo museu, que todos consideravam a ideia mais brilhante de todos os tempos.

– Eu sempre quis patrocinar algum tipo de instituição e vou começar com esta – disse o senhor Laurie, sentando em um banquinho aos pés da senhora Jo.

– Você já patrocinou uma. Como chamaria isto? – e a senhora Jo apontou para os rostinhos felizes dos meninos, acampados no chão ao redor dele.

– Eu chamo de o jardim muito promissor dos Bhaers e tenho orgulho de ser membro dele. Você sabia que eu fui o primeiro menino desta escola? – ele perguntou, virando-se para Dan e habilmente mudando de assunto, pois detestava que lhe agradecessem as coisas generosas que fazia.

– Eu pensei que era o Franz! – respondeu Dan, perguntando-se o que o homem queria dizer.

– Ah, não! Fui o primeiro menino que a senhora Jo pegou para cuidar, e eu era tão cabeça-dura que ela ainda não acabou de me educar, embora esteja trabalhando em mim há muitos e muitos anos.

– Como ela deve ser velha! – disse Nat, inocente.

– Veja, ela começou cedo. Coitadinha! Ela só tinha quinze anos quando me pegou e eu lhe dei uma vida tão difícil que é um milagre que ela não esteja toda enrugada, grisalha e exausta – e o senhor Laurie levantou a cabeça para ela e riu.

– Ah não, Teddy, não vou permitir que fale mal de si mesmo desse jeito – e a senhora Jo afagou com o mesmo afeto de sempre a cabeça de cachos negros que se apoiava em seu joelho, pois, apesar de tudo, Teddy ainda era o seu menino.

– Se não fosse por você, Plumfield jamais teria existido. Foi o sucesso com você, meu caro, que me deu coragem para pôr em prática meu pequeno plano. Assim sendo, os meninos podem lhe agradecer e dar à nova instituição o nome de "Museu Laurence" em honra ao fundador, não, meninos? – ela acrescentou, com uma aparência muito próxima da Jo vivaz dos velhos tempos.

– Sim! Sim! – gritaram os meninos, atirando ao alto seus chapéus, pois, embora os tivessem tirado ao entrar em casa, de acordo com as normas, tinham estado com pressa demais para pendurá-los.

– Estou faminto como um urso, não posso ganhar um biscoitinho? – perguntou o senhor Laurie, quando os gritos diminuíram e ele havia demonstrado sua gratidão com uma mesura esplêndida.

– Vá pedir a Asia uma caixa de biscoitos de gengibre, Demi. Não é certo comer entre as refeições, porém, nesta ocasião tão alegre, vamos deixar isso de lado e mordiscar uns doces – disse a senhora Jo, e quando a caixa chegou, ela os distribuiu com mão generosa, e todos mastigaram em um círculo comunitário.

De repente, no meio de uma mordida, o senhor Laurie gritou:

– Minha nossa senhora, eu esqueci o embrulho da vovó!

Correu até a carruagem e de lá voltou trazendo um curioso pacote branco que, uma vez aberto, revelou uma coleção de quadrúpedes, aves e outras coisas bonitas feitas de massa de bolo e assadas a um adorável ponto dourado.

– Tem um para cada e uma carta dizendo qual pertence a quem. Foram a vovó e a Hannah que fizeram, e tremo só de pensar o que aconteceria comigo se me esquecesse de entregá-los.

Em seguida, em meio a muita brincadeira e riso, os bolos foram distribuídos. Um peixe para Dan, um violino para Nat, um livro para Demi, uma cédula para Tommy, uma flor para Daisy, um arco para Nan, que havia percorrido duas vezes o triângulo sem parar, uma estrela para Emil, que se achava muito importante porque estudava astronomia e, o melhor de tudo, um ônibus para Franz, cujo grande deleite era dirigir o veículo da família. Rechonchudo ganhou um leitão gordinho e os menores receberam passarinhos, gatos e coelhos com olhos de groselha.

– Agora eu preciso ir. Onde está Cachinhos Dourados? A mamãe virá voando buscá-la, se eu não voltar cedo – disse tio Teddy, quando a última migalha tinha desaparecido, o que aconteceu bem depressa, posso lhes garantir.

As jovens senhoritas tinham saído para o jardim, e enquanto esperavam até que Franz as encontrasse, Jo e Laurie ficaram à porta conversando.

– Como vai indo nossa Peraltinha? – ele perguntou, pois as travessuras de Nan o divertiam muito e ele jamais se cansava de provocar Jo a respeito.

– Vai bem; aos poucos, está ficando bem educada e percebendo o erro dos antigos modos selvagens.

– Os meninos não a incentivam a ser meio selvagem?

– Sim, mas eu continuo explicando, e ultimamente ela melhorou muito. Você viu a delicadeza com que ela apertou a sua mão, e como foi gentil com a Bess. O exemplo da Daisy está fazendo efeito sobre ela e tenho certeza de que mais alguns poucos meses vão operar maravilhas.

Nesse ponto, as observações da senhora Jo foram interrompidas pelo aparecimento de Nan dobrando a esquina a uma velocidade de partir o pescoço, conduzindo um grupo de quatro meninos fogosos e seguida por Daisy, que empurrava Bess em um carrinho de mão. Sem chapéu, com os cabelos esvoaçando, chicote estalando e carrinho de mão trumbicando, lá vinham eles em meio a uma nuvem de poeira, parecendo tão bagunceiros quanto possível.

– Ora, então estas são as crianças exemplares, hein? É uma sorte eu não ter trazido a senhora Curtis para conhecer a sua escola para o fomento da moral e dos bons costumes, ou ela jamais se recuperaria do choque deste espetáculo – disse o senhor Laurie, rindo da alegria precipitada da senhora Jo quanto aos aprimoramentos de Nan.

– Pode rir, eu ainda vou ter sucesso. Como você dizia na escola, citando algum professor, "Embora o experimento tenha falhado, o princípio permanece válido" – disse a senhora Bhaer, unindo-se a ele na diversão.

– Temo que o exemplo de Nan esteja tendo efeito sobre Daisy, e não o contrário. Olhe só para a minha princesinha! Ela abandonou totalmente a dignidade e está berrando como o resto. Senhoritas, o que significa tudo isso? – e o senhor Laurie resgatou a filhinha de uma destruição iminente, pois os quatro cavalos estavam rangendo os dentes e revolteando loucamente ao redor dela, enquanto ela, sentada, brandia um grande chicote com as duas mãozinhas.

– Estamos apostando corrida e eu ganhei – gritou Nan.

– Eu podia ter corrido mais rápido, mas fiquei com medo de derrubar a Bess – gritou Daisy.

– Ôa, vamos! – gritou a Princesa, fazendo tal floreio com o chicote que os cavalos fugiram e não mais foram vistos.

– Minha filhota mais preciosa! Vamos para longe desse bando de más maneiras antes que você seja contaminada. Tchau, Jo! Da próxima vez que eu vier, espero encontrar os meninos fazendo trabalhos manuais.

– Não lhes faria mal nenhum. E não vou desistir, fique avisado, pois meus experimentos sempre falham algumas vezes antes de darem certo. Mande meu amor para Amy e minha amada Marmee – gritou a senhora Jo enquanto a carruagem se afastava; na última cena que o senhor Laurie viu, ela estava consolando Daisy pelo fracasso na corrida com o carrinho de mão, e parecia estar gostando muito.

Ao longo de toda a semana seguinte, houve intensa agitação acerca dos consertos na oficina das carruagens, que progredia depressa a despeito dos incessantes conselhos, questionamentos e interferências dos meninos. O velho Gibbs quase ficou louco com tudo aquilo, mas ainda assim conseguiu fazer o trabalho, e, na sexta-feira à noite, o lugar estava em ordem: o telhado, remendado; as prateleiras, instaladas; as paredes, caiadas; e uma grande janela aberta nos fundos, que permitia a entrada do sol e dava uma vista linda para o riacho, os campos e as colinas ao longe; e sobre a grande porta, pintado em letras vermelhas, lia-se "Museu Laurence".

Durante toda a manhã de sábado os meninos planejaram como iriam mobiliar seus respectivos cantos, e quando o senhor Laurie chegou, trazendo um aquário que a senhora Amy cedera dizendo que estava velho demais, houve um arrebatamento.

A tarde foi passada na arrumação das coisas, e quando afinal terminaram de puxar, arrastar e martelar tudo, as senhoras foram convidadas a visitar a instituição.

Tinha ficado muito agradável, certamente: um lugar arejado, limpo e iluminado. Uma videira balançava seus brotos ao redor da janela aberta, o belo aquário ficava no centro, com algumas delicadas plantas aquáticas boiando e peixinhos dourados exibindo seu brilho enquanto nadavam de um lado a outro. De ambos os lados da janela, havia filas de prateleiras, prontas para receber as curiosidades ainda por serem encontradas. O armário alto de Dan tinha sido posicionado em frente à porta grande, que estava trancada, devendo a porta menor ser usada. No topo do armário ficava um totem indígena muito feio, mas muito interessante; o velho senhor Laurence tinha mandado, bem como uma barcaça chinesa com velas enfunadas, que ganhou um lugar de destaque sobre a mesa comprida no centro do lugar. Acima, balançando em volteios e parecendo viva, estava pendurada Polly, que morrera em idade avançada, fora cuidadosamente empalhada e era agora presenteada pela senhora Jo. As paredes foram decoradas com todo tipo de coisa. Uma pele de cobra, um grande ninho de vespa, uma canoa de casca de bétula, uma fileira de ovos de aves, grinaldas de musgo do sul e vários sacos de vagem feitos de algodão. Os morcegos mortos ganharam seu lugar e também um grande casco de tartaruga e um ovo de avestruz orgulhosamente exibido por Demi, que se ofereceu para falar aos convidados sobre essa rara curiosidade quando eles quisessem. As pedras eram tantas que foi impossível aceitar todas, de modo que apenas as melhores foram arrumadas dentro das conchas nas prateleiras, e o restante foi empilhado nos cantos, para ser avaliado por Dan em seus momentos de folga.

Todos estavam ansiosos por doar alguma coisa, até o Silas, que mandou vir de casa um gato selvagem empalhado que ele havia matado na juventude. Estava bastante comido pelas traças e esfarrapado, mas tendo o lado mais preservado exibido em um suporte alto, o resultado foi satisfatório, pois os olhos de vidro amarelo brilhavam e a boca se arreganhava com tanta naturalidade que Teddy tremeu nos sapatinhos ao vê-lo, quando chegou trazendo seu mais querido tesouro, um casulo, para depositar no santuário da ciência.

– Não é lindo? Eu não fazia ideia de que tínhamos tantas coisas interessantes, confesso. Não ficou ótimo? Podemos fazer muito dinheiro se cobrarmos alguma coisa das pessoas que quiserem visitar.

Jack acrescentou essa última sugestão à conversa geral, que prosseguiu enquanto a família olhava o lugar.

– Este é um museu gratuito e se houver qualquer transação financeira envolvendo-o, vou apagar meu nome da porta – disse o senhor Laurie, virando-se tão depressa que Jack desejou ter mantido a boca fechada.

– Escutem! Escutem! – o senhor Bhaer falou alto.

– Discurso! Discurso! – acrescentou a senhora Jo.

– Não consigo, estou abismado demais. Faça você o discurso, que está mais acostumada – respondeu o senhor Laurie, retirando-se rumo à janela, tentando escapar. Mas ela o agarrou rápido e disse, rindo, enquanto observava os doze pares de mãos sujas ao redor:

– Se eu fosse fazer um discurso, seria sobre as propriedades químicas e higienizadoras do sabão. Agora venha; você, como fundador da instituição, precisa realmente fazer algumas observações moralistas, e nós aplaudiremos com entusiasmo.

Percebendo que não haveria como escapar, o senhor Laurie olhou para o alto, na direção de onde Polly pendia, parecendo encontrar inspiração na bela e antiga ave; sentando-se sobre a mesa, ele então disse, daquele seu jeito tão agradável:

– Há uma coisa que eu gostaria de sugerir, rapazes. É que vocês extraiam disso algum bem, além de prazer. Apenas guardar coisas interessantes ou bonitas não vai bastar, então, que tal se vocês lerem sobre elas, de modo que quando alguém fizer perguntas, vocês poderão responder e ensinar sobre o assunto. Eu mesmo gostava muito dessas coisas e adoraria ouvir a respeito agora, pois esqueci tudo que uma vez já soube. Não era muito, era, Jo? Pois aqui está o Dan, cheio de histórias sobre aves e insetos e assim por diante; deixem que ele cuide do museu e, uma vez por semana, os demais entre vocês se revezam para ler uma redação ou contar sobre algum animal, mineral ou vegetal. Nós gostaríamos disso e acho que acrescentaria um conteúdo útil às nossas mentes. O que me diz, professor?

– Gosto muito da ideia e darei aos rapazes toda a ajuda que puder. Mas eles precisarão de livros em que possam aprender sobre esses novos assuntos, e receio que nós não tenhamos muitos – começou o senhor Bhaer, parecendo bastante satisfeito ao planejar boas aulas sobre geologia, que ele apreciava. – Precisaremos de uma biblioteca para este propósito especial.

– Este tipo de livro é útil, Dan? – perguntou o senhor Laurie, apontando para o exemplar aberto perto do armário.

– Ah, sim! Ele conta tudo que eu quero saber sobre insetos. Trouxe pra cá para ver como prender direito as borboletas. Eu o cobri para que não se estragasse – e Dan apanhou o volume, temendo que o proprietário que o havia emprestado pensasse que ele era descuidado.

– Empreste para mim, um instante – e, pegando um lápis, o senhor Laurie escreveu o nome de Dan nele, dizendo, ao colocar o livro na quina das prateleiras, onde nada havia a não ser um pássaro sem cauda empalhado: – Pronto, este é o começo da biblioteca do museu. Vou caçar mais alguns e Demi será responsável por mantê-los em ordem. Onde estão aqueles livros ótimos que costumávamos ler, Jo? *Arquitetura dos insetos*, ou um nome parecido, com tudo sobre formigas que guerreiam, abelhas com suas rainhas, grilos abrindo buracos em nossas roupas e roubando o suco leitoso das árvores e outras curiosidades do tipo.

– No sótão lá em casa. Vou providenciar que venham para cá, e mergulharemos em História Natural com vontade – disse a senhora Jo, pronta para qualquer coisa.

– Será que não vai ser muito difícil escrever sobre essas coisas? – perguntou Nat, que detestava redação.

– No começo, talvez, mas logo você acaba gostando. Se você acha que esse tema é difícil, o que acharia deste assunto, que foi ensinado para uma menina de 13 anos: "Uma conversa entre Temístocles, Aristides e Péricles sobre a proposta de constituição de fundos da Confederação de Delos para a ornamentação de Atenas"? – disse a senhora Jo.

Os meninos gemeram só de ouvir os nomes compridos e os cavalheiros riram do absurdo da lição.

– Ela escreveu aquilo? – perguntou Demi, em tom incrédulo.

– Sim, mas você bem pode imaginar como ficou o trabalho, apesar de ela ter sido uma criança brilhante.

– Eu gostaria de ter visto – disse o senhor Bhaer.

– Talvez eu consiga encontrá-lo para você; eu fui para a escola com ela – e a senhora Jo fez uma expressão tão sapeca que todos adivinharam quem era a menina em questão.

Ouvir esse tema pavoroso para uma redação reconciliou os meninos com a ideia de escrever sobre coisas familiares. As tardes de quarta-feira foram definidas para as palestras, como eles preferiram chamar, pois alguns escolheram falar em vez de escrever. O senhor Bhaer prometeu um arquivo onde as produções de texto seriam guardadas, e a senhora Jo disse que faria o curso com muito prazer.

Em seguida, a sociedade da mão suja se dispersou para ir se lavar, seguida pelo professor, que tentava acalmar a aflição de Rob, que tinha acabado de aprender com Tommy que toda água era cheia de micróbios invisíveis.

– Gosto muito do seu plano, mas não seja generoso demais, Teddy – disse a senhora Bhaer, quando ficaram a sós. – Você sabe que a maioria dos meninos terá de remar o próprio barco quando sair daqui, e passar tempo demais no luxo vai estragá-los para a vida.

– Serei comedido, mas permita que eu me divirta também. Às vezes, fico desesperadamente farto dos negócios e nada me revigora tanto quanto brincar um pouco com os seus meninos. Gosto muito desse Dan, Jo. Ele não é muito expansivo, mas tem os olhos de um falcão e, quando estiver um pouco mais amansado, o crédito será todo seu.

– Fico contente que você pense assim. Obrigada pela sua gentileza com ele, especialmente essa iniciativa do museu; vai mantê-lo feliz enquanto ele estiver se recuperando e me dar a chance de amansar e suavizar um pouco esse camarada tão maltratado e bruto, e de fazê-lo nos amar. O que o levou a ter uma ideia tão útil e linda, Teddy? – perguntou a senhora Bhaer, dando uma última olhada no lugar antes de sair.

Laurie tomou as mãos dela nas suas e respondeu, com um olhar que encheu os olhos dela de lágrimas de alegria:

– Minha querida Jo! Eu senti na pele o que era ser um menino sem mãe, e nunca vou me esquecer de tudo o que você e sua família fizeram por mim durante todos esses anos.

Mirtilos

Vários baldes de metal batendo, muita correria para lá e para cá e exigências constantes de comida foi o que se viu certa tarde de agosto, quando os meninos iam sair para colher mirtilos e armaram tamanha confusão como se estivessem partindo para descobrir a passagem norte entre os oceanos Atlântico e Pacífico.

– Agora, meus rapazinhos, saiam o mais silenciosamente possível, pois Rob está a salvo fora do caminho e não vai vê-los – disse a senhora Bhaer, enquanto amarrava as fitas do chapéu de abas largas de Daisy e vestia o grande avental azul no qual estava envelopando Nan.

Mas o plano não foi bem-sucedido, pois Rob tinha ouvido os preparativos, decidido ir junto e se preparado, sem um instante de consideração por qualquer possível desapontamento. A tropa estava pondo-se em marcha quando o homenzinho surgiu marchando escada abaixo usando seu melhor chapéu, trazendo um balde metálico e um rosto iluminado de satisfação.

"Ah, não, agora vamos ter uma cena", suspirou a senhora Bhaer, que achava o filho mais velho de difícil trato, às vezes.

– Estou prontinho – disse Rob, e assumiu seu lugar entre as fileiras com uma inconsciência tão absoluta de seu erro que realmente tornava difícil decepcioná-lo.

– É longe demais para você, meu amor; fique e tome conta de mim, pois ficarei sozinha – começou a mãe.

– Você tem o Teddy. Eu já sou grande, então posso ir. Você falou que eu podia quando fosse maior, e agora já sou – insistiu Rob, com uma nuvem começando a escurecer o brilho de seu rosto feliz.

– Nós estamos indo até o pasto grande, que fica longe, e não queremos você atrasando – exclamou Jack, que não era um admirador de menininhos.

– Eu não vou atrasar! Eu vou correr e ficar junto. Ah, mamãe, deixa eu ir! Eu quero encher meu baldinho novo e vou dar tudo pra você. Por favor, por favor, eu vou me comportar! – implorou Robby, olhando para cima em direção à mãe, tão triste e desapontado que o coração dela começou a sucumbir.

– Mas meu querido, você vai ficar tão cansado e com tanto calor que nem vai se divertir. Espere até que eu vá, então ficaremos o dia todo e colheremos todos os mirtilos que você quiser.

– Mas você nunca vai, você é muito ocupada, e eu não aguento mais esperar. Eu prefiro ir sozinho e colher as frutinhas pra você eu mesmo. Eu gosto de colher e quero encher o balde todinho – soluçou Rob.

A cena patética das grandes lágrimas caindo no tão estimado balde novo e o risco de ele ser preenchido com água salgada em vez de mirtilos tocou todas as senhoras presentes. A mãe afagou o chorão nas costas; Daisy se ofereceu para ficar em casa com ele; e Nan declarou, de seu jeito decidido:

– Deixa ele vir, eu cuido dele.

– Se o Franz fosse, eu não me importaria, porque ele é muito cuidadoso, mas ele está ceifando o feno com o pai, e não estou segura quanto ao resto de vocês – começou a senhora Bhaer.

— É bem longe — comentou Jack.

— Eu o carregaria nas costas se pudesse ir junto como gostaria — disse Dan, com um suspiro.

— Obrigada, querido, mas você precisa cuidar do seu pé. Eu gostaria de poder ir. Ora, mas esperem um minuto; acho que tive uma ideia, afinal — e a senhora Bhaer desceu correndo os degraus, com o avental esvoaçando loucamente.

Silas estava indo embora na carroça de feno, mas voltou e concordou de imediato, quando a senhora Jo propôs que ele levasse a trupe toda até o pasto, e os buscasse às cinco horas.

— Vai atrasar um pouco o seu trabalho, mas não se importe, pagaremos em tortas de mirtilo — disse a senhora Jo, que conhecia o ponto fraco de Silas.

A face escura e rude do homem se iluminou e ele disse, alegre:

— Uau! Uau! Tá bom, dona Bhaer, se a sinhora vai me suborná, vou aceitá agora mesmo.

— Bem, meninos, consegui arranjar tudo de forma que todos possam ir — disse a senhora Bhaer, correndo de volta muito aliviada, porque amava fazê-los felizes e sempre se sentia péssima quando perturbava a calma de seus filhinhos, pois acreditava que as pequenas esperanças, os pequenos planos e prazeres das crianças deveriam ser respeitados e tratados com carinho pelos adultos, e nunca frustrados ou ridicularizados.

— Posso ir? — perguntou Dan, animado.

— Foi em você que eu pensei, em especial. Tenha cuidado e não se preocupe com os mirtilos, simplesmente descanse e aproveite as coisas encantadoras que você vai encontrar por todo lado — respondeu a senhora Bhaer, que se lembrou da gentil oferta que ele tinha feito em relação a seu filho.

— Eu também, eu também! — cantarolou Rob, dançando de alegria e batendo o precioso balde e a tampa como se fossem castanholas.

– Sim, e a Daisy e a Nan vão cuidar de você. Estejam na cerca às cinco horas, que o Silas irá buscá-los.

Robby se jogou na mãe em um ímpeto de gratidão, prometendo trazer-lhe cada frutinha que colhesse e não comer nenhuma. Em seguida, foram todos instalados na carroça de feno, que se afastou chacoalhando, e o rosto mais iluminado em meio aos doze era o de Rob, sentado entre suas duas mãezinhas temporárias, resplandecendo sobre o mundo inteiro e acenando com seu melhor chapéu; pois a indulgente mamãe não tinha tido coragem de privá-lo dele, sendo aquele, para Rob, um dia de gala.

Ah, que tarde maravilhosa eles tiveram, a despeito dos incidentes que em geral ocorrem em tais expedições! É claro que Tommy se machucou, tropeçou em um ninho de vespas e foi picado; porém, acostumado à aflição, suportou bravamente, até que Dan sugeriu a aplicação de terra úmida, o que aliviou bastante a dor. Daisy viu uma cobra e, fugindo dela, deixou cair metade dos mirtilos; mas Demi a ajudou a encher de novo, durante o processo falando com muita propriedade sobre répteis. Ned caiu de uma árvore e rasgou a parte de trás da jaqueta até embaixo, mas não sofreu fraturas. Emil e Jack começaram uma disputa sobre determinado trecho abundante em mirtilos; enquanto eles batiam boca a esse respeito, Rechonchudo depressa e em silêncio despiu todos os arbustos e depois voou em busca de proteção até Dan, que estava se divertindo imensamente. A muleta não era mais necessária e ele ficou encantado ao ver como seu pé estava forte, enquanto vagava pelo grande pasto repleto de rochas e troncos interessantes, com criaturinhas familiares na grama e insetos conhecidos dançando no ar.

No entanto, de todas as aventuras ocorridas naquela tarde, a que coube a Nan e Rob foi a mais excitante, e foi por muito tempo uma das histórias favoritas da casa. Tendo explorado praticamente o campo inteiro, rasgado o vestido em três lugares e arranhado o rosto em um arbusto de bérberis, Nan começou a recolher os frutos que brilhavam como grandes contas pretas nos arbustos verdes e baixos. Seus dedos ágeis voavam, mas ainda assim o cesto não se enchia tão depressa quanto ela queria, e por isso a menina ficava mudando de um lado a outro em busca de lugares melhores, em vez de colher com contentamento e constância como Daisy. Rob a seguia, pois a energia de Nan era mais atraente para ele do que a paciência da prima, e ele estava ansioso demais para reunir as maiores e melhores frutinhas para dar à mãe.

– Eu fico colocando no balde, mas ele não enche nunca, e eu estou tão cansado – disse Rob, fazendo uma pausa para descansar as perninhas e começando a pensar que colher frutas silvestres não era tão divertido quanto ele havia imaginado, pois o sol queimava, Nan saltava para lá e para cá como um gafanhoto e as bagas caíam do balde quase tão rápido quanto ele as guardava, pois, em sua luta com os arbustos, ele muitas vezes o virava para baixo.

– Da última vez que viemos aqui, os mirtilos eram muito maiores depois do muro, e lá tem uma caverna onde os meninos fizeram uma fogueira. Vamos encher nossos cestos rápido e depois nos esconder na caverna, e deixar os outros nos procurar – propôs Nan, sedenta por aventuras.

Rob concordou e lá se foram eles, escalando o muro e correndo pelo campo em declive do outro lado, até serem escondidos pelas rochas e pela vegetação rasteira. Os frutos eram de fato mais gordos e, por fim, os baldes ficaram cheios. Havia sombra e estava fresco lá embaixo, e uma pequena fonte musgosa ofereceu às crianças sedentas um pouco de água fresca.

– Agora nós vamos entrar e descansar na caverna e comer nosso lanche – disse Nan, toda satisfeita com o sucesso obtido até ali.

– Você sabe o caminho? – perguntou Rob.

– Claro que sim! Eu já estive lá uma vez e sempre me lembro. Eu não fui buscar minha mala e deu certo?

Aquilo convenceu Rob e ele a seguiu cegamente, enquanto Nan o conduzia por entre paus e pedras até levá-lo, depois de muitas voltas, a um pequeno recesso na rocha, onde marcas escuras mostravam que tinha havido uma fogueira.

– Então, não é supimpa? – perguntou Nan, pegando um pouco do pão com manteiga ligeiramente danificado por ter sido misturado a pregos, anzóis, pedras e outros artigos estranhos no bolso da jovem senhorita.

– É. Você acha que eles vão nos encontrar logo? – perguntou Rob, que achou o local escuro um tanto monótono, e ansiava por mais companhia.

– Não, acho que não, porque, se eu os ouvir chegando, vou me esconder e fazer que me procurem.

– Talvez eles não venham.

– Não faz mal, eu sei voltar sozinha.

– É muito longe? – perguntou Rob, olhando para suas pequenas botas duras, arranhadas e molhadas depois da longa caminhada.

– Quase dez quilômetros, eu acho.

As ideias de Nan sobre distâncias eram vagas, mas a fé nos próprios poderes era imensa.

– Acho que é melhor irmos, agora – sugeriu Rob, dali a pouco.

– Não vou até acabar de escolher meus mirtilos – e Nan começou o que pareceu a Rob uma tarefa interminável.

– Puxa vida, você disse que tomaria conta de mim – ele suspirou, quando o sol pareceu mergulhar de repente atrás da colina.

– Bem, eu estou tomando conta de você o melhor que posso. Não seja chato, menino, já estou indo – disse Nan, que considerava Robby, de cinco anos, uma mera criança em comparação a ela mesma.

Então, o pequeno Rob ficou sentado olhando ansiosamente ao redor e esperando com toda a paciência, pois, apesar da apreensão, ele tinha muita confiança em Nan.

– Acho que daqui a pouco vai ser de noite – ele comentou, como que para si, quando um pernilongo o picou e os sapos no charco vizinho começaram a se aquecer para o concerto noturno.

– Ai, minha nossa, é verdade! Vamos embora agorinha mesmo, ou eles já terão ido – gritou Nan, levantando os olhos de seu trabalho e percebendo de súbito que o sol tinha baixado.

– Eu ouvi um berrante mais ou menos uma hora atrás; quem sabe estavam tocando para nos chamar – disse Rob, trotando atrás de sua guia enquanto ela subia atabalhoadamente a colina íngreme.

– De onde veio? – perguntou Nan, parando de imediato.

– Dali – e com o dedinho imundo ele apontou para uma direção totalmente errada.

– Então vamos para lá encontrar os outros – e Nan girou e começou a caminhar no meio dos arbustos, sentindo uma ligeira ansiedade, pois havia tantas trilhas deixadas pelo gado que ela não se lembrava por qual delas eles tinham vindo.

Adiante eles seguiram por paus e pedras outra vez, parando vez por outra para ouvir o berrante que, porém, não soou de novo, pois tinha sido apenas o mugido de uma vaca que voltava para casa.

– Eu não me lembro de ter visto aquela pilha de pedras ali, você lembra? – perguntou Nan, sentando-se e encostando-se a um muro para descansar e avaliar a situação.

– Eu não lembro de nada, só quero ir pra casa – a voz de Rob tinha uma nota trêmula que levou Nan a abraçá-lo e sentá-lo a seu lado, dizendo, do modo mais esforçado:

– Estou indo o mais rápido que consigo, querido. Não chora, e quando chegarmos na estrada, eu carrego você.

– Onde é a estrada? – e Robby enxugou os olhos para procurar.

– Depois daquela árvore grande. Você não sabe que foi dela que o Ned caiu?

– É mesmo. Quem sabe eles estão esperando nós; eu queria voltar pra casa na carroça, você não? – e as esperanças de Robby se acenderam enquanto, com grande dificuldade, ele se arrastava em direção ao fim do grande pasto.

– Não, eu prefiro andar – respondeu Nan, sentindo que com toda a certeza era o que ela seria obrigada a fazer, e preparando-se para isso.

Mais uma caminhada penosa ao crepúsculo que escurecia rápido e mais uma decepção, pois, quando eles chegaram à árvore, descobriram para seu grande desânimo que não tinha sido nela que Ned subira, e não apareceu estrada nenhuma.

– Nós estamos perdidos? – perguntou Rob com voz hesitante, agarrando o balde em desespero.

– Não muito. Eu só não sei por qual caminho ir, e acho que é melhor chamarmos.

Então, ambos berraram até ficarem roucos, mas mesmo assim não houve resposta, exceto a do coro de sapos.

– Tem outra árvore grande lá, quem sabe é a certa – disse Nan, com o coração fundo no peito, apesar das palavras corajosas.

– Acho que não consigo andar mais, minhas botas estão tão pesadas que não consigo puxar – e Robby sentou em uma pedra, exausto.

– Então vamos ficar aqui a noite toda. Eu não ligo muito, se não tiver cobra.

– Eu tenho medo de cobras. Não posso ficar aqui a noite toda. Ai, meu Deus! Não gosto de estar perdido – e Rob contorceu o rosto, prestes a chorar, mas, de repente, uma ideia lhe ocorreu e ele disse, em um tom de perfeita confiança: – A mamãe vai vir e me encontrar, ela sempre me encontra. Agora eu não estou com medo.

– Ela não vai saber onde nós estamos.

– Ela também não sabia quando fiquei trancado no depósito de gelo, mas me encontrou. Eu sei que ela vai vir – devolveu Robby, tão seguro que Nan se sentiu aliviada e sentou ao lado dele, dizendo, com um suspiro de arrependimento:

– Queria que não tivéssemos fugido.

– Você que me fez fugir, mas não faz mal, a mamãe vai me amar do mesmo jeito – disse Rob, agarrando-se à âncora de emergência após todas as demais esperanças terem se esgotado.

– Eu estou com tanta fome. Vamos comer os mirtilos – propôs Nan, depois de uma pausa durante a qual Rob começou a cochilar.

– Eu também, mas não posso comer os meus, porque falei pra mamãe que ia guardar todos pra ela.

– Você terá de comer se ninguém vier nos buscar – disse Nan, inclinada naquele momento a discordar de tudo. – Se ficarmos aqui muitos dias, vamos comer todos os mirtilos do campo e depois morrer de fome – ela acrescentou, sombria.

– Eu vou comer árvore sassafrás, sei onde tem uma grande, e o Dan me falou como os esquilos cavam as raízes e comem, e eu adoro cavar – disse Rob, intrépido diante da perspectiva de passar fome.

– Isso. E também podemos caçar sapos e cozinhar. Meu pai comeu um, uma vez, e falou que era gostoso – interrompeu Nan, começando a entrever certo romantismo no fato de estar perdida em um campo de frutas silvestres.

– Como vamos cozinhar os sapos? Não temos fogo.

– Não sei. Da próxima vez, vou colocar fósforos no bolso – disse Nan, bastante abalada por esse obstáculo à culinária batráquia.

– Não podemos acender fogo usando vaga-lume? – perguntou Rob, esperançoso, conforme os observava voar por todo lado como fagulhas aladas.

– Vamos tentar.

E vários minutos foram agradavelmente passados na caça aos vaga-lumes e na tentativa de fazê-los acender um ou dois gravetos.

— O nome vaga-lume é uma mentira, se eles não têm lume dentro deles – Nan disse, atirando longe e com desprezo um infeliz inseto, apesar de ele ter brilhado tanto quanto podia e de ter andado obedientemente de uma ponta à outra do graveto, para agradar aos inocentes jovens exploradores.

— A mamãe já vem vindo – disse Rob depois de outra pausa, durante a qual eles observaram as estrelas lá em cima, sentiram o cheiro doce de samambaias esmagadas sob seus pés e ouviram a serenata dos grilos.

— Eu não sei por que Deus fez a noite, o dia é tão mais bacana – disse Nan, pensativamente.

— É pra dormir – respondeu Rob, bocejando.

— Então vai dormir – disse Nan, de mau humor.

— Eu quero a minha cama. Ah, eu queria ver o Teddy! – choramingou Rob, dolorosamente lembrado de sua casa pelo arrulhar suave das aves sãs e salvas em seus ninhos.

— Eu não acredito que a sua mãe vai nos encontrar – disse Nan, que estava ficando desesperada, pois odiava a espera paciente de qualquer tipo. – Está tão escuro que ela não vai nos ver.

— Estava tudo preto no depósito de gelo e eu estava com tanto medo que nem chamei, mas ela me viu. E ela vai me ver agora, mesmo que esteja muito, muito escuro – replicou o confiante Rob, pondo-se de pé para procurar na escuridão a ajuda que nunca havia falhado com ele.

— Estou vendo a mamãe, estou vendo a mamãe! – ele gritou, e correu tão rápido quanto suas pernas cansadas foram capazes de levá-lo em direção à figura escura que se aproximava lentamente. De repente ele parou, depois girou e voltou correndo, gritando em absoluto pânico:

— Não! É um urso, um urso preto grande! – e escondeu o rosto no vestido de Nan.

Por um momento, Nan vacilou; mesmo sua coragem sumiu à ideia de um urso de verdade, e ela estava prestes a virar e sair voando, muito atrapalhada, quando um suave *"muuu"* transformou seu medo em alegria e ela disse, rindo:

– É uma vaca, Robby! A vaca preta boazinha que vimos hoje à tarde.

A vaca pareceu sentir que não estava certo encontrar duas pessoinhas em seu pasto depois de escurecer. O amigável animal parou para analisar o caso. Permitiu que eles a afagassem e ficou encarando os dois tão suavemente, com seu olhar tranquilo, que Nan, que não temia nenhum bicho exceto ursos, foi incendiada pelo desejo de ordenhá-la.

– O Silas me ensinou como fazer; e mirtilos com leite seria uma delícia – ela disse, esvaziando no chapéu o conteúdo de seu balde, e iniciando a nova tarefa com toda disposição, enquanto Rob ficava de pé ao lado repetindo, segundo as instruções dela, o poema da Mamãe Ganso:

Vaquinha linda, dê seu leite

Dê seu leite para mim

Que eu lhe dou um vestido lindo

Um vestido de seda carmim

Mas as rimas imemoriais produziram pouco efeito, pois a bondosa vaca já tinha sido ordenhada e apenas pôde dar às crianças sedentas o equivalente a um copinho de leite.

– Passa, vai embora, sua vaca velha e inútil! – berrou a ingrata Nan ao desistir da tentativa e já entrando em desespero. A coitada da Molly se retirou, com um grunhido baixo de surpresa e reprovação. – Cada um dá um gole e depois vamos andar um pouco. Acabaremos dormindo se não andarmos, e gente perdida não pode dormir. Você não lembra como a Hannah Lee adormeceu debaixo da neve e morreu, naquela história?

– Mas não tem neve agora, está quentinho e gostoso – disse Rob, que não era dotado de uma imaginação tão viva quanto a de Nan.

– Não importa, nós vamos zanzar um pouco por aí e chamar mais um pouco e depois, se não aparecer ninguém, vamos nos esconder nos arbustos como o Pequeno Polegar e os irmãos dele.

Foi uma caminhada bem curta, porém, pois Rob estava com tanto sono que não conseguia avançar, e tropeçava com tanta frequência que Nan perdeu totalmente a paciência, um pouco nervosa com a responsabilidade que havia tomado para si.

– Se você cair de novo, eu lhe darei umas sacudidas – ela disse, suspendendo o pobre homenzinho com muita delicadeza enquanto falava, pois Nan era do tipo cujo latido era pior do que a mordida.

– Por favor, não me sacode. É que as minhas botas ficam escorregando – e Rob corajosamente engoliu o choro prestes a estourar, acrescentando, com uma paciência queixosa que comoveu Nan: – Se os mosquitos não me comessem tanto, eu podia dormir até a mamãe chegar.

– Põe a cabeça no meu colo e eu cubro você com o avental; eu não tenho medo da noite – disse Nan, sentando-se e tentando convencer a si mesma de que não se importava com as sombras nem com todo aquele farfalhar misterioso ao redor.

– Me acorda quando ela chegar – disse Rob, que dormia profundamente cinco minutos depois, com a cabeça no colo de Nan debaixo do babadouro do avental.

A menininha ficou sentada por cerca de quinze minutos, observando o entorno com olhos ansiosos e sentindo como se cada segundo durasse uma hora. Então, uma luz pálida começou a bruxulear para além do topo da colina, e ela disse a si mesma:

– Acho que a noite acabou e a manhã está chegando. Eu gostaria de ver o sol nascer, então vou ficar olhando e, quando ele estiver alto, vamos encontrar o caminho para casa.

Mas antes que a face redonda da Lua aparecesse acima da colina para destruir suas esperanças, Nan havia caído no sono, recostada em um caramanchão de samambaias altas, e estava em pleno sonho de uma noite de verão, com vaga-lumes, aventais azuis, montanhas de mirtilos e Robby secando as lágrimas de uma vaca preta, que soluçava: "Eu quero ir pra casa! Eu quero ir pra casa".

Enquanto as crianças estavam dormindo, pacificamente embaladas pelo zunido modorrento dos insetos ao redor, em casa, a família estava muitíssimo agitada. Quando a carroça de feno passou, às cinco horas, todos exceto Jack, Emil, Nan e Rob estavam prontos na cerca. Franz conduziu, no lugar de Silas, e quando os meninos lhe disseram que os demais voltariam para casa pelo bosque, ele disse, parecendo contrariado:

– Eles deviam ter deixado o Rob pra ir na carroça, ele vai ficar exausto de andar tanto.

– Por lá o caminho é mais curto e eles vão carregar o pequeno – disse Rechonchudo, ansioso pelo jantar.

– Vocês têm certeza de que a Nan e o Rob foram com eles?

– Claro que foram. Eu vi quando eles passaram pelo muro e gritaram que eram quase cinco, e o Jack gritou de volta que eles iam pelo outro caminho – explicou Tommy.

– Muito bem; subam, então – e lá se foi a carroça, chacoalhando com as crianças exaustas e seus baldes cheios.

A senhora Jo pareceu calma ao ouvir que o grupo tinha se separado, mandou que Franz voltasse lá, levando o asno Toby, para encontrar e trazer os menores para casa. O jantar já tinha acabado e a família estava sentada no corredor fresco, como sempre, quando Franz voltou trotando, muito acalorado, empoeirado e ansioso.

– Eles chegaram? – ele gritou, quando estava no meio do caminho entre a estrada e a casa.

– Não! – e a senhora Jo saiu voando da cadeira, parecendo tão assustada que todos pularam e se reuniram em volta de Franz.

– Não consegui encontrá-los em lugar nenhum – mas essas palavras mal tinham sido pronunciadas quando um "Oiê!" bem alto surpreendeu a todos, e no minuto seguinte, Jack e Emil surgiram contornando a casa.

– Onde estão a Nan e o Rob? – perguntou a senhora Jo, apertando Emil de um jeito que o fez pensar que a tia havia perdido um parafuso.

– Não sei. Eles voltaram com os outros, não voltaram? – ele respondeu, rápido.

– Não. O George e o Tommy disseram que eles vinham com vocês.

– Bom, mas não vieram. Não vi nem um nem outro. Nós paramos para nadar na lagoa e voltamos pelo bosque – disse Jack, parecendo alarmado, e com razão.

– Chamem o senhor Bhaer, peguem as lanternas e avisem o Silas que preciso dele.

Isso foi só o que a senhora Jo falou, mas todos entenderam o que ela queria dizer e correram para cumprir as instruções. Em dez minutos, o senhor Bhaer e Silas tinham partido para o bosque e Franz saíra rasgando a estrada no cavalo Andy para vasculhar o grande pasto. A senhora Jo pegou um pouco da comida que estava na mesa, tirou um pequeno frasco de conhaque do armarinho de remédios, agarrou uma lanterna e, dizendo a Jack e Emil que a acompanhassem, e que os demais não se mexessem, saiu trotando no Toby sem parar para pegar chapéu nem xale. Ela ouviu alguém correndo atrás de si, mas não disse uma palavra até que fez uma pausa para escutar e chamar e a luz de sua lanterna iluminou o rosto de Dan.

– Você aqui! Eu falei para o Jack vir – ela disse, meio inclinada a mandá-lo de volta, por mais que precisasse de ajuda.

– Eu não deixei que ele viesse; ele e o Emil não tinham jantado ainda e minha vontade de vir era maior que a deles – ele disse, pegando a lanterna e sorrindo para ela com um olhar firme que a fez sentir que, mesmo ele sendo um menino, era alguém com quem ela podia contar.

Ela desmontou e ordenou que ele subisse no Toby, apesar dos apelos dele para andar; então, eles retomaram a caminhada pela estrada poeirenta e solitária, parando de vez em quando para chamar e escutar com ansiedade e com a respiração suspensa se alguma vozinha respondia.

Quando chegaram ao pasto grande, outras lanternas já piscavam como fogos-fátuos, e ouvia-se a voz do senhor Bhaer gritando:

"Nan! Rob! Rob! Nan!" em todas as partes do campo. Silas assoviava e rugia, Dan ia para cima e para baixo com Toby, que parecia entender o que se passava, pois foi aos lugares mais difíceis com uma docilidade incomum. Com frequência, a senhora Jo os silenciava, dizendo, com um nó na garganta:

– O barulho pode assustá-los, deixem que eu chame; o Robby vai reconhecer a minha voz.

E então ela gritava bem alto o amado nome em variados tons de doçura, até que os próprios ecos pareciam sussurrá-lo delicadamente e os ventos soprá-lo por vontade própria; mas nenhuma resposta chegava.

O céu tinha ficado nublado e agora só se viam raros lampejos da Lua, relâmpagos riscavam as nuvens escuras de quando em quando e um estrondo distante como o de trovão indicava que uma tempestade de verão estava se formando.

– Ai, Robby, meu Robby! – lamentava a senhora Jo, andando para cima e para baixo como um fantasma, enquanto Dan mantinha-se ao lado dela como um fiel vaga-lume. – O que eu vou dizer ao pai da Nan se ela se machucar? Por que eu fui deixar meu querido ir tão longe? Fritz, você está ouvindo alguma coisa? – e quando um pesaroso "Não" veio em resposta, ela retorceu as mãos em tamanho desespero que Dan desmontou do lombo de Toby, amarrou a rédea na cerca e disse, daquele jeito decidido:

– Eles podem ter descido até a fonte, eu vou lá olhar.

Ele pulou o muro e saiu em tal disparada do outro lado que a senhora Jo mal pôde segui-lo; mas quando ela chegou ao local, ele baixou o facho da lanterna e cheio de alegria mostrou a ela as marcas de pezinhos deixadas no solo macio ao redor da fonte. Ela se ajoelhou para examinar o rastro e depois se levantou dizendo, muito ansiosa:

– Sim, as marcas são das botinhas do meu Robby. Venha por aqui, eles devem ter seguido em frente.

Que busca exaustiva! Mas algum inexplicável instinto parecia conduzir a aflita mãe, pois logo Dan deu um grito e pegou um pequeno objeto brilhante caído no caminho. Era a tampa do baldinho novo, derrubada no primeiro susto de estar perdido. A senhora Jo abraçou e beijou a tampa como se fosse uma coisa viva; e quando Dan estava prestes a soltar um grito de satisfação que trouxesse os demais até onde eles estavam, ela o interrompeu, dizendo, enquanto corria:

– Não! Deixe que eu os encontre. Fui eu que permiti que o Rob saísse, e quero devolvê-lo ao pai pessoalmente e sozinha.

Um pouco adiante, surgiu o chapéu de Nan, e depois de passarem pelo lugar mais de uma vez, eles finalmente encontraram as crianças no bosque, ambos dormindo profundamente. Dan nunca se esqueceu da cena que a luz de sua lanterna iluminou naquela noite. Ele pensou que a senhora Jo iria gritar, mas ela apenas cochichou *"psss"* enquanto delicadamente levantou o avental e viu o rostinho corado lá embaixo. Os lábios tingidos de mirtilo se entreabriam suavemente conforme o ar entrava e saía, o cabelo loiro repousava úmido na testa quente, e as duas mãozinhas gorduchas agarravam com força o pequeno balde ainda cheio.

A visão da colheita das crianças, mantida a salvo ao longo de todos os percalços noturnos, comoveu seu coração, pois de repente ela abraçou seu menino e começou a chorar sobre ele com tanta ternura, mas ainda assim com tanta intensidade, que ele acordou, e no início pareceu surpreso. Então, ele se lembrou e a apertou forte, dizendo, com um riso de triunfo:

– Eu sabia que você vinha! Ah, mamãe! Eu queria você tanto!

Por um momento, eles se beijaram e se apertaram totalmente esquecidos do mundo; pois não importa quanto seus filhos estejam perdidos, sujos ou exaustos, as mães tudo perdoam e esquecem quando os envolvem em seus braços protetores. Feliz do filho cuja fé na mãe permanece inalterada e que, ao longo de todas as suas andanças, mantém um símbolo filial com o qual possa retribuir à mãe todo o terno e corajoso amor dela.

Dan, nesse meio-tempo, tirou Nan do meio dos arbustos e, com uma gentileza que, exceto Teddy, ninguém jamais tinha visto nele, acalmou-a do susto pelo despertar repentino e enxugou suas lágrimas, pois Nan também tinha começado a chorar de alegria; era tão bom ver um rosto amigo e sentir um braço forte abraçá-la depois do que lhe tinha parecido séculos de solidão e medo.

– Minha pobre menininha, não chore. Você está segura, agora, e hoje à noite ninguém dirá uma única palavra sobre culpa – disse a senhora Jo, acolhendo Nan em seu abraço amplo e aninhando as duas crianças como uma galinha teria reunido seus pintinhos perdidos sob as asas maternais.

– Foi culpa minha e eu sinto muito. Tentei tomar conta dele e pus o avental por cima e deixei ele dormir e não relei nos mirtilos dele, apesar de estar com muita fome, e eu nunca mais vou fazer isso, de verdade, nunca, nunca – chorou Nan, perdida em um mar de arrependimento e gratidão.

– Chame-os agora, e vamos para casa – disse a senhora Jo.

Dan, subindo no muro, mandou por sobre o campo um contentíssimo grito de "Encontrados!". Ah, como as luzes se aproximaram bailando de todos os lados e se reuniram em volta do pequeno grupo no meio das samambaias! Houve tanto abraço e beijo e conversa e choro que os pirilampos devem ter se surpreendido e os mosquitos claramente se deliciaram, pois zuniam em frenesi, enquanto pequenas mariposas se juntaram à festa em bandos e os sapos coaxaram forte, como se não conseguissem expressar sua satisfação em altura suficiente.

Então eles foram para casa; um grupo estranho, pois Franz foi na frente para dar a notícia; Dan e Toby lideravam; depois vinha Nan nos braços fortes de Silas, que a considerava a "coisinha mais esperta que ele já tinha visto" e por todo o caminho a provocou com brincadeiras.

O senhor Bhaer não permitiu que ninguém carregasse Rob a não ser ele mesmo, e o rapazinho, revigorado pelo sono, se sentou e tagarelou alegremente, sentindo-se um herói, enquanto a mãe andava ao lado, tomando e afagando qualquer parte do precioso corpinho que por acaso se mostrasse disponível, sem nunca cansar de ouvi-lo dizer "Eu sabia que a mamãe vinha" nem de vê-lo inclinar-se do colo do pai para beijá-la e pôr um mirtilo em sua boca, pois ele os havia colhido "Todinhos só pra ela".

A Lua surgiu bem quando eles chegaram ao caminho que levava à casa, e todos os meninos saíram gritando ao encontro deles; os cordeiros desgarrados foram carregados em triunfo e segurança e pousaram na sala de jantar, onde os pequenos, nada românticos, exigiram comida em lugar de beijos e carinhos. Eles ganharam pão e leite e os demais ficaram de pé ao redor, observando-os. Nan logo recuperou o ânimo e relatou os perigos com satisfação, agora que todos estavam por ali. Rob parecia absorto na comida, mas pousou a colher de repente e soltou um gemido doloroso.

– Meu querido, por que está chorando? – perguntou a mãe, ainda colada nele.

– Estou chorando porque fiquei perdido – grunhiu Rob, tentando fazer surgir uma lágrima e falhando totalmente.

– Mas agora você foi encontrado. A Nan contou que você não chorou lá no pasto, e eu fiquei contente por você ser um menino tão corajoso.

– Eu estava tão ocupado sentindo susto que não tive tempo de chorar. Mas eu quero chorar agora, porque não gostei de estar perdido – explicou Rob, lutando contra o sono, as emoções e uma boca entupida de pão e leite.

Os meninos riram tanto dessa noção engraçada de compensar o tempo perdido que Rob parou para encará-los, e a alegria foi tão contagiante que, após o olhar de surpresa, ele explodiu em um *"ahaha"* de felicidade e começou a bater a colher na mesa como se apreciando imensamente a piada.

– São dez horas; para a cama, todos vocês, rapazinhos – disse o senhor Bhaer, consultando o relógio.

– E graças a Deus não haverá nenhuma vazia esta noite – acrescentou a senhora Bhaer, sorvendo a ida de Robby para os braços do pai e Nan sendo acompanhada por Daisy e Demi, que a consideravam a heroína mais interessante de sua coleção.

– A coitada da tia Jo está tão cansada que precisaria ser carregada para cima também – disse o gentil Franz, pondo o braço ao redor dela quando ela parou no começo da escada, parecendo exausta pelo medo e pela longa caminhada.

– Vamos fazer uma cadeirinha com os braços – propôs Tommy.

– Não, obrigada, meninos; mas alguém poderia me emprestar um ombro pra eu me apoiar – respondeu a senhora Jo.

– Eu! Eu! – e meia dúzia se amontoou na disputa, todos ansiosos por serem escolhidos, pois havia algo no rosto maternal pálido que lhes tocava os corações ternos sob as jaquetas puídas.

Percebendo que eles consideravam aquilo uma honra, a senhora Jo a conferiu àquele que a conquistara e ninguém resmungou quando ela pôs o braço em volta do ombro largo de Dan, dizendo, com um olhar que o fez corar de orgulho e prazer:

– Foi ele que encontrou as crianças, então acho que deve ser ele a me ajudar.

Dan se sentiu regiamente recompensado pelo trabalho daquela noite, não apenas por ter sido escolhido em detrimento de todos os outros para orgulhosamente subir a escada levando o lampião, mas porque a senhora Jo lhe disse um carinhoso "Boa noite, meu menino! Deus o abençoe" quando ele a deixou à porta do quarto.

– Bem que eu queria ser seu menino – disse Dan, que sentia como se o perigo e as dificuldades de alguma forma tivessem-no aproximado dela mais do que nunca.

– Você será meu filho mais velho – e ela selou a promessa com um beijo que conquistou Dan totalmente.

No dia seguinte, o pequeno Rob estava se sentindo muito bem, mas Nan tinha dor de cabeça e ficou no sofá da mamãe Bhaer com hidratante no rosto arranhado. O remorso estava superado e ela claramente achava que ter se perdido era uma grande diversão. A senhora Jo não gostou nada daquela situação e não tinha o menor desejo de que suas crianças fossem afastadas do caminho virtuoso ou que seus pupilos vagassem soltos pelos campos de mirtilos. Então ela conversou a sério com Nan e tentou enfiar em sua cabecinha a diferença entre liberdade e licenciosidade, contando diversas histórias para reforçar o sermão. Ela não havia decidido ainda como punir a menina, mas uma das histórias deu uma pista e, como a senhora Jo gostava de castigos esquisitos, resolveu tentar.

– Todas as crianças fogem – alegava Nan, como se fosse algo tão natural e necessário quanto ter sarampo ou tosse.

– Não todas, e algumas que fogem nunca são encontradas de novo – respondeu a senhora Jo.

– A senhora nunca fugiu? – perguntou Nan, cujos olhos astutos identificavam certos traços de espírito travesso na senhora compenetrada que com tanta diligência costurava à sua frente.

A senhora Jo riu e admitiu que sim.

– Então me conta – pediu Nan, sentindo que estava levando a melhor naquela conversa.

A senhora Jo percebeu, mudou de tom imediatamente para uma sobriedade contida e disse, com um abano de cabeça para indicar remorso:

– Eu fugi muitas vezes e, por causa dessas brincadeiras, a minha pobre mãe levava uma vida muito dura, até que ela me consertou.

– Como? – e Nan se sentou, com expressão de grande interesse.

– Uma vez, eu ganhei um par de sapatos e queria exibi-los. Então, apesar de terem me dito para não sair do jardim, eu fugi e perambulei o dia inteiro. Isso foi na cidade, e como eu não acabei morta, não sei dizer. Eu me diverti muito. Brinquei com cachorros no parque, andei de barco na Baía Back com uns meninos estranhos, almocei peixe e batatas com uma menina irlandesa que era mendiga e, por fim, fui encontrada dormindo na porta de uma casa com os braços em volta de um cachorro enorme. Já era tarde da noite e eu estava imunda como um porquinho, e os sapatos novos ficaram gastos de tanto que eu tinha andado.

– Que divertido! – gritou Nan, parecendo pronta para reproduzir tudo aquilo pessoalmente.

– Não foi tão divertido no dia seguinte – e a senhora Jo tentou evitar que seus olhos traíssem como ela adorava recordar as antigas estripulias.

– Sua mãe bateu em você? – perguntou Nan, curiosa.

– Ela só me bateu uma vez e em seguida pediu desculpas, do contrário acho que nunca a teria perdoado, aquilo magoou demais os meus sentimentos.

– Por que ela pediu desculpas? O meu pai não pede.

– Porque, quando ela terminou de me bater, eu virei e disse: "Ora, a senhora perdeu o juízo, e deveria apanhar tanto quanto eu". Ela me olhou por um instante e toda a raiva sumiu e ela falou, como se estivesse com vergonha: "Você tem razão, Jo, eu estou brava; e como poderia castigar você por agir por impulso, quando eu mesma dou tão mau exemplo? Perdoe-me, minha querida, e vamos tentar ajudar uma à outra de um jeito melhor". Eu nunca me esqueci, e isso me fez muito bem, mais do que uma dúzia de palmadas.

Nan ficou sentada remexendo pensativamente o pote de creme por um minuto, e a senhora Jo nada disse, deixando que a ideia penetrasse naquela mente ágil que era tão rápida para ver e sentir o que acontecia ao redor.

– Gostei disso – disse Nan dali a pouco, e seu rosto parecia menos traquinas, com os olhos argutos, o nariz inquisitivo e a boca sapeca. – O que a sua mãe fez quando você fugiu daquela vez?

– Ela me amarrou ao mastro da cama com uma corda longa, de modo que eu não pudesse sair do quarto, e lá eu fiquei presa o dia todo, com os sapatinhos estragados pendurados na minha frente para me lembrar do meu erro.

— Acho que isso consertaria qualquer um — exclamou Nan, que amava sua liberdade acima de todas as coisas.

— Deu um jeito em mim e acho que dará em você, então vou tentar — disse a senhora Jo, subitamente tirando da gaveta de sua mesa de trabalho um rolo de barbante.

A aparência de Nan mostrava que ela sentia estar levando a pior na conversa agora, e ela ficou sentada muito abatida, enquanto a senhora Jo amarrava uma ponta em volta de sua cintura e a outra no braço do sofá, dizendo, ao terminar:

— Eu não gosto de amarrar você como se fosse um cachorrinho malcomportado, mas se você não se comporta melhor do que um cão, preciso tratá-la como se fosse um.

— Tanto faz eu ser amarrada ou não, gosto de brincar de ser cachorro — e Nan fez uma expressão de quem não se importa, e começou a rosnar e rastejar no chão.

A senhora Jo não reagiu; deixou um livro ou dois e um lenço a ser costurado e partiu, deixando a senhorita Nan entregue aos próprios truques. Aquilo não era nada agradável, e após permanecer imóvel por um instante, ela tentou desamarrar a corda. Mas estava amarrada atrás, no cinto do avental, então ela começou pelo nó da ponta oposta. Logo ele afrouxou, Nan o soltou e estava prestes a pular pela janela quando ouviu a voz da senhora Jo dizer a alguém que passava no corredor:

— Não, eu não acho que ela vai fugir agora; ela é uma menininha muito honrada e sabe que estou fazendo isso para o bem dela.

Em um minuto, Nan voltou para onde estava, se amarrou de novo e começou a costurar com máximo empenho. Rob chegou dali a pouco e ficou tão encantado com o novo castigo que pegou uma corda de pular e amarrou a si mesmo no outro braço do sofá, da maneira mais sociável.

— Eu também me perdi, então devo ser amarrado tanto quanto a Nan — ele explicou à mãe, quando ela viu o novo cativo.

— Não tenho certeza de que você não mereça algum pequeno castigo, pois você sabia que era errado se afastar dos outros.

– Foi a Nan que me levou – começou Rob, desejoso de desfrutar da nova penalidade, mas não querendo levar a culpa.

– Você não precisava ter ido. Você tem uma consciência, apesar de ser só um menininho, e precisa aprender a prestar atenção a ela.

– Bom, a minha consciência não me espetou nem um pouco quando ela falou "Vamos pular o muro" – respondeu Rob, citando uma das expressões de Demi.

– Você parou para ver se ela estava espetando?

– Não.

– Então você não pode afirmar.

– Acho que é uma consciência tão pequenininha que não espeta com força suficiente pra eu sentir – acrescentou Rob, após refletir por um instante sobre o assunto.

– Então precisamos afiá-la, é ruim ter uma consciência molenga. Então, você pode ficar aqui até a hora do almoço e discutir o assunto com a Nan. Confio que vocês dois não vão se desamarrar até eu dizer que podem.

– Não, não vamos – disseram ambos, sentindo-se muito virtuosos por colaborarem com a própria punição.

Durante uma hora, eles ficaram bonzinhos, mas depois se cansaram de estar em um cômodo único e ansiaram por sair. Nunca o corredor pareceu tão convidativo e até o quarto menor ganhou um súbito interesse, e eles teriam de bom grado ido lá e brincado de cabana com o mosquiteiro da melhor cama. A janela aberta os deixava doidos, porque impedia que alcançassem as cortinas; e o mundo lá fora parecia tão lindo que eles se perguntaram como algum dia tiveram coragem de dizer que era sem graça. Nan estava se coçando de vontade de correr pelo gramado e Rob recordava com desânimo que não tinha alimentado o cachorro naquela manhã, e se questionava como o coitado do Pollux ia se virar. Eles observaram o relógio e Nan fez cálculos bem acertados em minutos e segundos, enquanto Rob aprendeu tão bem a dizer todas as horas entre oito e treze que nunca mais as esqueceu. Era enlouquecedor sentir o cheiro do almoço, saber que haveria milho verde cozido com feijão e pudim de mirtilo, e sentir que eles não estariam no local para garantir boas porções de cada um. Quando Mary Ann começou a pôr a mesa, eles quase se cortaram na tentativa de entrever qual carne seria servida, e Nan se ofereceu para ajudá-la a arrumar as camas, se ela a deixasse ver que tinha "montes de calda no pudim".

Quando os meninos entraram aos trambolhões, voltando da aula, encontraram as crianças puxando os cabrestos como um par de potros selvagens, e acharam tão engraçadas quanto moralmente edificantes as consequências das excitantes aventuras da noite anterior.

– Pode me desamarrar agora, mamãe, a minha consciência vai me espetar que nem um alfinete da próxima vez, eu sei que vai – disse Rob, quando a sineta tocou e Teddy veio vê-lo com um olhar de triste surpresa.

– Vamos ver – respondeu a mãe, libertando-o.

Ele deu uma boa corrida pelo corredor, foi até a sala de jantar e ressurgiu ao lado de Nan, radiante de satisfação virtuosa.

– Eu vou trazer o jantar dela, posso? – ele perguntou, com pena de sua companheira de cativeiro.

– Esse é meu filhinho! Sim, ponha a mesa e pegue uma cadeira – e a senhora Jo se afastou apressada para amainar a ânsia dos demais, que estavam sempre em um estado furioso de fome ao meio-dia.

Nan comeu sozinha e passou uma tarde comprida presa ao sofá. A senhora Bhaer afrouxou as amarras de modo que ela pudesse ver através da janela; e lá ela ficou observando os meninos brincarem e todas as pequenas criaturas do verão desfrutando de sua liberdade. Daisy fez um piquenique para as bonecas no gramado, de modo que Nan pudesse ao menos observar, se não participar. Tommy deu suas melhores piruetas para consolá-la; Demi sentou nos degraus e leu em voz alta para si mesmo, o que agradou Nan sobremaneira; e Dan trouxe para lhe mostrar uma pequena rã, a mais gentil das delicadezas que estavam ao seu alcance.

Mas nada compensava a perda de liberdade, e algumas horas de confinamento ensinaram a Nan quanto era preciosa. Uma bela quantidade de pensamentos cruzou a cabecinha apoiada no parapeito da janela durante a última hora silenciosa, quando todas as crianças foram ao riacho assistir ao lançamento do mais novo navio de Emil. Ela deveria tê-lo batizado, estilhaçando uma pequena garrafa de vinho de groselha na proa da embarcação agora chamada *Josephine*, em honra da senhora Bhaer. Perdera sua oportunidade e Daisy não desempenharia tão bem a função. Lágrimas subiram-lhe aos olhos quando ela se lembrou de que era tudo sua culpa, e em voz alta ela disse, dirigindo-se a uma abelha gorda que circundava o centro amarelo de uma rosa logo abaixo da janela:

– Se você fugiu, é melhor ir direto para casa e dizer à sua mãe que sente muito e nunca mais vai fazer isso.

– Fico feliz de ouvir você dando um conselho tão bom para a abelha, e acho que ela escutou – disse a senhora Jo, sorrindo, enquanto a abelha sacudia o pólen das asas e saía voando.

Nan limpou uma ou duas gotas que reluziam na janela e se aconchegou na amiga, quando ela a tomou nos joelhos e falou com muita ternura, pois tinha visto as gotinhas e sabia o que significavam:

– Você acha que o corretivo que minha mãe me deu por fugir funciona?

– Sim, senhora – respondeu Nan, amansada pelo dia tranquilo.

– Espero não ter de colocá-lo em prática de novo.

– Acho que não vai precisar – e Nan olhou para cima com uma expressão tão séria que a senhora Jo se deu por satisfeita e nada mais disse, pois gostava que os castigos produzissem efeito e não estragava o trabalho deles com sermões moralizantes.

Então Rob apareceu, trazendo com cuidado infinito o que Asia tinha chamado de "torta tires", querendo dizer uma torta em um pires.

– Foi feita com os meus mirtilos e eu vou dar metade pra você no jantar – ele anunciou, com um floreio.

– Por quê, se eu fui tão desobediente? – perguntou Nan, humildemente.

– Porque nós nos perdemos juntos. E você não vai mais ser desobediente, vai?

– Nunca mais – disse Nan, resoluta.

– Iupi! Então agora vamos pedir pra Mary Ann cortar isso pra nós, está quase na hora do chá – e Rob acenou com a deliciosa tortinha.

Nan começou a segui-lo, mas então parou e disse:

– Esqueci, eu não posso ir.

– Tente e veja – disse a senhora Bhaer, que havia discretamente desamarrado a corda enquanto a menina falava.

Nan viu que estava livre e, com um beijo intempestivo na senhora Jo, partiu como um beija-flor, seguida por Robby, equilibrando o suco de mirtilo enquanto corria.

Cachinhos Dourados

Depois da última agitação, a paz baixou sobre Plumfield e reinou sem interrupção por várias semanas, porque os meninos mais velhos sentiam que tinham responsabilidade na fuga de Nan e Rob e se tornaram tão paternais que seus cuidados acabaram se tornando bem cansativos, ao passo que os meninos mais novos escutaram tantas vezes os relatos de Nan sobre os perigos que havia corrido que passaram a considerar que estar perdido é o pior dos males que pode se abater sobre a humanidade e, por isso, mal se atreviam a pôr os narizinhos para fora do grande portão, não fosse a noite cair de repente e vacas pretas fantasmagóricas se aproximarem na escuridão.

– É bom demais para durar – disse a senhora Jo, pois muitos anos de proximidade com meninos tinham lhe ensinado que, quando tais intervalos ocorrem, são em geral seguidos por explosões de algum tipo, e enquanto mulheres menos sábias teriam pensado que os meninos haviam, sem sombra de dúvida, virado santos, ela se preparou para uma erupção súbita do vulcão doméstico.

Um dos motivos para a bem-vinda época de calma foi a visita da pequena Bess, cujos pais a deixaram lá por uma semana enquanto iam visitar o vovô Laurence, que não estava bem de saúde. Os meninos consideravam Cachinhos Dourados uma mistura de criança, anjo e fada, pois ela era uma criaturinha adorável, e o cabelo dourado que herdara da mãe loira a envolviam como um véu luminoso, atrás do qual ela sorria para seus adoradores quando estava de bom humor, e se escondia quando contrariada. Seu pai não deixava que fosse cortado e ele chegava até a cintura, tão macio e fino e brilhante que Demi insistia que eram feitos de seda fiada de um casulo. Todos paparicavam a Princesinha, mas isso não parecia estragá-la, apenas ensinar-lhe que sua presença trazia junto a luminosidade do sol, que seus sorrisos provocavam sorrisos de resposta no rosto dos outros e que seus balbucios de bebê enchiam todos os corações com a mais terna simpatia.

Inconscientemente, ela fazia bem a seus jovens súditos, muito mais do que uma soberana de verdade, pois seu comando era muito gentil, e seu poder mais sentido do que visto. Sua elegância natural a tornava graciosa em todos os aspectos, e produziam um efeito positivo sobre os desleixados garotos ao redor. Ela não permitia que ninguém a tocasse com rudeza nem com mãos sujas, e mais sabão era consumido durante suas estadas do que em qualquer outro período, porque os meninos consideravam a maior das honras ter permissão de carregar sua alteza, e a pior das desgraças ser repelido sob o comando desdenhoso: "Vai embora, menino sujo!".

Vozes altas a desagradavam e discussões a amedrontavam, então tons mais gentis dominavam a voz dos meninos quando se dirigiam a ela, e, em sua presença, brigas eram imediatamente suprimidas por observadores, se os envolvidos não se contivessem por iniciativa própria. Ela gostava de ser servida, e os meninos mais velhos lhe prestavam serviços sem chiar, enquanto os mais novos eram seus devotados escravos para tudo. Eles imploravam pela permissão de puxar sua carruagem, carregar seu cesto ou passar-lhe o prato durante a refeição. Nenhum trabalho era humilde demais, e Tommy e Ned chegaram às vias de fato antes de conseguirem resolver quem teria a honra de engraxar as botinhas dela.

    Nan foi especialmente beneficiada por uma semana em companhia de uma dama bem-educada, embora a dama fosse tão pequena, pois Bess olhava para ela com um misto de deslumbre e alarme em seus grandes olhos azuis quando a peraltinha gritava e aprontava, e se encolhia à sua aproximação como se a julgasse um tipo de animal selvagem. O coração sensível de Nan se ressentia disso. Primeiro, ela exclamou "Ah! Eu não ligo!", mas ligava sim, e ficou tão magoada quando Bess declarou que gostava "mais da minha pima, puquê ela é docinha", que sacudiu Daisy até que a pobre prima docinha começou a bater incontrolavelmente os dentes, e depois disso fugiu para o celeiro para chorar. Naquele abrigo geral para espíritos perturbados, Nan encontrou conforto e bons conselhos de uma fonte ou outra. Talvez as andorinhas, do alto de seus ninhos feitos de lama, tenham cantado um pequeno sermão sobre a beleza da gentileza. Seja como for, Nan saiu do celeiro muito mais calma, e com todo o cuidado vasculhou o pomar em busca de certo tipo de maçã precoce que Bess adorava, porque era doce, pequena e rosada. Armada dessa oferenda de paz, ela se aproximou da pequena Princesa e humildemente a entregou. Para sua grande alegria, o presente foi graciosamente aceito, e quando Daisy deu em Nan um beijo de perdão, Bess a imitou, como se sentisse ter sido demasiado severa e quisesse se desculpar. Depois disso, as três brincaram muito bem juntas e Nan desfrutou dos favores reais por muitos dias. Na verdade, no começo ela se sentiu um pouco como um pássaro silvestre preso em uma gaiola bonita, e de vez em quando precisava escapar para esticar as asas e dar um voo longo ou cantar com toda a força, onde nenhuma dessas manifestações pudesse perturbar a roliça pombinha Daisy nem a delicada canarinha dourada Bess. Mas isso tudo lhe fez bem, pois, vendo como todo mundo amava a Princesinha por suas pequenas gentilezas e virtudes, Nan começou a imitá-la, porque precisava de muito amor e tentava com afinco conquistá-lo.

Nenhum menino da casa deixou de sentir a influência da linda criança nem de melhorar por causa dela, mesmo não sabendo muito bem como ou por quê, pois os bebês operam milagres no coração de quem os ama. Billy Ward encontrava uma satisfação infinita em observá-la e, embora ela não gostasse daquilo, concordou sem fazer careta, depois que a fizeram compreender que ele era especial e, por isso, tinha de ser tratado com mais gentileza. Dick e Dolly impressionaram-na vivamente com seus apitos de salgueiro, a única coisa que os dois irmãos sabiam fazer, e ela os aceitava, embora nunca usasse. Rob a servia como um pequeno amante e Teddy a seguia como um cachorrinho. De Jack ela não gostava, porque ele sofria de verrugas e tinha voz esganiçada. Rechonchudo a desagradava porque comia sem modos e George tentava com todas as forças não engolir a comida vorazmente, para não ofender a sensibilidade da jovem dama à sua frente. Ned foi banido da corte em suprema desgraça quando foi flagrado atormentando uns pobres ratos do mato. Cachinhos Dourados ficou chocada com o triste espetáculo e se retirou para trás do véu quando ele se aproximou, e o mandou embora com gestos imperiosos da mãozinha, dizendo, em um tom que mesclava lamento e raiva:

– Não, eu não amo ele! Ele cotô o rabo dos ratinhos e eles guitaram!

Quando Bess chegou, Daisy abdicou de imediato e assumiu o posto humilde de cozinheira-chefe, enquanto Nan se tornou a primeira dama de honra; Emil era o chanceler do tesouro, e dissipou as finanças públicas ao promover espetáculos que custaram nove centavos inteirinhos. Franz, como primeiro-ministro, conduzia os assuntos de Estado, planejava as melhorias reais por todo o reino e mantinha as potências estrangeiras sob controle. Demi era seu filósofo, e se saiu muito melhor do que tais cavalheiros costumam, entre cabeças coroadas. Dan constituía o exército e defendia os territórios com galhardia; Tommy era o bobo da corte, e Nat o melodioso secretário particular da inocente rainha.

O tio Fritz e tia Jo apreciaram bastante o pacífico episódio, e assistiram à bela peça em que os jovens inconscientemente imitavam os mais velhos, sem acrescentar a tragédia que tantas vezes estraga os enredos encenados no palco maior.

– Eles nos ensinam tanto quanto nós lhes ensinamos – disse o senhor Bhaer.

– Deus abençoe os queridos! Eles não têm ideia das pistas que nos dão sobre o melhor modo de educá-los – responder a senhora Jo.

– Acho que você estava certa sobre o efeito positivo de termos meninas entre os rapazes. Nan incutiu energia em Daisy e Bess está ensinando bons modos às feras melhor do que nós poderíamos. Se essa transformação prosseguir como começou, eu em breve vou me sentir como o doutor Blimber[6] e seus jovens cavalheiros exemplares – disse o professor, rindo, quando viu Tommy não apenas tirar o próprio chapéu mas também remover o de Ned, ao entrar no corredor onde a Princesa se encontrava, montando o cavalo de balanço ladeada por Rob e Teddy, que, por sua vez, cavalgavam cadeiras e incorporavam cavaleiros com todo o garbo de que eram capazes.

– Você jamais será um Blimber, Fritz, você não conseguiria nem se tentasse; e os nossos meninos nunca se submeteriam ao processo forçado daquele famoso cabeça-quente. Não tema que eles se tornem muito refinados: meninos americanos gostam demais da liberdade para isso. Mas boas maneiras eles certamente terão, se nós conseguirmos lhes transmitir o espírito de gentileza presente nos gestos mais

---

[6] Personagem do livro *Dombey & filho*, de autoria do inglês Charles Dickens (1812-1870), publicado em volumes entre 1846 e 1848. (N.T.)

simples, tornando-os corteses e cordiais como os seus, meu querido velho meninão.

— Não! Não! Nós não vamos começar a trocar elogios, pois se eu começar você acabará fugindo, e eu pretendo desfrutar desta meia hora feliz até o fim – apesar disso, o senhor Bhaer parecia muito contente com o elogio recebido, pois era verdadeiro, e a senhora Jo sentiu que recebera do marido o melhor que ele poderia lhe dar, ao dizer que encontrava repouso e felicidade genuínos em companhia dela.

— Voltando às crianças: acabo de ter mais uma prova da boa influência da Cachinhos Dourados – disse a senhora Jo, levando a cadeira mais para perto do sofá onde o professor estava sentado, descansando depois de um longo dia de trabalho nos diversos jardins. – Nan detesta costurar, mas por amor a Bess, labutou metade da tarde em uma sacola admirável, na qual pretende entregar à sua musa uma dúzia das nossas maçãs do amor, quando ela partir. Eu a cumprimentei e ela respondeu, daquele jeito um tanto brusco, "Eu gosto de costurar para os outros, só acho bobo costurar pra mim mesma". Captei a dica e vou incumbi-la de umas camisas e uns aventais para as crianças da senhora Carney. A Nan é tão generosa que, por eles, é capaz de costurar até machucar os dedos, e eu não precisarei fazer disso uma tarefa.

— Mas o bordado não é uma conquista muito atual, minha querida.

— E sinto que não seja. Minhas meninas vão aprender tudo que eu puder lhes ensinar a respeito, ainda que desistam do latim, da álgebra e de meia dúzia de "ologias" que, hoje em dia, se consideram necessárias para que as moças fritem seus cérebros. A Amy pretende fazer de Bess uma mulher bem-educada, mas o indicador da pobrezinha já tem furos de agulha, e a mãe tem vários tipos de bordados que ela valoriza mais do que o pássaro de argila sem bico que encheu Laurie de orgulho quando a Bess o fez.

— Eu também possuo provas do poder da Princesa – disse o senhor Bhaer, depois de observar a esposa pregando um botão com um ar de menosprezo por todo o sistema atual de educação. – Jack estava tão desgostoso por ser considerado desagradável pela Bess, ao lado de Rechonchudo e Ned, que me procurou agora há pouco pedindo que queimasse suas verrugas com soda cáustica. Eu já havia sugerido isso muitas vezes e ele nunca concordou; agora, porém, suportou a dor bravamente, e alivia o desconforto do presente com a esperança de favores futuros, quando puder mostrar à exigente mocinha uma mão lisa e macia.

A senhora Bhaer riu da história e, bem naquele momento, Rechonchudo entrou, perguntando se podia dar a Cachinhos Dourados alguns dos bombons que a mãe tinha mandado.

– Ela não tem permissão para comer doces, mas se você quiser dar a ela a bela caixa com a rosa de açúcar, ela vai gostar muito – disse a senhora Jo, não querendo desmerecer o pequeno gesto de abnegação, pois o menino gordinho só raramente se oferecia para compartilhar seus bombons.

– Mas ela não vai acabar comendo? Eu não quero deixá-la doente – respondeu Rechonchudo, lançando um olhar amoroso para o doce, mas colocando-o na caixa.

– Ah, não! Não vai nem encostar, se eu disser que é para olhar e não para comer. Ela vai guardar durante semanas sem nem pensar em provar. Será que você conseguiria?

– Acredito que sim! Sou bem mais velho do que ela – exclamou Rechonchudo, indignado.

– Bem, que tal tentarmos? Aqui, ponha os bombons nesta sacola e veja por quanto tempo consegue guardá-los. Deixe-me contar: dois corações, quatro peixinhos, três cavalos, nove com amêndoas e uma dúzia de gotas de chocolate. Você concorda? – perguntou a astuta senhora Jo, guardando os doces em sua sacola de linhas.

– Sim – disse Rechonchudo com um suspiro e, enfiando o fruto proibido no bolso, partiu para entregar a Bess o presente, que lhe arrancou um sorriso e a permissão para acompanhá-la em uma volta pelo jardim.

– Coitado do Rechonchudo. No final, o coração realmente levou a melhor sobre o estômago, mas seus esforços serão muito incentivados pelas recompensas que a Bess lhe der – disse a senhora Jo.

– Feliz do homem que consegue guardar as tentações no bolso e aprender a abnegação com uma professorinha tão amorosa – acrescentou o senhor Bhaer, quando as crianças passaram pela janela, o rosto redondo de Rechonchudo transbordando de plácida satisfação e Cachinhos Dourados observando sua rosa de açúcar com educado interesse, embora tivesse preferido uma flor natural, que tivesse "pefume de vedade".

Quando o pai veio para levá-la para casa, um chororô generalizado se instalou, e os presentes de despedida que choveram sobre ela aumentaram tanto a bagagem que o senhor Laurie sugeriu usarem a carroça grande para levá-los à cidade. Cada um havia lhe dado alguma coisa, e foi complicado acomodar camundongos brancos, bolo, um pacote de conchas, maçãs, um coelho chutando violentamente a sacola, um grande repolho para sua alimentação, um frasco com um peixinho e um ramalhete mastodôntico. A cena da partida foi comovente, pois a Princesa estava sentada na mesa do corredor cercada dos súditos. Ela beijou os primos e estendeu a mão aos demais, que a apertaram delicadamente com variados discursos gentis, pois tinham sido ensinados a não sentir vergonha de demonstrar o que sentiam.

– Volte logo, minha querida – cochichou Dan, prendendo seu mais belo besouro verde e amarelo no chapéu dela.

– Faça o que fizer, nunca se esqueça de mim, Princesa – disse o galante Tommy, alisando pela última vez os lindos cachinhos.

– Eu vou à sua casa na próxima semana e então verei você, Bess – acrescentou Nat, como se encontrasse conforto naquele pensamento.

– Podemos nos cumprimentar agora – exclamou Jack, oferecendo uma mão macia.

– Aqui estão dois novos para você se lembrar de nós – disseram Dick e Dolly, apresentando apitos novinhos em folha, sem saber que todos os sete antigos haviam sido discretamente depositados no forno da cozinha.

– Minha preciosidade! Vou fazer um marcador de páginas agora mesmo, e você deve guardá-lo para sempre – disse Nan, abraçando-a afetuosamente.

De todas, porém, a do pobre Billy foi a despedida mais patética, pois a noção de que ela estava de fato indo embora se tornou tão intolerável que ele se deitou aos pés dela, abraçou as botinhas azuis e balbuciou, desesperado:

– Não vai! Ah, não vai embora!

Cachinhos Dourados ficou tão comovida por essa explosão de sentimentos que se inclinou sobre ele e, levantando a cabeça do coitadinho, falou, com sua voz fina e delicada:

– Não chora, Billyzinho. Eu vou sentir sodade e vim loguinho de novo.

Essa promessa consolou Billy, e ele tombou resplandecendo de orgulho pela honra que tão raramente lhe era conferida.

– Eu também! Eu também! – gritaram Dick e Dolly, sentindo que sua devoção merecia a mesma recompensa. Os outros pareceram querer se juntar ao coro; e algo em seus rostos alegres e gentis comoveu a Princesa, e a levou a estender os bracinhos e dizer, com infinita condescendência:

– Eu vou sentir sodade de tudumundo!

Como um enxame de abelhas em volta de uma flor muito doce, os afetuosos camaradas rodearam a linda coleguinha e a cobriram de beijos até que ela ficou parecendo um botão de rosa; não de modo bruto, mas com tamanho entusiasmo que, em certo momento, apenas a copa do chapéu era visível. Então, o pai a resgatou e ela partiu ainda sorrindo e acenando, enquanto os meninos se empoleiraram na cerca e ficaram gritando, como um bando de galinhas-d'angola, "Volta logo! Volta logo!" até que ela sumiu de vista.

Todos tiveram saudade dela e cada um sentiu ter se tornado um pouco melhor depois de haver conhecido uma criatura tão adorável, delicada e meiga; pois a pequena Bess havia despertado o instinto cavalheiro deles como algo a ser amado, admirado e protegido com uma espécie de terna reverência. Muitos homens crescidos se lembram de uma menina bonita que garantiu um lugar em seu coração, e mantiveram viva essa lembrança pela simples mágica da inocência da mocinha; esses rapazotes estavam apenas começando a sentir esse poder, e a amá-lo por sua influência gentil, sem vergonha de deixar que uma mão pequena os conduzisse nem de jurar lealdade a uma mulher, ainda que em botão.

Damon e Pítias

A senhora Bhaer tinha razão, a paz foi apenas uma tranquilidade temporária: uma tempestade estava se formando e, dois dias após a partida de Bess, um terremoto moral sacudiu Plumfield até seu âmago.

As galinhas de Tommy estavam no centro do problema, pois, se não houvessem persistido em botar tantos ovos, ele não os teria vendido e acumulado uma soma daquelas. Dinheiro é a raiz de todos os males, mas é uma raiz tão útil que não conseguimos viver sem ele mais do que sem batatas. Tommy com certeza não conseguiria, pois gastava sem nenhuma prudência o que recebia, a ponto de o senhor Bhaer ser obrigado a insistir em uma poupança e a presenteá-lo com um cofrinho de metal em forma de banco, com o nome na porta e uma chaminé comprida, pela qual as moedas escorregavam para o interior, onde deveriam permanecer, tilintando tentadoramente, até que lhe fosse dada autorização para abrir uma espécie de portinhola na base.

O banco ficou pesado tão rápido que Tommy logo ficou contente com suas economias e planejou comprar tesouros fabulosos com seu capital. Ele mantinha uma contabilidade dos valores depositados e tinha a promessa de poder quebrar o cofre assim que atingisse cinco dólares, sob a condição de que gastasse o dinheiro com sabedoria. Faltava apenas um dólar; no dia em que a senhora Jo lhe pagou por quatro dúzias de ovos, ele ficou tão maravilhado que correu para o celeiro para mostrar as moedas reluzentes a Nat, que também vinha poupando dinheiro para comprar o violino havia tanto tempo desejado.

– Queria ter moedas também, pra juntar aos meus três dólares, então poderia em breve comprar meu instrumento – ele disse, lançando um olhar comprido para o dinheiro.

– Quem sabe eu empresto um pouco pra você, ainda não decidi o que vou fazer – disse Tommy, atirando as moedas para o alto e pegando-as quando caíam.

– Ei, rapaziada, venham ao riacho ver uma cobra enorme e incrível que o Dan pegou! – chamou uma voz vinda de trás do celeiro.

– Vamos – disse Tommy; e, deixando o dinheiro na velha máquina de peneirar, saiu às pressas, seguido por Nat.

A cobra era muito interessante e depois houve uma perseguição a um corvo manco e sua captura; tão absorta ficou a mente de Tommy durante o período que o menino não voltou a pensar no dinheiro até estar deitado na cama naquela noite.

– Não faz mal, ninguém a não ser o Nat sabe onde está – disse o simpático camarada para si mesmo, e adormeceu sem nenhum tipo de ansiedade em relação à sua propriedade.

Na manhã seguinte, bem quando os meninos estavam se reunindo para a aula, Tommy entrou correndo na sala, sem fôlego, inquirindo:

– Muito bem, quem pegou meu dólar?

– Do que você está falando? – perguntou Franz.

Tommy explicou e Nat confirmou o relato.

Todos declararam que nada sabiam a respeito e começaram a olhar desconfiados para Nat, que ficava cada vez mais alarmado e confuso a cada negação.

– Alguém deve ter pego – disse Franz, enquanto Tommy sacudia o punho fechado para todo o grupo e declarava com grande ira:

– Pelas barbas do profeta! Se eu puser as mãos no ladrão, vou lhe dar uma surra inesquecível.

– Fica calmo, Tom, vamos descobrir quem foi. Os ladrões sempre se arrependem – disse Dan, como quem conhecia algo do assunto.

– Talvez um andarilho tenha dormido no celeiro e passado a mão – sugeriu Ned.

– Não, o Silas não permitiria; além do mais, um andarilho não iria procurar dinheiro naquela máquina velha – disse Emil, com desprezo.

– Será que não foi o próprio Silas? – disse Jack.

– Mas até parece! O velho Si é tão honesto quanto a luz do dia. Ele nunca relaria a mão em dinheiro nosso – disse Tommy, generosamente defendendo contra qualquer suspeita aquele que era seu principal fã.

– Seja quem for, é melhor confessar agora e não esperar para ser descoberto – disse Demi, como se um infortúnio terrível houvesse caído sobre a família.

– Eu sei que vocês acham que fui eu – exclamou Nat, vermelho e muito agitado.

– Você era o único que sabia onde estava – disse Franz.

– Não posso fazer nada se não fui eu que peguei. Se estou falando que não fui eu é porque não fui eu! – gritou Nat, de uma forma um tanto desesperada.

– Calma, calma, meu filho. Por que todo este barulho? – e o senhor Bhaer andou no meio deles.

Tommy repetiu a história de sua perda e, conforme ouvia, o rosto do senhor Bhaer ia ficando cada vez mais grave, pois, apesar de todas as falhas e artes que já tinham aprontado, os meninos tinham sido, até agora, honestos.

– Sentem-se – ele disse.

Quando todos estavam nas respectivas carteiras, o professor acrescentou devagar, com os olhos indo de um em um com uma expressão de tristeza mais difícil de suportar do que uma explosão de broncas:

– Agora, meninos, eu vou fazer a cada um de vocês uma pergunta simples, e quero uma resposta honesta. Eu não vou tentar amedrontá-los ou suborná-los, nem usar truques para arrancar a verdade, pois todos vocês têm uma consciência e sabem para o que ela serve. Este é o momento de desfazer o malfeito ao Tommy e de se corrigirem na frente de todos nós. Ceder a uma tentação súbita é algo que posso perdoar com mais facilidade do que uma trapaça. Não acrescente uma mentira ao roubo. Confesse abertamente e todos nós tentaremos ajudá-lo a nos fazer esquecer e a perdoar.

Ele pausou por um instante e a sala ficou em tão profundo silêncio que se poderia ouvir um alfinete caindo. Depois, com lentidão, mas de modo impressionante, ele formulou a pergunta para cada um, recebendo de todos a mesma resposta, em variados tons. Todos os rostos estavam rubros e inquietos, e por isso o senhor Bhaer não poderia considerar a cor como indicação, e alguns dos meninos mais novos estavam tão assustados que gaguejaram como se fossem culpados, embora estivesse claro que não poderiam ser. Quando chegou a Nat, sua voz se suavizou, pois o pobre sujeito parecia tão infeliz que o senhor Bhaer lamentou por ele. O professor acreditava que ele fosse o culpado e esperava salvá-lo de outra mentira, ganhando a confiança do menino e convencendo-o a contar a verdade sem medo.

– Agora, meu filho, dê-me uma resposta honesta. Você pegou o dinheiro?

– Não, senhor! – e Nat olhou para cima com olhos suplicantes.

Quando as palavras brotaram de seus lábios trêmulos, alguém sibilou.

– Parem com isso! – gritou o senhor Bhaer, dando uma pancada forte na mesa e olhando severamente para o canto de onde tinha vindo o som.

Ned, Jack e Emil estavam sentados ali; os dois primeiros pareciam envergonhados de si mesmos, mas Emil falou:

– Não fui eu, tio! Eu teria vergonha de bater em um sujeito quando ele está caído.

– Bom pra você – exclamou Tommy, que se encontrava em um triste estado de aflição diante do problema que seu dólar infeliz tinha provocado.

– Silêncio! – ordenou o senhor Bhaer; e, quando o silêncio se fez, ele disse, com sobriedade: – Eu lamento muito, Nat, mas as evidências estão contra você, e sua antiga mentira nos deixa mais propensos a duvidar de você do que duvidaríamos, se pudéssemos confiar em você como confiamos em alguns dos meninos, que nunca mentiram. Mas note, meu filho, que não vou acusá-lo deste roubo nem puni-lo até estar perfeitamente seguro; também não perguntarei mais nada a respeito. Deixarei que você se resolva com sua própria consciência. Se você for culpado, procure-me a qualquer hora do dia ou da noite e confesse, e eu irei perdoá-lo e ajudá-lo a se corrigir. Se você for inocente, a verdade aparecerá mais cedo ou mais tarde, e no segundo em que aparecer, eu serei o primeiro a implorar seu perdão por ter duvidado, e com toda a boa vontade farei o melhor que puder para limpar sua imagem diante de todos nós.

– Não fui eu! Não fui eu! – chorou Nat, com a cabeça apoiada sobre os braços, pois não conseguia suportar o olhar de desconfiança e de desgosto que enxergava nos muitos olhos voltados para si.

– Espero bem que não.

O senhor Bhaer pausou por um minuto, como se dando ao culpado, fosse quem fosse, mais uma chance. Entretanto, ninguém disse nada. Somente os murmúrios de solidariedade de alguns dos meninos mais novos quebravam o silêncio. O senhor Bhaer abanou a cabeça e acrescentou, pesaroso:

– Então nada mais há a fazer, e tenho uma única coisa a dizer: eu não falarei mais sobre isso e quero que todos vocês sigam meu exemplo.

Eu não posso esperar que vocês sintam por alguém que consideram culpado a mesma simpatia que sentiam antes que isso acontecesse, mas eu espero, e desejo, que não atormentem de nenhum modo a pessoa suspeita, pois ela já passará maus bocados sem isso. E agora façam a lição.

– O papai Bhaer deixou o Nat escapar fácil demais – cochichou Ned para Emil, ao fim da aula.

– Fecha a matraca – rosnou Emil, que considerava aquele episódio como uma mancha na honra da família.

Muitos dos meninos concordavam com Ned, mas ainda assim o senhor Bhaer estava certo; teria sido mais sábio se Nat confessasse na hora e resolvesse a questão, pois até as piores surras que ele havia recebido do pai eram mais fáceis de suportar do que os olhares frios, o distanciamento e a suspeita generalizada que o engolfavam em todos os lados. Se alguma vez um menino foi mandado para o desterro e mantido lá, esse menino foi Nat. Ele sofreu uma semana de lenta tortura, apesar de nenhuma mão ter se levantado contra ele, nem uma palavra dita.

Aquilo era o pior de tudo; se ao menos os camaradas falassem ou se lhe batessem, ele teria aguentado melhor do que aquele silêncio desconfiado, que tornava terrível o encontro com todos os rostos. Até a senhora Bhaer demonstrava traços de suspeita, embora seus modos fossem quase tão gentis quanto sempre; mas o olhar triste e ansioso do papai Bhaer atingia Nat até o âmago, pois ele amava o professor e sabia que havia frustrado todas as esperanças dele com aquele pecado duplo.

Uma única pessoa na casa inteira acreditava nele e se posicionava corajosamente contra todos os demais. Era Daisy. Ela não sabia explicar por que ela confiava nele a despeito de todas as aparências, simplesmente sentia que não podia duvidar de Nat, e sua solidariedade afetuosa a levou a tomar o partido dele. Ela se recusava a ouvir qualquer palavra contra ele, vinda de quem fosse e, na verdade, deu um tapa em seu amado Demi quando ele tentou convencê-la de que deveria ter sido Nat, porque ninguém mais sabia onde o dinheiro estava.

– Quem sabe as galinhas comeram, elas são umas velhas muito gananciosas – ela disse, e quando Demi riu, ela perdeu a cabeça, deu um tapa no menino incrédulo e depois explodiu em lágrimas e se afastou correndo, ainda gritando "Não foi ele ! Não foi ele! Não foi!".

Nem a tia nem o tio tentaram demover a fé da criança no amigo querido, apenas torceram para que seu instinto inocente se provasse correto, e a amaram mais por ele. Nat muitas vezes disse, depois que tudo passou, que não teria aguentado se não fosse por Daisy. Quando os outros o evitavam, ela se agarrava a ele mais que nunca, dando as costas ao resto. Agora, ela já não se sentava nos degraus quando ele solava o velho violino, mas entrava e se sentava ao lado dele, escutando com uma expressão tão repleta de confiança e afeto que Nat se esquecia da desgraça por um período, e se sentia feliz. Ela pediu a ele ajuda com as lições e preparou em sua cozinha maravilhosas porcarias que ele comeu bravamente, não importando o que fossem, pois a gratidão dava um sabor doce mesmo ao que seria intragável. Ela sugeriu jogos impossíveis de críquete e bola, quando descobriu que ele relutava em se juntar aos outros meninos. Ela pôs florzinhas de seu jardim na mesa dele e tentou de todas as formas demonstrar que não era sua amiga só nos dias de sol, e sim uma amiga leal com qualquer tempo. Nan logo lhe seguiu o exemplo, ao menos sendo gentil; prendeu na boca a língua afiada e manteve o pequeno nariz zombeteiro longe de toda demonstração de dúvida ou antipatia, o que foi realmente bondoso da madame Peraltinha, pois ela acreditava firmemente que Nat havia pegado o dinheiro.

A maioria dos meninos o deixou severamente sozinho, exceto Dan, que, embora afirmasse desprezar Nat por ser covarde, cuidava dele com um tipo de proteção sombria, e afastava de imediato qualquer um que se atrevesse a perturbar ou atemorizar seu amigo. A ideia que Dan fazia de amizade era tão elevada quanto a de Daisy e, à sua maneira rude, ele se comportava com a mesma lealdade.

Sentado perto do riacho certa tarde, absorto no estudo dos hábitos domésticos de aranhas-de-água, Dan entreouviu um pedaço de conversa do lado oposto do muro. Ned, que era bastante inquisitivo, andava se coçando de curiosidade para saber com certeza quem era o culpado, pois fazia algum tempo que um ou dois meninos tinham começado a achar que estavam errados, já que Nat era tão firme em suas negativas e suportava com tanta resignação a frieza dos outros. Aquela dúvida provocara Ned além de qualquer possibilidade de controle, e diversas vezes ele atormentou Nat com perguntas, apesar da ordem explícita do senhor Bhaer. Ao encontrar Nat lendo sozinho à sombra do muro, Ned não resistiu a parar para dois dedos de prosa sobre o assunto proibido. Ele havia espicaçado Nat por uns bons dez minutos antes que Dan chegasse, e as primeiras palavras que o aracnólogo ouviu foram as seguintes, na voz paciente e suplicante de Nat:

– Para, Ned! Para! Eu não posso contar porque não sei, e é malvado da sua parte ficar me incomodando às escondidas, sendo que o papai Bhaer disse pra não me perseguirem. Você não ousaria fazer isso se o Dan estivesse por perto.

– Eu não tenho medo do Dan, ele é só um velho valentão. Acho que ele pegou o dinheiro do Tom, e que você sabe e não quer contar. Vai, desembucha!

– Não foi ele, mas se tivesse sido, eu o defenderia, porque ele sempre foi bom pra mim – disse Nat com tanta sinceridade que Dan esqueceu suas aranhas e já se levantava para agradecer quando as palavras seguintes de Ned o detiveram:

– Eu sei que o Dan pegou e deu o dinheiro pra você. Não me espantaria se ele ganhasse a vida batendo carteiras antes de vir pra cá, já que ninguém sabe nada sobre ele a não ser você – disse Ned, sem acreditar de verdade nas próprias palavras, mas esperando arrancar a verdade de Nat ao deixá-lo bravo.

Ele foi parcialmente bem-sucedido em seu desejo egoísta, pois Nat gritou, com ferocidade:

– Se você disser isso de novo, eu vou contar tudo para o senhor Bhaer. Não gosto de fofocas, mas, por Júpiter, eu vou contar, se você não deixar o Dan em paz.

– Daí você vai ser um covarde, além de mentiroso e ladrão – começou Ned, com desprezo, pois Nat tinha aguentado as ofensas contra si mesmo com tanta humildade que ele não acreditava que Nat fosse capaz de encarar o mestre só para defender o Dan.

O que ele poderia ter falado em seguida, eu não sei dizer, pois as palavras mal tinham saído de sua boca quando um braço comprido vindo de trás o agarrou pelo colarinho e, depois de lançá-lo sobre o muro sem a menor cerimônia, fez com que aterrissasse com um grande borrifo no meio do riacho.

– Repita isso e vou afundar você até que não consiga mais enxergar – gritou Dan, parecendo um Colosso de Rodes moderno, com um pé em cada margem do fluxo estreito, observando o jovem transtornado lá embaixo.

– Eu só estava brincando – disse Ned.

– Você é que é um covarde, acossando o Nat pelos cantos. Se você fizer isso de novo, farei com que beba o riacho inteiro. Agora levanta e sai daqui! – rugiu Dan, furioso.

Ned foi embora voando, pingando, e o inesperado banho de rio claramente lhe fez muito bem, já que depois disso ele foi muito respeitoso com ambos os meninos, parecendo ter deixado sua curiosidade na água. Quando ele sumiu, Dan saltou o muro e encontrou Nat deitado, como que exausto e curvado pelos problemas.

– Ele não vai mais aborrecer você, eu acho, mas se ele repetir isso, me conte e cuidarei dele – disse Dan, tentando se acalmar.

– Não ligo muito para o que ele diz sobre mim, já me acostumei – respondeu Nat, triste. – Mas detesto quando ele fala mal de você.

– Como você sabe se ele não está certo? – perguntou Dan, virando o rosto.

– O quê, sobre o dinheiro? – exclamou Nat, olhando para cima com ar surpreso.

– Sim.

– Mas eu não acredito! Você não liga para dinheiro, só quer saber de insetos velhos e coisas assim – e Nat riu, descrente.

– Eu quero uma rede para caçar borboletas tanto quanto você quer um violino; por que eu não poderia roubar o dinheiro, tanto quanto você? – disse Dan, ainda com o rosto em outra direção e muito ocupado abrindo buracos no solo com o cajado.

– Acho que não. Você gosta de brigar e de derrubar os moleques por aí de vez em quando, mas você não mente, e não acredito que roubaria – e Nat abanou a cabeça decididamente.

– Já fiz as duas coisas. Eu mentia feito um doido, e ter parado me dá vários problemas; e também roubei coisas das hortas para comer, quando fugi do Page, então veja que mau camarada eu sou – disse Dan, falando daquele jeito áspero e rude que ultimamente ele vinha aprendendo a abandonar.

– Ah, Dan! Não me diga que foi você! Eu preferia que fosse qualquer um dos outros meninos – gritou Nat, em um tom de voz tão nervoso que Dan ficou todo satisfeito e assim demonstrou, ao se virar com uma expressão curiosa no rosto, embora tenha dito simplesmente:

– Não vou dizer nada sobre isso. Mas não se preocupe, vamos sair dessa, espere só pra ver.

Algo em seu rosto e jeito deu a Nat uma ideia e ele disse, retorcendo as mãos de ansiedade em seu apelo:

– Acho que você sabe quem foi. Se você sabe, pede pra ele falar, Dan. É tão difícil ser odiado por todo mundo, sendo que não fiz nada. Acho que não vou aguentar mais muito tempo. Se eu tivesse algum lugar pra ir, eu fugiria, apesar de amar muito Plumfield; mas não sou tão grande nem tão corajoso quanto você, então preciso ficar até alguém confessar e mostrar pra eles que eu não menti.

Enquanto falava, Nat parecia tão destruído e desesperado que Dan não conseguiu suportar, e, dizendo com vivacidade "Você não vai ter que esperar muito", foi embora depressa e não foi mais visto por horas.

– Qual é o problema com o Dan? – os meninos perguntaram uns aos outros diversas vezes no domingo que se seguiu a uma semana que pareceu que não acabaria nunca mais. Dan era com frequência genioso, mas naquele dia ele estava tão sério e calado que ninguém conseguiu arrancar nada dele. Quando eles caminharam, ele se afastou dos demais e voltou tarde para casa. Ele não participou da conversa de fim de tarde; ao contrário, ficou sentado à sombra, tão ocupado com os próprios pensamentos que mal pareceu ouvir a conversa ao redor. Quando a senhora Jo lhe mostrou um relatório excepcionalmente bom no Livro da Consciência, ele olhou para a página sem dar um sorriso e disse apenas, melancólico:

– A senhora acha que estou progredindo, então?

– Maravilhosamente, Dan! E eu fico muito contente, porque sempre achei que você só precisava de uma ajudinha para se tornar um menino que nos desse orgulho.

Ele levantou a cabeça e a encarou com uma expressão estranha nos olhos pretos, uma expressão que mesclava orgulho humilde e amor e arrependimento, que na hora ela não entendeu, mas da qual se lembrou mais tarde.

– Tenho medo que a senhora vá se desapontar, mas vou tentar – ele disse, fechando o livro sem nenhuma demonstração de prazer pela página que, em geral, gostava muito de ler e comentar.

– Você está doente, querido? – perguntou a senhora Jo, pousando a mão em seu ombro.

– Meu pé está doendo um pouco, acho que vou para a cama. Boa noite, mãe – ele acrescentou, e pressionou a mão dela contra o rosto por um instante, e depois se afastou como se tivesse dito adeus a algo muito precioso.

"Pobre Dan, a desgraça de Nat o atingiu duramente. Ele é um menino estranho, e me pergunto se alguma vez chegarei a entendê-lo totalmente", pensou a senhora Jo, enquanto refletia com satisfação real sobre os últimos avanços de Dan, embora sentisse que havia mais coisas no rapazinho do que ela de início suspeitara.

Uma das coisas que mais havia ferido Nat tinha sido uma atitude de Tommy, que, após a perda, dissera, com delicadeza, mas muito firme:

– Não quero ofender, Nat, mas você entende que não posso me dar ao luxo de perder meu dinheiro, então acho que não podemos mais ser sócios – e Tommy apagou o letreiro "T. Bangs & Cia.".

Nat sempre tivera muito orgulho do "Cia.", e havia coletado ovos com grande diligência, mantido as contas em ordem e acrescentado uma boa soma aos seus rendimentos com a venda de sua parte do estoque.

– Ah, Tom, precisa mesmo? – ele disse, sentindo que seu bom nome estaria para sempre banido do mundo dos negócios se aquilo fosse feito.

– Preciso – ele replicou, com gravidade. – O Emil falou que quando um homem desfria, acho que essa palavra significa pegar o dinheiro e sumir com ele, a propriedade de uma empresa, o outro processa esse primeiro, ou ataca de algum jeito, e nunca mais se relaciona com ele. Eu não vou processar nem atacar você, mas preciso dissolver a sociedade, porque não confio mais em você e não quero falir.

– Eu não consigo fazer você acreditar em mim e você não aceita ficar com o meu dinheiro, apesar de que eu ficaria contente de entregar todos os meus dólares se você dissesse que não acredita que eu peguei o seu dinheiro. Deixe-me fazer a coleta pra você, não vou pedir nenhum pagamento, faço de graça. Eu conheço todos os lugares e gosto de fazer isso – implorou Nat.

Mas Tommy sacudiu a cabeça e seu rosto redondo demonstrava desconfiança e dureza quando ele disse, brevemente:

– Não posso fazer isso e preferiria que você não conhecesse os lugares. Espero que você não vá fazer a coleta às escondidas e que não negocie os meus ovos.

O pobre do Nat ficou tão magoado que não conseguiu superar. Ele sentia que havia perdido não apenas o sócio e patrono mas também que estava com a honra falida e que tinha sido expulso da comunidade empresarial. Ninguém confiava em sua palavra, fosse escrita ou pronunciada, a despeito de seus esforços para se redimir pela mentira do passado; o letreiro estava removido, a firma tinha se dividido e ele era um homem arruinado. Nat já não ia ao celeiro, que, para os meninos, era Wall Street. Trigueira e as irmãs cacarejavam por ele em vão e pareceram se solidarizar com seu sofrimento, pois passaram a botar menos ovos, e algumas das galinhas mais velhas, desgostosas, se recolheram a novos ninhos, que Tommy não conseguiu encontrar.

– Elas confiam em mim – disse Nat quando soube, e apesar de os meninos caçoarem de tal ideia, Nat encontrava nela certo consolo, pois quando uma pessoa está para baixo, até a crença de uma galinha pintada é um enorme conforto.

Tommy não estabeleceu uma nova sociedade, porém, pois a desconfiança havia penetrado nele e envenenado a paz de sua outrora confiante alma. Ned se ofereceu para ser sócio, mas Tommy recusou, dizendo, com um senso de justiça que mais lhe aumentava a honra:

– Pode ser que o Nat não tenha pegado meu dinheiro, e daí nós poderíamos ser sócios de novo. Eu não acho que isso vá acontecer, mas vou dar uma chance a ele e manter o lugar em aberto mais um pouco.

Billy era a única pessoa a quem Bangs sentia que podia confiar sua loja; fora treinado para caçar ovos e entregá-los sem que se partissem, e ficou bastante satisfeito em receber como pagamento uma maça ou um bombom. Na manhã seguinte ao domingo sombrio de Dan, Billy informou ao empregador, enquanto exibia os resultados de uma longa caçada:

– Só dois.

– Está cada vez pior, nunca vi umas galinhas velhas tão provocativas – resmungou Tommy, pensando nos dias em que era frequente ter seis ovos com os quais pudesse se alegrar. – Bom, põe no meu chapéu e me passa um pedaço novo de giz; eu vou anotar, de qualquer jeito.

Billy subiu em um apoio e olhou dentro da parte superior da máquina onde Tommy guardava seu material de escrita.

– Tem montes de dinheiro aqui – disse Billy.

– Não tem não. Imagina se eu ia deixar meu dinheiro dando sopa de novo – devolveu Tommy.

– Estou vendo um, quatro, oito, dois dólares – insistiu Billy, que ainda não entendia muito bem os algarismos.

– Mas que bobalhão você é! – e Tommy subiu para pegar pessoalmente o toco de giz, mas quase caiu de novo, pois havia de fato quatro moedas de vinte e cinco centavos enfileiradas, com um pedaço de papel em que se lia "Tom Bangs", para que não houvesse dúvida.

– Por Júpiter! – gritou Tommy e, agarrando as moedas, saiu correndo para casa gritando, com notável selvageria: – Está tudo bem! Recuperei meu dinheiro! Cadê o Nat?

Nat foi logo encontrado e sua surpresa e seu contentamento foram tão genuínos que bem poucos duvidaram, quando ele afirmou não saber nada sobre o dinheiro.

– Como eu podia colocar de volta se não fui eu que peguei? Agora acreditem em mim e sejam bons comigo de novo – ele disse, tão suplicante que Emil lhe deu tapinhas nas costas e afirmou que iria, sim.

– Eu também, e fico muito contente que não tenha sido você. Mas então, quem será que foi? – disse Tommy, depois de trocar calorosos apertos de mão com Nat.

– Não faz diferença, uma vez que o dinheiro foi encontrado – disse Dan, com o olhar fixo no rosto feliz de Nat.

– Claro que faz! Eu não quero minhas coisas sumindo e depois reaparecendo como num passe de mágica – exclamou Tommy, olhando para o dinheiro como se suspeitasse de bruxaria.

– De alguma forma nós vamos descobrir quem foi, apesar de ele ter sido esperto o suficiente para datilografar, para não reconhecermos a caligrafia – disse Franz, examinando o papel.

— E Demi datilografa muito bem — interveio Rob, que não tinha uma ideia muito clara sobre o motivo de toda aquela confusão.

— Você não vai me convencer de que foi ele nem que você fale até ficar azul — disse Tommy, e os demais descartaram a ideia com vaias, pois o pequeno diácono, como eles o chamavam, estava acima de qualquer suspeita.

Nat sentiu a diferença no modo como os meninos falavam de Demi e dele mesmo, e teria dado tudo que possuía, ou acreditava que viria a possuir no futuro, para que confiassem nele daquele jeito, pois havia aprendido como é fácil perder a confiança dos outros e como era duro, duríssimo, conquistá-la de volta, e a verdade se tornou para ele uma coisa muito preciosa desde que havia sofrido por negligenciá-la.

O senhor Bhaer ficou bem satisfeito porque um passo tinha sido dado na direção certa, e aguardava com grande expectativa novas revelações. Elas vieram mais cedo do que ele esperava, e de um modo que tanto o surpreendeu quanto entristeceu muito. Quando estavam sentados para o jantar daquela noite, um pacote retangular foi entregue à senhora Bhaer por parte da senhora Bates, uma vizinha. Um bilhete acompanhava o embrulho e, enquanto o senhor Bhaer lia, Demi arrancou o papel, exclamando, ao ver o que continha:

— Ora, é o livro que o tio Teddy deu para o Dan!

— Maldito! — exclamou Dan, que ainda não tinha parado completamente de xingar, embora se esforçasse muito.

O senhor Bhaer levantou os olhos depressa quando ouviu. Dan tentou sustentar o olhar dele, mas não conseguiu; baixou os olhos e permaneceu sentado mordendo os lábios, ficando cada vez mais vermelho até se tornar o retrato perfeito da vergonha.

— O que foi? — perguntou a senhora Bhaer, aflita.

— Eu preferiria discutir isso em particular, mas Demi frustrou os meus planos, então bem posso trazer o assunto à tona agora — disse o senhor Bhaer, parecendo um pouco grave, como sempre ficava quando qualquer tipo de maldade ou trapaça se apresentava para ser julgada – O bilhete é da senhora Bates e ela diz que seu filho Jimmy lhe contou ter comprado este livro de Dan no sábado passado. Ela notou que o exemplar valia muito mais do que um dólar e, acreditando ter havido algum tipo de engano, mandou-o para mim. Você vendeu este livro, Dan?

– Sim, senhor – foi a resposta murmurada.

– Por quê?

– Queria o dinheiro.

– Para quê?

– Pra pagar uma pessoa.

– A quem você devia?

– Tommy.

– Ele nunca pegou um centavo emprestado comigo na vida toda! – gritou Tommy, assustado, pois conseguia adivinhar o que viria a seguir e sentia que, no fim das contas, teria preferido que fosse bruxaria, pois admirava Dan imensamente.

– Vai ver foi ele que pegou – gritou Ned, que devia a Dan uma vingança pelo afogamento e, sendo um menino normal, gostou de pagar.

– Ah, Dan! – exclamou Nat, juntando as mãos, sem se importar com o pão com manteiga entre elas.

– É uma coisa difícil a fazer, mas preciso esclarecer tudo isto, pois não posso tê-los se vigiando mutuamente como detetives e as aulas perturbadas dessa forma: você pôs este dólar no celeiro hoje de manhã? – perguntou o senhor Bhaer.

Dan o encarou e respondeu, com firmeza:

– Sim, pus.

Um murmúrio percorreu a mesa, Tommy deixou cair a caneca com um estrondo, Daisy gritou "Eu sabia que não era o Nat", Nan começou a chorar e a senhora Jo saiu da sala parecendo tão desapontada, triste e envergonhada que Dan não pôde suportar. Ele escondeu o rosto nas mãos por um momento e depois ergueu a cabeça, remexeu os ombros como se estivesse acomodando neles alguma carga e disse, com um olhar obstinado e aquele tom meio decidido, meio áspero, que costumava usar quando chegara pela primeira vez:

– Fui eu; agora vocês podem fazer o que quiserem comigo, mas não vou falar mais uma palavra sobre isso.

– Nem mesmo que você sente muito? – perguntou o senhor Bhaer, perturbado pela mudança ocorrida no menino.

– Eu não sinto muito.

– Eu perdoo você sem perguntar – disse Tommy, sentindo que, de alguma forma, era mais difícil ver o corajoso Dan caído em desgraça do que o tímido Nat.

– Não quero ser perdoado – devolveu Dan, rudemente.

– Talvez você queira, quando tiver refletido a respeito com calma, sozinho. Não vou lhe dizer agora como estou surpreso e decepcionado, mas em algum momento irei ao seu quarto para conversarmos.

– Não vai fazer nenhuma diferença – disse Dan, querendo dar um tom desafiador à voz, mas falhando ao ver o rosto penalizado do senhor Bhaer; tomando as próprias palavras como uma licença, Dan saiu da sala, como se achasse impossível permanecer.

Teria lhe feito bem se ele tivesse ficado, pois os meninos debateram o assunto com tão grande e sincero lamento, piedade e espanto que ele poderia ter se comovido e, quem sabe, sido levado a pedir perdão. Ninguém ficou contente ao descobrir que tinha sido ele, nem mesmo Nat, pois, apesar de todas as suas falhas, e eram várias, Dan era muito querido agora, porque sob o exterior rude se escondiam algumas das mais valorosas virtudes que a maioria de nós admira e ama. A senhora Jo tinha sido a principal apoiadora e maior incentivadora de Dan, e ficou arrasada por seu mais recente e interessante menino ter-se revelado tão mau. O roubo por si só já era ruim, mas ter mentido a respeito e permitido que outro sofresse tanto por uma suspeita injusta era pior; o mais desanimador era a tentativa de devolver o dinheiro daquele modo clandestino, pois isso demonstrava não apenas falta de coragem mas uma capacidade de enganar que apontava as piores tendências para o futuro. Ainda mais dolorosa era a recusa dele em falar sobre o assunto, pedir perdão ou expressar qualquer tipo de remorso.

Os dias passavam e Dan comparecia às aulas e fazia suas tarefas em silêncio, melancólico e impenitente. Como se alertado pelo tratamento dispensado a Nat, ele não mendigava a simpatia de ninguém, rejeitava as iniciativas de aproximação dos meninos e passava suas horas de lazer perambulando pelos campos e bosques, tentando fazer dos pássaros e outros animais companheiros de brincadeiras e obtendo mais sucesso do que a maioria dos meninos conseguiria, porque ele os conhecia bem e amava muito.

– Se isso continuar por muito tempo, receio que ele fuja de novo, pois é jovem demais para suportar uma vida nesses moldes – disse o senhor Bhaer, visivelmente abatido pelo fracasso de todos os seus esforços.

– Pouco tempo atrás, eu tinha certeza de que nada o desviaria, mas agora estou preparada para qualquer coisa, ele está tão mudado – respondeu a pobre senhora Jo, que lamentava muitíssimo por seu menino e não podia ser consolada, pois ele a evitava mais do que a qualquer outra pessoa, e quando ela tentava conversar com ele a sós, ele apenas a olhava com aquela expressão meio feroz e meio suplicante que se vê nos animais selvagens quando capturados em uma armadilha.

Nat o seguia para cima e para baixo como uma sombra e Dan não o repelia com a mesma rudeza reservada aos outros, mas dizia, de seu jeito áspero:

– Você está bem, não se preocupe comigo. Eu aguento melhor do que você aguentava.

– Mas eu não gosto de ver você tão sozinho – Nat respondia, pesaroso.

– Eu gosto – e Dan se afastava, às vezes reprimindo um suspiro, pois se sentia solitário.

Passando certo dia pelo arvoredo de bétulas, ele encontrou vários dos meninos, que se divertiam escalando as árvores e balançando para baixo de novo, pois os galhos flexíveis se curvavam até que as pontas tocassem o chão. Dan parou um instante para observar a diversão, sem se oferecer para se juntar ao grupo, e enquanto ele estava lá observando, chegou a vez de Jack. Infelizmente, ele escolheu uma árvore muito grossa e, quando se afastou até a ponta, o galho só se curvou um pouco, deixando-o dependurado a uma grande altura.

– Volta, você não vai conseguir! – gritou Ned, lá de baixo.

Jack bem que tentou, mas o galho escorregava em suas mãos e ele não conseguiu enlaçar o tronco com as pernas. Ele chutou e se contorceu e agarrou o ar, tudo em vão; então desistiu e, sem fôlego, ficou pendurado dizendo, impotente:

– Me peguem, me ajudem, eu vou cair!

– Se cair, você vai morrer! – gritou Ned, com os cabelos em pé de medo.

– Segura! – berrou Dan; e árvore acima lá foi ele, abrindo caminho até quase chegar a Jack, que o encarava cheio de medo e esperança.

– Vocês dois vão descer! – disse Ned, dançando de agitação na encosta lá embaixo, enquanto Nat estendia os braços, na expectativa insana de amenizar a queda.

– É isso que eu quero; saiam de perto – respondeu Dan, friamente; e, enquanto ele falava, o acréscimo de seu peso curvou o galho até muito mais perto do solo.

Jack aterrissou em segurança; o galho, porém, aliviado de uma parte de sua carga, de repente se lançou para o alto de novo, e Dan, pego de surpresa no esforço de agarrar o tronco com as pernas, perdeu o equilíbrio e caiu pesadamente.

– Não me machuquei, fico bem num minuto – ele disse, sentando-se, um pouco pálido e zonzo, enquanto os meninos o cercavam cheios de admiração e temor.

– Você é incrível, Dan, e eu fico devendo essa – exclamou Jack, muito grato.

– Não foi nada – resmungou Dan, levantando-se devagar.

– Pois eu acho que foi e quero apertar sua mão, apesar de você ser – Ned engoliu a palavra infeliz que já estava na ponta da língua e estendeu a mão, sentindo que estava fazendo uma coisa muito bonita.

– Mas eu não vou apertar a mão de um covarde – e Dan lhe deu as costas lançando tal olhar de desprezo que Ned se lembrou do episódio no riacho, e se retirou com uma pressa totalmente desprovida de dignidade.

– Vem pra casa, amigão, eu acompanho você – e Nat foi embora com ele, deixando os outros conversando sobre o feito, perguntando-se quando Dan iria "mudar de ideia" e desejando de uma vez por todas que "o dólar encrenqueiro do Tommy tivesse ido pra onde Judas perdeu as botas em vez de causar tanto problema aqui".

Quando o senhor Bhaer entrou na sala de aula na manhã seguinte, ele parecia tão feliz que os meninos ficaram curiosos sobre o que teria acontecido, e pensaram que ele havia perdido um parafuso quando o viram ir direto ao Dan e, segurando-o com ambas as mãos, dizer-lhe, de um só fôlego, enquanto o balançava carinhosamente:

– Eu sei de tudo e peço seu perdão. Foi típico de você fazer aquilo e eu o amo por isso, embora nunca seja certo contar mentiras, mesmo por um amigo.

– O que foi? – gritou Nat, pois Dan não disse uma palavra, apenas levantou a cabeça como se algum tipo de peso tivesse caído de suas costas.

– Dan não pegou o dinheiro de Tommy – e o senhor Bhaer quase gritou ao anunciar isso, de tão contente que estava.

– Quem foi? – os meninos gritaram em coro.

O senhor Bhaer apontou para um assento vazio e todos seguiram seu dedo, mas ainda assim ninguém falou por um minuto, pois estavam muito surpresos.

– Jack foi para casa hoje de manhã, mas deixou isto para trás – e no silêncio que se seguiu, o senhor Bhaer leu o bilhete que havia encontrado preso à maçaneta de sua porta quando acordou.

Eu peguei o dólar do Tommy. Eu estava espiando por uma fresta e vi ele colocar lá. Eu fiquei com medo de falar antes, apesar de que eu quis falar. Eu não liguei muito pro Nat, mas o Dan é incrível e eu não aguento mais. Eu não gastei o dinheiro, está debaixo do tapete no meu quarto, bem atrás da pia. Eu sinto muito terrivelmente. Eu vou pra casa e acho que nunca mais vou voltar, então o Dan pode ficar com as minhas coisas. JACK.

Não era uma confissão elegante, estava mal redigida, muito respingada de tinta e era curta demais, mas era um papel precioso para Dan. Então, quando o senhor Bhaer fez uma pausa, o menino foi até ele e disse, com a voz hesitante mas os olhos límpidos e os modos francos, respeitosos, que tanto haviam tentado lhe ensinar:

– Quero dizer agora que lamento muito, senhor, e peço seu perdão.

– Foi uma mentira gentil, Dan, e não tenho como não perdoá-la. Mas note como não fez bem nenhum – disse o senhor Bhaer, com uma mão em cada ombro do rapaz e o rosto transbordando de alívio e afeição.

– Fez os meninos pararem de atormentar o Nat. Foi por isso que eu fiz. Ele estava arrasado. Eu não me importei tanto – explicou Dan, como que grato por desabafar depois do árduo calar.

– Como você pôde fazer isso? Você é sempre tão gentil comigo – gaguejou Nat, sentindo uma vontade forte de abraçar o amigo e chorar, mas seria o comportamento de duas menininhas e teria escandalizado Dan no último grau.

– Está tudo bem agora, amigão, então não seja bobo – ele disse, engolindo o nó na garganta e rindo como não havia rido por semanas.

– A senhora Bhaer sabe? – ele perguntou, ansioso.

– Sim, e está tão feliz que não sei o que vai fazer com você – começou o senhor Bhaer, mas não prosseguiu, pois nesse momento os meninos rodearam Dan em um tumulto gigantesco de prazer e curiosidade; antes, porém, que ele tivesse respondido às mais de doze perguntas formuladas, uma voz gritou:

– Três vivas para o Dan! – e lá estava a senhora Jo à porta, rodopiando o pano de prato e parecendo que ia sair dançando de tanta alegria, como fazia quando era menina.

– Agora, então – exclamou o senhor Bhaer, liderando um *"urra"* tão alto que assustou a Asia, na cozinha, e fez o velho senhor Roberts abanar a cabeça e dizer, enquanto passava em frente à casa em sua carroça:

– As escolas não são mais como no meu tempo!

Dan havia suportado tudo muito bem até então, mas ver o entusiasmo da senhora Jo o aborreceu, e ele saiu de repente pelo corredor e foi para o quarto dela, para onde ela o seguiu no mesmo instante, e nenhum dos dois foi visto por meia hora.

O senhor Bhaer achou muito difícil acalmar seu agitado rebanho e, percebendo que por algum tempo seria impossível dar aula, conquistou a atenção deles contando-lhes uma bela história da Grécia Antiga, sobre amigos cuja fidelidade mútua havia tornado seus nomes imortais. Os rapazinhos ouviram e memorizaram, pois, naquele momento, seus corações foram tocados pela lealdade de uma humilde dupla de amigos. A mentira era errada, mas o amor que a tinha motivado e a coragem com que, em silêncio, ele suportou a infâmia de outra pessoa, tornaram Dan um herói aos olhos deles. Honestidade e honra tinham novos significados, agora. Um bom nome era mais precioso do que ouro, pois, uma vez perdido, ele não podia ser recomprado com dinheiro nenhum, e a confiança mútua tornava a vida suave e feliz como nada mais conseguia.

Tommy orgulhosamente resgatou o nome da firma; Nat se dedicava a Dan; e todos os meninos tentaram se redimir com ambos pela desconfiança e negligência de antes. A senhora Jo estava felicíssima com seus meninos e o senhor Bhaer nunca se cansava de contar a história de seus jovens Damon e Pítias.

No salgueiro

O velho salgueiro viu e ouviu muitos acontecimentos e segredos naquele verão, porque tornou-se o refúgio favorito de todas as crianças e parecia gostar disso, pois sempre as recebia com uma calorosa acolhida, e as horas tranquilas passadas em seus braços faziam muito bem a todos.

Primeiro foram Nan e Daisy, com suas banheiras em miniatura e pedacinhos de sabão, já que de vez em quando elas eram dominadas por um surto de higiene e lavavam todas as roupinhas de bonecas no riacho. Asia não permitia que elas ficassem "aprontando" em sua cozinha, e o banheiro era território proibido desde que Nan tinha se esquecido de fechar a torneira e a água transbordou até atravessar o teto e pingar lá embaixo. Daisy se dedicou ao trabalho com muito método, lavando primeiro os itens brancos e depois os coloridos, enxaguando bem, pendurando tudo para secar em uma corda esticada entre dois arbustos e prendendo as roupas com pregadores produzidos por Ned. Mas Nan deixou todas as coisas de molho na mesma banheira, e se esqueceu delas enquanto colhia flores para estofar um travesseiro para Semíramis,

Rainha da Babilônia, como certa boneca era chamada. Recolher flores consumiu algum tempo e, quando a senhorita Peraltinha voltou para cuidar das roupas, descobriu grandes manchas verdes em tudo, pois tinha se esquecido do forro de seda verde de determinada capa, e a tintura manchou vestidos azuis e rosa, pequenas camisas e até os babados de uma saia.

– Ah, olha só o que eu fiz! Que bagunça – suspirou Nan.

– Estende na grama pra alvejar – disse Daisy, com ares de larga experiência.

– Vou estender, e podemos sentar no ninho e observar que não saiam voando.

O guarda-roupa da Rainha da Babilônia foi espalhado na margem e, virando as banheiras de ponta-cabeça para secarem, as pequenas lavadeiras subiram até o ninho do salgueiro e começaram a conversar, como as senhoras fazem nos intervalos do trabalho doméstico.

– Vou fazer uma cama de penas para combinar com o travesseiro novo – disse a senhorita Peraltinha, enquanto transferia as flores do bolso para um lenço e perdendo metade no processo.

– Eu não faria isso. A tia Jo diz que camas de pena não são saudáveis. Eu nunca deixaria meus filhos dormirem em nada além de um colchão – respondeu a senhora Shakespeare Smith, decididamente.

– Eu não ligo; meus filhos são tão fortes que muitas vezes dormem no chão, e não se importam (o que era bem verdade). Não tenho como pagar por nove colchões e, além disso, gosto de fazer minhas próprias camas.

– O Tommy não vai cobrar pelas penas?

– Talvez, mas eu não vou pagar e ele não vai reclamar – devolveu a senhorita P., tirando vantagem da amplamente reconhecida boa índole de T. Bangs.

– Acho que o rosa vai desbotar daquele vestido mais rápido do que a mancha verde – comentou a senhora S., olhando para baixo do galho onde estava encarapitada, e mudando de assunto, pois ela e sua companheira divergiam em muitos aspectos, e a senhora Smith era uma dama discreta.

– Não faz mal, eu estou cansada das bonecas, acho que vou me livrar delas e cuidar do meu zoológico; gosto mais dele do que de brincar de casinha – disse a senhorita P., expressando sem saber o desejo de muitas mulheres mais velhas que, entretanto, não podem dispor de suas famílias com a mesma facilidade.

– Mas você não pode abandonar suas crianças, elas vão morrer sem a mãe – protestou a meiga senhora Smith.

– Que morram, então. Eu não aguento mais cuidar de bebês e vou brincar com os meninos; eles, sim, precisam que eu cuide deles – devolveu a senhora de temperamento forte.

Daisy não sabia nada sobre os direitos das mulheres. Pegava discretamente tudo o que queria sem que ninguém recusasse suas reivindicações, pois ela não assumia mais do que poderia executar; sem perceber, usava o poderoso direito da própria influência para conquistar dos demais qualquer privilégio para o qual tivesse demonstrado sua aptidão. Nan se arriscava em todo tipo de coisa, impávida mesmo diante de grandes falhas, e bradava com ferocidade pela permissão de fazer tudo que os meninos faziam. Eles riam dela, jogavam-na para escanteio e protestavam contra suas interferências nos assuntos deles. Mas ela não se abatia e acabaria sendo ouvida, pois tinha uma vontade de ferro e o espírito exuberante de um revolucionário. A senhora Bhaer simpatizava com Nan, mas cansou de tentar domar o frenético desejo da mocinha por liberdade plena, mostrando que ela deveria esperar um pouco, aprender a se controlar e estar pronta para usar a liberdade, antes de pedi-la. Nan tinha momentos de humildade em que concordava com isso, e as influências sobre ela estavam lentamente fazendo seu trabalho. Ela não declarava mais que seria motorista ou ferreira e, em vez disso, desviou sua atenção para a agricultura, encontrando nisso uma válvula de escape para a energia represada em seu corpinho tão ativo. Plantar, porém, não a satisfez totalmente, pois sálvia e manjerona eram coisas mudas, que não lhe agradeciam por seus cuidados. Ela queria algo humano para amar e proteger e pelo qual trabalhar, e nunca ficava mais feliz do que quando os meninos menores lhe traziam dedos cortados, cabeças batidas ou juntas roxas para que ela os "consertasse". Vendo isso, a senhora Jo propôs que ela aprendesse a prestar corretamente aqueles cuidados, e Nursey ganhou uma pupila muito habilidosa para fazer curativos, aplicar emplastros e esfregar unguentos. Os meninos começaram a chamá-la de "doutora Peraltinha", e ela gostou tanto que certo dia a senhora Jo disse ao professor:

– Fritz, eu sei o que podemos fazer por esta criança. Ela deseja algo a que possa se dedicar agora, e será uma dessas mulheres cortantes, geniosas e descontentes se não obtiver. Não vamos menosprezar sua natureza inquieta e sim fazer nosso melhor para dar a ela o trabalho que ela tanto deseja, e aos poucos convencer o pai a permitir que ela estude medicina. Ela será uma médica excepcional, pois tem coragem, sangue frio e coração caloroso, além de um amor e uma compaixão enormes pelos fracos e pelos que sofrem.

O senhor Bhaer primeiro sorriu, mas depois concordou em tentar, e deu a Nan um canteiro de hortaliças, ensinando-lhe as variadas propriedades curativas das ervas das quais ela cuidava, e permitindo que testasse essas qualidades nas crianças, durante as leves moléstias que às vezes tinham. Ela aprendia depressa, memorizava bem e demonstrava um juízo e um interesse muito encorajadores ao professor, que não fechou a porta na cara dela só por ela ser uma mulherzinha.

Ela estava pensando nisso certo dia, sentada no salgueiro, quando Daisy falou, de seu jeito meigo:

– Eu amo fazer trabalho doméstico e pretendo ter uma casa muito boa para o Demi, quando formos grandes e morarmos juntos.

Nan respondeu, com firmeza:

— Bom, eu não tenho irmão e não quero casa nenhuma pra cuidar. Eu vou ter um consultório com vários frascos e gavetas com pilão e socador dentro delas, e vou andar por aí em um cavalo e num cabriolé curando as pessoas doentes. Vai ser tão divertido.

— Credo! Como você aguenta o cheiro ruim daqueles pozinhos e óleos? — exclamou Daisy, com um calafrio.

— Eu mesma não vou ter que tomar, então não me importo. Além disso, eles deixam as pessoas bem, e eu gosto de curar gente. O meu chá de sálvia não acabou com a dor de cabeça da mamãe Bhaer, e meu lúpulo não mandou embora a dor de dente do Ned em cinco horas? Então!

— Você vai aplicar sanguessugas nas pessoas, amputar pernas e arrancar dentes? — perguntou Daisy, tremendo diante daquela ideia.

— Sim, eu vou fazer de tudo, não ligo se a pessoa estiver toda estropiada, eu vou consertar todo mundo. Meu avô era médico e eu vi quando ele costurou um rasgo bem grande na bochecha de um homem; eu que passei a esponja pra ele e não fiquei nem um tiquinho assustada, e o vovô falou que eu era uma menina corajosa.

— Como você consegue? Eu fico triste pelas pessoas doentes e queria cuidar delas, mas minhas pernas tremem e eu preciso sair de perto. Eu não sou uma menina corajosa — suspirou Daisy.

— Bom, você pode ser a minha enfermeira e consolar os meus pacientes depois que eu tiver cortado as pernas deles — disse Nan, cuja praticidade era claramente do tipo heroico.

— Iurrú! Nan, onde você está? — chamou uma voz lá de baixo.

— Estamos aqui.

— Ai, ui! — disse a voz, e Emil surgiu, segurando uma mão com a outra e o rosto contorcido como se em grande dor.

— Oh! O que aconteceu? — perguntou Daisy, aflita.

— Uma farpa no meu dedão. Não consigo tirar. Você pode tentar, Nanny?

– Entrou muito fundo e não tenho nenhuma agulha aqui – disse Nan, examinando longamente e com interesse o polegar.

– Pega um prendedor de roupa – respondeu Emil, com pressa.

– Não dá, é grande demais e não tem ponta.

Nesse momento, Daisy, que tinha enfiado a mão no bolso, mostrou uma bonequinha onde estavam enfiadas quatro agulhas.

– Você é a florzinha que sempre tem o que nós queremos – disse Emil, e Nan resolveu que dali por diante levaria no bolso sua própria cartela de agulhas, uma vez que casos como aquele estavam sempre acontecendo em sua prática clínica.

Daisy cobriu os olhos, mas Nan cutucou e espetou com mão firme, enquanto Emil dava instruções jamais vistas em nenhum trabalho ou registro médico:

– Pra estibordo, agora! Aguenta, rapaz, aguenta! Vai! Não! Ai! Ufa, aí está ela!

– Suga! – comandou a doutora, enquanto analisava a farpa com olhar experiente.

– Sujo demais – respondeu o paciente, sacudindo a mão, que estava sangrando.

– Espera, eu faço um curativo, se você tiver um lenço.

– Não tenho. Pega um daqueles trapos ali na margem.

– Ora, de jeito nenhum, são as roupinhas das bonecas – exclamou Daisy, indignada.

– Pega uma das minhas, quero fazer isso – disse Nan.

Emil, balançando-se para baixo, pegou o primeiro "trapo" que viu. Calhou de ser a saia com babados, que Nan rasgou sem dar um pio, e quando a outrora anágua real se transformou em uma bandagem pequena e caprichada, ela dispensou o paciente, ordenando:

– Mantenha molhado e não mexa, logo estará bom e não vai ficar dolorido.

– Quanto você cobra? – perguntou o Commodore, rindo.

– Nada. Eu tenho um dispensário. Isso quer dizer um lugar onde as pessoas pobres são atendidas de graça, grátis e sem pagar nada – explicou Nan, com ares de importância.

– Obrigado, doutora Peraltinha. Sempre chamarei você quando adoecer – e Emil foi embora, mas virou para trás para acrescentar, pois achava que uma boa ação merecia outra de volta: – Seus trapos estão voando, doutora.

Perdoando aquela palavra desrespeitosa, "trapos", as senhoritas desceram rápido e, depois de recolher as roupas lavadas, foram para casa, para acender o pequeno forno e passá-las a ferro.

Uma brisa soprou, balançando o velho salgueiro, e foi como se ele desse uma risada mansa da conversa infantil ocorrida no ninho; mal ele havia se recomposto quando outra dupla de aves surgiu para trocar piados confidenciais.

– Agora eu vou contar o segredo – começou Tommy, que estava "todo cheio" com a importância da notícia.

– Conta logo – respondeu Nat, desejando ter trazido o violino, pois estava tudo tão silencioso e fresco ali na árvore.

– Bem, nós, os camaradas, estávamos discutindo há pouco o interessante caso da evidência circunstancial – disse Tommy, citando aleatoriamente um discurso que Franz fizera no clube –, e eu sugeri darmos a Dan alguma coisa para compensar que suspeitamos dele, para mostrar nosso respeito e tudo o mais, você sabe, algo bonito e útil que ele guardasse para sempre e que fosse motivo de orgulho. O que acha que nós escolhemos?

– Uma rede de caçar borboletas, porque ele quer tanto – disse Nat, parecendo um tanto desapontado, pois pretendia ele mesmo dá-la de presente.

– Não, senhor. Vai ser um microscópio, um de verdade, que mostra aquelas coisas-que-esqueci-como-chamam da água, as estrelas e ovos de formiga e todo tipo de coisa, você sabe. Não vai ser um presente maravilhoso? – disse Tommy, confundindo um bocado, em sua descrição, microscópio e telescópio.

– Espetacular! Estou tão contente! Mas não vai custar uma fortuna? – exclamou Nat, sentindo que seu amigo estava começando a ser estimado.

– Claro que vai! Mas todos nós vamos dar um pouco. Eu encabecei a lista com meus cinco dólares; porque, se é para fazer, que seja bem-feito.

– O quê? Seu dinheiro todo? Nunca vi um sujeito tão generoso quanto você – e Nat olhou para ele brilhando de admiração sincera.

– Bem, você vê, tive tantos aborrecimentos por causa das minhas posses que me cansei delas e não pretendo mais poupar, e sim doar conforme acumulo, assim ninguém vai me invejar nem querer me roubar, e eu não vou ficar desconfiando das pessoas e me preocupando por causa de dinheiro – respondeu Tommy, sobre quem pesavam os cuidados e temores de um milionário.

– O senhor Bhaer vai deixar você fazer isso?

– Ele achou o plano muito bom e falou que alguns dos melhores homens que ele conheceu preferiram fazer o bem com o que tinham, em lugar de guardar o dinheiro pra ele ser motivo de disputas quando eles morressem.

– O seu pai é rico; ele faz assim?

– Não sei ao certo. Ele me dá tudo que eu quero, isso é o que sei. Vou conversar com ele sobre isso quando for para casa. Seja como for, serei um bom exemplo para ele – e Tommy estava tão sério que Nat não se atreveu a rir, dizendo, em vez disso:

– Você vai poder fazer muita coisa com o seu dinheiro, não vai?

– Foi o que o senhor Bhaer falou, e ele prometeu me aconselhar sobre modos úteis de gastar. Eu vou começar com Dan; da próxima vez que juntar um dólar, vou fazer alguma coisa pelo Dick, ele é um camarada tão supimpa, e só recebe uns centavos por semana. Ele não consegue ganhar muito, sabe, então eu vou meio que cuidar dele – e o bondoso Tommy ansiava por começar logo.

– Eu acho que é um plano muito lindo, e não vou mais tentar comprar um violino, vou dar sozinho a rede de borboletas para o Dan, e se sobrar algum dinheiro, vou fazer alguma coisa pra agradar ao coitado do Billy. Ele é meu fã e, apesar de não ser pobre, gostaria de ganhar alguma coisinha de mim, porque eu consigo melhor do que vocês entender o que ele quer – e Nat ficou se perguntando quanta felicidade conseguiria produzir com seus preciosos três dólares.

– Eu também. Agora vamos perguntar ao senhor Bhaer se você não pode ir à cidade comigo na segunda-feira à tarde, pra comprar a rede enquanto eu arranjo o microscópio. Franz e Emil vão também, e vai ser muito divertido fuçar nas lojas.

Os rapazinhos se afastaram de braços dados, debatendo com grave importância os novos planos e já começando a sentir a doce alegria que invade aqueles que tentam, mesmo que humildemente, ser a providência terrena para os pobres e desvalidos, e douram suas pequenas contribuições com o ouro da caridade, antes que elas sejam acumuladas e se tornem alvo de ladrões.

– Vamos lá pra cima descansar enquanto classificamos as folhas. Está tão fresco e agradável – disse Demi, enquanto ele e Dan voltavam para casa após uma longa caminhada no bosque.

– Está bem – respondeu Dan, que era um menino de poucas palavras, e para cima lá se foram eles.

– O que faz as folhas da bétula balançarem tão mais do que as outras? – perguntou o curioso Demi, que tinha certeza de sempre receber uma resposta de Dan.

– Elas pendem de um jeito diferente. Onde a haste se junta com a folha tem um ângulo, onde ela se junta com o galho tem outro ângulo. Por isso, as folhas da bétula dançam ao menor vento, mas as folhas do olmo ficam penduradas em ângulo reto, então são mais estáveis.

– Que interessante! Esta também é assim? – e Demi levantou um graveto de acácia que tinha tirado de uma pequena árvore no gramado, porque era linda demais.

– Não. Essa é do tipo que se fecha quando você encosta. Passa o dedo pelo meio da haste e veja se as folhas não vão se encolher – disse Dan, que estava analisando um pedaço de mica.

Demi tentou e logo as folhinhas se uniram e recolheram, até que havia uma em vez de duas filas de folhas.

– Gostei disso, agora me fala das outras. O que elas fazem? – perguntou Demi, apanhando um novo galho.

– Alimentam bichos-da-seda. Eles vivem nas folhas da amoreira até começarem a tecer os casulos. Eu estive numa fábrica de seda uma vez, e tinha salas e salas cheias de prateleiras, todas cobertas de folhas, que os bichos devoravam tão depressa que até faziam barulho. De vez em quando, eles comem tanto que acabam morrendo. Conta isso pro Rechonchudo – e Dan riu, enquanto pegava outro fragmento de rocha com líquen.

– Eu sei uma coisa sobre essa folha de verbasco: as fadas usam como cobertor – disse Demi, que ainda não havia desistido por completo de sua fé na existência de pequenas criaturas verdes.

– Se eu tivesse um microscópio, mostraria pra você uma coisa mais bonita do que fadas – disse Dan, pensando se alguma vez na vida chegaria a ter aquele cobiçado tesouro. – Eu conheci uma idosa que usava folhas de verbasco como touca, porque tinha dor nos nervos do rosto. Ela costurou as folhas e usava o tempo todo.

– Que engraçado! Era sua avó?

– Nunca tive avó. Essa aí era estranha, morava numa casa caindo aos pedaços, sozinha com dezenove gatos. O pessoal chamava a idosa de bruxa, mas ela não era, apesar de parecer um saco esfarrapado. Ela era muito bacana comigo quando eu morava naquele lugar, e deixava eu me esquentar na lareira dela quando o pessoal do albergue me tratava mal.

– Você morou em um albergue?

– Por um tempinho. Deixa pra lá, eu não queria falar disso – e Dan interrompeu seu raro surto de comunicação.

– Então me conta dos gatos, por favor – disse Demi, sentindo que havia feito uma pergunta inconveniente e lamentando isso.

– Não tem o que contar, só que ela tinha montes deles e, de noite, guardava todos num barril; e de vez em quando eu ia lá e abria o barril e deixava os gatos saírem e eles se espalhavam pela casa toda e ela me dava bronca e caçava os gatos e guardava no barril de novo, cuspindo e xingando feito não sei o quê.

– Ela era boazinha com eles? – perguntou Demi, com uma risada infantil espontânea que dava prazer ouvir.

– Acho que sim. Coitada daquela alma velha, ela levava pra dentro de casa tudo quanto era gato perdido e doente da cidade, e quando alguém queria um gato, eles iam até a Marm Webber e ela deixava a pessoa escolher qualquer um e só pedia uns centavos; ela ficava contente que os bichanos iam pra uma boa casa.

– Eu gostaria de ver a Marm Webber. Será que eu conseguiria, se fosse até lá?

– Ela morreu. Todos os meus conhecidos morreram – disse Dan, lacônico.

– Sinto muito – e Demi ficou sentado em silêncio por um minuto, perguntando-se qual assunto seria seguro tentar, da próxima vez. Ele tinha se sentido atencioso ao lamentar o falecimento da senhora, mas quanto aos gatos estava curioso demais, e não resistiu a perguntar, com toda a delicadeza: – Ela curava os gatos doentes?

– Às vezes. Um quebrou a pata e ela fez uma tala com um graveto e ele sarou; outro se cortou e ela tratou com ervas medicinais até ele ficar bom. Mas alguns morriam, daí ela enterrava, e quando eles não saravam, ela matava sem dó.

– Como? – perguntou Demi, sentindo que havia um charme particular naquela senhora e também algum tipo de piada em relação aos gatos, porque Dan estava sorrindo.

— Uma senhora boazinha, que era fã de gatos, ensinou como fazer e forneceu os itens e mandava todos os gatos dela pra serem mortos daquele jeito. A Marm punha uma esponja embebida em éter no fundo de uma bota velha e depois enfiava o gato com a cabeça para baixo. O éter punha o bichano pra dormir num instante, e era afogado em água morna antes de acordar.

— Tomara que fosse uma morte sem sentir nada. Vou contar essa história pra Daisy. Você conheceu uma porção de coisas interessante, não foi? — perguntou Demi, e pôs-se a meditar sobre a vasta experiência de um menino que tinha fugido mais de uma vez, e tomado conta de si mesmo em uma cidade grande.

— De vez em quando, eu preferia que não.

— Por quê? Lembrar delas não faz bem?

— Não.

— É muito interessante como é difícil entender a sua cabeça — disse Demi, entrelaçando as mãos em volta dos joelhos e elevando a vista para o céu, como se em busca de informações sobre seu tema favorito.

— Não é tão malditamente difícil assim, não foi minha intenção — e Dan mordeu os lábios, pois dissera a palavra proibida sem querer, e ele desejava ser mais cuidadoso com Demi do que com qualquer um dos outros meninos.

— Vou fazer de conta que não ouvi — disse Demi. — E você não vai falar de novo, tenho certeza.

— Não vou, se eu conseguir me lembrar de não falar. Isso é uma das coisas que eu quero esquecer. Eu tento, tento mesmo, mas parece que não consigo — e Dan aparentava grande abatimento.

— Consegue, consegue sim. Você não fala nem metade das palavras feias que falava antes, e a tia Jo está contente, porque ela disse que é um hábito muito difícil de largar.

— Ela disse? — e Dan se animou um pouco.

– Você precisa jogar os xingamentos numa gaveta de falhas e trancar à chave; é assim que eu faço com os meus erros.

– Como assim? – perguntou Dan, parecendo que achava Demi quase tão interessante quanto um novo tipo de melolonta ou besouro.

– Bem, é uma das minhas brincadeiras particulares e vou contar, apesar de achar que você vai dar risada – começou Demi, satisfeito por ter proposto um tema tão adequado. – Eu brinco que a minha cabeça é uma sala redonda e que a minha alma é um tipo de criaturinha com asas que mora nela. As paredes são cheias de prateleiras e gavetas, e nelas eu guardo meus pensamentos, minha bondade, minha ruindade e todo tipo de coisa. As boas eu guardo onde consigo enxergar o tempo todo, e as más eu tranco, mas elas escapam e eu preciso ficar colocando de volta, lá no fundo, apertando com força, porque elas são muito fortes. Com os pensamentos, eu brinco quando estou sozinho ou na cama, e faço o que quiser com eles. Todo domingo eu arrumo a sala e converso com o pequeno espírito que mora nela, e digo a ele o que fazer. Ele é muito desobediente às vezes, e não me leva a sério, daí eu preciso dar umas broncas e levar ele pra conversar com o meu avô. O meu avô sempre consegue que ele se comporte e se arrependa dos erros, porque o vovô gosta dessa brincadeira e me dá coisas bacanas para colocar nas gavetas e me conta como calar a boca das malvadezas. Você não gostaria de tentar assim? É um jeito muito bom – e Demi parecia tão sério e cheio de fé que Dan não riu daquela estranha fantasia; em lugar disso falou, com sobriedade:

– Acho que não existe uma fechadura forte o suficiente pra manter minha malvadeza trancada. Seja como for, a minha sala é uma bagunça tão grande que nem sei por onde poderia começar a arrumar.

– Mas você mantém suas gavetas no armário tinindo de limpas, por que não consegue com as outras?

– Falta de costume. Você me ensina? – e Dan parecia propenso a testar o modo infantil de Demi para manter a alma em ordem.

– Eu adoraria, mas não sei bem como, a não ser falar como o vovô fala. Eu não sei falar tão bem quanto ele, mas vou tentar.

– Não conta pra ninguém; de vez em quando vamos vir aqui e conversar sobre as coisas e eu vou pagar você contando tudo que eu sei sobre os meus assuntos. Feito? – e Dan estendeu a mão grande e grossa.

Demi estendeu de imediato sua mão pequena e macia, e o acordo foi selado; no mundo feliz e pacífico onde o menino mais jovem vivia, leões e cordeiros brincavam juntos e as crianças pequenas ensinavam inocentemente os mais velhos.

– Psss! – disse Dan, apontando em direção à casa, quando Demi estava prestes a se entregar a mais um discurso sobre o melhor modo de derrubar e vencer as malvadezas; espiando a partir do poleiro, ele viu a senhora Jo caminhando devagar, lendo enquanto avançava, com Teddy saltitando atrás, arrastando um carrinho de ponta-cabeça.

– Espere até que eles nos vejam – cochichou Demi, e ambos sentaram-se imóveis enquanto a dupla se aproximava, a senhora Jo tão entretida no livro que teria andado direto para o riacho, se Teddy não a interrompesse ao dizer:

– Mamã, quero pexe.

A senhora Jo pôs de lado o livro encantador que vinha tentando ler havia uma semana e olhou ao redor em busca de uma vara de pesca, acostumada que estava a fabricar brinquedos a partir do nada. Antes que tivesse apanhado um pedaço da cerca, um galho fino de salgueiro caiu a seus pés, ela olhou para cima e viu os meninos rindo no ninho.

– Subi! Subi! – gritou Teddy, esticando os bracinhos e agitando as roupas como se prestes a alçar voo.

– Eu vou descer e você sobe. Tenho que ir falar com a Daisy agora – e Demi partiu para repetir o conto dos dezenove gatos, com seus emocionantes episódios de bota e barril.

Teddy foi rapidamente levado para cima e depois Dan falou, rindo:

– Venha também, tem bastante espaço e vou dar uma mãozinha.

A senhora Jo espiou por cima dos ombros, mas não havia ninguém à vista e, gostando da graça da coisa toda, riu de volta e disse:

– Bem, se você não contar a ninguém, acho que vou mesmo – e com duas pernadas ágeis estava no salgueiro. – Eu não tinha mais subido em árvores desde que me casei. Eu gostava muito, quando era menina – ela disse, parecendo muito satisfeita com o poleiro sombreado.

– Agora a senhora pode ler, se quiser, enquanto eu cuido do Teddy – sugeriu Dan, começando a fazer uma vara de pesca para o bebê impaciente.

– Acho que não quero ler, no momento. O que você e o Demi estavam fazendo aqui em cima? –perguntou a senhora Jo, presumindo, com base na expressão séria de Dan, que ele tinha algo em mente.

– Ah! Estávamos conversando. Eu falei de folhas e outras coisas e ele me contou sobre umas brincadeiras estranhas que ele tem. Agora, Major, vamos lá pescar – e Dan terminou o trabalho enfiando uma grande mosca azul no pregador retorcido que pendia na ponta da corda que ele havia amarrado à vara de salgueiro.

Teddy se curvou para baixo e logo estava absorto à espera do peixe que ele tinha certeza de que chegaria. Dan o segurou pelas roupas, para que o pequeno não mergulhasse de cabeça no riacho, e a senhora Jo logo o levou a conversar, ela mesma dando o exemplo:

– Fico muito contente que você tenha falado a Demi sobre "folhas e outras coisas", é bem do que ele precisa. Gostaria que você o ensinasse e o levasse junto nas caminhadas.

– Eu adoraria, porque ele é muito inteligente, mas...

– Mas o quê?

– Eu achei que a senhora não confiasse em mim.

– E por que não?

– Bom, porque o Demi é tão precioso e tão bom, e eu sou tão torto, achei que a senhora queria que ele ficasse longe de mim.

— Mas você não é nada "torto", como diz. E eu confio em você, sim, Dan, totalmente, porque você tenta de verdade melhorar e se sai melhor a cada semana.

— É mesmo? — Dan olhou para cima na direção dela e a nuvem do abatimento se afastou de seu rosto.

— Sim. Você não sente?

— Eu esperava que sim, mas não sabia.

— Eu venho esperando e observando em silêncio, porque quis primeiro fazer um teste, e se você passasse, eu lhe daria a melhor recompensa que eu tinha. Você passou com louvor e agora eu vou confiar a você não apenas o Demi, mas também o meu próprio filho, porque você pode ensinar a eles certas coisas melhor do que qualquer um de nós.

— Posso? — e Dan parecia estupefato com a ideia.

— Demi vive há muito tempo entre adultos e precisa muito exatamente do conhecimento que você tem: coisas simples, força e coragem. Ele acha você o menino mais corajoso que já viu e admira seu jeito decidido de fazer as coisas. E você conhece muito sobre as coisas da natureza e pode contar a ele, melhor do que os livros, histórias extraordinárias sobre pássaros, abelhas, folhas e bichos e, por serem verdadeiras, essas histórias vão ensinar e fazer bem a ele. Você não vê quanto pode ajudá-lo e por que eu gosto que ele ande com você?

— Mas de vez em quando eu falo palavrão e também posso dizer alguma coisa errada. É sem querer, mas pode escapar, como o "malditamente" que falei agora há pouco — disse Dan, ansioso por cumprir seu dever e dar a ela conhecimento de suas deficiências.

— Eu sei que você tenta não dizer nem fazer nada que magoe o camaradinha, e é nisso que acho que Demi vai ajudar você, porque ele é tão inocente e sábio a seu modo juvenil e possui o que eu venho tentando lhe dar, meu querido, bons princípios. Nunca é cedo demais para tentar semeá-los em uma criança, nem tarde demais para cultivá-los na pessoa mais negligenciada. Vocês ainda são apenas meninos, podem se ensinar mutuamente. Mesmo sem perceber, Demi vai reforçar o seu senso moral, você vai reforçar o senso comum dele e eu sentirei como se tivesse ajudado aos dois.

Palavras não poderiam expressar como Dan estava feliz e comovido por aquela confiança e pelo elogio. Ninguém jamais confiara nele antes, ninguém tinha se dado ao trabalho de encontrar e incentivar a bondade nele e ninguém havia suspeitado quanto estava escondido no peito do menino negligenciado que marchava depressa para a perdição e, no entanto, era rápido para perceber e valorizar a solidariedade e a ajuda. Nenhuma honra que ele pudesse vir a receber no futuro seria nem de longe tão preciosa quanto o direito de ensinar suas poucas virtudes e seu pequeno estoque de saber à criança que ele mais respeitava, e nenhum limite que lhe fosse imposto seria mais poderoso do que a companhia inocente confiada aos seus cuidados. Ele teve coragem de contar para a senhora Jo sobre o acordo já feito com Demi, e ela ficou contente que o primeiro passo tivesse sido dado com tanta naturalidade. Tudo parecia estar funcionando bem para Dan e ela se alegrou por ele, porque, no começo, tinha parecido uma tarefa bem árdua, porém, trabalhando com uma crença sólida na possibilidade de correção de meninos bem mais velhos e desencaminhados do que ele, tinha surgido essa mudança rápida e esperançosa para incentivá-la. Agora, ele sentia que tinha amigos, um lugar no mundo, algo pelo que viver e trabalhar e, embora falasse pouco, tudo que havia de melhor e mais honrado em uma personalidade envelhecida por vivências difíceis reagiu ao amor e à fé que lhe foram dedicados, e a salvação de Dan estava garantida.

A conversa tranquila foi interrompida por um grito de deleite de Teddy, que, para surpresa de todos, conseguiu de fato pegar uma truta em um lugar onde truta nenhuma tinha sido vista por muitos anos. Ele ficou tão maravilhado com seu sucesso esplêndido que insistiu em exibir sua conquista para a família inteira, antes que Asia o preparasse para o jantar; então, os três desceram e alegremente partiram juntos, muito satisfeitos com o trabalho daquela meia hora.

Ned foi o visitante seguinte que a árvore recebeu, mas ele ficou pouco tempo, apenas sentado lá muito à vontade enquanto Dick e Dolly caçavam um balde cheio de gafanhotos e grilos para ele. Ned pretendia aprontar uma com Tommy: planejava esconder algumas dúzias daquelas agitadas criaturas na cama dele e assim, quando Bangs entrasse, sairia correndo de volta, e passaria um bom tempo durante a noite perseguindo os "faganhotos" pelo quarto. A caçada logo acabou e, tendo remunerado os caçadores com algumas balas, Ned foi arrumar a cama de Tommy.

Durante uma hora, o velho salgueiro suspirou e cantarolou para si mesmo, conversou com o riacho e observou as sombras se espichando conforme o sol baixava. Os primeiros tons rosados estavam graciosamente tocando seus galhos quando um menino se aproximou pelo caminho, atravessou o gramado e, vendo Billy na margem, foi até ele dizendo, em um tom misterioso:

– Vá dizer ao senhor Bhaer que quero vê-lo aqui, por favor. Não deixe ninguém escutar.

Billy assentiu e foi correndo, enquanto o menino escalou a árvore e se acomodou ali parecendo ansioso, mas, ainda assim, claramente apreciando o charme do lugar e do momento. Em cinco minutos, o senhor Bhaer apareceu e, parando junto à cerca, curvou-se na direção do ninho e disse, com gentileza:

– Fico contente ao vê-lo, Jack; mas por que não entrou para encontrar todos nós ao mesmo tempo?

– Eu queria ver o senhor primeiro, por favor, senhor. Meu tio me fez voltar. Eu sei que não mereço nada, mas espero que os camaradas não sejam muito duros comigo.

O pobre Jack não tinha se saído nada bem, mas era evidente que estava arrependido e envergonhado e que desejava ser recebido com a maior leveza possível. O tio havia batido nele e brigado muito, pelo fato de o sobrinho ter seguido o exemplo que ele próprio dava. Jack implorou para não ser mandado de volta, mas a escola era barata e o senhor Ford insistiu, de modo que o menino voltara com a maior discrição possível, e se protegeu atrás do senhor Bhaer.

– Eu espero que não, mas não posso responder por eles, embora vá me certificar de que não sejam injustos. Penso que, como Dan e Nat sofreram profundamente, sendo inocentes, você deveria sofrer algo, sendo culpado. Não concorda? – perguntou o senhor Bhaer, com pena de Jack, mas sentindo que ele merecia um castigo por uma falha pela qual tão pouco havia se desculpado.

– Acho que sim, mas eu devolvi o dinheiro do Tommy e falei que eu sentia muito, isso não basta? – disse Jack, um tanto carrancudo, pois o menino que tinha sido capaz de fazer uma coisa tão má não era honrado o suficiente para suportar bem as consequências.

– Não. Eu acho que você deveria pedir perdão aos três meninos, aberta e francamente. Você não deve esperar que eles o respeitem nem que confiem em você por um período, mas conseguirá viver sob essa desgraça se tentar, e eu vou ajudá-lo. Roubar e mentir são pecados detestáveis, e eu espero que isso lhe sirva de lição. Fico contente que você esteja envergonhado, é um bom sinal; suporte com paciência e dê seu melhor para conquistar uma boa reputação.

– Eu vou fazer um leilão e vender todas as minhas coisas por uma ninharia – disse Jack, mostrando seu arrependimento do modo mais típico.

– Eu acho que seria melhor doar as suas coisas e começar de novo sobre novas bases. Adote o lema "honestidade é a melhor política" e viva de acordo com isso em atos, palavras e pensamentos e, assim, apesar de não ganhar um centavo neste verão, você será um menino rico no outono – disse o senhor Bhaer, muito sério.

Era duro, mas Jack concordou, pois sentia que a trapaça de fato não compensava, e queria conquistar de volta a amizade dos meninos. Seu coração se agarrava às suas posses, e a ideia de doar certas preciosidades o fazia gemer por dentro. Pedir perdão publicamente era fácil comparado àquilo, mas então ele começou a descobrir que certas outras coisas, invisíveis, porém mais valiosas, eram propriedades mais importantes do que canivetes, anzóis e mesmo dinheiro. Então, ele decidiu adquirir um pouco de integridade, mesmo a alto preço, e assegurou o respeito de seus pares, embora não se tratasse de um artigo à venda.

– Está bem, vou fazer isso – ele disse, com um súbito ar resoluto que muito agradou ao senhor Bhaer.

– Ótimo! Eu estarei ao seu lado. Agora venha e comece de uma vez.

O papai Bhaer conduziu o menino falido de volta ao pequeno mundo, que o recebeu com frieza no começo, mas foi aos poucos se aquecendo, conforme ele provava ter aprendido bem a lição e se demonstrava sinceramente ansioso por entrar mais bem equipado em um negócio melhor.

Domando o potro

— Mas o que será que deu neste menino? – disse a senhora Jo para si mesma, ao observar Dan percorrer a toda velocidade o triângulo de quase um quilômetro, como se estivesse disputando uma prova. Ele estava sozinho e parecia possuído por algum estranho desejo de correr até ter febre ou quebrar o pescoço, pois, após diversas voltas, ainda tentou saltar os muros e dar piruetas no caminho, para afinal cair exausto no gramado em frente à porta.

— Você está treinando para alguma corrida, Dan? – perguntou a senhora Jo, da janela onde estava sentada.

Ele olhou rápido para cima e parou de ofegar para responder, com uma risada:

— Não, só estou gastando energia.

— E não tem como fazer isso de um jeito menos quente? Você vai ficar doente se transpirar tanto em um clima tão abafado – disse a senhora Jo, rindo também e atirando nele um grande leque de folha de palmeira.

– Não consigo evitar, preciso correr em algum lugar – respondeu Dan, com uma expressão tão estranha nos olhos inquietos que a senhora Jo ficou incomodada e perguntou depressa:

– Plumfield está ficando pequeno demais para você?

– Eu não me importaria se fosse maior, mas gosto daqui. É só que às vezes parece que o diabo entra em mim, e daí eu preciso correr.

As palavras pareceram escapar contra sua vontade, pois ele demonstrou se arrepender no mesmo instante em que as pronunciou e pensar que merecia uma reprimenda por sua ingratidão. Mas a senhora Jo compreendeu o sentimento e, embora lamentasse vê-lo, não podia culpar o menino por confessá-lo. Ela olhou para ele com apreensão, notando como tinha crescido e ficado forte e como seu rosto transbordava de energia, com aqueles olhos penetrantes e boca decidida. Então, recordando a absoluta liberdade em que ele vivera durante tantos anos, ela sentiu que até mesmo os limites muito brandos da casa pesavam sobre Dan, às vezes, quando o antigo espírito desregrado se remexia dentro dele.

– Sim – ela disse a si mesma. – Meu falcão selvagem precisa de uma gaiola maior; entretanto, se eu o deixar partir, tenho medo de que se perca. Preciso tentar encontrar algo sedutor o bastante para mantê-lo seguro aqui.

E em voz alta ela disse:

– Sei tudo sobre esse sentimento. Não é "o diabo", como você chama, e sim o anseio muito natural que os jovens têm por liberdade. Eu também sentia isso e, uma vez, acreditei de verdade que iria explodir.

– E por que não explodiu? – disse Dan, indo apoiar-se no parapeito baixo da janela com um desejo evidente de continuar a conversa.

– Eu sabia que era uma bobagem, e o amor pela minha mãe me segurou em casa.

– Eu não tenho mãe – começou Dan.

– Eu pensei que agora você tivesse – disse a senhora Jo, afastando com ternura os cabelos que caíam na testa quente do rapazinho.

– A senhora é infinitamente boa para mim e nunca vou conseguir agradecer o suficiente, mas não é bem a mesma coisa, é? – e Dan olhou para ela com uma expressão melancólica e carente que a atingiu direto no coração.

– Não, meu querido, não é a mesma coisa e nunca poderia ser. Eu acho que ter a própria mãe teria significado muito para você. Porém, como isso não é possível, você precisa me deixar preencher o lugar dela. Receio não ter feito tudo o que deveria, ou que você não queira me deixar – ela acrescentou, pesarosamente.

– A senhora fez sim! – Dan gritou, ansioso. – Eu não quero ir embora e eu não vou, se puder evitar; só que de vez em quando eu sinto como se precisasse explodir de algum jeito. Tenho vontade de fugir até algum lugar, de esmagar alguma coisa ou de bater em alguém. Não sei por quê, mas é o que eu sinto, e é só isso.

Dan riu enquanto falava, mas queria mesmo dizer o que tinha dito, pois franziu as sobrancelhas e bateu o punho fechado com tanta força no parapeito que o dedal da senhora Jo saiu voando e caiu na grama. Ele o levou de volta e, ao apanhá-lo, ela segurou por um instante a mão grande e morena, dizendo, com um olhar que revelava que as palavras lhe custavam:

– Bem, Dan, fuja, se é disso que você precisa, mas não vá muito longe e volte logo para mim, pois lhe quero muito bem.

Ele ficou bastante surpreso por aquela inesperada permissão para vadiar, e de alguma forma seu desejo de partir se atenuou. Ele não entendia o motivo, mas a senhora Jo sim, e, conhecendo os caprichos naturais da mente humana, contava agora com eles para ajudá-la. Ela sentiu por instinto que, quanto mais o menino fosse reprimido, mais lutaria contra isso; mas deixá-lo livre e a mera sensação de liberdade iriam contentá-lo, aliados ao conhecimento de que sua presença era importante para aqueles a quem ele mais amava. Foi um pequeno experimento, mas deu certo, pois Dan ficou em silêncio por um instante, fazendo picadinho do leque, sem perceber, enquanto digeria o assunto mentalmente. Ele sentiu que ela havia apelado a seu coração e a sua honra, e admitiu ter entendido quando disse, com um misto de arrependimento e resolução no rosto:

– Eu não vou embora ainda por algum tempo, e avisarei a senhora com uma boa antecedência antes de ir. É justo, não é?

– Sim, e por enquanto vamos deixar dessa forma. Agora, quero ver se encontro um modo de você gastar sua energia sem ser correndo por aí como um cachorro louco, estragando meus leques ou brigando com os meninos. O que poderíamos inventar? – e enquanto Dan tentava consertar o dano cometido, a senhora Jo dava voltas ao cérebro em busca de um recurso que mantivesse seu andarilho a salvo, até que ele aprendesse a valorizar mais as lições que recebia.

– O que acharia de ser meu mensageiro? – ela disse, conforme uma ideia repentina brotava em sua cabeça.

– Ir à cidade e fazer as coisas? – perguntou Dan, parecendo imediatamente interessado.

– Sim. O Franz está cansado de desempenhar essa função, o Silas não pode ser incumbido disso agora e o senhor Bhaer não tem tempo. O velho Andy é um animal confiável, você é um bom cavaleiro e conhece a cidade tão bem quanto um carteiro. Quem sabe você tenta, para ver se cavalgar até a cidade duas ou três vezes por semana não lhe faz mais bem do que correr no triângulo uma vez por mês.

– Eu adoraria, mas tenho que ir sozinho e fazer tudo pessoalmente. Não quero nenhum dos outros camaradas por perto me aborrecendo – disse Dan, agarrando-se à ideia com tamanha boa vontade que já começava a se dar ares de executivo.

– Se o senhor Bhaer não tiver nada a opor, tudo será como você quer. Acho que o Emil vai resmungar um pouco, mas não monta a cavalo muito bem, e você sim. A propósito, amanhã é dia de mercado e vou preparar a lista. É melhor você ir se certificar que a carroça esteja em ordem e dizer ao Silas que deixe as frutas e os legumes da minha mãe separados. Você vai precisar acordar cedo e estar de volta a tempo da escola, acha que consegue?

– Acordo cedo como os passarinhos, não vai ser problema – e Dan se enfiou na jaqueta com máxima presteza.

– O passarinho matinal conseguiu a minhoca desta vez, tenho certeza – disse a senhora Jo, muito alegre.

– E que bela minhoca! – respondeu Dan, enquanto se afastava rindo para colocar pontas novas no chicote, lavar a carroça e instruir Silas com toda a autoridade de um jovem mensageiro.

– Antes que ele se canse disso, terei outra coisa preparada para a próxima vez que um surto de inquietude baixar nele – disse a senhora Jo para si mesma, enquanto fazia a lista do mercado com uma profunda sensação de gratidão por nem todos os seus meninos serem como Dan.

O senhor Bhaer não aprovou totalmente o novo plano, mas concordou em fazer uma tentativa, o que levou Dan a decidir ser o melhor que pudesse e a abrir mão de certos planos selvagens, dos quais o novo chicote e uma colina íngreme teriam sido parte. Ele estava acordado e pronto muito cedo na manhã seguinte, e resistiu heroicamente à tentação de apostar corrida com o leiteiro na ida até a cidade. Uma vez lá, executou as tarefas com todo o capricho, para surpresa do senhor Bhaer e enorme satisfação da senhora Jo. O Commodore de fato chiou um pouco diante da promoção de Dan, mas foi acalmado com um cadeado melhor para seu novo abrigo dos barcos, e acabou concluindo que homens do mar estavam destinados a honras maiores do que conduzir carroças de compras e executar pequenas missões domésticas. Então Dan desempenhou seu ofício muito bem e todo contente por várias semanas, e nada mais disse sobre ir embora. Mas certo dia o senhor Bhaer o encontrou esmurrando Jack, que implorava por misericórdia sob seu joelho.

– Ora, Dan, eu pensei que você tinha parado de brigar – ele disse, encaminhando-se para fazer o resgate.

– Nós não estamos brigando, apenas lutando – respondeu Dan, interrompendo-se com relutância.

– Imagine se não fosse luta e sim briga, hein, Jack? – disse o senhor Bhaer, enquanto o cavalheiro derrotado tentava com dificuldade se firmar nas pernas.

– Espere só pra ver se alguma vez luto com ele de novo. Ele quase arrancou minha cabeça – rosnou Jack, segurando essa parte do corpo como se ela estivesse de fato solta sobre os ombros.

– A verdade é que começamos por brincadeira, mas quando eu o derrubei, não consegui evitar bater. Desculpe se o machuquei, amigão – explicou Dan, parecendo envergonhado de si mesmo.

– Compreendo. O desejo de bater em alguém foi tão forte que você não pôde resistir. Você é uma espécie de guerreiro nórdico furioso, Dan, e ter algo em que bater é tão necessário para você quanto a música é para o Nat – disse o senhor Bhaer, que sabia tudo sobre a conversa entre o menino e a senhora Jo.

– Não consigo evitar. Então, se você não quer apanhar, é melhor ficar fora do meu caminho – respondeu Dan, com uma expressão de alerta nos olhos pretos que fez Jack partir bem depressa.

– Se você quer algo com o que lutar, eu lhe darei um adversário mais resistente do que Jack – disse o senhor Bhaer.

Ele se dirigiu ao depósito de madeira e lá chegando apontou para certas raízes de árvore que tinham sido arrancadas na primavera e desde então esperavam para serem partidas.

– Aí está. Quando você se sentir propenso a maltratar os meninos, venha e gaste suas energias aqui, e eu lhe agradecerei.

– Farei isso – e, apanhando um machado ali perto, Dan arrastou da pilha uma raiz tão dura e golpeou com tamanho vigor que as lascas voaram longe e o senhor Bhaer foi embora correndo.

Para grande satisfação do professor, Dan cumpriu a palavra e passou a ser visto com frequência lutando com nós encarniçados, sem chapéu nem jaqueta, com o rosto corado e o olhar furioso, pois entrava em embates furiosos contra alguns de seus adversários e murmurava xingamentos até derrotá-los, quando então exultava e saía marchando do depósito em triunfo, com os braços cheios de achas de carvalho nodoso. Ele ficava com bolhas nas mãos e dores nas costas e cegava o fio do machado, mas a atividade lhe fazia bem, e ele extraía daquelas raízes feias mais consolo do que qualquer um poderia ter imaginado, pois com cada golpe extravasava um pouco da energia que, do contrário, poderia ser gasta de um jeito menos inofensivo.

– Quando isto terminar, eu realmente não sei o que hei de fazer – disse a senhora Jo para si mesma, pois não lhe vinha nenhuma inspiração e ela já estava no fim de sua criatividade.

Mas Dan encontrou sozinho uma nova ocupação para si, e desfrutou dela por um bom tempo antes que alguém descobrisse a causa de seu contentamento. Um belo potro do senhor Laurie estava estabulado em Plumfield naquele verão, e corria solto em um amplo pasto do lado oposto do riacho. Os meninos ficaram muito interessados na criatura bonita e animada e, por algum tempo, gostaram de observá-la galopar, agitando a cauda felpuda e levantando a cabeça altiva. Mas eles logo se cansaram daquilo e deixaram Prince Charlie sozinho. Todos, menos Dan, que nunca se fartava de olhar o cavalo e raramente falhava em suas visitas diárias, nas quais levava um torrão de açúcar, um naco de pão ou uma maçã, para ser bem-vindo. Charlie ficou grato, aceitou a amizade e os dois se amavam como se sentissem um tipo de vínculo, inexplicável porém forte. Onde quer que estivesse no campo enorme, Charlie sempre vinha em máxima velocidade quando Dan assoviava na cerca, e o menino jamais se sentia mais feliz do que quando o esplêndido e ágil animal apoiava a cabeça em seu ombro e olhava para ele com uma expressão de afeto inteligente.

– Nós nos entendemos sem muito palavreado, não é, companheiro? – Dan dizia, orgulhoso da confiança do cavalo e tão ciumento a respeito que nada revelou sobre como a amizade tinha prosperado nem convidava ninguém, a não ser Teddy, para acompanhá-lo nessas visitas diárias.

O senhor Laurie vinha de vez em quando ver como Charlie estava, e mencionava que, no outono, tentaria pôr-lhe arreios.

— Não será trabalhoso amansá-lo, é um animal gentil e de temperamento calmo. Qualquer hora dessas, virei e tentarei pessoalmente montá-lo com sela — ele disse, em uma dessas visitas.

— Ele me deixa pôr o cabresto, mas acho que não vai aceitar sela, mesmo que seja o senhor a colocar — respondeu Dan, que nunca deixava de estar presente quando Charlie e seu proprietário se encontravam.

— Eu vou convencê-lo e não me importo se, no início, levar alguns tombos. Ele nunca foi tratado com severidade, então, embora vá ficar surpreso com a novidade, creio que não terá medo, e suas brincadeiras não vão me machucar.

"Quero só ver o que ele vai fazer", pensou Dan, enquanto o senhor Laurie ia embora com o professor e Charlie retornava à cerca, da qual havia se afastado quando os cavalheiros tinham se aproximado.

Uma fantasia atrevida de tentar o experimento tomou conta do menino, sentado na barra mais alta da cerca com o lombo lustroso tentadoramente próximo. Sem nem parar para pensar no perigo, ele cedeu ao impulso e, enquanto Charlie, sem suspeitar de nada, mordiscava a maçã que lhe era estendida, Dan subiu com agilidade e em silêncio. Mas não ficou montado por muito tempo, porém, pois, com uma fungada de espanto, Charlie empinou e depositou Dan no solo. A queda não o feriu, pois a relva era macia, e ele pôs-se de pé dizendo, com uma risada:

— Pelo menos eu montei! Vem, malandro, vou tentar de novo.

Mas Charlie declinou de uma nova aproximação, e Dan foi embora decidido a vencer no fim, pois um embate daquele tipo era perfeito para ele. Da vez seguinte, ele pegou um cabresto e, depois de colocá-lo em Charlie, exercitou-o por um tempo, conduzindo-o de um lado a outro e fazendo várias brincadeiras, até que se cansasse; depois, sentou na cerca e lhe deu pão, mas ficou de olho em uma oportunidade e, segurando firme o cabresto, deslizou para suas costas. Charlie tentou o velho truque, mas Dan persistiu, pois havia praticado com Toby, que de vez em quando tinha surtos de obstinação e tentava se livrar do cavaleiro. Charlie ficou tão surpreso quanto indignado e, depois de cabriolar por um minuto, saiu em acelerado galope; e lá se foi Dan, com os calcanhares mais elevados do que a cabeça. Se não pertencesse à classe de meninos que passam por todo tipo de perigo sem sofrer um arranhão, ele teria quebrado o pescoço; como ele era, levou um sonoro tombo e ficou estatelado recuperando os sentidos, enquanto Charlie dava uma volta triunfal no campo, a cabeça erguida com todas as indicações de satisfação perante o embaraço de seu cavaleiro. Dali a pouco, pareceu ocorrer-lhe que algo estava errado com Dan, e, como era de natureza magnânima, se aproximou para ver qual era o problema. Durante uns minutos, Dan permitiu que ele farejasse e se espantasse, e depois olhou para cima dizendo, tão resolutamente como se o cavalo pudesse entender:

– Você acha que me venceu, mas está enganado, meninão. Eu ainda vou cavalgar você, espere só pra ver.

Naquele dia, ele não fez novas tentativas, mas pouco depois arriscou um novo método de apresentar Charlie a uma carga: amarrou um cobertor dobrado ao lombo e depois deixou que ele corresse livremente, que refugasse, galopasse e rolasse, protestando quanto quisesse. Depois de alguns surtos de rebeldia, Charlie cedeu e, em poucos dias, permitiu que Dan montasse nele, estancando a todo momento e olhando em volta, como se dissesse, meio com paciência, meio com reprovação: "Eu não entendo, mas suponho que você não queira me fazer mal, então lhe concedo essa liberdade".

Dan o afagava e elogiava e dava uma volta curta todos os dias, levando tombos frequentes, mas persistindo apesar delas e ansiando pelo momento de tentar com sela e arreios, mas não se atrevendo a confessar o que tinha feito. Ainda assim, seu desejo foi atendido, pois tinha havido uma testemunha de suas estripulias, e ela disse uma palavrinha em seu favor.

– O senhor tá ciente do que aquele guri anda fazendo? – perguntou Silas ao patrão certa tarde, após receber as instruções para o dia seguinte.

– Qual menino? – disse o senhor Bhaer, com ar resignado, à espera de uma triste revelação.

– O Dan, ele anda domando o *poltro*, senhor, e que eu caia durinho aqui agora mesmo se ele não conseguiu – respondeu Silas, rindo.

– Como você sabe?

– Ué, eu meio que fico de olho aberto nos guri tudo, e no geral sei o que aprontam, daí, quando o Dan começou a ir pro pasto toda hora e voltar tudo estropiado, eu meio que desconfiei que alguma coisa tava acontecendo. Eu não falei nada, mas me meti no celeiro e de lá eu vi ele fazendo todo tipo de jogo com o Charlie. Que eu caia durinho aqui agora mesmo se o *poltro* não jogou o guri longe e deu cabo dele vez sem conta. Mas o danado aguentava tudo e parecia até que tava gostando, e foi e foi como se pra vencer de qualquer jeito ou maneira.

– Mas Silas, você deveria ter impedido, o menino poderia ter se matado – disse o senhor Bhaer, perguntando-se que novas loucuras aquele irresponsável enfiaria na cabeça a seguir.

– É, acho que eu *devinha* sim, mas não era perigoso de verdade, porque o Charlie não é de maus bofes, não, tem o gênio mais doce que eu já vi. E é a verdade também que eu não queria estragar a coisa, porque se tem uma coisa que eu tiro o chapéu é pra valentia, e o Dan é cheinho dela. Mas agora eu sei que ele anda de olho comprido pra uma sela, mas não vai pegar escondido nem aquela velha, então eu só tive a ideia de vim dizer porque quem sabe se o senhor não deixa ele tentar ver se consegue. O senhor Laurie não vai ligar e pro Charlie também vai ser muito bão.

– Veremos – e o senhor Bhaer se afastou para sondar o assunto.

Dan admitiu imediatamente e com muito orgulho provou que Silas estava certo, dando uma demonstração de seu poder sobre Charlie; pois por força de muita persuasão, várias cenouras e infinita perseverança, ele tinha de fato conseguido cavalgar o potro com cabresto e cobertor. O senhor Laurie se divertiu bastante e ficou muito contente com a coragem e a habilidade de Dan, e permitiu que ele participasse de todas as etapas seguintes, pois deu início na mesma hora ao adestramento de Charlie, dizendo que não seria superado por um menino. Graças a Dan, Charlie aceitou mansamente a sela e a brida, pois estava em paz com o que antes lhe parecera uma indignidade; e depois que o senhor Laurie o treinou um pouco, Dan teve autorização para cavalgá-lo, para enorme inveja e admiração dos outros meninos.

– Ele não é lindo? E não é manso comigo como um cordeirinho? – disse Dan certo dia, enquanto desmontava do animal, mas mantinha o braço em volta de seu pescoço.

– Sim. E ele não é um cavalo muito mais útil e agradável do que aquele potro selvagem que passava o dia correndo desenfreado pelo pasto, saltando a cerca e fugindo de vez em quando? – perguntou a senhora Bhaer, nos degraus onde sempre aparecia quando Dan se exercitava com Charlie.

– Claro que é. Veja que ele não foge mais, mesmo se eu não segurar, e ele vem no minuto que eu assovio. Eu o domestiquei direitinho, não? – e Dan parecia tão orgulhoso quanto satisfeito, e com razão, pois, apesar de seus embates, Charlie amava Dan mais do que o próprio dono.

– Eu estou domando um potro também, e acho que conseguirei tanto sucesso quanto você conseguiu, se for tão paciente e perseverante quanto você foi – disse a senhora Jo, sorrindo significativamente para Dan, que entendeu e respondeu rindo, porém falando sério:

– Nós não vamos saltar a cerca e fugir, e sim ficar aqui e deixar que eles nos transformem numa parelha linda e útil, não é, Charlie?

Dia de redação

– Apressem-se, meninos, são três horas e o tio Fritz gosta que sejamos pontuais, vocês sabem – disse Franz certa tarde de quarta-feira, quando um sino tocou e uma fila de jovens cavalheiros de aparência literária, com livros e papéis em mãos, foram vistos dirigindo-se para o museu.

Tommy estava na sala de aula curvado sobre a carteira muito manchada de tinta, rubro pelo ardor da inspiração e cheio de pressa como de costume, pois o sossegado Bangs nunca ficava pronto antes do último minuto. Quando Franz passou pela porta procurando retardatários, Tommy acrescentou mais um ponto e um floreio, e partiu pela janela, agitando o papel ao vento para que secasse no caminho. Nan o seguiu, sentindo-se muito importante com um grande rolo em mãos, e Demi acompanhou Daisy, ambos claramente carregando um maravilhoso segredo.

O museu estava todo arrumado e a luz do sol por entre as videiras lançava belas sombras no chão conforme entrava através da janela ampla. De um lado, estavam sentados o senhor e a senhora Bhaer;

do outro, ficava a mesinha onde as redações eram pousadas assim que lidas, e em um grande semicírculo sentavam-se as crianças, em banquinhos temperamentais que ocasionalmente se fechavam, derrubando o ocupante, o que evitava qualquer possível afetação do grupo. Como levaria muito tempo até que todas fossem lidas, eles fizeram rodízio, e nessa quarta-feira os alunos mais jovens foram os apresentadores principais, ao passo que os mais velhos ouviam com condescendência e criticavam livremente.

– Primeiro as damas, então Nan pode começar – disse o senhor Bhaer, quando o arranjo dos banquinhos e o farfalhar de papéis se acalmaram.

Nan assumiu seu lugar ao lado da mesinha e, com um riso de abertura, leu o interessante ensaio sobre:

A ESPONJA

A esponja, meus amigos, é a planta mais útil e interessante. Ela cresce nas rochas debaixo da água e é um tipo de alga, eu acho. As pessoas vão lá e pegam e botam para secar e lavam a esponja, porque peixinhos e insetos vivem nos buracos dela; na minha, eu encontrei conchas e areia. Algumas são muito finas e macias e são usadas para dar banho em bebês. A esponja tem muitas utilidades. Eu vou citar algumas e espero que meus amigos se lembrem do que vou dizer. Um uso é lavar o rosto; eu mesma não gosto, mas faço, porque quero ficar limpa. Algumas pessoas não querem, e ficam sujas.

Aqui, os olhos da leitora pousaram com severidade sobre Dick e Dolly, que se encolheram e decidiram na mesma hora passar a esfregar a si mesmos virtuosamente em todas as ocasiões.

"Outro uso é acordar as pessoas, e estou me referindo aos meninos par-ti-cu-lar-men-te."

Outra pausa depois da palavra comprida para desfrutar do riso sufocado que percorreu o ambiente.

"Alguns meninos não levantam quando são chamados, e a Mary Ann espreme a água de uma esponja molhada no rosto deles, e isso faz eles ficarem tão bravos que acordam."

Nisso explodiu uma gargalhada e Emil falou, como se tivesse sido atingido:

– Parece-me que você está se afastando do tema.

– Não, não estou. Nós temos que escrever sobre vegetais ou animais e estou fazendo as duas coisas, pois meninos são animais, não são? – exclamou Nan e, indiferente ao indignado "Não!" que eles lhe gritaram, prosseguiu:

Mais uma coisa interessante que se faz com esponjas é quando os médicos colocam éter nela e seguram no nariz das pessoas quando vão arrancar os dentes. Eu vou fazer isso quando for grande, dar éter para os doentes, e assim eles vão dormir e não vão sentir nada quando eu amputar as pernas e os braços deles.

– Eu conheço uma pessoa que matava gatos desse jeito – interrompeu Demi, mas foi prontamente esmagado por Dan, que tinha acabado de virar seu banquinho e, encabulado, cobrira o rosto com o chapéu.

– Não admito ser *inteructida* – disse Nan, franzindo o rosto para os indecorosos bagunceiros; a ordem foi imediatamente restabelecida e a jovem senhorita concluiu suas observações assim: – Minha redação tem três morais da história, meus amigos – alguém resmungou, mas ninguém deu atenção àquele insulto. – Primeiro, mantenha o rosto limpo; segundo, acorde cedo; terceiro, quando puserem uma esponja com éter no seu nariz, respire fundo e não chute, assim seu dente vai sair facinho. Nada mais tenho a dizer – e a senhorita Nan se sentou em meio a aplausos tumultuosos.

– Foi uma redação notável; o tom é elevado e há bastante humor. Muito bem, Nan. Agora, Daisy – e o senhor Bhaer sorriu para uma jovem enquanto acenava para a outra.

Daisy corou ao tomar lugar e disse, com sua vozinha mais modesta:
– Acho que vocês não vão gostar da minha redação; não é tão boa e engraçada quanto a da Nan. Mas não consegui fazer melhor.
– Sempre gostamos das suas, Florzinha – disse o tio Fritz, e um murmúrio gentil dos meninos pareceu confirmar o comentário.

Assim encorajada, Daisy leu o pequeno papel e foi ouvida com respeitosa atenção.

O GATO

O gato é um animal doce. Eu os amo muito. Eles são limpos e bonitos e caçam rato e camundongo e deixam você fazer cafuné e ficam seus amigos se você for bonzinho. Eles são muito espertos e nunca se perdem. Gatos novos chamam-se gatinhos e são muito fofos. Eu tenho dois, chamam Huz e Buz, e a mãe chama Topázio, porque tem olhos amarelos. O tio me contou uma história bonita sobre um homem chamado Mo-ha-med. Ele tinha uma linda gata e quando ela dormiu na manga dele e ele precisou levantar, ele cortou a manga da roupa pra não acordar ela. Eu acho que ele era um homem muito gentil. Alguns gatos pegam peixe.

– Eu também! – gritou Teddy, pulando, ansioso para contar sobre a truta.
– *Psss!* – disse a mãe, pondo-o sentado de novo tão rápido quanto conseguiu, pois a ordeira Daisy detestava ser *inteructida*, como Nan havia dito.

"Eu li sobre um gato que pegava peixe muito bem. Eu tentei fazer a Topázio pescar, mas ela não gostou da água e me arranhou. Ela gosta de chá, e quando eu brinco na minha cozinha, ela bate no bule com a pata até eu dar um pouco pra ela. Ela é uma linda gata, come pudim de maçã e melaço. A maioria dos gatos, não."

— Esta foi de primeira categoria! — gritou Nat, e Daisy se retirou, grata pelo elogio do amigo.

— Demi parece estar tão impaciente que devemos lhe dar logo a palavra, ou ele não conseguirá segurá-la — disse o tio Fritz, e Demi se levantou com grande entusiasmo.

— O meu é um poema! — ele anunciou, em tom triunfal, e leu sua primeira tentativa em voz alta e solene:

> *Escrevo sobre a borboleta,*
> *Uma criatura que encanta;*
> *E voa como os pássaros,*
> *Porém, não canta.*
> *Primeiro ela é um verminho,*
> *Depois vira um belo casulo amarelado,*
> *Depois a borboleta*
> *Come ele pra abrir caminho.*
> *Elas vivem de orvalho e mel,*
> *E não fazem colmeia.*
> *Elas não picam como a vespa e a abelha e o zangão,*
> *E devemos nos esforçar pra ser bons como elas são.*
> *Eu gostaria de ser uma linda borboletinha,*
> *Amarela, azul, verde e vermelha.*
> *Mas eu não ia gostar se o Dan*
> *Derramasse cânfora na minha cabecinha.*

Aquela incomum explosão de genialidade trouxe a plateia abaixo, e Demi foi obrigado a ler de novo, uma tarefa um bocado complicada, pois não havia nenhum tipo de pontuação nem nada, e o fôlego do jovem poeta acabou antes que ele chegasse ao fim de alguns dos versos mais longos.

– Ele vai ser um novo Shakespeare – disse a tia Jo, rindo como se fosse morrer, pois aquela preciosidade poética a fazia lembrar-se de uma de sua própria autoria, escrita aos 10 anos e que começava, sombriamente, assim:

> *Eu queria ter uma tumba cristalina*
> *Ao lado de um pequeno riacho*
> *Onde pássaros, abelhas e borboletas*
> *Cantassem na colina.*

– Venha, Tommy. Se houver tanta tinta na face interna do seu papel quanto há na face externa, será uma redação bem comprida – disse o senhor Bhaer, quando Demi foi convencido a se separar do poema e voltar ao lugar.

– Não é uma redação, é uma carta. É porque, sabe, até o fim da aula eu tinha esquecido que hoje era minha vez, e daí não sabia o que escrever e não dava tempo de estudar, então eu pensei que o senhor não ia se importar se eu pegasse uma carta que escrevi pra minha avó. Fala um pouco de passarinho, então achei que podia ser.

Após essa longa desculpa, Tommy mergulhou em um mar de tinta e avançou aos tropicões, parando de vez em quando para decifrar algum de seus próprios floreios.

MINHA QUERIDA VOVÓ, espero que a senhora esteja bem. O tio James me mandou um rifle de bolso. É um lindo instrumentinho de matar, deste jeito [nisso, Tommy exibiu um desenho admirável do que parecia uma bomba de ar ou o interior de um pequeno motor a vapor]; 44 é a mira; 6 é uma coronha falsa que se encaixa em A; 3 é o gatilho; e 2 é o que dispara a cápsula. O carregamento é feito pela culatra. O rifle dispara com bastante força e bem retinho. Em breve, eu vou sair para caçar esquilos.

Eu atirei em vários pássaros ótimos para o museu. Eles têm o peito pintado e o Dan gostou muito. Ele empalhou direitinho e agora eles estão sentados na árvore parecendo de verdade, menos um que parece bêbado. Outro dia, um francês veio trabalhar aqui e a Asia falava o nome dele de um jeito tão engraçado que vou contar pra senhora. O nome dele era Germain: primeiro, ela chamou ele de Jerry, mas nós demos risada e ela mudou pra Jeremias, mas foi só riso outra vez, então virou senhor Germano, mas quando fizemos piada de novo, ela mudou pra Garrymon, e ficou assim. Eu não escrevo muito porque sou muito ocupado, mas penso sempre na senhora e gosto da senhora e espero que a senhora esteja bem, apesar de não ter eu por perto. Seu amoroso neto,

THOMAS BUCKMINSTER BANGS.

P.S.: Se a senhora por acaso topar com selos postais, lembre-se de mim.

N.B.: Mando meu amor a todos e muito amor para tia Almira. Ela tem feito bolos de ameixa?

P.S.2: A senhora Bhaer manda lembranças.

P.S.3: O senhor Bhaer também mandaria, se soubesse que estou escrevendo.

N.B.2: O papai vai me dar um relógio no meu aniversário. Estou contente, porque agora não tenho como saber as horas e estou sempre atrasado para a escola.

P.S.4: Espero ver a senhora em breve. Não quer mandar alguém me buscar?

T. B. B.

Como cada *postcriptum* era recebido com novas gargalhadas pelos meninos, ao chegar ao sexto e último, Tommy estava tão exausto que ficou aliviado de poder sentar e secar o rosto corado.

– Espero que a querida senhora sobreviva a esta carta – disse o senhor Bhaer, sob a proteção do barulho.

– Nós não daremos nenhum sinal de ter percebido a dica explícita do último PS. A carta será tudo que ela consegue aguentar sem a visita do Tommy – respondeu a senhora Jo, recordando como a velha senhora em geral caía doente depois de uma visita do irrepreensível neto.

– Agora eu! – disse Teddy, que tinha decorado uma pequena poesia e estava tão ansioso para declamar que tinha se agitado e contorcido durante as leituras, e já não podia ser contido.

– Tenho medo de que ele se esqueça, caso precise esperar; e eu me esfalfei para ensinar-lhe – disse a mãe.

Teddy correu até a tribuna, fez uma mesura e inclinou a cabeça ao mesmo tempo, como que aflito para agradar a todos; depois, em sua voz de bebê e enfatizando as palavras erradas, ele recitou o poema inteiro de um fôlego só:

Gotinhas de água
E grãozinhos de areia
Formam um mar grande
E uma terra bem cheia.
Palavras de carinho
Ditas todo dia
Fazem a casa feliz
E ajudam no caminho.

Batendo as mãos ao terminar, ele fez outra saudação dupla e correu para esconder o rosto no colo da mãe, esmagado pelo sucesso de sua "peça", pois os aplausos foram tremendos.

Dick e Dolly não escreviam, mas foram incentivados a observar os hábitos dos animais e dos insetos e a contar o que tinham visto. Dick gostou da ideia e sempre tinha muito a dizer; então, quando seu nome foi chamado, ele marchou e, encarando a plateia com olhos inteligentes e seguros, contou sua história com tanta seriedade que ninguém sorriu diante de seu corpo torto, porque sua "alma reta" brilhava através dele com muita beleza.

– Eu observei libélulas e li sobre elas no livro do Dan e vou tentar contar pra vocês o que eu lembro. Tem montes delas voando em volta da lagoa, todas azuis com olhos enormes e um tipo de asa rendada muito linda. Eu peguei uma, olhei bem pra ela e acho que era o inseto mais bonito que eu já vi. Elas pegam insetos mais pequenos do que elas para comer e têm um tipo de gancho que encolhe quando elas não estão caçando. A libélula gosta do sol e dança nele o dia todo. Deixa eu ver... O que mais tem pra eu falar delas? Ah! Já sei! Elas botam os ovos na água e eles afundam até o fundo e chocam na lama. Umas coisinhas muito feias saem deles, não sei o nome, mas são marrons, trocam de pele toda hora e vão ficando cada vez mais grandes. Vocês imaginem, eles levam dois anos pra virar libélula! Agora vem a parte mais interessante, então prestem atenção, porque acho que vocês não sabem. É que quando ela fica pronta ela sabe de algum jeito que está pronta, e daí aquela coisa feia e suja sobe pra fora da água escalando uma planta e escancara as costas!

– Ora, vamos, eu não acredito nisso – disse Tommy, que não era um menino observador e achou mesmo que Dick estava inventando.

– Ela escancara as costas, não é? – e Dick apelou ao senhor Bhaer, que assentiu de modo categórico, para enorme satisfação do pequeno orador. – Bom, daí as costas abrem e de lá sai a libélula, inteirinha, e senta no sol mais ou menos pra se tornar viva, sabe, e daí ela fica forte e abre as lindas asas e voa no ar e nunca mais fica feia. Isso é tudo que eu sei, mas eu vou continuar observando até ver ela fazer isso, porque acho que deve ser maravilhoso virar uma libélula linda, vocês não acham?

Dick havia contado a história muito bem e, ao descrever o voo do inseto recém-nascido, tinha balançado as mãos e olhado para cima como se o visse e desejasse segui-lo. Algo em seu rosto introduziu na mente dos ouvintes mais velhos a ideia de que, algum dia, o pequeno Dick realizaria seu desejo e, após tantos anos de vulnerabilidade e dor, subiria rumo ao sol em um dia feliz, deixando para trás o corpinho sofrido para encontrar uma forma nova, adorável, em um mundo mais justo do que este. A senhora Jo o puxou para perto de si e falou, dando um beijo em sua bochecha magra:

– Foi uma história encantadora, meu querido, e você se lembrou dela maravilhosamente bem. Eu vou escrever para a sua mãe contando tudo isso – e Dick sentou no joelho dela, sorrindo muito contente com o elogio, decidido a observar com atenção e flagrar a libélula no momento em que trocasse o velho corpo pelo novo, para ver como ela fazia aquilo.

Dolly tinha alguns comentários a fazer sobre "O Pato" e o fez em um tom de voz oscilante de altos e baixos, pois havia decorado o texto e achava um tormento ter de recitá-lo.

– Patos selvagens são difíceis de matar; os homens se escondem e atiram neles e têm patos domésticos para grasnar e atrair os selvagens até onde os homens podem disparar contra eles. Os homens têm patos de madeira também, e eles boiam e os selvagens se aproximam para ver; eu acho que eles são muito burros. Os nossos patos são muito domesticados. Eles comem bastante e ficam cutucando a lama e a água. Eles não cuidam direito dos ovos e estragam, e...

– Os meus não! – gritou Tommy.

– Bom, os patos de algumas pessoas sim, foi o Silas que falou. As galinhas cuidam bem dos patinhos, só não gostam quando eles vão para a água e fazem muita bagunça. Mas os pequenininhos não ligam nem um pouco. Eu gosto de comer pato recheado com coisas e muito molho de maçã.

– Eu tenho uma coisa para dizer sobre corujas – começou Nat, que tinha cuidadosamente preparado um documento sobre seu tema, com alguma ajuda de Dan.

– Corujas têm cabeças grandes, olhos redondos, bicos curvos e garras fortes. Algumas são cinza, algumas brancas, algumas pretas e amarelas. As penas delas são muito macias e se esticam bastante pra fora. Elas voam muito quietinhas e caçam morcegos, ratos, aves menores e coisas assim. Elas fazem ninho em celeiros e árvores ocas, e algumas pegam os ninhos de outros pássaros. A grande coruja de chifres bota dois ovos maiores do que os de galinha, e são marrom-avermelhados. A coruja *tawny* bota cinco ovos brancos e macios e essa é a espécie que chirria à noite. Outra espécie soa como uma criança chorando. Elas comem ratos e morcegos inteiros, e as partes que não conseguem digerir elas transformam em bolotas e cospem.

– Minha nossa, que engraçado! – ouviu-se Nan comentar.

– Elas não enxergam durante o dia e, se saem para a luz, voam desorientadas e meio cegas, e os outros pássaros as perseguem e bicam, como se estivessem caçoando. A coruja de chifre é muito grande, quase tão grande quanto a águia. Ela come coelho, rato, cobra e passarinhos; elas vivem nas rochas e em casas abandonadas. Elas têm muitos tipos de pios e gritam como uma pessoa engasgada: *"Ua-ô! Ua-ô!"*, e isso assusta as pessoas na floresta à noite. A coruja branca vive perto do mar e em lugares frios e parece um pouco um falcão. Tem um tipo de coruja que cava buracos para morar, como as toupeiras. Ela é chamada de coruja de toca e é bem miúda. A coruja do celeiro é o tipo mais comum; eu vi uma sentada em um buraco em uma árvore, parecendo um gatinho cinza, com um olho fechado e o outro aberto. Ela sai ao entardecer e fica sentada esperando os morcegos. Eu peguei uma, aqui está.

E com isso Nat de repente tirou do interior da jaqueta uma pequena ave felpuda, que piscou e agitou as asas parecendo bem gordinha, sonolenta e assustada.

– Não encostem! Agora ela vai se apresentar – disse Nat, exibindo o novo bicho de estimação com orgulho imenso.

Primeiro, ele pôs um chapeuzinho armado na cabeça da ave, e os meninos riram do resultado cômico; depois ele acrescentou um par de óculos de papel, e isso deu à coruja um ar tão sábio que eles gritaram de alegria. O encerramento da apresentação foi deixar o pássaro bravo e vê-lo agarrar de ponta-cabeça um lenço de bolso, bicando-o e "cacarejando", como disse Rob. Depois disso, Nat permitiu que a coruja fosse embora; ela voou até as pinhas enfileiradas acima da porta e lá se aboletou, observando as pessoas abaixo com um ar de dignidade sonolenta que os divertiu muito.

– Você tem algo para nós, George? – perguntou o senhor Bhaer, quando o lugar ficou calmo de novo.

– Bom, eu li e estudei muitas coisas sobre as toupeiras, mas confesso que esqueci tudo, exceto que elas abrem buracos pra viver, que você consegue caçar toupeiras despejando água nas tocas e que elas não conseguem viver sem comer a toda hora – e Rechonchudo se sentou, desejando não ter sido preguiçoso e ter anotado suas valiosas observações, pois houve um sorriso generalizado quando ele mencionou o último dos três fatos que haviam permanecido em sua memória.

– Então, acabamos por hoje – começou o senhor Bhaer, mas Tommy o chamou com pressa:

– Não, não acabamos. O senhor não lembra? Temos que dar a coisa – e ele piscou violentamente enquanto formava lentes com os dedos.

– Mas onde estou com a cabeça, havia me esquecido! É sua hora, Tom – e o senhor Bhaer retomou o assento, enquanto todos os meninos, exceto Dan, pareciam estar em cólicas por algum motivo.

Nat, Tommy e Demi saíram e rapidamente voltaram, trazendo uma pequena caixa de marroquim vermelho, apoiada com todas as honras na melhor bandeja de prata da senhora Jo. Tommy, carregando a bandeja e ladeado por Nat e Demi, marchou até o inocente Dan, que os encarava como se achasse que iam fazer troça dele. Tommy havia preparado um discurso refinado e impressionante para a ocasião, porém, quando a hora chegou, tudo sumiu de sua cabeça, e ele disse apenas, direto de seu terno coração infantil:

— Aqui, amigão, todos nós quisemos dar uma coisa pra você que mais ou menos compensasse aquilo que aconteceu antes e para mostrar como gostamos que você seja assim tão valente. Por favor, aceite e divirta-se muito com isso.

Dan ficou tão surpreso que só conseguiu corar até atingir o tom da caixa e murmurar "Obrigado, rapazes" enquanto desembrulhava o pacote. Mas quando viu o que tinha dentro, seu rosto se iluminou e ele abraçou o tesouro havia tanto tempo desejado, dizendo, com um entusiasmo que satisfez a todos, embora o vocabulário não fosse muito polido:

— Que demais! Vocês são muito ponta-firme por me darem isso, é exatamente o que eu queria. Dá aqui a pata, Tommy.

Muitas patas foram oferecidas e calorosamente apertadas, pois os meninos ficaram encantados com o prazer de Dan e o cercaram para cumprimentá-lo e dissertar sobre as maravilhas do presente. Em meio ao papo delicioso, os olhos de Dan buscaram a senhora Jo, que estava de pé afastada do grupo, apreciando a cena de todo o coração.

— Não, eu não tive nada a ver com isso. Os meninos fizeram tudo sozinhos — ela disse, respondendo ao olhar grato que parecia atribuir a ela a alegria do momento. Dan sorriu e disse, em um tom que só ela pôde entender:

— Foi a senhora, do mesmo jeito.

Abrindo caminho pelos camaradas, ele estendeu a mão primeiro para ela e depois ao bondoso professor, que olhava com benevolência para seu rebanho. Ele agradeceu a ambos em silêncio, calorosamente apertando as mãos que o haviam puxado para cima e oferecido o refúgio seguro de um lar feliz. Nenhuma palavra foi dita, mas os dois sentiram tudo o que ele queria dizer, e o pequeno Teddy expressou seu prazer em nome deles, quando se inclinou do braço do pai para abraçar o menino e dizer, a seu modo de bebê:

– Meu Danny bonzinho! Todo mundo ama ele agola!

– Vem mostrar suas lentes de espião, Dan, vamos ver esses seus girinos aumentados, ou *annymalcumisms*, como você chama – disse Jack, que se sentiu tão incomodado durante a cena toda que teria escapulido, não fosse Emil o ter segurado.

– Mostro sim, deem uma olhada naquela ponta e vejam o que acham disso – disse Dan, contente por exibir seu precioso microscópio.

Ele posicionou um besouro que por acaso estava na mesa e Jack se curvou para espiar, mas logo levantou o rosto, dizendo espantado:

– Não acredito no que estou vendo! Essas garras! Agora eu entendo por que dói tanto quando você agarra um e ele te agarra de volta.

– Ele piscou pra mim – gritou Nan, que tinha enfiado a cabeça sob o cotovelo de Jack e conseguido ser a segunda a espiar.

Todos deram uma olhada, e depois Dan lhes mostrou a plumagem adorável da asa de uma mariposa; as quatro pontas empenadas de um fio de cabelo; os veios de uma folha, mal visíveis a olho nu, porém, grossos como uma rede quando vistos através do espetacular vidrinho; a pele dos dedos deles, com estranhas montanhas e vales; uma teia de aranha espessa como seda de costura e o ferrão de uma abelha.

– É como os óculos encantados do meu livro de histórias, só que mais interessante – disse Demi, encantado com as maravilhas que tinha visto.

– Dan é um mágico, agora, e ele pode mostrar a vocês os muitos milagres que existem ao seu redor, pois ele tem as duas coisas necessárias: paciência e amor à natureza. Nós vivemos em um mundo lindo e maravilhoso, Demi, e quanto mais você souber a respeito, mais sábio e melhor você será. Estas pequenas lentes vão dar a vocês um novo conjunto de professores, e vocês poderão aprender muitas lições com eles, se quiserem – disse o senhor Bhaer, satisfeito ao constatar o interesse dos meninos no assunto.

– Eu poderia ver a alma de alguém com este microscópio, se olhasse com bastante atenção? – perguntou Demi, que estava impressionadíssimo com o poder de um pedaço de vidro.

– Não, querido, ele não tem poder para isso, e nada nunca terá. Você ainda deverá esperar muito, antes que seus olhos estejam limpos o suficiente para enxergarem a mais invisível das maravilhas de Deus. Mas observar as coisas adoráveis que você pode ver vai ajudá-lo e entender as coisas adoráveis que você não pode ver – respondeu o tio Fritz, com a mão pousada na cabeça do menino.

– Bem, a Daisy e eu achamos que, se existem anjos, as asas deles parecem com as de borboleta que conseguimos ver através da lente, só que mais macias e douradas.

– Acredite nisso se quiser, e mantenha suas próprias asinhas brilhantes e bonitas, apenas tão cedo não se vá embora voando.

– Não, não vou – prometeu Demi.

– Tchau, meus meninos. Agora eu preciso ir, mas deixo vocês com seu novo professor de história natural – e a senhora Jo partiu muito contente com aquele dia de redação.

Colheitas

As lavouras se desenvolveram bem naquele verão e, em setembro, as pequenas safras foram colhidas com grande alegria. Jack e Ned fundiram suas propriedades agrícolas e plantaram batatas, um artigo que vendia muito bem. Conseguiram cerca de cem quilos, contando até as menores, e venderam tudo para o senhor Bhaer a um preço justo, pois batatas era consumidas depressa naquela casa. Emil e Franz se dedicaram ao milho e se divertiram debulhando as espigas no celeiro, depois do que levaram o milho ao moinho e voltaram orgulhosamente para casa com um estoque suficiente para alimentar a família por um longo tempo. Eles não lucraram com a safra porque, como Franz afirmou, "Nós nunca conseguiremos pagar o tio por tudo que ele fez por nós, mesmo que plantássemos milho pelo resto da vida".

Nat obteve tal abundância de feijões que se desesperou à ideia de descascar tudo, até que a senhora Jo propôs um jeito novo, que se revelou um sucesso notável. As vagens secas foram espalhadas no chão do celeiro, Nat tocou violino e os meninos dançaram quadrilha em cima delas até terem destruído as cascas com bastante diversão e bem pouco esforço.

As favas de Tommy foram um fracasso, pois houve uma seca no início da estação que as prejudicou e ele não lhes deu água; depois disso, certo de que elas saberiam cuidar de si, ele deixou as coitadas lutando contra insetos e ervas daninhas até que ficaram exaustas e tiveram uma morte vagarosa. Então, Tommy precisou arar o solo de novo e semeou ervilha. Mas era tarde para elas, os pássaros comeram muitas, as mudas, plantadas sem firmeza, tombaram, e quando as pobres ervilhas finalmente vieram, ninguém cuidou delas, pois a época já tinha passado. Tommy se consolou com um esforço caritativo: transplantou todos os cardos que conseguiu encontrar e cuidou deles com toda a dedicação para Toby, que muito apreciava a iguaria espinhosa e tinha comido tudo que pudera encontrar sozinho. Os meninos deram muita risada do canteiro de cardos de Tom, mas ele insistiu que era melhor cuidar do pobre Toby do que de si mesmo, e declarou que, no ano seguinte, dedicaria todo o terreno que lhe cabia a cardos, minhocas e caracóis, para que as tartarugas de Demi e a coruja de estimação de Nat tivessem a comida que mais amavam, assim como o asno. Assim era o inábil, generoso e confiante Tommy!

Demi havia fornecido alfaces à avó durante todo o verão e, no outono, enviou ao avô um cesto de nabos, cada um esfregado a ponto de parecer um grande ovo branco. A avó gostava muito de salada e uma das citações favoritas do avô era:

Lúculo adorava, mas comia com temperança
Nabos plantados por sabinos em estâncias.

Portanto, os legumes ofertados aos amados deuses e deusa domésticos eram afetuosos, adequados e clássicos.

Daisy tinha apenas flores em seu terreno, e elas floresceram ao longo de todo o verão em uma sucessão de botões alegres ou perfumados. Ela adorava seu jardim e dedicava a ele muitas e muitas horas, cuidando das rosas e das ervilhas-de-cheiro, dos amores-perfeitos e dos resedás com tanta fidelidade e com o mesmo carinho que dedicava às bonecas e aos amigos. Pequenos buquês eram enviados à cidade em diversas ocasiões, e certos vasos da casa eram sua responsabilidade especial. Daisy tinha todo tipo de fantasia bonita a respeito de suas flores e amava contar às crianças a história do amor-perfeito e mostrar-lhes como a folha madrasta, roxa e dourada, ficava sentada em sua cadeira verde; como seus filhos naturais, de um amarelo alegre, possuíam cada um o próprio assento, enquanto os filhos adotados se sentavam juntos em um único apoio e o coitado do paizinho, de gorro vermelho, era mantido fora das vistas, no centro da flor; que o rosto sombrio de um monge espiava de dentro da capuchinha; que as flores da videira-canária eram tão parecidas com delicados passarinhos agitando as asas amarelas que quase se esperava que elas saíssem voando; e bocas-de-leão que se abriam largamente quando apertadas. Usando papoulas escarlates e brancas, Daisy produzia bonecas esplêndidas, que usavam mantos amarrados na cintura com lâminas de capim e espantosos chapéus de coreópsis ornamentais em suas cabecinhas verdes. Barcos de vagem com velas de folhas de rosas recebiam essas pessoas feitas de flores e navegavam com elas placidamente, em um estilo muito charmoso; pois, tendo descoberto que duendes não existiam, Daisy havia criado os próprios, e amado aqueles amiguinhos de mentira que interpretavam seus papéis no verão da vida dela.

Nan foi para as hortaliças e tinha um belo arranjo de plantas úteis, das quais cuidava com um interesse e uma dedicação sempre crescentes. Muito ocupada ela andou em setembro, colhendo, desidratando e amarrando em maços sua querida colheita, e anotando em um caderninho como as diferentes ervas deveriam ser usadas. Ela tentou vários experimentos e cometeu muitos erros, de modo que precisava ser específica, para não provocar um surto em Huz de novo, por dar a ele absinto em lugar de gatária.

Dick, Dolly e Rob roçavam cada um o próprio terreno diminuto, fazendo mais estardalhaço a respeito do que todos os demais somados. Pastinacas e cenouras constituíam a lavoura dos dois Ds; e eles ansiavam pelo momento em que puxariam da terra seus preciosos legumes. Em segredo, Dick analisou as cenouras e então as replantou, sentindo que Silas estava certo sobre ainda ser cedo demais para elas.

A plantação de Rob se compunha de quatro abóboras pequenas e uma enorme. Era uma verdadeira "bola", como todos disseram, e eu garanto a vocês que duas pessoas pequenas conseguiriam se sentar lado a lado sobre ela. Parecia ter absorvido tudo de bom que o solo oferecia e todo o sol que havia brilhado, e lá estava, redonda e dourada, cheia de promessas de tortas de abóbora por muitas semanas a seguir. Ele ficou tão orgulhoso de seu fruto gigante que levou todos para vê-lo, e quando as geadas tiveram início, ele a cobriu com uma velha colcha, enfiando as bordas por baixo como se a abóbora fosse um bebê amado. No dia em que foi colhida, ele não permitiu que ninguém mais a tocasse, e quase quebrou a coluna ao transportá-la para o celeiro no carrinho de mão, com Dick e Dolly seguindo na frente para orientar o caminho. Sua mãe lhe prometeu que as tortas para o dia de Ação de Graças seriam feitas com ela e indicou vagamente ter em mente um plano que cobriria a abóbora e seu dono de glórias.

O pobre Billy tinha semeado pepinos, mas infelizmente os capinou, deixando plantadas ervas daninhas. Esse engano o entristeceu muito por dez minutos, ao fim dos quais ele se esqueceu do assunto e semeou um punhado de botões que havia juntado, claramente achando em sua mente débil que eles eram dinheiro e se multiplicariam, de modo que ele poderia ganhar muitas moedas, como Tommy. Ninguém o desiludiu e ele fez o que quis de seu pedaço, que logo aparentava ter sido atingido por uma série de pequenos terremotos. Quando chegou o dia da colheita geral, ele não teria tido nada além de pedras e mato para mostrar, se a querida velha Asia não houvesse pendurado meia dúzia de laranjas na árvore morta que ele tinha enfiado no centro do canteiro. Billy ficou encantado com sua safra e ninguém estragou o prazer daquele pequeno milagre que a piedade havia tecido para ele, fazendo com que galhos secos gerassem aquelas frutas deslocadas.

Rechonchudo fez várias sessões de degustação de seus melões. Estava impaciente para prová-los e promoveu uma festa solitária antes que amadurecessem, e isso o deixou tão doente que, por um ou dois dias, parecia duvidoso que ele alguma vez voltaria a comer. Mas ele superou, e ofereceu o primeiro cantalupo sem ter provado nem um bocadinho. Os melões ficaram excelentes, pois o solo era morno e eles tinham amadurecido depressa. Os últimos e melhores estavam ainda presos aos ramos, e Rechonchudo anunciou que os venderia a um vizinho. Foi uma decepção para os meninos, que tinham esperança de comer os melões pessoalmente, e expressaram o desapontamento de um modo novo e impactante. Certa manhã, Rechonchudo foi olhar os três ótimos melões que tinha guardado para vender e ficou horrorizado ao encontrar a palavra "PORCO" recortada nas cascas verdes, cada letra branca olhando de volta para ele. Ele ficou furioso e foi correndo até a senhora Jo em busca de reparação. Ela o escutou, consolou e então disse:

– Se você quiser inverter a brincadeira, eu lhe direi como, mas você terá de abrir mão dos melões.

– Muito bem, eu abro mão, pois não posso bater em todos os meninos, mas gostaria de dar uma coisa de que eles não esquecessem tão cedo, os pilantras – rosnou Rechonchudo, ainda fumegando.

Ora, a senhora Jo estava bastante segura sobre quem tinha aprontado aquilo, pois tinha visto três cabeças suspeitamente próximas uma da outra no canto do sofá na noite anterior; e quando aquelas cabeças assentiram e deram risada em meio a cochichos, essa experiente mulher soube que travessuras estavam a caminho. Uma noite de lua, um farfalhar na cerejeira perto da janela de Emil, um corte no dedo de Tommy, tudo ajudou a confirmar as suspeitas dela e, após esfriar um pouco o ânimo de Rechonchudo, ela pediu que ele levasse os malfadados melões ao quarto dela, e não dissesse uma palavra a ninguém sobre o que tinha acontecido. E assim ele fez, e os três malandros ficaram espantadíssimos porque sua piada tinha sido recebida com tanta discrição. Aquilo estragava totalmente a graça, e o completo desaparecimento dos melões os deixou inquietos. Assim como a boa disposição de Rechonchudo, que parecia mais calmo e bonachão do que de hábito, e olhava para eles com um ar de piedade tranquila que muito os surpreendeu.

Na hora do almoço, eles descobriram a razão, pois a vingança de Rechonchudo caiu sobre eles e o riso mudou de direção. Após a refeição, a fruta foi chamada: Mary Ann reapareceu se contorcendo em risadinhas, trazendo um grande melão, Silas veio na sequência com outro, e Dan surgiu no fim com um terceiro. Um foi posto à frente de cada um dos três rapazotes culpados, e na casca verde macia eles leram este acréscimo ao próprio trabalho: "Com os cumprimentos do PORCO". Todos os demais leram também e logo a mesa inteira caiu na gargalhada, pois o truque tinha sido informado às escondidas, de modo que todo mundo entendeu do que se tratava. Emil, Ned e Tommy não tinham para onde olhar nem uma palavra a dizer em favor de si mesmos, de modo que sabiamente se juntaram aos outros na risada, cortaram os melões e passaram para os demais, declarando, com o que todos concordaram, que Rechonchudo tinha levado a brincadeira na esportiva e retribuído a malvadeza com bondade.

Dan não tinha um terreno, pois passou a maior parte do verão afastado ou mancando, então ajudou Silas onde pôde, cortou lenha para Asia e cuidou tão bem do gramado que a senhora Jo sempre tinha caminhos suaves e bem aparados diante da porta.

Quando os demais fizeram as colheitas, Dan lamentou ter tão pouco para mostrar, porém, conforme o outono avançou, ele se deu conta de que poderia fazer no bosque uma colheita exclusivamente sua e contra a qual ninguém poderia competir. Todos os sábados, ele ia sozinho à floresta, aos campos e às colinas e sempre voltava carregado de coisas, pois parecia conhecer os prados onde cresciam as melhores raízes, as moitas onde os sassafrás eram mais saborosos, os retiros onde os esquilos recolhiam nozes, o carvalho-branco cuja casca era mais valiosa e a localização da pequena videira dourada que Nursey gostava de usar para tratar infecções. Dan levava para casa as mais esplêndidas folhas vermelhas e amarelas, para que com elas a senhora Jo decorasse o quarto, gramíneas de sementes bonitas, borlas de clematite, bagas felpudas e macias de frutos silvestres amarelos e também musgo de borda vermelha, branca ou verde-esmeralda.

– Agora eu não preciso mais suspirar pelo bosque, porque o Dan traz o bosque até mim – a senhora Jo costumava dizer, ao exaltar as paredes com galhos amarelos de bordo e grinaldas escarlates de videiras, ou enquanto enchia os vasos com brotos cor de ferrugem, ramos repletos de cones delicados e ousadas flores de outono. O que Dan colhia era perfeito para ela.

O estoque das crianças lotou o amplo sótão e, por um tempo, ele foi o ponto turístico da casa. As sementes das flores de Daisy, arrumadas em pacotinhos de papel caprichados e rotulados, estavam na gaveta de uma mesa de três pernas. As ervas de Nan pendiam em maços contra a parede, perfumando o ar com seu aroma. Tommy guardou em um cesto de cardo as sementes minúsculas que pretendia plantar no ano seguinte, se elas não saíssem voando antes. Emil tinha montes de espigas penduradas para secar e Demi guardou diversos tipos de bolotas e de cereais para os animais de estimação. Mas a colheita de Dan era o melhor espetáculo, pois metade do piso ficou forrada com as castanhas que ele tinha levado. Eram de todos os tipos, porque ele percorreu muitos quilômetros pelos bosques, escalou as árvores mais altas e forçou passagem pelos arbustos mais densos para fazer sua pilhagem. Nozes, castanhas, avelãs e faias foram dispostas em compartimentos separados para se tornarem escuras, secas e doces, prontas para o festim de inverno.

Em Plumfield havia uma nogueira, que Rob e Teddy chamavam de "deles". Ela produziu bem naquele ano, e grandes nozes pálidas caíram e se esconderam entre as folhas mortas, onde eram encontradas mais pelos diligentes esquilos do que pelos preguiçosos Bhaers. O pai havia dito a eles (aos meninos, não aos esquilos) que poderiam ficar com as nozes se as encontrassem, mas ninguém poderia ajudar. O trabalho era fácil e Teddy gostou, porém logo se cansou e abandonou o cesto pela metade para completar em outro dia. O outro dia, porém, demorou a chegar e, nesse intervalo, os espertos esquilos trabalharam duro, subindo e descendo os olmos e escondendo as nozes nos buracos dessas árvores, até ficarem lotados; depois, guardaram nas bases dos galhos, para serem removidos quando tivessem vontade. Os modos engraçadinhos dos esquilos divertiram os meninos, até que um dia Silas disse:

– Vocês venderam as noz pros *isquilos*?

– Não – respondeu Rob, perguntando-se o que Silas queria dizer.

– Bom, então é melhor vocês correr, ou esses *embustero* vão deixar vocês sem nenhuma.

– Ah, vamos vencê-los quando começarmos. Tem montes de nozes ainda, e vamos conseguir muitas.

– Já não tem mais muita pra cair, não, e o que caiu eles já pegaram tudinho, vai lá ver se não.

Robby foi correndo ver e ficou espantado ao descobrir como tão poucas haviam sobrado. Ele chamou Teddy e ambos se esfalfaram durante uma tarde inteira enquanto os esquilos os repreendiam, sentados na cerca.

– Agora, Ted, precisamos prestar atenção e recolher na mesma velocidade que elas caem, ou não teremos mais do que um baldinho, e daí todos vão rir de nós.

– Os quilos malvados não vão ficar com elas, eu vou pegar rápido e colocar elas no celeiro – disse Teddy, fazendo careta para o pequeno Frisky, que grunhia e balançava a cauda, indignado.

Naquela noite, soprou um vento alto que derrubou centenas de nozes, e quando a senhora Jo foi acordar os filhos, ela disse, animada:

– Vamos, rapazinhos, os esquilos já estão dedicados à coleta, e vocês terão de trabalhar muito bem hoje, ou eles vão ficar com todas as nozes que caíram.

– Não vão ficar, não – e Robby saltou rápido da cama, engoliu o café da manhã e correu para salvar sua propriedade.

Teddy também foi e trabalhou como um pequeno castor, andando de um lado a outro com cestos cheios e vazios. Mais uma boa quantidade foi logo estocada no celeiro, e eles estavam procurando mais nozes entre as folhas quando o sino para a aula tocou.

– Ah, papai, deixa eu ficar lá fora colhendo. Esses esquilos horríveis vão pegar todas as minhas nozes, se você não deixar. Eu vou fazer as lições depois – choramingou Rob, correndo para dentro da classe, corado e descabelado pelo vento frio e pelo trabalho aflito.

– Se você tivesse se levantado cedo e todas as manhãs feito um pouco do trabalho, não precisaria ter pressa agora. Eu lhe disse isso, Rob, mas você não deu atenção. Não posso permitir que as aulas sejam negligenciadas como o trabalho foi. Os esquilos vão pegar mais do que uma parte justa este ano, e bem merecem, pois trabalharam melhor. Você pode sair uma hora mais cedo, mas é só – e o senhor Bhaer conduziu Rob à carteira, onde o rapazote mergulhou nos livros como que decidido a tornar realidade a hora preciosa que lhe fora prometida.

Era quase enlouquecedor ficar sentado ali parado, observando as últimas nozes serem derrubadas pelo vento e os ágeis ladrões circulando livremente, parando de vez em quando para comer uma bem na cara dele, agitando o rabo como se dissessem, do jeito mais atrevido: "Vamos ficar com todas, seu preguiçoso". A única coisa que confortou o pobre menino naquele momento desafiador foi a visão de Teddy trabalhando firme e sozinho. Eram realmente maravilhosos o empenho e a perseverança do camaradinha. Ele colheu e colheu até que suas costas doeram; ele cambaleou de um lado a outro até que as pernas se cansaram, e desafiou o vento, a exaustão e os malvados *quilos* até que a mãe pôs de lado o trabalho e foi ajudá-lo a carregar, cheia de admiração pela gentileza do caçula, que tentava ajudar o irmão. Quando Rob foi dispensado, encontrou Teddy descansando apoiado no cesto, mas decidido a não bater em retirada, atirando o chapéu contra os ladrões com uma das mãos gordinhas e se refrescando com uma grande maçã que segurava com a outra.

Rob arregaçou as mangas e o chão ficou limpo antes das duas da tarde, as nozes guardadas em segurança no celeiro e os trabalhadores esgotados exultaram com o sucesso. Mas Frisky e a esposa não seriam derrotados com tanta facilidade, e quando, alguns dias mais tarde, Rob foi lá espiar suas nozes, ficou assombrado ao ver quantas haviam desaparecido. Nenhum dos meninos poderia tê-las roubado, pois a porta ficara trancada; as pombas não poderiam ter comido e não havia ratos ali. Os jovens Bhaers ficaram inconsoláveis, até que Dick falou:

– Eu vi o Frisky no telhado do celeiro, quem sabe foi ele que pegou.

– Tenho certeza que foi! Vou colocar uma armadilha e matar ele bem mortinho – exclamou Rob, desconsolado pela natureza gananciosa de Frisky.

– Talvez, observando, você possa descobrir onde ele guardou, e quem sabe eu consigo pegar de volta – disse Dan, que estava se divertindo à beça com a disputa entre meninos e esquilos.

Rob observou e viu o senhor e a senhora Frisky descerem pelos galhos do olmo até o telhado do celeiro, depois se enfiarem por uma das minúsculas portas, para grande perturbação das pombas, e de lá sair cada um com uma noz na boca. Assim carregados, eles não tinham como fazer na volta o caminho percorrido na ida; em vez disso, desceram correndo o telhado baixo, depois a parede, saltaram em determinado canto, sumiram por um segundo e reapareceram sem o produto do saque. Rob correu para o lugar e em um buraco sob as folhas encontrou uma pilha de sua propriedade roubada, escondida para ser transportada aos poucos para os buracos nos olmos.

– Ah, seus patifezinhos! Eu vou enganar vocês, não vou deixar nem uma – disse Rob.

Ele então recolheu tudo que estava no canto e no celeiro e colocou as concorridas nozes no sótão, certificando-se de não haver nas janelas nenhum vidro quebrado por onde pudessem entrar aqueles esquilos sem princípios. Eles pareceram sentir que a disputa chegara ao fim e se retiraram para a toca, mas de vez em quando não resistiam à tentação de jogar cascas de nozes na cabeça de Rob nem de ralhar com ele enfaticamente, como se não pudessem perdoá-lo por ter levado a melhor na batalha.

A safra do papai e da mamãe Bhaer foi de um tipo diferente e não pode ser descrito com a mesma facilidade, mas eles estavam satisfeitos com ela, sentiam que o trabalho do verão tinha corrido bem e que devagar e sempre vinham obtendo colheitas que os faziam muito felizes.

John Brooke

– Acorda, Demi querido. Preciso de você.

– Ora, mas acabei de vir pra cama; não pode ter amanhecido ainda – e Demi piscou como uma pequena coruja enquanto despertava do sono profundo.

– Ainda são dez horas, mas seu pai está doente e precisamos ir vê-lo. Ah, meu querido John, coitado do meu querido John!

A tia Jo apoiou a mão no travesseiro com um soluço que de imediato arrancou o sono dos olhos de Demi e encheu seu coração de medo e dúvida, pois ele notou vagamente que ela o chamara de "John" e que chorava acima dele como se uma perda o tivesse abatido e tornado pobre. Ele se agarrou à tia sem dizer uma palavra e em instantes ela se recompôs e disse:

– Vamos dizer adeus a ele, meu querido, e não há tempo a perder; vista-se depressa e venha ao meu quarto; enquanto isso, vou chamar a Daisy.

– Está bem.

Quando a tia Jo saiu, o pequeno Demi se levantou sem fazer barulho e se vestiu como se em um sonho, deixando Tommy para trás profundamente adormecido, e cruzou a casa silenciosa sentindo que algo inédito e penoso estava prestes a acontecer, algo que o separaria dos demais meninos por um período e faria com que o mundo parecesse tão escuro, parado e estranho quanto os quartos conhecidos pareciam à noite. A carruagem enviada pelo senhor Laurie estava parada à porta. Daisy logo ficou pronta, e irmão e irmã ficaram de mãos dadas durante todo o caminho até a cidade; com a tia e o tio, eles avançaram rápido e em silêncio ao longo da estrada sombria, rumo ao adeus ao pai.

Nenhum dos meninos, a não ser Franz e Emil, sabia o que tinha acontecido, e quando eles desceram, na manhã seguinte, imensos foram o espanto e o desconforto, pois a casa parecia desamparada sem o senhor e a senhora. O café da manhã foi uma refeição desanimada, sem as brincadeiras da senhora Jo atrás dos bules de chá; e quando chegou a hora da aula, o lugar do papai Bhaer estava vazio. Eles perambularam desconsolados pela casa por uma hora, aguardando notícias e torcendo para que tudo estivesse bem com o pai de Demi, pois o bondoso John Brooke era muito amado pelos meninos. Às dez horas, ninguém tinha chegado para aliviar a aflição deles. Não tinham vontade de brincar; o tempo se arrastava, pesado, e eles ficaram à toa, inquietos e sérios. De repente, Franz se levantou e disse, de seu modo persuasivo:

– Olhem, garotos, vamos para a sala fazer a lição como se o tio estivesse aqui. Isso vai fazer o dia passar mais rápido e ele vai ficar contente, tenho certeza.

– Mas quem vai tomar a lição? – perguntou Jack.

– Eu. Não sei muito mais do que vocês, mas sou o mais velho aqui e tentarei desempenhar o papel do tio até que ele volte, se vocês não se importarem.

Algo no jeito modesto e sério como Franz disse aquilo impressionou os meninos, pois, embora os olhos do pobre rapaz estivessem vermelhos devido ao choro pelo tio John durante aquela noite longe e triste, havia nele uma virilidade nova, como se ele já tivesse começado a sentir as dificuldades e os problemas da vida e tentasse enfrentá-los com bravura.

– Eu vou – e Emil ocupou sua carteira, recordando que obedecer ao oficial mais graduado era o primeiro dever de um marujo.

Os demais o seguiram. Franz sentou na cadeira do tio e por uma hora reinou a ordem. Lições foram aprendidas e verbalizadas e Franz se revelou um professor paciente e agradável, omitindo sabiamente as lições que não estavam à sua altura e mantendo a disciplina mais pela dignidade inconsciente que a dor emprestava a seu rosto do que por qualquer palavra que tenha dito. Os meninos mais novos estavam lendo quando um passo foi ouvido no corredor e todos olharam para cima para interpretar as notícias no rosto do senhor Bhaer quando ele entrou. O rosto gentil lhes revelou imediatamente que Demi não tinha mais pai, porque estava abatido e pálido e cheio de um luto terno que o deixou sem palavras com que responder a Rob, quando o menino correu até ele dizendo, em tom reprovador:

– Por que você saiu de noite e me deixou, papai?

A memória do outro pai, que havia deixado suas crianças durante a noite, para nunca mais voltar, levou o senhor Bhaer a apertar forte o próprio filho e, por um minuto, esconder o rosto nos cabelos cacheados de Robby. Emil baixou a cabeça sobre os braços; Franz foi apoiar a mão no ombro do tio, o jovem rosto lívido de solidariedade e pesar, e os demais ficaram sentados em tão profundo silêncio que o suave farfalhar das folhas caindo lá fora era claramente ouvido.

Rob não entendeu muito bem o que tinha acontecido, mas detestava ver o papai triste, então endireitou a cabeça até aí curvada e disse, com sua voz fina e jovial:

– Não chore, *mein Vater*! Nós todos fomos bonzinhos, fizemos nossa lição sem você e Franz foi o professor.

O senhor Bhaer então olhou para eles, tentou sorrir e falou, em um tom grato que fez os rapazinhos se sentirem verdadeiros santos:

– Eu lhes agradeço muito, meus meninos. Foi um modo bonito de me ajudar e confortar. Não vou me esquecer, eu lhes asseguro.

– Foi o Franz que sugeriu, e ele foi um professor de primeira categoria – disse Nat, e os demais concordaram com murmúrios muito gratificantes ao jovem pedagogo.

O senhor Bhaer pôs Rob no chão e, levantando-se, enlaçou os ombros do sobrinho alto, enquanto dizia, com um prazer genuíno:

– Isto suaviza meu dia difícil e me dá confiança em todos vocês. Minha presença é necessária na cidade e precisarei deixá-los por algumas horas. Pensei em lhes dar folga ou mandar alguns para casa, mas se vocês quiserem ficar e continuar o que começaram, eu ficarei satisfeito e orgulhoso dos meus meninos.

"Nós vamos ficar", "preferimos continuar", "o Franz vai cuidar de nós", exclamaram vários, deliciados com a demonstração de confiança.

– A mamãe não vem? – perguntou Rob, melancólico, pois, para ele, casa sem mamãe era como dia sem sol.

– Nós dois voltaremos hoje à noite; a querida tia Meg precisa da mamãe mais do que você agora, e sei que você vai gostar de emprestá-la um pouquinho.

– Bom, eu, sim, mas o Teddy estava chorando por causa dela, e ele deu um tapa na Nursey e foi muito malcriado – respondeu Rob, como se as notícias pudessem trazer a mamãe de volta.

– E onde está o meu rapazinho? – perguntou o senhor Bhaer.

– O Dan o levou lá fora, para acalmá-lo. Ele está bem, agora – disse Franz, apontando para a janela através da qual dava para ver Dan empurrando o bebê em um carrinho de mão, com os cachorros brincando em volta.

– Não vou vê-lo, isso só o aborreceria de novo, mas digam ao Dan que deixo Teddy aos cuidados dele. Confio em vocês, que são mais velhos, para cuidarem de si mesmos por um dia. Franz vai orientá-los e o Silas está aqui para supervisionar as coisas. Então adeus, e até à noite.

— Só me conta alguma coisa sobre o tio John — disse Emil, retendo o senhor Bhaer quando ele se preparava para partir às pressas.

— Ele ficou doente por umas poucas horas apenas e viveu como morreu, com tanta alegria e paz, que seria um pecado macular essa beleza com qualquer tipo de lamúria intensa ou egoísta. Nós chegamos a tempo de nos despedir, e Daisy e Demi estavam em seus braços quando ele adormeceu no colo da tia Meg. E por ora basta, pois não aguento — e o senhor Bhaer saiu rápido, curvado de pesar, pois em John Brooke ele havia perdido um amigo e um irmão, e não havia quem pudesse ocupar o lugar.

Durante o dia todo, a casa ficou muito tranquila. Os meninos menores brincaram calmamente no dormitório; os outros, sentindo como se o domingo tivesse chegado no meio da semana, passaram o dia andando, sentados no salgueiro ou junto aos bichos de estimação, todos conversando muito sobre o tio John e sentindo que alguma coisa gentil, justa e forte tinha saído de seus pequenos mundos, deixando para trás uma sensação de perda que se aprofundava a cada hora. Ao entardecer, o senhor e a senhora Bhaer voltaram sozinhos para casa, pois Demi e Daisy eram o melhor consolo para a mãe agora, e eles não podiam se afastar. A pobre senhora Jo parecia muito abalada e evidentemente necessitada do mesmo tipo de consolo, já que suas primeiras palavras, ao subir os degraus, foram: "Onde está meu bebê?".

— Eu tô aqui! — respondeu uma vozinha, enquanto Dan colocava Teddy nos braços da mãe, e acrescentando, enquanto ela o abraçava apertado: — Meu Danny me cuidou o dia todo e eu fui bonzinho.

A senhora Jo se virou para agradecer ao enfermeiro fiel, mas Dan estava acenando para dispersar os meninos, que haviam se reunido no corredor para recebê-la, dizendo, em voz baixa:

— Fiquem longe, ela não quer se ocupar de nós agora.

— Não, não fiquem longe. Eu quero todos aqui. Venham, meus meninos, eu abandonei vocês o dia inteiro — e a senhora Jo estendeu as mãos para eles, enquanto o grupo se acercava para acompanhá-la até o quarto; falavam pouco, mas expressavam muito afeto no olhar e por meio de esforços desajeitados demonstravam seu pesar e sua solidariedade.

– Eu estou tão cansada, vou deitar e ficar aninhada com o Teddy, e vocês podem me trazer um pouco de chá – ela disse, tentando, pelo bem deles, parecer animada.

Seguiu-se um tropel generalizado rumo à sala de jantar, e a mesa teria sido barbarizada se o senhor Bhaer não houvesse interferido. Acordou-se que um grupo levaria o chá para a mamãe e que outro o traria de volta. Os quatro meninos mais próximos e queridos exigiram fazer as primeiras honras, então Franz levou o bule, e Emil o pão, enquanto Rob respondeu pelo leite e Teddy insistiu em transportar o açucareiro, que ao chegar estava bastante mais leve do que no início do trajeto. Algumas mulheres poderiam achar irritante ter, numa hora dessas, meninos entrando e saindo, virando xícaras e batendo colheres, no esforço intenso para serem silenciosos e úteis, mas aquilo era perfeitamente adequado à senhora Jo, cujo coração estava cheio de ternura; recordando que muitos de seus meninos não tinham pai ou mãe, ela se sensibilizou por eles e extraiu conforto daquele afeto bruto. Era o tipo de alimento que lhe fazia mais bem do que a fatia muito grossa de pão com manteiga que eles deram a ela, e o incentivo um tanto mal construído de Commodore: "Aguenta as pontas, tia, é dureza, mas vamos dar algum jeito", alegrou-a mais do que a xícara que ele levou a ela, cheia de um chá horrível, amargo como se no caminho ele tivesse derramado ali lágrimas salgadas. Quando o jantar terminou, uma segunda delegação retirou a bandeja e Dan disse, estendendo os braços para receber o sonolento Teddy:

– Deixa que eu ponho o bebê na cama, a senhora está tão cansada, mamãe.

– Você vai com ele, amorzinho? – a senhora Jo perguntou a seu pequeno amo e mestre, deitado no braço dela entre as almofadas.

– *Caro* que sim – e ele foi orgulhosamente levado embora pelo fiel carregador.

– Eu queria poder fazer alguma coisa – disse Nat, com um suspiro, enquanto Franz se inclinava sobre o sofá e delicadamente punha a mão na testa quente da tia Jo.

– Você pode, meu querido. Vá buscar seu violino e toque pra mim aquela modinha que o tio Teddy mandou por último. Música vai me consolar mais do que qualquer outra coisa, esta noite.

Nat foi voando buscar o instrumento e, sentado do lado de fora, bem junto à porta do quarto dela, tocou como nunca tinha tocado antes, porque agora seu coração estava na música e parecia conduzir os dedos. Os demais meninos ficaram sentados em silêncio nos degraus, cuidando para que nenhum recém-chegado perturbasse a casa. Franz se manteve em seu posto, e assim acalmada, servida e protegida por seus rapazinhos, a pobre senhora Jo afinal dormiu, e por uma hora se esqueceu de sua dor.

Seguiram-se dois dias tranquilos e, no terceiro, o senhor Bhaer entrou, logo depois da aula, com um bilhete em mãos, parecendo comovido e contente.

– Quero ler algo para vocês, meninos – ele disse, e quando eles se reuniram a seu redor, ele leu:

Querido irmão Fritz, ouvi dizer que você não pretende trazer seu rebanho hoje, achando que eu poderia não gostar. Traga, por favor. Ver os amigos vai ajudar o Demi a superar este momento difícil, e eu quero que os meninos escutem o que o pai diz sobre o meu John. Vai lhes fazer bem, eu sei. Se eles puderem cantar um daqueles velhos e doces hinos que você tão bem lhes ensinou, eu vou apreciar mais do que qualquer outra música, e sinto que se ajusta lindamente à ocasião. Por favor, peça a eles, com o meu amor,

Meg.

– Vocês aceitam ir? – e o senhor Bhaer encarou os rapazotes, que estavam muito comovidos pelas palavras gentis e pelo pedido da senhora Brooke.

– Sim – responderam em uma só voz, e uma hora depois eles partiram com Franz para desempenharem seu papel no enterro simples de John Brooke.

A casinha estava tão calma, ensolarada e com aparência de lar quanto dez anos antes, quando Meg entrara nela como recém-casada, com a diferença de que então era verão e as rosas desabrochavam por todo lado, e agora era outono e as folhas mortas farfalhavam suavemente ao cair, deixando os galhos nus. A jovem esposa se tornara viúva, mas a mesma bela serenidade brilhava em seu rosto, e a doce resignação de uma alma verdadeiramente piedosa tornava a presença dela um consolo para os que chegavam para confortá-la.

– Ah, Meg! Como você aguenta assim? – cochichou Jo, ao encontrá-la à porta com um sorriso de boas-vindas e nenhuma mudança em seus modos gentis, a não ser ainda mais gentileza.

– Querida Jo, o amor que por dez anos me abençoou me dá apoio ainda. Não tinha como morrer, e o John é agora mais meu do que nunca – cochichou Meg de volta, e em seus olhos a confiança terna era tão bonita e clara que Jo acreditou na irmã, e agradeceu a Deus pela imortalidade dos amores como o dela.

Estavam todos lá: papai e mamãe, tio Teddy e tia Amy, o velho senhor Laurence, agora de cabelos brancos e um tanto frágil, o senhor e a senhora Bhaer com seu rebanho e muitos amigos, que tinham ido prestar homenagem ao falecido. Alguém poderia pensar que o modesto John Brooke, em sua vida ocupada, calada e humilde, teria tido pouco tempo para fazer amigos, mas agora eles pareciam brotar de todos os cantos, idosos e jovens, ricos e pobres, refinados e incultos, pois, de modo totalmente inconsciente, sua influência se tinha feito sentir com ênfase, suas virtudes foram lembradas e suas discretas ações de caridade vieram à tona para abençoá-lo. O grupo reunido ao redor do caixão era um tributo muito mais eloquente do que até mesmo o senhor March poderia verbalizar. Lá estavam os homens ricos a quem ele havia servido fielmente durante tantos anos; as idosas pobres a quem ele fazia agradinhos em memória de sua mãe; a esposa a quem ele dera tantas alegrias que nem a morte poderia macular; os irmãos e irmãs em cujos corações ele teria um lugar para sempre; o filhinho e a filhinha, que já sentiam a perda do braço forte e da voz carinhosa; as crianças pequenas, que soluçavam pelo companheiro mais gentil de brincadeiras e todos os rapazinhos, que observavam com rostos comovidos uma cena da qual nunca se esqueceriam. Foi uma cerimônia simples e curta, pois a voz paterna que havia gaguejado na celebração do casamento falhava por completo agora, enquanto o senhor March tentava a todo custo prestar sua homenagem de reverência e de amor ao filho a quem mais respeitava. Nada, exceto o balbucio delicado da Baby Josy no andar de cima da casa, quebrou o longo silêncio que se seguiu ao último "Amém", até que, a um sinal do senhor Bhaer, as bem treinadas vozes dos meninos irromperam a cantar um hino tão repleto de alegria elevada que, um a um, todos se juntaram ao coro, cantando de todo o coração e descobrindo que seus espíritos perturbados atingiam a paz nas asas daquele salmo corajoso e doce.

Enquanto ouvia, Meg sentiu que tinha agido bem, pois não apenas aquele momento a consolou com a certeza de que a última cantiga de John fora cantada pelas jovens vozes que ele tanto amava mas também, no rosto dos meninos, ela viu que eles tinham captado um vislumbre da beleza da virtude em sua forma mais impressionante, e que a recordação daquele homem bondoso, cujo corpo sem vida repousava à frente deles, ficaria por muito tempo e de modo proveitoso em suas lembranças. A cabeça de Daisy descansava em seu colo e Demi lhe segurava a mão, observando-a com frequência com olhos muito parecidos com os do pai e uma expressão que dizia "Não se preocupe, mamãe, eu estou aqui"; e por todos os lados estavam os amigos dela, em quem podia se apoiar e a quem podia amar; então a paciente e piedosa Meg pôs de lado seu profundo pesar, sentindo que sua melhor contribuição seria viver para os outros como seu John tinha vivido.

Naquela noite, ao luar suave de setembro, quando os meninos de Plumfield se sentaram nos degraus, como era seu costume, naturalmente começaram a conversar sobre o evento do dia.

Emil começou declarando, de seu jeito impetuoso:

– O tio Fritz é o mais sábio e o tio Laurie é o mais alegre, mas o tio John era o melhor, e eu prefiro ser como ele mais do que qualquer outro homem que já conheci.

– Eu também. Você ouviu o que os cavalheiros disseram ao vovô hoje? Eu gostaria que falassem de mim daquele jeito, quando eu morresse – e Franz sentiu, com remorso, que não havia apreciado tio John o suficiente.

– O que eles falaram? – perguntou Jack, que tinha ficado muito impressionado com as cenas do dia.

– Um dos sócios do senhor Laurence, na firma onde o tio John trabalhou muitos anos, estava contando que, como homem de negócios, ele era escrupuloso quase ao ponto do exagero, e que estava acima de qualquer reprovação em todos os aspectos. Outro cavalheiro falou que dinheiro nenhum poderia pagar a fidelidade e a honestidade com que o tio John o tinha servido, e daí o vovô contou pra eles a melhor de todas. O tio John uma vez trabalhou no escritório de um homem que trapaceava, e quando esse homem quis que o tio ajudasse nas trapaças, o tio recusou, apesar de terem oferecido um salário bem alto pra ele. O homem ficou muito bravo e falou: "Você nunca vai decolar nos negócios tendo princípios tão rígidos", e o tio respondeu "Eu nunca vou nem tentar, sem eles", saiu daquele escritório e foi trabalhar em um emprego pior por um salário menor.

– Que ótimo! – exclamaram vários dos meninos, de modo aprovador, pois mais do que nunca estavam no estado de espírito certo para compreender e valorizar a história.

– Ele não era rico, era? – perguntou Jack.

– Não.

– E nunca fez nada de importante, fez?

– Não.

– Ele só era bom?

– Só – e Franz se pegou desejando que o tio John tivesse feito algo grandioso que ele pudesse anunciar, pois era evidente que Jack ficara decepcionado com as respostas.

– Apenas bom. Só isso, e isso é tudo – disse o senhor Bhaer, que tinha entreouvido as últimas palavras e adivinhava o que ia pela mente dos meninos. – Deixem-me contar-lhes um pouco sobre o John Brooke, e vocês vão entender por que os homens o admiram e por que ele estava satisfeito em ser bom, mais do que rico ou famoso. Ele simplesmente cumpriu seu dever em todos os aspectos, e o fez com tanta alegria, tanta fidelidade, que isso o conservou paciente e corajoso e feliz na pobreza, na solidão e nos anos de trabalho árduo. Ele foi um bom filho e abriu mão dos próprios planos para ficar e viver com a mãe enquanto ela precisou dele. Ele foi um bom amigo e, como tutor, ensinou a Laurie muito mais do que grego e latim, e talvez tenha feito isso até sem perceber, apenas dando o exemplo de ser um homem correto. Foi um funcionário leal e se tornou tão valioso aos que o empregavam que eles terão dificuldade de preencher seu lugar. Ele foi bom marido e bom pai, tão carinhoso, sábio e atento que Laurie e eu aprendemos muito com ele, e só soubemos quanto ele amava a família quando descobrimos tudo o que havia feito por ela, em segredo e sem ajuda.

O senhor Bhaer parou por um instante, mas os meninos ficaram imóveis como estátuas à luz da Lua até que ele retomou em um tom baixo, porém sério:

– Quando ele estava em seu leito de morte, eu lhe disse: "Não se preocupe com a Meg e os pequenos, eu cuidarei para que nunca passem necessidade". Então ele sorriu, apertou minha mão e respondeu, daquele jeito alegre: "Não será necessário, eu mesmo já cuidei". E assim foi, pois, quando fomos examinar seus documentos, tudo estava em ordem, e não havia uma só dívida; e poupado e em segurança, havia o suficiente para manter Meg confortável e independente. Então, nós soubemos por que ele havia vivido tão modestamente, negando a si próprio muitos prazeres, exceto o da caridade, e trabalhado tão duro que receio que assim tenha encurtado sua vida. Ele nunca pedia ajuda para si mesmo, embora muitas vezes pedisse para outros; em lugar disso, carregou o próprio fardo e desincumbiu-se de seus deveres com bravura e discrição. Ninguém pode dizer uma palavra de reclamação contra ele, de tão justo, generoso e gentil que John foi. Agora que ele partiu, todos encontram tanta razão para amá-lo, elogiá-lo e honrá-lo que eu tenho orgulho de ter sido seu amigo e prefiro deixar aos meus filhos o mesmo legado que ele deixou aos dele a qualquer fortuna que eu pudesse fazer. Sim! A bondade simples e generosa é o melhor capital sobre o qual fundamentar esta vida, pois ela perdura quando a fama e o dinheiro escasseiam e é a única riqueza que podemos levar deste mundo. Lembrem-se disso, meus meninos, e se vocês quiserem conquistar o respeito, a confiança e o amor, sigam os passos de John Brooke.

Quando Demi voltou para a escola, depois de algumas semanas em casa, ele parecia ter se recuperado de sua perda com a abençoada maleabilidade da infância, e de fato tinha, em certa medida. Mas ele não se esqueceu, pois sua natureza era do tipo na qual as coisas mergulhavam profundamente, para serem ponderadas e absorvidas pelo solo onde as pequenas virtudes depressa floresciam. Ele brincava, estudava, trabalhava e cantava, tudo como antes, e pouca gente suspeitou de alguma coisa; mas teve uma e foi a tia Jo, pois ela observava o menino de todo o coração, tentando ocupar o lugar de John o melhor que podia. Ele raramente mencionava sua perda, mas a tia Jo com frequência ouvia soluços abafados vindos de sua cama à noite, e quando ela ia confortá-lo, só o que ele chorava era "Eu quero o meu pai! Ah, quero o meu pai!", pois o vínculo entre os dois tinha sido muito carinhoso e o coração da criança sangrava de dor. Mas o tempo foi generoso com Demi e, aos poucos, ele começou a sentir que o pai não estava perdido para sempre, apenas temporariamente invisível, e que com certeza seria encontrado de novo, saudável, forte e carinhoso como sempre, embora o filho ainda fosse ver as flores roxas de seu túmulo muitas e muitas vezes antes que se reencontrassem. Demi se agarrou com força nessa crença e encontrou tanto ajuda quanto consolo porque, sem que ele percebesse, ela o conduziu da doce saudade do pai que ele conhecera para uma confiança infantil no Pai que ele nunca tinha visto. Ambos estavam no céu e ele rezava aos dois, tentando ser bom por amor a eles.

A mudança exterior correspondeu à interior, pois naquelas poucas semanas Demi pareceu ficar mais alto e começou a deixar para trás as brincadeiras infantis, não como se tivesse vergonha delas, como alguns meninos têm, mas como se as tivesse superado e desejasse algo mais adulto. Ele se enfronhou na odiada aritmética e se manteve tão firme que o tio ficou encantado, embora não compreendesse a mudança, até que Demi declarou:

– Eu vou ser contador quando crescer, como o papai, então preciso entender de números e essas coisas, senão não vou poder ter livros-razão tão caprichados quanto os dele.

Em outra ocasião, ele se aproximou da tia com um ar muito grave e disse:

– O que um menino pequeno pode fazer para ganhar dinheiro?

– Por que pergunta, meu querido?

– O meu pai falou pra eu tomar conta da mamãe e das meninas, e eu quero, mas não sei como começar.

– Ele não quis dizer agora, Demi, mas aos poucos, conforme você crescer.

– Mas quero começar agora, se eu puder, porque acho que eu devia fazer algum dinheiro para comprar coisas para a minha família. Eu tenho dez anos e meninos mais novos do que eu já ganham umas moedas de vez em quando.

– Bem, assim sendo, que tal se você recolher as folhas mortas e proteger o canteiro de morangos? Eu lhe pago um dólar pelo serviço – disse a tia Jo.

– Parece incrível, eu posso fazer isso em um dia. Mas seja justa e não pague demais, porque eu quero merecer de verdade.

– Meu pequeno John, eu vou ser justa e não pagarei um centavo a mais. Não trabalhe em demasia e, quando isso estiver pronto, eu arranjarei outras coisas para você fazer – disse a senhora Jo, muito comovida com o desejo dele de ajudar e com o senso de justiça idêntico ao do pai escrupuloso.

Quando as folhas estavam recolhidas, muitas cargas de lascas de pinheiro foram transportadas no carrinho de mão do bosque para o depósito, e mais um dólar foi recebido. Em seguida, Demi ajudou a encapar os livros escolares, trabalhando à noite sob orientação de Franz, retirando da pilha um após o outro, pacientemente, sem permitir que ninguém ajudasse, e recebendo o salário com tanta satisfação que as cédulas sujas se tornavam quase glorificadas aos olhos dele.

– Agora eu tenho um dólar para cada uma, e queria ir levar o dinheiro pra mamãe pessoalmente, assim ela vai ver que eu prestei atenção ao que o papai falou.

Então Demi realizou uma diligente peregrinação até a casa da mãe, que recebeu os pequenos ganhos do filho como um tesouro de valor incalculável, e o teria mantido intocado, se Demi não houvesse implorado para que ela comprasse algo útil para si mesma e as meninas, que ele sentia terem sido deixadas aos seus cuidados.

Aquilo o deixou muito feliz e, embora com frequência se esquecesse de suas responsabilidades por um período, o desejo de ajudar ainda estava lá e se fortalecia com o passar dos anos. Ele sempre pronunciava as palavras "meu pai" com um ar de orgulho manso e com frequência dizia, como se estivesse se referindo a um título de honra, "Não me chamem mais de Demi, agora eu sou o John Brooke". Assim, fortalecido por um propósito e uma esperança, o rapazote de dez anos reinaugurou sua presença no mundo e tomou posse de sua herança: a memória de um pai sábio e carinhoso, o legado de um nome limpo.

Ao redor do fogo

Com as geadas de outubro, começaram as alegres fogueiras na lareira, e as lascas secas de pinheiro que Demi recolhera ajudaram os nós de carvalho de Dan a brilhar divinamente, e saírem chaminé acima com um rugido animado. Todos ficavam contentes por se reunir em volta do fogo, enquanto as noites se tornavam mais longas, para brincar, jogar, ler e fazer planos para o inverno. Mas a diversão favorita era contar histórias, e esperava-se do senhor e da senhora Bhaer que tivessem sempre à mão um estoque infinito de relatos empolgantes. O suprimento às vezes se esgotava e então os meninos eram deixados com os próprios recursos, os quais nem sempre faziam sucesso. Relatos fantasmagóricos estiveram em voga por um período; a graça da coisa era apagar as luzes, deixar que o fogo se consumisse até o fim e então sentarem-se no escuro e contarem as histórias mais assustadoras que conseguissem inventar. Como isso levava os garotos a medos de variados tipos, fazia com que Tommy caminhasse durante o sono sobre o telhado do depósito e deixava os pequenos em um estado generalizado de nervosismo, foi proibido, e eles retomaram passatempos mais inofensivos.

Certa noite, quando os meninos mais novos tinham sido postos na cama e os mais velhos estavam à toa junto à fogueira da escola, tentando decidir o que fariam, Demi sugeriu um novo jeito de resolver a questão.

Pegando a escova de limpar cinzas da lareira, ele subiu e desceu a sala dizendo "fila, fila, fila" e quando os meninos, rindo e se empurrando, entraram em fila, ele disse:

– Agora, eu lhes dou dois minutos para pensarem em uma brincadeira.

Franz estava escrevendo e Emil estava lendo *A vida de Lorde Nelson*[7] e nenhum dos dois se juntou ao grupo, mas os outros quebraram a cabeça e, quando o momento chegou, estavam prontos para responder.

– Agora... Tom! – e a escova bateu de leve na cabeça dele.

– Cabra-cega.

– Jack!

– Comércio e negócios, com moedas de verdade.

– O tio nos proibiu de jogar a dinheiro. Dan, o que você quer?

– Vamos fazer uma batalha entre gregos e romanos.

– Rechonchudo?

– Maçãs assadas, pipoca e nozes.

– Boa, boa! – gritaram muitos e, quando as propostas foram votadas, a de Rechonchudo levou a melhor.

Alguns foram ao celeiro buscar maçãs, outros subiram ao sótão para pegar as nozes e um terceiro grupo procurou a panela e o milho.

– Era melhor termos convidado as meninas a virem, não? – disse Demi, em um surto repentino de gentileza.

– A Daisy descasca nozes muito bem – disse Nat, que queria que a amiga compartilhasse da diversão.

– A Nan estoura milho como ninguém, então precisamos chamá-la – acrescentou Tommy.

---

[7] Livro do britânico Robert Southey (1774-1843) publicado em 1813. (N.T.)

– Chamem suas queridinhas, então, nós não ligamos – disse Jack, que riu das considerações inocentes que os jovens tinham uns pelos outros.

– Você não deve chamar minha irmã de "queridinha", é tão bobo! – protestou Demi, de um jeito que fez Jack rir de novo.

– Mas ela é a queridinha do Nat, não é, pequeno violinista?

– É, se o Demi não se importar. Não consigo evitar ser fã dela, ela é tão boa pra mim – respondeu Nat com uma seriedade tímida, pois os modos rudes de Jack o haviam perturbado.

– E a Nan é a minha querida e eu vou casar com ela daqui a mais ou menos um ano, então não se intrometam no nosso caminho, nenhum de vocês – disse Tommy, com firmeza, pois ele e Nan já tinham combinado o futuro, à moda infantil: haveriam de morar no salgueiro, baixar um cesto para que alguém abastecesse de comida e fazer outras coisas encantadoras e impossíveis.

Demi ficou murcho ao ouvir a decisão de Bangs, que o tomou pelo braço e conduziu para que fosse buscar as meninas. Nan e Daisy estavam com a tia Jo costurando umas roupas diminutas para o mais novo bebê da senhora Carney.

– Por favor, madame, a senhora poderia nos ceder as meninas por um instantinho? Tomaremos muito bom cuidado delas – disse Tommy, piscando um olho para expressar maçãs, estalando os dedos para indicar pipoca e rangendo os dentes para transmitir a ideia de castanhas.

As meninas entenderam a mímica imediatamente e começaram a tirar os dedais antes que a senhora Jo conseguisse perceber se Tommy estava tendo convulsões ou maquinando alguma nova travessura. Demi explicou de forma elaborada, a autorização foi concedida prontamente e os meninos partiram levando seus prêmios.

– Não fala com o Jack – cochichou Tommy, enquanto ele e Nan desfilavam corredor abaixo para buscar um garfo com o qual pudessem espetar as maçãs.

– Por que não?

– Ele zomba de mim, então não quero que você tenha alguma coisa a ver com ele.

– Vou falar, se eu quiser – respondeu Nan, imediatamente ressentida pela prematura suposição de autoridade manifestada por seu senhor.

– Daí você não vai ser a minha querida.

– Eu não ligo.

– Como não, Nan? Eu pensei que você gostava de mim! – e a voz de Tommy estava cheia de terna reprovação.

– Se você se importa com a risada do Jack, eu não gosto de você nem um tiquinho.

– Então você pode pegar de volta esse anel velho, que eu não vou mais usar – e Tommy tirou o anel de compromisso feito de pelo de cavalo, que Nan havia lhe dado em retribuição ao que ele lhe dera, feito de antenas de lagosta.

– Eu vou dar pro Ned – foi a cruel resposta dela, pois Ned gostava da senhorita Peraltinha e havia espalhado os prendedores de roupa, as caixas e os carretéis dela a um ponto que bastaria para dar início à arrumação doméstica.

Tommy exclamou "mas por Júpiter!" como única vazão para a angústia do momento e, soltando o braço de Nan, afastou-se muitíssimo indignado, deixando que ela seguisse sozinha com o garfo, um abandono que a impertinente Nan castigou passando a espetar o coração dele com ciúmes como se fosse um novo tipo de maçã.

A lareira foi escovada e as rosadas maçãs Baldwin foram postas para tostar. Uma pá foi aquecida e as castanhas dançavam alegremente em cima, enquanto o milho estourava feito louco em sua gaiola de metal. Dan quebrou suas melhores nozes e todos conversavam e riam, enquanto a chuva batia no vidro da janela e o vento uivava ao redor da casa.

– O que o Billy tem em comum com esta castanha? – perguntou Emil, que com frequência propunha charadas de mau gosto.

– Porque ela é dura e ele é doido de pedra – respondeu Ned.

– Isso não é justo. Vocês não podem caçoar do Billy, porque ele não pode se defender. É cruel – exclamou Dan, esmagando uma castanha com raiva.

– A que família de insetos pertence o Nat? – perguntou o apaziguador Franz, percebendo que Emil estava envergonhado, e Dan aborrecido.

– Pernilongo – respondeu Jack.

– Por que a Daisy parece uma abelha? – perguntou Nat, que tinha estado matutando por vários minutos.

– Porque ela é a rainha da colmeia – disse Dan.

– Não.

– Porque ela é doce.

– Abelhas não são doces.

– Desisto.

– Porque ela faz coisas doces, está sempre ocupada e gosta de flores – disse Nat, empilhando seus galanteios infantis até que Daisy corou como um trevo rosado.

– E por que a Nan parece uma vespa? – provocou Tommy, encarando-a e acrescentando, sem dar a ninguém tempo de responder: – Porque ela não é doce, fica nervosinha por qualquer coisa e pica com fúria.

– Tommy é doente e eu fico contente – exclamou Ned, enquanto Nan jogava a cabeça de lado e respondia, depressa:

– Com o que do armário de louças o Tom se parece?

– O pimenteiro – respondeu Ned, entregando a Nan uma castanha suculenta e rindo de um jeito torturante que fez Tommy querer saltar como uma castanha quente e bater em alguém.

Percebendo que o azedume estava levando a melhor sobre a inteligência do grupo, Franz intercedeu de novo.

– Vamos estabelecer uma regra nova: a primeira pessoa que entrar na sala precisará nos contar uma história. Não importa quem seja, terá que contar, e vai ser divertido ver quem será.

Os demais concordaram e não tiveram de esperar muito, pois passos bem pesados se aproximavam pelo corredor e eis que apareceu Silas, com os braços carregados de lenha. Ele foi cumprimentado com gritos generalizados e ficou imóvel, observando o entorno com um sorriso embasbacado no grande rosto vermelho, até que Franz explicou a brincadeira.

– Xi! Eu não sei contar história – ele disse, pousando a carga e se preparando para sair da sala.

Mas os meninos o cercaram e o obrigaram a se sentar, depois o mantiveram preso, rindo e exigindo uma história, até que o gigante gentil foi convencido.

– Eu só sei uma história e é de cavalo – ele disse, muito envaidecido pela recepção.

– Conta! Conta! – gritaram os meninos.

– Bom – começou Silas, apoiando o encosto da cadeira contra a parede e enfiando os polegares nas cavas do colete –, eu me *ajuntei* num regimento de cavalaria durante a guerra e vi um bocado de combate. Meu cavalo, o Major, era um animal de *pirmera* linha e eu gostava dele como se ele fosse uma pessoa humana. Ele não era bonito, mas era a montaria mais boazinha, ponta firme e amorosa que eu já vi. Na *pirmera* batalha que eu fui, ele me ensinou uma lição que eu nunca esqueci, e agora vou contar pra vocês. Bom, nem vale a pena eu tentar falar pra meninos miúdos como vocês do barulho e da confusão e das coisas pavorosas que tem numa batalha, e também eu nem conheço as palavra pra fazer isso, mas digo que eu tava tão abilolado e perdido na *pirmera* vez que eu nem sabia direito o que que eu tava fazendo. Bom, mandaram nós atacar e nós obedecemos e fomos em frente, sem ninguém nunca parar pra pegar quem tinha caído pelo meio do caminho. Eu levei um tiro no braço e acabei caindo da sela, não sei bem como que foi, mas fiquei pra trás, caído com mais dois ou três, mortos e feridos, enquanto o resto seguiu indo adiante, como eu falei. Bom, eu me *alevantei* e olhei em volta pra *percurar* o Major, pensando "eita, mas já chega disso". Não achei ele em lugar nenhum e estava voltando a pé pro acampamento quando escutei um relincho que pareceu conhecido. Olhei em redor e lá tava ele me esperando bem longe, olhando pra mim como se não entendesse por que eu estava atrasado lá pra trás. Eu dei um assobio e ele veio correndo pra mim como eu tinha treinado ele pra fazer. Montei nele o melhor que deu, com meu braço esquerdo sangrando, e tava pronto pra ir pro acampamento, porque, confesso, tava fraco e tremendo feito mulher. É normal ficar assim na *primera* batalha. Mas, não sinhô! O Major era o mais corajoso de nós dois e não arredou pé de jeito nenhum! Ele empinou, dançou, relinchou e ficou parecendo como se o cheiro da pólvora e o barulho tivessem deixado ele meio louco. Eu fiz de um tudo, mas ele não cedeu, então eu cedi. E o que vocês acham que aquela besta valente fez? Pois ele deu um giro e galopou de volta feito trovão bem pro meio do combate!

– Ele fez muito bem! – gritou Dan, excitado, ao passo que os demais meninos tinham abandonado maçãs e castanhas devido ao interesse.

– Quero cair mortinho aqui agora mesmo se não fiquei com vergonha de mim mesmo – continuou Silas, se aquecendo com recordações daquele dia. – Eu tava doido feito um zangão e esqueci o ferimento e simplesmente me atirei na luta, cego de fúria, até que uma granada caiu no meio de nós e, na explosão, derrubou um monte de gente. Por um tempo eu fiquei desentendido, daí voltei a mim e a batalha tinha acabado e eu estava encostado num apoio que era o coitado do Major, deitado de comprido e mais machucado do que eu. A minha perna tinha quebrado e tinha uma bala no meu ombro, mas ele, o coitado do meu velho amigo! Ele tava todo rasgado do lado por um pedaço da granada.

– Ah, Silas! O que você fez? – gritou Nan, aproximando-se dele com uma expressão aflita de solidariedade e interesse.

– Eu me arrastei mais pra perto e tentei fazer o sangue dele parar de correr com uns trapos que consegui rasgar da minha roupa usando uma mão só. Mas foi inútil, e ele ficou lá deitado, gemendo num sofrimento horrível, olhando pra mim com aquele olhar de amor dele, até que eu não consegui aguentar mais. Eu ajudei ele tudo que eu podia, mas daí o sol foi ficando cada vez mais quente e ele começou a dobrar e esticar a língua pra fora, eu tentei chegar num riacho que tinha a uma boa distância, mas não consegui, porque tava muito mole e fraco, então eu desisti e comecei a abanar ele com o meu chapéu. Agora, vocês prestem bem atenção nisso, e quando alguém falar mal dos soldados confederados perto de vocês, vocês se lembrem desse um que eu vou contar e deem o devido crédito ao que ele fez. Lá tava um coitado dum confederado caído não muito longe de nós, tinha levado um tiro no pulmão e tava morrendo rápido. Eu ofereci meu lenço pra ele não ficar com o sol na cara e ele me agradeceu muito educado, que nessas horas os homens não param pra pensar de qual lado que eles estão, eles só se ajuntam e se ajudam. Quando ele me viu chorando pelo Major e tentando aliviar o sofrimento dele, ele olhou pra mim com a cara toda suja de lama e branca de dor e falou assim, "Toma aqui meu cantil, pode levar, que pra mim não vai adiantar mais" e jogou pra mim. Eu não teria aceitado se não tivesse conhaque numa garrafinha de bolso, e eu fiz ele beber. Fez bem pra ele e eu também me senti bem como se eu mesmo tivesse tomado. É muito *impsionante* como essas coisinhas miúdas fazem bem pra gente de vez em quando.

E Silas fez uma pausa como se estivesse sentindo de novo o conforto daquele momento, quando ele e o inimigo se esqueceram da contenda e se ajudaram mutuamente como irmãos.

– Conta do Major! – gritaram os meninos, impacientes pela catástrofe.

– Eu derramei água na coitada da língua seca dele e, se alguma vez uma criatura animal mostrou gratidão, foi ele naquela hora. Mas não adiantou muita coisa, porque a ferida medonha continuava atormentando ele, até que chegou uma hora que eu não aguentei mais. Foi muito difícil, mas eu fiz por misericórdia e sei que ele me perdoa.

— O que você fez? – perguntou Emil, quando Silas se interrompeu abruptamente com um *"hum"* muito alto e tal expressão em seu rosto bruto que fez Daisy se levantar e ir pousar a mãozinha no joelho dele.

— Eu atirei nele.

Um calafrio percorreu os ouvintes quando Silas disse aquilo, pois Major era um herói aos seus olhos, e esse trágico fim despertou toda a sua simpatia.

— É, eu atirei e botei um fim no sofrimento dele. Antes eu fiz carinho e falei "tchau", depois eu ajeitei a cabeça dele na grama, olhei pela última vez praqueles olhos amorosos que ele tinha, e atirei no meio da cabeça. Ele mal se mexeu, porque eu mirei muito direitinho, e quando eu vi ele parado, sem gemer nem sentir dor, eu fiquei aliviado, mas mesmo assim derrubado, não sei se era de vergonha ou o quê, eu só sei que botei os braços em volta do pescoço dele e chorei feito um bebezão. Credo, eu não sabia que eu era tão bobo – e Silas passou a manga sobre os olhos, tão comovido pelo choro de Daisy quanto pela lembrança do fiel Major.

Ninguém falou por um minuto, porque os meninos sentiram a compaixão daquela breve história tão depressa quanto a emotiva Daisy, embora não tenham demonstrado com lágrimas.

— Eu gostaria de ter um cavalo assim – disse Dan, a meia-voz.

— O soldado rebelde morreu também? – perguntou Nan, angustiada.

— Não naquela hora. Nós ficamos lá deitados o resto do dia, e de noite, uns dos nossos vieram procurar quem tava faltando. Claro que eles quiseram me levar *pirmeiro*, mas eu sabia que aguentava esperar e o rebelde só tinha uma chance, se tanto, então eu fiz eles levarem ele antes. Ele só teve força pra me dar a mão e dizer "Obrigado, companheiro" e essas foram as últimas palavras que ele falou, porque morreu uma hora depois de chegar à tenda-hospital.

— Como você deve ter se sentido bem por ter sido gentil com ele! – disse Demi, que estava profundamente impressionado pela história.

– Bom, eu me consolei pensando nisso, enquanto fiquei lá sozinho por um monte de horas, com a cabeça no pescoço do Major, vendo a Lua subir. Eu queria ter dado um enterro decente pro pobre animal, mas não tinha como, daí eu cortei um pouco da crina dele e guardo sempre comigo desde aquele dia. Vocês querem ver, meninas?

– Sim, por favor! – respondeu Daisy, enxugando as lágrimas para enxergar.

Silas pegou uma velha "carteira", como ele chamava o porta-cédulas, e tirou de uma dobra interna um pedaço de papel marrom, no qual havia uma mecha áspera de pelo de cavalo branco. As crianças olharam em silêncio os fios dispostos na palma da mão enorme e ninguém viu nada de ridículo no amor que Silas nutria por seu bom cavalo, Major.

– É uma história linda e eu adorei, apesar de ela ter me feito chorar. Muito obrigada, Si – e Daisy o ajudou a dobrar e guardar a pequena relíquia, Nan enfiou uma mão cheia de pipoca em seu bolso e os meninos expressaram em voz alta suas elogiosas opiniões acerca da história, sentindo que havia nela dois heróis.

Ele partiu, bastante comovido com as honras recebidas, e os pequenos conspiradores debateram o relato, enquanto esperavam pela vítima seguinte. Foi a senhora Jo, que entrou para tirar medidas de Nan para novos aventais que estava costurando para ela. Eles esperaram até que ela estivesse bem distante da porta e então a cercaram, contaram a regra e exigiram uma história. A senhora Jo achou muita graça na armadilha e concordou de imediato, pois o som das vozes animadas tinha atravessado o corredor de um jeito muito convidativo e ela havia ansiado por juntar-se a eles e assim esquecer os próprios pensamentos aflitos dirigidos à irmã Meg.

– Eu sou o primeiro rato que vocês capturam, seus gatinhos dissimulados? – ela perguntou, conforme era conduzida até a grande cadeira, abastecida de refrescos e cercada por um rebanho de ouvintes de rosto alegre.

Eles contaram sobre Silas e a contribuição que ele dera, e a senhora Jo deu um tapa na própria testa, em desespero, pois tinha sido pega desprevenida ao ser chamada tão inesperadamente para apresentar uma história novinha em folha.

– Sobre o que é que vou falar?

– Meninos! – foi a resposta em coro.

– E que tenha uma festa – disse Daisy.

– E alguma coisa gostosa de comer – acrescentou Rechonchudo.

– Isso me faz lembrar uma história escrita há muitos anos por uma velha e querida senhora. Eu gostava muito dessa história e acho que vocês vão gostar também, pois ela tem meninos e "coisa gostosa de comer".

– Como chama? – perguntou Demi.

– O menino suspeito.

Nat levantou o olhar das nozes que estava descascando e a senhora Jo sorriu para ele, adivinhando o que lhe ia pela cabeça.

– A senhorita Crane tinha uma escola para meninos em uma cidade pequena e tranquila, e a escola era muito boa, à moda antiga. Seis meninos moravam na casa dela e outros quatro ou cinco vinham da cidade. Entre os que moravam com ela havia um chamado Lewis White. Lewis não era mau, apenas tímido e, de vez em quando, contava mentiras. Um dia, uma vizinha mandou para a senhorita Crane um cesto de groselhas. A quantidade não era suficiente para distribuir à vontade entre eles, então a doce senhorita Crane, que gostava de agradar aos meninos, pôs-se a trabalhar e fez uma dúzia de deliciosas tortinhas.

– Eu gostaria de experimentar torta de groselha. Será que ela preparou as dela como eu faço as minhas de framboesa? – disse Daisy, cujo interesse em culinária havia se reavivado.

– Psss – disse Nat, enfiando uma pipoca gorda na boca da amiga para silenciá-la, pois estava muito interessado na história e sentiu que tinha começado bem.

– Quando as tortas ficaram prontas, a senhorita Crane as guardou no melhor armário da copa e não disse uma palavra a ninguém, pois queria surpreender os meninos na hora do chá. Quando o momento chegou e todos estavam sentados à mesa, ela foi buscar as tortas, mas voltou parecendo muito perturbada. O que vocês acham que aconteceu?

– Alguém roubou todas elas! – gritou Ned.

– Não, as tortas estavam lá, porém, alguém tinha roubado todas as frutinhas delas, levantando a tampa, raspando as groselhas e recolocando a massa por cima.

– Que truque sujo! – e Nan olhou para Tommy como se indicando que ele seria capaz de fazer a mesma coisa.

– Quando ela contou o plano aos meninos e mostrou a eles as pobres tortinhas já sem seu doce, eles ficaram tristes e desapontados, e todos afirmaram que nada sabiam a respeito. "Vai ver foram os ratos que fizeram isso", disse o Lewis, que era um dos que negavam mais alto saber da existência das tortas. "Não, ratos teriam comido a parte de cima e todo o resto, jamais iam levantar a tampa e roubar só a frutinha. Foram mãos que fizeram isso", disse a senhorita Crane, que estava mais perturbada com a mentira que alguém certamente tinha contado do que com a perda das tortas em si. Bem, eles jantaram e foram para a cama, mas, durante a noite, a senhorita Crane ouviu alguém gemendo e, quando foi ver de quem se tratava, encontrou o Lewis se contorcendo de dor. Era evidente que ele havia comido algo que lhe fizera mal, e estava tão doente que a senhorita Crane se assustou e ia mandar chamar o médico, quando o Lewis choramingou: "Foi a groselha, eu que comi, preciso confessar antes de morrer", pois a ideia de receber o médico lhe enchia de medo. "Se é só isso, vou lhe dar algo para o estômago e logo vai passar", disse a senhorita Crane. Assim, o Lewis recebeu uma boa dose e, pela manhã, estava bastante bem. "Ah, não conta para os meninos, eles vão rir tanto de mim!", implorou o doente. A gentil senhorita Crane prometeu não contar, mas Sally, a empregada, contou a história, e o coitado do Lewis não teve paz por um bom tempo. Os colegas o chamavam de Groselha e nunca se cansavam de perguntar o preço das tortas.

— Serviu de lição — disse Emil.

— A maldade sempre é descoberta — acrescentou Demi, moralmente.

— Nem sempre — murmurou Jack, que cuidava das maçãs com grande devoção, de modo que pudesse ficar de costas para os outros e esconder o rosto vermelho.

— É só isso? — perguntou Dan.

— Não, essa é só a primeira parte, e a segunda é mais interessante. Algum tempo depois disso, um vendedor ambulante se aproximou certo dia e parou para mostrar seus artigos para os meninos, muitos dos quais compraram pentes de bolso, berimbaus de boca e outras ninharias do tipo. Entre os itens de corte, havia um canivete de cabo branco que o Lewis queria muito, mas ele já tinha gastado todo o dinheiro que tinha, e ninguém quis emprestar. Ele ficou segurando o canivete, admirando-o e desejando-o muito, até que o vendedor recolheu a mercadoria para partir, e ele com relutância o largou, e o homem foi embora. No dia seguinte, porém, o ambulante voltou, dizendo que não conseguia encontrar aquele determinado canivete e achou que talvez o tivesse deixado na casa da senhorita Crane. Tinha cabo de madrepérola e era um canivete muito bom, e o vendedor não podia se dar ao luxo de simplesmente perdê-lo. Todo mundo procurou e declarou que não sabia nada a respeito. "Este rapaz o pegou por último e parecia que o queria muito. Você tem certeza de que o devolveu?", perguntou o homem para Lewis, que estava bastante inquieto com o desaparecimento e jurou vezes sem conta que o tinha devolvido. Mas as negativas não surtiram efeito, pois todos tinham certeza de que ele o havia pegado, e depois de uma cena, a senhorita Crane acabou pagando pelo canivete e o homem foi embora resmungando.

— O Lewis pegou? — perguntou Nat, muito agitado.

— Você já vai ver. Agora, o coitado do Lewis tinha outra provação para suportar, porque os meninos ficavam a toda hora dizendo "Empresta seu canivete de cabo de madrepérola, Groselha" e coisas desse tipo, até que o Lewis ficou tão infeliz que implorou para ser mandado de volta para casa. A senhorita Crane fez o que pôde para manter os meninos quietos, mas era um trabalho ingrato, porque eles provocavam, e ela não podia estar com eles o tempo todo. Essa foi uma das coisas mais difíceis a ensinar aos meninos: "não se chuta quem já está caído", como se diz, mas eles atormentavam o pobre de todos os jeitos, até que ele estava pronto a agradecer por uma oportunidade de resolverem aquilo nos punhos.

— Eu sei como é — disse Dan.

— Eu também — acrescentou Nat, com brandura.

Jack não falou nada, mas concordava totalmente, pois sabia que os meninos mais velhos o desprezavam e o mantinham a distância, por aquela exata razão.

— Continua contando do coitadinho do Lewis, tia Jo. Eu não acredito que ele pegou o canivete, mas quero ter certeza — disse Daisy, com grande ansiedade.

— Bem, semana veio e semana passou, e nada de o assunto se esclarecer. Os meninos evitavam Lewis, e ele, o pobre coitado, estava quase doente pelo problema que tinha atraído para si. Ele decidiu nunca mais contar outra mentira e tentou com tanto empenho que a senhorita Crane teve pena dele e o ajudou, e, afinal, acreditou que ele não havia pegado o canivete. Dois meses depois daquela primeira visita, o ambulante voltou, e a primeira coisa que ele disse foi: "Bem, madame, no fim das contas, eu encontrei o canivete. Tinha escorregado pra dentro do forro da minha maleta e caiu dela outro dia, quando eu estava guardando um novo estoque de mercadorias. Eu pensei em vir visitar e contar, já que a senhora pagou por ele e talvez o quisesse, então aqui está". Todos os meninos se reuniram e, quando ouviram aquilo, sentiram muita vergonha e pediram perdão ao Lewis de todo o coração, tão arrependidos que ele não tinha como recusar. A senhorita Crane o presenteou com o canivete, e ele o guardou por muitos anos, para sempre se lembrar dos problemas que aquele erro tinha lhe trazido.

– Eu queria saber por que as coisas que você come às escondidas fazem mal, mas se você come à mesa não fazem – comentou Rechonchudo, pensativo.

– Talvez sua consciência afete seu estômago – disse a senhora Jo, sorrindo do raciocínio dele.

– Ele está pensando nos pepinos – disse Ned, e uma explosão de riso se seguiu às palavras, pois o último infortúnio de Rechonchudo tinha sido engraçado.

Ele comeu em segredo dois pepinos enormes, sentiu-se muito mal e segredou sua agonia a Ned, implorando que ele fizesse alguma coisa. Ned, com toda a boa intenção, recomendou pôr um emplastro na barriga e uma chapa morna nos pés, só que, ao aplicar o tratamento, ele inverteu a ordem das coisas, e colocou o emplastro nos pés e a chapa quente na barriga, e o coitado do Rechonchudo foi encontrado no celeiro com os pés cheios de bolhas e a jaqueta queimada.

– Que tal mais uma história, já que esta foi tão interessante? – disse Nat, quando as risadas cessaram.

Antes que a senhora Jo pudesse recusar o pedido daqueles insaciáveis Oliver Twists[8], Rob entrou na classe arrastando o cobertor atrás de si e indo diretamente na direção da mãe como um refúgio seguro, com uma expressão de grande doçura, disse:

– Eu ouvi um *baruio* e achei que podia ter acontecido alguma coisa horrível, então eu *vim* ver.

– E se tivesse acontecido você acha que eu ia me esquecer de você, danadinho? – perguntou a mãe, tentando fazer uma expressão séria.

---

[8] Oliver Twist, protagonista do romance homônimo, de autoria de Charles Dickens, publicado em 1837. (N.T.)

– Não, mas eu achei que você ia gostar mais de me ver aqui – respondeu o insinuante camaradinha.

– Pois eu preferiria vê-lo deitado, portanto já de volta para a cama, Robin.

– Todo mundo que entra tem que contar uma história, e você não sabe, então pode ir marchando – disse Emil.

– Eu sei, sim! Eu conto montes de história pro Teddy, tudo de urso e de Lua e de mosquitinhos que falam coisas quando zumbem – protestou Rob, disposto a ficar a qualquer preço.

– Conta uma, então, agora mesmo – disse Dan, preparando-se para protegê-lo e depois levá-lo embora.

– Bom, vou contar, deixa eu pensar um pouco – e Rob subiu para o colo da mãe, onde foi aninhado com a seguinte observação:

– É um problema de família, essa saída da cama em horas erradas. O Demi também fazia isso e eu mesma, ah, ficava entrando e saindo a noite toda. A Meg sempre achava que a casa estava pegando fogo e me mandava descer pra verificar, e eu ficava por ali e me divertia como você está tentando agora, meu filho desobediente.

– Eu já pensei – comentou Rob muito à vontade e ansioso para conquistar sua entrada naquele círculo encantador.

Todos o encararam e ouviram com o rosto cheio de riso contido enquanto Rob, empoleirado no joelho da mãe e embrulhado no cobertor de estampa alegre, contou a seguinte história, breve porém trágica, com uma seriedade que a tornou muito engraçada:

– Era uma vez uma senhora que tinha um milhão de filhos e um menininho muito lindo. Ela foi lá em cima e falou "Você não pode sair pro jardim". Mas ele foi e caiu na bomba de água e morreu todo afogado.

– E é só isso? – perguntou Franz, quando Rob fez uma pausa para recuperar o fôlego após aquele início deslumbrante.

– Não, tem outra parte – e Rob franziu as sobrancelhas no esforço de obter uma nova inspiração.

– O que a senhora fez quando ele caiu na bomba? – perguntou a mãe, na tentativa de ajudá-lo.

– Ah, ela *bombou* ele pra cima, *embrulou* ele em jornal e botou numa prateleira pra secar e virar semente.

Uma gargalhada generalizada recebeu aquela conclusão surpreendente e a senhora Jo afagou a cabeça cacheada dizendo, toda solene:

– Meu filho, você herdou da sua mãe o dom para contar histórias. Siga para a glória que o aguarda.

– Agora eu posso ficar, não posso? Minha história não foi boa? – gritou Rob, emplumado diante do sucesso extraordinário.

– Você pode ficar até ter comido essas doze pipocas – disse a mãe, esperando vê-las sumir de uma só vez.

Mas Rob era um homenzinho muito astuto e levou a melhor sobre ela, comendo as pipocas uma a uma e bem devagar, desfrutando cada minuto com máxima intensidade.

– Não seria melhor você contar a outra história, enquanto espera? – perguntou Demi, aflito para que não se perdesse tempo.

– Eu na verdade não tenho mais nenhuma, a não ser uma historieta sobre uma caixa de madeira – disse a senhora Jo, vendo que Rob tinha ainda sete pipocas para comer.

– Tem um menino nela?

– É toda de meninos.

– É de verdade? – perguntou Demi.

– Cada pedacinho dela.

– Então conta, conta, por favor!

– James Snow e a mamãe viviam em uma pequena casa lá no norte, em New Hampshire. Eles eram pobres e James precisava trabalhar para ajudar a mãe, mas ele amava os livros tanto quanto detestava o trabalho, e só queria ficar sentado lendo o dia todo.

– Como assim! Eu detesto os livros e amo trabalhar – disse Dan, antipatizando com James logo de cara.

– É preciso todo tipo de gente pra se construir o mundo, trabalhadores e estudiosos são igualmente necessários e há espaço para todos. Mas eu acho que os trabalhadores deveriam estudar um pouco e os estudiosos deveriam saber como trabalhar, se necessário – disse a senhora Jo, olhando de Dan para Demi com uma expressão significativa.

– Tenho certeza de que eu trabalho – e Demi com muito orgulho exibiu três pontos calosos na palma da pequena mão.

– E eu tenho certeza de que estudo – acrescentou Dan, apontando com um gemido para a lousa cheia de números escritos com capricho.

– Vejam o que o James fez. Ele não queria ser egoísta, mas a mãe tinha orgulho do filho e deixava que ele fizesse como preferia, e trabalhava sozinha para que ele pudesse ter livros e tempo para ler. Em certo outono, James quis ir para a escola e procurou o padre para ver se poderia ajudá-lo com roupas decentes e livros. Bem, o padre tinha ouvido fofocas sobre James ser ocioso e não estava propenso a fazer grandes coisas por ele, pensando que um menino que negligenciava a própria mãe, permitindo que ela fosse escravizada em benefício dele, provavelmente também não iria se sair muito bem na escola. Por outro lado, o bondoso homem sentiu mais interesse quando descobriu como James era sério, e, sendo ele próprio um homem estranho, fez uma proposta ao menino, para testar a sinceridade dele. "Eu lhe darei roupas e livros, sob uma condição, James." O menino se entusiasmou imediatamente e perguntou: "E qual é, senhor?". O padre disse: "Você deve manter a caixa de lenha da sua mãe cheia durante todo o inverno, e deve fazer isso pessoalmente. Se você falhar, acabou-se a escola". James deu risada daquela condição esquisita e na mesma hora concordou, achando que seria muito fácil. Ele começou a ir para a escola e, por um período, cuidou muito bem da caixa de lenha, pois era outono e havia abundância de folhas e lascas de arbusto. Ele saía pela manhã e à tarde e voltava com um cesto cheio, ou então cortava gravetos para serem usados no forno, e como a mãe era econômica e cuidadosa, a tarefa não era difícil.

Mas em novembro chegaram as geadas, os dias eram tristes e frios, e a madeira ia embora depressa. A mãe usou o salário para comprar um pacote de lenha, mas as novas achas também diminuíram rápido e tinham quase acabado quando James lembrou que precisava conseguir o pacote seguinte. A senhora Snow estava fraca e manca devido ao reumatismo e ficou impossibilitada de trabalhar como vinha fazendo; James precisou deixar de lado os livros e ver o que faria. Foi dificílimo, pois ele estava indo bem, e era tão interessado que detestava interromper o estudo, exceto para comer e dormir. Mas ele sabia que o padre cumpriria a palavra e, muito contra sua vontade, James se dedicou a ganhar dinheiro em suas horas vagas, não fosse a caixa de lenha ficar vazia. Ele fez todo tipo de coisa, levou recados, cuidou da vaca de um vizinho, ajudou o sacristão a espanar e aquecer a igreja aos domingos e, por esses meios, conseguiu o suficiente para comprar pequenas porções de carvão. Mas era tarefa árdua, os dias eram curtos, o inverno era de um frio cortante, o tempo precioso corria rápido e os seus amados livros eram tão fascinantes que era uma lástima deixá-los em troca de serviços que pareciam nunca acabar. O padre o observava discretamente e, vendo que o menino era sério, ajudou-o sem que ele soubesse. Andando de trenó na floresta, o padre com frequência o encontrava no ponto onde os homens cortavam lenha; enquanto James andava com dificuldade ao lado dos bois lentos, aproveitava para ler ou estudar, ansioso por não desperdiçar nenhum minuto. "O menino é digno de ajuda e essa lição vai lhe fazer bem; quando ele terminar, vou lhe dar uma mais fácil", pensou o padre, e na noite de Natal, um carregamento esplêndido de lenha foi depositado com discrição à porta da pequena casa, com um novo serrote e um pedaço de papel onde estava escrito: "Deus ajuda aos que se ajudam". O pobre James não tinha nenhuma expectativa, mas quando acordou naquela gélida manhã de Natal, encontrou um par de luvas bem quentinhas tricotadas pela mãe, apesar de seus dedos enrijecidos. O presente lhe agradou muito, mas o beijo e o olhar amoroso dela ao chamá-lo de "meu bom filho" foram ainda melhores. Vejam como, na tentativa de manter aquecida a mãe, ele havia aquecido o próprio coração e como, ao preencher a caixa de lenha, ele havia também preenchido os meses com deveres bem cumpridos. Ele começou a enxergar isso, a sentir que havia algo melhor do que livros e a tentar aprender as lições que Deus lhe mandava, assim como aquelas que o professor atribuía. Quando ele viu a grande pilha de achas de carvalho e pinheiro diante da porta e leu o bilhete, soube quem tinha mandado e compreendeu o plano do padre; ele lhe agradeceu por isso e pôs-se a trabalhar com toda a força. Outros meninos festejaram naquele dia, mas James serrou madeira, e acho que entre todos os moleques da cidade, o mais feliz era aquele com luvas novas, que assobiava feito um passarinho enquanto enchia a caixa de madeira da mãe.

– Olha, mas esta foi ótima! – exclamou Dan, que apreciava uma história factual muito mais do que os melhores contos de fadas. – No fim, até que gostei desse sujeito.

– Eu poderia serrar madeira pra você, tia Jo – disse Demi, sentindo que um novo meio de ganhar dinheiro para a mãe havia sido sugerido pela história.

– Agora conta uma sobre um menino mau – disse Nan.

– Seria melhor contar uma sobre uma menina levada e ranzinza – disse Tommy, cuja noite tinha sido estragada pela descortesia de Nan.

A atitude dela tornou amarga a maçã dele, insípida a pipoca e duras as castanhas, e a visão de Ned e Nan lado a lado em um banco fazia sua vida ser um fardo.

Mas não haveria mais histórias da senhora Jo, pois, olhando para Rob, ela descobriu que ele dormia profundamente, com a última pipoca firmemente presa na mão gorducha. Embrulhando-o na colcha, a mãe o levou embora e o aconchegou na cama, sem medo de que acordasse de novo.

– Vamos ver quem será o próximo – disse Emil, escancarando a porta convidativamente.

Mary Ann foi a primeira a passar e ele a chamou, mas Silas a havia alertado, e ela só deu risada e apressou o passo, apesar das provocações dos garotos. Dali a pouco, uma porta se abriu e uma voz forte foi ouvida cantarolando no corredor:

Ich weiss nicht was soll es bedeuten
Dass ich so traurig bin[9]

– É o tio Fritz; todo mundo ri bem alto e é certo que ele virá – disse Emil.

Uma explosão de riso selvagem se seguiu e tio Fritz entrou, perguntando:

– Qual é a piada, meus rapazes?

– Pegamos! Pegamos! Agora o senhor não pode ir embora até ter contado uma história – gritaram os meninos, batendo a porta.

– Ah, então esta é a piada? Bem, eu não desejo ir embora, é tão agradável aqui; pagarei minha prenda agora mesmo.

E foi o que ele fez, sentando-se e começando imediatamente:

– Muito tempo atrás, Demi, o seu avô foi dar uma palestra em uma cidade grande, esperando obter dinheiro para um lar de órfãos, que algumas pessoas bondosas estavam tentando estabelecer. A palestra correu bem e ele pôs uma soma considerável no bolso, e estava muito feliz. Enquanto conduzia a carruagem para outra cidade, ele passou por um trecho muito ermo da estrada, já no final da tarde, e estava justamente pensando que aquele era um ponto ideal para ladrões quando viu um homem de má aparência sair do bosque à margem. A lembrança do dinheiro deixou o vovô muito nervoso, e ele pensou em dar a volta e fugir. Porém, o cavalo estava cansado e ele não gostou de ter suspeitado do homem, então continuou em frente. Quando chegou perto e viu como o homem era pobre, maltrapilho e doente, seu coração o repreendeu; ele parou e disse, em uma voz gentil: "Meu

---

[9] "Não sei o que pode significar / Que eu esteja tão triste", em alemão no original. (N.T.)

amigo, você parece cansado, permita que eu lhe dê uma carona". O homem ficou pasmo, hesitou por um instante e então entrou. Ele não era muito falante, mas o vovô persistiu em seus modos afáveis e sábios, falando sobre como aquele ano tinha sido difícil, como os pobres haviam sofrido e como, às vezes, era difícil seguir em frente. O homem foi relaxando aos poucos e, conquistado pela conversa amena, contou sua história. Que tinha estado doente e não conseguia trabalho, que tinha família e filhos e estava à beira do desespero. O vovô ficou com tanta pena que se esqueceu do medo e, perguntando como o homem se chamava, afirmou que tentaria conseguir trabalho para ele na cidade seguinte, onde tinha amigos. Querendo pegar lápis e papel para anotar o endereço, o vovô tirou do bolso sua carteira estufada e, no minuto em que fez isso, os olhos do homem recaíram sobre ela. Então o vovô se lembrou do que havia dentro da carteira e tremeu de medo pelo dinheiro, mas falou, com suavidade: "Sim, eu tenho aqui uma pequena soma para os pobres órfãos. Gostaria que o dinheiro fosse meu, e de muito boa vontade eu lhe daria uma parte dele. Não sou rico, mas conheço os muitos desafios dos pobres. Estes cinco dólares são meus e quero dá-los a você em benefício dos seus filhos". O olhar duro e ávido do homem se transformou quando ele pegou a pequena quantia, dada de livre e espontânea vontade, e o dinheiro dos órfãos permaneceu intocado. Ele continuou na carruagem com o vovô até que eles se aproximaram da cidade, e aí pediu para descer. Trocaram um aperto de mão e o vovô estava prestes a seguir caminho quando o homem disse, como se algo o obrigasse: "Eu estava desesperado quando nos encontramos e pretendia assaltá-lo, mas o senhor foi tão gentil que eu não pude. Deus o abençoe, senhor, por me impedir de fazer isso!".

– O vovô encontrou esse homem de novo depois? – perguntou Daisy, curiosa.

– Não, mas creio que ele tenha encontrado trabalho e nunca mais tenha pensado outra vez em roubar.

– Isso foi um jeito estranho de tratar o homem; eu teria dado um soco nele – disse Dan.

– A gentileza é sempre melhor do que a força bruta. Tente e comprove – respondeu o senhor Bhaer, pondo-se de pé.

– Conta outra, por favor – pediu Daisy.

– O senhor precisa, a tia Jo contou duas – acrescentou Demi.

– Então eu, com toda a certeza, não contarei; vou guardar minhas outras para uma próxima vez. Histórias demais fazem tão mal quanto bombons demais. Paguei minha prenda e agora me vou – e o senhor Bhaer saiu às pressas, com todo o rebanho em encarniçada perseguição; mas ele tinha saído na frente e escapou em segurança para o escritório, deixando que os meninos revoltados voltassem sozinhos à sala de aula.

Eles tinham ficado tão agitados com a corrida que não conseguiram retornar à disposição tranquila de antes, e uma animada competição de cabra-cega se seguiu, durante a qual Tommy mostrou ter levado a sério a moral da última história, pois, quando pegou Nan, ele cochichou no ouvido dela: "Desculpa ter chamado você de ranzinza".

Mas Nan não seria ultrapassada em demonstração de gentileza, então, quando brincaram de passa-anel, e era sua vez de passar, ela disse: "Guarde tudo que eu der pra você" com um sorriso tão amigável para Tommy que ele não se surpreendeu ao encontrar o anel de crina entre suas mãos, em lugar de um anel qualquer. Naquele momento, ele apenas sorriu de volta para ela, mas quando eles estavam indo dormir, Tommy ofereceu a Nan o melhor pedaço de sua última maçã; ela viu o anel enfiado no dedo curto e gordinho dele, aceitou a mordida e a paz foi declarada. Ambos se arrependeram da frieza temporária e nenhum teve vergonha de dizer "Eu errei, me desculpe", de modo que a amizade infantil permaneceu intata e a casa no salgueiro durou bastante, um agradável castelo no ar.

Ação de Graças

Essa festa anual era celebrada em Plumfield bem à moda antiga, e nada tinha autorização para interferir nela. Com dias de antecedência, as meninas começavam a ajudar Asia e a senhora Jo na despensa e na cozinha, fazendo tortas e pudins, escolhendo frutas, lavando a louça, sempre muito ocupadas e sendo imensamente importantes. Os meninos circulavam nos limites do território proibido farejando os aromas saborosos, espiando atividades misteriosas e, de vez em quando, recebendo permissão para provar alguma iguaria em processo de preparação.

Algo além do habitual parecia estar em andamento naquele ano, pois as meninas estavam tão ocupadas no andar de cima quanto no de baixo, assim como os meninos na sala de aula e no celeiro, e uma atmosfera de azáfama generalizada dominava a casa. Liderada por Franz e pela senhora Jo, ocorreu uma verdadeira caçada por fitas e outros enfeites antigos, muito corte e colagem de papel dourado e a mais espantosa quantidade de palha, algodão cinza, flanela e grandes contas pretas. Ned martelava máquinas estranhas na oficina, Demi e Tommy andavam murmurando sozinhos como se estudassem algo. Uma barulheira preocupante vinha do quarto de Emil a intervalos regulares e explosões de riso chegavam do dormitório, quando Rob e Teddy eram procurados e se escondiam por várias horas a cada vez. Mas o que mais intrigava o senhor Bhaer era o que teria sido feito da grande abóbora de Rob. Ela havia sido levada em triunfo para a cozinha, de onde surgiu depois uma dúzia de tortinhas douradas. Ora, tais tortas não consumiriam mais do que um quarto do fruto gigantesco, então, onde estaria o resto? Tinha sumido e Rob não parecia se importar, apenas dava risadinhas quando o assunto era mencionado e dizia ao pai: "Espera pra ver", pois a graça da coisa toda era surpreender o papai Bhaer no fim, e não deixá-lo adivinhar nada do que estava prestes a acontecer.

Ele com toda a obediência fechou olhos, ouvidos e boca e circulava tentando não ver o que estava explicitamente à vista, não ouvir os sons reveladores que preenchiam o ar e não entender os mistérios perfeitamente evidentes que transcorriam ao seu redor. Sendo alemão, ele amava e incentivava de todo o coração essas festividades domésticas simples, que tornavam o lar tão agradável que os meninos não desejavam ir a outro lugar em busca de diversão.

Quando, afinal, o grande dia chegou, os meninos saíram para um longo passeio, de modo que estavam com fome na hora do almoço; como se fosse necessário! As meninas ficaram em casa para ajudar a pôr a mesa e dar os toques finais a várias coisas que inundavam de ansiedade suas pequenas almas atarefadas. A sala de aula havia sido trancada desde a noite anterior e o senhor Bhaer estava proibido de entrar, sob pena de ser punido por Teddy, que guardava a porta como um dragãozinho, embora estivesse morrendo de vontade de contar tudo, e só o que o impediu de trair o grande segredo foi a heroica abnegação do pai em não ouvir.

– Está tudo pronto e perfeitamente esplêndido – exclamou Nan, saindo por fim com um ar triunfal.

– O você-sabe-o-quê está maravilhoso e agora o Silas sabe exatamente o que fazer – acrescentou Daisy, pulando de alegria por algum sucesso indizível.

– Quero cair mortinho aqui agora mesmo se não é a coisa mais formosa que eu já vi, as criaturinhas em especial – disse Silas, a quem o segredo havia sido revelado, afastando-se da sala e rindo como um menino grande.

– Eles estão vindo, dá pra ouvir o Emil cantarolando *Land lubbers lying down bellow*[10], então precisamos correr para nos vestir – gritou Nan, e escada acima partiram as duas com muita pressa.

Os meninos marcharam de volta para casa com um apetite que teria feito tremer o grande peru, se ele já não estivesse em um estado além de qualquer medo. Eles também se recolheram para se aprontar, e por meia hora houve lavação, escovação e arrumação suficientes para alegrar o coração até da mais asseada mãe de família. Quando o sino tocou, uma tropa de rapazinhos de rosto refrescado, cabelo brilhante, colarinho limpo e roupas de domingo entrou na sala de refeições, onde a senhora Jo, usando seu único vestido de seda preta e com um de seus crisântemos brancos favoritos preso com um laço ao colo, estava sentada à cabeceira da mesa, "absolutamente fabulosa", como diziam os meninos cada vez que ela se levantava. Daisy e Nan estavam tão alegres quanto um canteiro em seus novos vestidos de inverno, com faixas e fitas de cabelo brilhantes. Teddy era uma coisa linda de ver, com uma blusa carmesim de lã de carneiro e as melhores botas de botão, que o absorviam e distraíam tanto quanto, em outra época, braceletes absorveram e distraíram o senhor Toot[11].

Enquanto o senhor e a senhora Bhaer trocavam olhares por cima da longa mesa, tendo de cada lado aquelas fileiras de rostos felizes, desfrutaram de uma pequena ação de graças toda particular e sem nenhuma

---

[10] Cantiga do folclore americano. Data de meados do século XVIII e fala sobre um naufrágio. (N.T.)

[11] Mr. Toots também é um personagem de *Dombey & filho*, de Dickens. (N.T.)

palavra, pois um coração disse ao outro: "Nosso trabalho deu frutos, sejamos gratos e sigamos em frente".

O tilintar de facas e garfos impediu a conversação durante alguns minutos, e Mary Ann, com uma bela tiara cor-de-rosa enfeitando os cabelos, borboleteava ao redor da mesa com agilidade, entregando pratos e servindo o caldo. Como quase todos haviam contribuído para o banquete, o jantar teve interesse especial para os comensais, que passaram a refeição fazendo pausas para comentar as próprias produções.

– Se essas não são batatas excelentes, então eu nunca vi uma – observou Jack, enquanto recebia sua quarta generosa porção.

– Algumas das minhas ervas foram usadas para rechear o peru, é por isso que ele está tão gostoso – disse Nan, abocanhando uma garfada com imensa satisfação.

– Os meus patos são de primeira categoria, a Asia disse que nunca antes cozinhou outros tão gordos – acrescentou Tommy.

– Bom, nossas cenouras estão lindas, não? E a pastinaca estará boa também, quando colhermos – disse Dick, e Dolly murmurou sua concordância de trás do osso que estava sugando.

– Eu ajudei a fazer as tortas com a minha abóbora – gritou Robby, com uma risada que ele interrompeu ao se recolher atrás da caneca.

– Eu colhi algumas das maçãs usadas na sidra – disse Demi.

– Eu peguei as frutas silvestres do molho – exclamou Nat.

– E eu, as nozes – acrescentou Dan, e assim por diante, ao redor da mesa inteira.

– Quem inventou a Ação de Graças? – perguntou Rob, que, recentemente promovido a usar calças compridas e casaco, sentia um interesse inédito e muito adulto pelas instituições de seu país.

– Vamos ver quem consegue responder a essa pergunta – e o senhor Bhaer acenou para um ou dois entre os meninos que eram melhores em história.

– Eu sei – disse Demi. – Foram os peregrinos.

– Pra quê? – perguntou Rob, sem esperar para aprender quem tinham sido os peregrinos.

– Esqueci – e Demi murchou.

– Eu acho que foi porque antes eles tinham passado fome, e daí, quando tiveram uma boa safra, eles falaram "Daremos graças a Deus por isso" e combinaram um dia e chamaram de Dia de Ação de Graças – disse Dan, que gostava da história dos homens corajosos que tinham mantido a nobreza enquanto sofriam por sua fé.

– Muito bem! Eu não achei que você se lembraria de algo além de história natural – e o senhor Bhaer bateu de leve na mesa como um aplauso ao pupilo.

Dan ficou contente e a senhora Jo perguntou ao filho:

– Você entende agora, Robby?

– Não. Eu achei que peregrinos eram passarinhos que viviam nas rochas, eu vi desenho deles no livro do Demi.

– Ele está falando de falcões-peregrinos. Ah, mas não é mesmo um bobinho?! – e Demi inclinou a cadeira para trás e riu alto.

– Não dê risada dele, mas explique melhor, se você puder – disse a senhora Bhaer, consolando Rob com mais molho, pois o riso pelo erro dele havia contagiado todos à mesa.

– Vou explicar, vou explicar – e, depois de uma pausa para organizar as ideias, Demi apresentou acerca dos pais peregrinos o rascunho a seguir, que teria arrancado um sorriso até daqueles sérios cavalheiros, se eles tivessem podido escutar. – Bom, Rob, é que algumas pessoas na Inglaterra não gostavam do rei, ou algo assim, então eles entraram em navios e vieram para este país. Aqui era cheio de índios, ursos e criaturas selvagens, e eles moravam em fortes e passaram maus bocados.

– Os ursos? – perguntou Robby, com interesse.

– Não, os peregrinos, porque os índios causavam problemas. Eles não tinham o suficiente para comer e iam à igreja com armas, muitos homens morreram e eles saíram dos navios em uma rocha que se chama Rocha Plymouth, e a tia Jo já viu e até pôs a mão nela. Os peregrinos mataram todos os índios e ficaram ricos e enforcaram as bruxas e foram muito bons, e alguns dos melhores trisavôs vieram nesses navios. Um dos navios chamava *Mayflower*, eles criaram a Ação de Graças e nós sempre comemoramos a data e gostamos dela. Mais peru, por favor.

– Creio que o Demi vá se tornar historiador, há tanta ordem e clareza em seu relato dos fatos – e os olhos do tio Fritz riram para os da tia Jo, enquanto ele servia ao descendente dos peregrinos um terceiro bocado de peru.

– Eu pensei que se devia comer o máximo possível na Ação de Graças, mas o Franz diz que não pode nem nessa data – e Rechonchudo tinha a aparência de quem recebe uma péssima notícia.

– O Franz está certo, preste atenção aos seus talheres e coma com moderação, do contrário você não conseguirá ajudar na surpresa de daqui a pouco – disse a senhora Jo.

– Vou tomar cuidado. Mas todo mundo come de montão e eu gosto mais disso do que de ser moderado – disse Rechonchudo, partidário da crença popular segundo a qual a celebração de Ação de Graças deveria ser levada ao limite da apoplexia e superada apenas com uma má digestão ou uma enxaqueca.

– Agora, meus peregrinos, entretenham-se com algo tranquilo até a hora do chá, pois haverá agitação suficiente mais tarde – disse a senhora Jo, conforme eles se levantavam, depois de uma permanência prolongada à mesa, encerrada somente depois que a saúde de cada um tinha sido brindada com sidra.

– Acho que vou levar o pessoal para um passeio, o tempo está tão agradável; assim você pode descansar, minha querida, ou estará exausta para hoje à noite – acrescentou o senhor Bhaer.

Assim que casacos e chapéus foram vestidos, a grande carroça ficou lotada e lá se foram eles para um passeio comprido e alegre, deixando que a senhora Jo descansasse e concluísse em paz vários pequenos assuntos.

Um chá leve foi servido mais cedo do que o habitual e a ele se seguiu mais escovação de cabelos e lavação de mãos, e depois o rebanho todo aguardou, impaciente, pela chegada dos demais. Apenas a família era esperada; essas festinhas eram estritamente domésticas e, assim sendo, não se permitia nenhum pesar que entristecesse a celebração. Todos vieram: o senhor e a senhora March com a tia Meg, tão meiga e carinhosa, apesar do vestido preto e do chapéu de viúva que emoldurava a face tranquila. Tio Teddy e tia Amy, com a Princesa mais do que nunca parecendo uma fada, em traje azul-celeste e com um buquê de flores de estufa que ela dividiu entre os meninos, enfiando uma em cada casa de botão da roupa deles e fazendo-os se sentir particularmente elegantes e festivos. Um rosto desconhecido surgiu e o tio Teddy conduziu o cavalheiro até os Bhaers, dizendo:

– Este é o senhor Hyde. Ele andou perguntando sobre o Dan e eu me arrisquei a trazê-lo esta noite, para que veja quanto o menino evoluiu.

Os Bhaers o receberam cordialmente em nome de Dan, satisfeitos porque o menino havia sido lembrado. Porém, após alguns minutos de conversa, eles ficaram contentes de conhecer o senhor Hyde pelos méritos dele mesmo, de tão inteligente, simples e interessante que era. Foi muito agradável ver o rosto do menino se iluminar quando avistou o amigo, mais agradável ainda ver a surpresa e a satisfação do senhor Hyde diante da aparência e dos modos muito aprimorados de Dan e supinamente agradável ver os dois sentados conversando em um canto, esquecidos das diferenças de idade, educação e posição social, sobre um assunto que interessava a ambos, enquanto adulto e rapaz comparavam anotações e trocavam histórias do verão de cada um.

– A apresentação precisa começar logo, ou os atores vão acabar dormindo – disse a senhora Jo, quando os cumprimentos iniciais tinham terminado.

Então todos se dirigiram à sala de aula e ocuparam as cadeiras dispostas em frente à cortina feita de duas colchas. As crianças já tinham desaparecido, mas risadas sufocadas e breves exclamações cômicas vindas de trás da cortina traíram seu paradeiro. A diversão começou com uma animada demonstração de ginástica conduzida por Franz. Os seis meninos maiores, em calças azuis e camisas vermelhas, fizeram uma bela exibição de músculos com halteres, clavas e pesos, acompanhando o ritmo da música que, nos bastidores, a senhora Jo tocava ao piano. Dan foi tão enérgico nesse exercício que seus vizinhos correram risco de cair como pinos de boliche, ou os saquinhos de areia saírem zunindo rumo à plateia, pois ele estava muito agitado pela presença do senhor Hyde e desejava ardentemente honrar seus professores.

– Um rapaz bom e forte. Se eu for mesmo para a América do Sul dentro de um ou dois anos, vou me arriscar a pedir que o emprestem para mim, senhor Bhaer – disse o senhor Hyde, cujo interesse em Dan havia crescido muito pelos relatos ouvidos sobre ele.

– O senhor o terá e com todo o nosso apoio, apesar da enorme falta que vamos sentir do nosso jovem Hércules. Essa viagem lhe traria um mundo de benefícios e tenho certeza de que ele serviria lealmente ao amigo.

Dan ouviu tanto o pedido quanto a resposta; seu coração pulou de felicidade à ideia de viajar para um novo país com o senhor Hyde e inchou de gratidão pelo elogio, que recompensou seus esforços para se tornar o que seus amigos desejavam que ele fosse.

Depois da ginástica, Demi e Tommy declamaram aquele antigo jogral escolar, "Dinheiro faz a égua partir". Demi foi muito bem, mas Tommy foi extraordinário como o velho fazendeiro, pois imitou Silas de um jeito que fez a plateia rir até as lágrimas e provocou no próprio Silas gargalhadas que o engasgaram a ponto de Asia precisar bater em suas costas, enquanto estavam no corredor desfrutando imensamente da diversão.

Em seguida, Emil, que a essa altura já tinha recuperado o fôlego, apresentou-lhes uma canção de marinheiros, vestido a caráter, que versava sobre "ventos tempestuosos", "costa a bombordo e a estibordo" e um coro entusiasmado de "Remem, marujos, remem!" que fez a sala trepidar. Na sequência, Ned executou uma dança chinesa engraçada, saltando de um lado a outro como um sapo gigante, usando um chapéu que lembrava uma marquise de pagode. Como essa era a única apresentação pública já realizada em Plumfield, alguns poucos exercícios de aritmética, ortografia e leitura também foram oferecidos. Jack assombrou o público com seus cálculos rápidos na lousa. Tommy venceu a competição de ortografia e Demi leu tão bem uma pequena fábula em francês que o tio Teddy ficou encantado.

– Onde estão as outras crianças? – perguntaram todos, quando a cortina baixou e nenhum dos pequenos apareceu.

– Ah, essa é a surpresa. É tão incrível que tenho pena de vocês por não saberem – disse Demi, que tinha ido receber um beijo da mãe e lá ficado para explicar-lhe o mistério, em vez de deixar que ele fosse revelado.

Cachinhos Dourados tinha sido levada embora pela tia Jo, para grande divertimento de seu pai, que superou o desempenho do senhor Bhaer ao representar dúvida, suspense e uma impaciência selvagem para saber "o que será que vai acontecer".

Finalmente, depois de muito farfalhar e martelar e de orientações audíveis da gerente de palco, a cortina subiu ao som de música suave, e Bess se encontrava sentada em um banquinho ao lado de uma lareira feita de papel marrom. Jamais se viu uma Cinderela mais graciosa; a roupa cinza bastante esfarrapada, os sapatinhos muito gastos, o rosto lindo sob o cabelo brilhante e a atitude totalmente desolada provocaram lágrimas, assim como sorrisos, entre os admiradores que observavam a atriz bebê. Ela ficou sentada imóvel e em silêncio até que uma voz cochichou "Agora!", quando então soltou um pequeno suspiro engraçado e disse "Ah, eu *quelia* tanto ir no baile!" com tamanha naturalidade que seu pai aplaudiu freneticamente e a mãe disse "Ah, mas que graça!". Essas manifestações absolutamente inadequadas de sentimento levaram Cinderela a esquecer de si mesma, balançar a cabeça para eles e dizer, em tom reprovador "Vocês não podem falar comigo!".

O silêncio imediatamente voltou a prevalecer, e três batidas foram ouvidas na parede. Cinderela pareceu assustada, mas antes que ela conseguisse se lembrar de dizer "O que foi isso?", o fundo da lareira de papel se abriu como uma porta e, com alguma dificuldade, de lá saiu a fada madrinha com seu chapéu pontudo. Era Nan, de capa vermelha, touca e uma varinha de condão, que ela agitou decididamente, ao dizer:

– Você há de ir ao baile, minha querida.

– Agora você tem que puxar e mostrar meu vestido bonito – respondeu Cinderela, arrancando a própria roupa feiosa.

– Não, não. Você precisa falar "Como eu posso ir, vestida assim?" – disse a fada madrinha, na própria voz.

– Ah, é – e a Princesa disse, inabalada pelo esquecimento.

– Eu vou transformar seus trapos em um vestido esplêndido, porque você foi boazinha – disse a fada, na voz da personagem, e, acintosamente desabotoando o avental, revelou uma visão maravilhosa.

A pequena Princesa estava de fato linda o suficiente para virar a cabeça de qualquer quantidade de jovens príncipes, pois a mãe a havia vestido como uma pequena dama da corte, com uma saia de cetim enfeitada de flores aqui e ali e cauda de seda cor-de-rosa. Era admirável de ver. A fada madrinha colocou em sua cabeça uma coroa de onde pendiam penas cor-de-rosa e brancas e lhe deu chinelos de papel prateado, os quais ela calçou e então pôs-se de pé, suspendendo a saia para mostrá-los à plateia e dizendo, cheia de orgulho, "Meus sapatinhos de *quistal* não são lindos?".

Tão maravilhada ela estava com eles que só com dificuldade foi trazida de volta ao papel e levada a dizer:

– Mas eu não tenho carruagem, *madinha*.

– Observe! – e Nan fez tal floreio com a mão que quase derrubou a coroa da Princesa.

Surgiu então o grande trunfo da peça. Primeiro, viu-se uma corda bater no chão e ser esticada, com um puxão, ao mesmo tempo que a voz de Emil dizia "Levanta, vamos!" e um grunhido de Silas respondia "Firme, agora, calma!". Risadas muito altas se seguiram, pois apareceram quatro ratos grandes, com as pernas bambas e os rabos um tanto esquisitos, mas ótimos quanto às cabeças, onde contas pretas brilhavam no lugar dos olhos do modo mais realista. Eles carregavam, ou agiam para fazer parecer que carregavam, uma carruagem magnífica feita da abóbora gigante, apoiada sobre as rodas do carrinho de Teddy, pintadas de amarelo para combinar com a carruagem vistosa. Empoleirado no banco da frente estava sentado um pequeno cocheiro muito entusiasmado, usando peruca branca de algodão, cartola e casaco cintado, que estalava um longo chicote e puxava as rédeas vermelhas com tamanha energia que os corcéis cinzentos empinaram com toda a fineza. Era Teddy, que sorria para os companheiros com tanta afabilidade que eles lhe concederam uma volta completa no palco, e o tio Laurie disse:

– Se eu encontrasse um condutor tão sóbrio quanto este, eu o contrataria imediatamente.

O cocheiro parou, a fada madrinha ergueu a Princesa e ela foi transportada com todas as honras, lançando para o público beijinhos dados na própria mão, com os sapatinhos de cristal projetados para a frente e a cauda cor-de-rosa varrendo o chão atrás, pois, por mais elegante que fosse o cocheiro, lamento informar que sua alteza estava bastante apertada.

A cena seguinte foi o baile, e aqui Nan e Daisy apareceram deslumbrantes como pavões, usando todo tipo de enfeite. Nan estava especialmente bem como a irmã invejosa, e esmagou muitas senhoras imaginárias enquanto percorria o salão de baile. O Príncipe, em condição solitária sobre um trono bastante instável, permanecia olhando ao redor sob a imponente coroa, enquanto brincava com a espada e admirava os botões do sapato. Quando Cinderela entrou, ele deu um pulo e exclamou, com mais entusiasmo do que refinamento:

– Minha nossa! Quem é essa? – e imediatamente tirou a dama para dançar, enquanto as irmãs faziam careta e torciam o nariz em um canto.

A majestosa dança executada pelo pequeno par foi muito bonita, pois os rostos das crianças eram tão sérios, as fantasias tão alegres, e os passos tão peculiares que eles pareciam as delicadas figuras pintadas em um leque de Watteau[12]. A cauda da Princesa muitas vezes entrou em seu caminho e a espada do Príncipe Rob provocou muitos tropeços. Mas eles superaram esses obstáculos admiravelmente e encerraram a dança com graça e leveza, considerando-se que nenhum dos dois entendia muito bem o que o outro estava fazendo.

– Deixe cair o sapatinho – cochichou a voz da senhora Jo, quando a dama estava prestes a se sentar.

– Ai, esqueci! – e, tirando um dos chinelos prateados, Cinderela o depositou cuidadosamente no centro do palco, dizendo a Rob:

– Agora você tem que tentar me pegar – e saiu correndo, enquanto o Príncipe, recolhendo o sapato, trotou atrás dela com toda a obediência.

A terceira cena, como todos sabem, é a do mensageiro que chega para testar o sapatinho. Teddy, ainda no figurino de cocheiro, entrou soprando melodiosamente uma corneta de metal, e cada uma das irmãs invejosas tentou calçá-lo. Nan insistiu em incluir uma tentativa de decepar o próprio dedão com uma faca de mesa e interpretou tão bem essa cena que o mensageiro se assustou e implorou para ela "*pestá* atenção". Cinderela foi chamada a seguir e chegou com o peitilho do vestido meio caído, enfiou o pé no chinelinho e anunciou, toda satisfeita:

– Eu sou a *pincesa*!

---
[12] Jean-Antoine Watteau (1684-1721), pintor francês do período rococó. (N.T.)

Daisy chorou e pediu perdão; mas Nan, que gostava de uma tragédia, improvisou sobre a história e caiu como que desmaiada no chão, onde permaneceu confortavelmente apreciando o resto da peça. Não faltava muito, pois logo o Príncipe entrou correndo, caiu de joelhos e beijou a mão de Cachinhos Dourados com grande ardor, enquanto o mensageiro tocou a corneta com uma força que quase ensurdeceu a plateia. A cortina não teve oportunidade de ser baixada, pois a Princesa abandonou o palco às pressas rumo ao colo do pai, gritando "Eu não fui bem?", enquanto o Príncipe e o mensageiro disputaram uma partida de esgrima com a corneta e a espada.

– Que lindo! – exclamaram todos e, quando os ânimos se acalmaram um pouco, Nat entrou trazendo o violino.

– *Psss! Psss!* – fizeram as crianças, e logo havia silêncio, pois algo nos modos tímidos e no olhar atraente do menino levou todos a escutar com atenção.

Os Bhaers imaginaram que ele tocaria algumas das velhas modinhas que ele conhecia tão bem, mas, para sua surpresa, ouviram uma música nova, adorável, executada com tanta suavidade e doçura que eles mal acreditaram que se tratava de Nat. Era uma dessas canções sem palavras que tocam o coração e falam de esperanças e alegrias domésticas, suavizando e alegrando quem escuta a singela melodia. A tia Meg apoiou a cabeça no ombro de Demi, a vovó enxugou os olhos e a senhora Jo olhou para o senhor Laurie dizendo, em um cochicho risonho:

– Foi você que compôs isso.

– Eu queria que o seu menino lhe fizesse as honras e agradecesse a você do jeito dele – respondeu Laurie, inclinando-se para responder.

Quando Nat se curvou e estava prestes a sair do palco, foi chamado de volta por muitas mãos e teve de tocar de novo. E fez isso com um rosto tão feliz que foi delicioso vê-lo, pois ele estava se esforçando ao máximo e dando a eles velhas cantigas alegres, que foram compostas para fazer os pés dançarem e tornar a imobilidade impossível.

– Abram espaço! – gritou Emil, e em um minuto as cadeiras foram empurradas para o fundo, os mais velhos se protegeram nos cantos, e as crianças, reunidas no palco.

– Mostrem sua educação! – incentivou Emil, e os meninos fizeram mesuras diante das damas jovens e das nem tanto; com convites educados para "chacoalhar o esqueleto", como diria o querido Dick Swiveller[13]. Os rapazinhos quase chegaram às vias de fato na disputa pela Princesa, mas ela, como a dama que era, escolheu Dick e permitiu que a conduzisse orgulhosamente de volta à cadeira. A senhora Jo não teve permissão para recusar, e a tia Amy encheu Dan de indizível deleite ao recusar Franz para dançar com ele. Claro que Nan e Tommy e Nat e Daisy formaram pares, ao passo que o tio Teddy convidou Asia, que muito ansiava por dar uns passos na pista e se sentiu nas alturas pela honra que lhe era feita. Silas e Mary Ann tiveram um baile particular no corredor, e por meia hora Plumfield foi plenamente feliz.

A festa terminou com um grande desfile de todos os jovens, conduzido pelo cocheiro de abóbora com a princesa a seu lado lá dentro, e os ratos em um estado frenético de alegria.

Enquanto as crianças desfrutavam dessa brincadeira final, os adultos estavam sentados na sala olhando para elas e conversando sobre os pequenos com o interesse de pais e amigos.

– No que é que você está pensando aí sozinha com uma expressão tão alegre, mana Jo? – perguntou Laurie, sentando-se ao lado dela no sofá.

– No trabalho que fiz no verão, Teddy, e me divertindo ao imaginar o futuro dos meus meninos – ela respondeu, sorrindo e abrindo espaço para ele.

– Eles serão todos poetas, pintores, estadistas, soldados famosos ou no mínimo príncipes do comércio, eu suponho.

---

[13] Personagem de *A velha loja de curiosidades*, livro de Charles Dickens publicado em volumes entre 1840 e 1841. (N.T.)

– Não, eu não tenho mais as aspirações de antigamente e ficarei satisfeita se eles forem homens honestos. Mas confesso que espero um pouco de glória e uma carreira para alguns. O Demi não é uma criança comum e acho que vai florescer e se tornar algo bom e grande, no melhor sentido da palavra. Os outros vão se sair bem, espero, especialmente meus dois últimos meninos, já que, depois de ouvir Nat tocar esta noite, eu acho mesmo que ele é um gênio.

– É cedo demais para dizer; talento ele certamente possui, e não há dúvida de que muito em breve será capaz de se sustentar com o trabalho que tanto ama. Continue educando-o por mais um ano, e eu virei para tirá-lo das suas mãos e cuidar de encaminhá-lo adequadamente.

– É uma perspectiva tão favorável para o coitadinho do Nat, que seis meses atrás chegou aqui sem amigos e desamparado. O futuro do Dan está claro para mim. Logo o senhor Hyde vai requisitá-lo, e espero poder entregar um ajudante corajoso e leal. O Dan é do tipo que se dedica bastante, se o salário for amor e confiança, e ele tem energia suficiente para moldar o futuro à própria maneira. Sim, estou muito feliz com o sucesso desses meninos, um tão frágil e outro tão agreste e ambos tão melhores agora, tão repletos de potencial.

– Qual foi a mágica que você usou, Jo?

– Ah, eu só os amei e deixei que eles percebessem isso. O Fritz fez o resto.

– Minha nossa! Você faz parecer que "só amei" foi um trabalho bem difícil de vez em quando! – disse Laurie, acariciando o rosto magro dela com um olhar de admiração mais terno do que jamais havia lhe dirigido antes, mesmo quando ela era menina.

– Sou uma mulher velha e gasta, mas muito feliz; então, não tenha pena de mim, Teddy – e ela olhou ao redor da sala com os olhos cheios de contentamento genuíno.

– Sim, e seu plano parece funcionar melhor a cada ano – ele disse, com um aceno enfático de aprovação em direção à cena alegre que se desenrolava à frente.

– Como poderia não correr bem, quando recebo tanta ajuda de todos vocês? – respondeu a senhora Jo, lançando um olhar de gratidão a seu mais generoso patrocinador.

– É a melhor piada da família, esta sua escola e o sucesso dela. Tão diferente do futuro que tínhamos planejado e, ainda assim, afinal, tão sob medida para você. Foi uma inspiração constante, Jo – disse Laurie, como de hábito se desviando dos agradecimentos dela.

– Ah, mas você deu muita risada no começo e ainda faz muita troça de mim e das minhas inspirações. Você não tinha previsto que ter meninas junto com os meninos seria um fracasso retumbante? Agora, veja como funciona bem – e ela apontou para o animado grupo de meninos e meninas dançando, cantando e conversando juntos, dando todos os sinais de uma boa amizade.

– Eu reconheço, e quando minha Cachinhos Dourados tiver idade suficiente, vou mandá-la para você. Preciso dizer mais do que isso?

– E eu sentirei muito orgulho de ter seu pequeno tesouro confiado a mim. Mas realmente, Teddy, o efeito dessas meninas tem sido excelente. Eu sei que você vai rir de mim, mas eu não ligo, pois estou acostumada, então vou contar que uma das minhas fantasias favoritas é olhar para a minha família como um universo em miniatura, observar o progresso dos meus rapazinhos e, ultimamente, perceber como é positiva a influência das minhas mocinhas sobre eles. A Daisy é o elemento doméstico, todos sentem o encanto dos modos tranquilos e femininos dela. A Nan é inquieta, cheia de energia e de temperamento forte; eles admiram a coragem dela e lhe dão boas oportunidades de fazer as coisas a seu modo, vendo que ela tem empatia tanto quanto força, e o poder de fazer muito pelo mundo deles. A sua Bess é a dama, cheia de refinamento natural, graça e beleza. Sem perceber, ela dá polimento neles e ocupa seu espaço como qualquer senhora elegante ocuparia, usando sua influência gentil para elevá-los e mantê-los afastados das coisas brutas da vida, fazendo deles cavalheiros no melhor sentido desta palavra bela e antiquada.

— Nem sempre são as damas que fazem o melhor, Jo. Às vezes, é a mulher forte e corajosa que atiça um menino e faz dele um homem – e Laurie fez uma mesura para ela, dando uma risada significativa.

— Não. Eu acho que a mulher graciosa com quem o menino a que você se refere casou fez mais por ele do que a Nan arisca de sua juventude; ou, melhor ainda, a mulher sábia e maternal que o supervisionou, como a Daisy supervisiona o Demi, foi quem mais fez para que ele se tornasse quem ele é – e Jo virou-se em direção à mãe, que estava sentada um pouco afastada com Meg, tão plena de suave dignidade e tão bela em sua maturidade que Laurie lançou-lhe um olhar de respeito e de amor filial, ao responder, com séria gravidade:

— Todas as três fizeram muito por mim e eu entendo como suas meninas contribuem com os rapazes.

— Não mais do que os rapazes contribuem com elas; é mútuo, posso lhe garantir. Nat faz muito pela Daisy, com sua música; Dan consegue lidar com a Nan melhor do que qualquer um de nós; e Demi ensina sua Cachinhos Dourados tão bem e com tanta facilidade que o Fritz os chama de Roger Ascham e Lady Jane Grey[14]. Ah, se os homens e as mulheres confiassem um no outro, se entendessem e ajudassem como as minhas crianças, que lugar maravilhoso o mundo seria! – e o olhar da senhora Jo se tornou ausente, como se ela estivesse observando uma situação social nova e encantadora, em que as pessoas viveriam na mesma felicidade e com a mesma ingenuidade de seu rebanho em Plumfield.

— Você está fazendo tudo o que pode em prol deste período favorável, minha querida. Continue acreditando nele, trabalhando por ele e provando com o sucesso de seu pequeno experimento que esta é uma possibilidade real – disse o senhor March, parando, enquanto passava,

---

[14] Roger Ascham (1515-1568) foi tutor da rainha Elizabeth I quando ela ainda era princesa. Jane Grey (1537-1554) foi uma nobre inglesa. Ambos conviveram brevemente na corte. (N.T.)

para dizer uma palavra de incentivo, pois o bondoso homem nunca perdia a fé na humanidade e ainda esperava ver a paz, a boa vontade e a alegria reinarem sobre a terra.

– Não sou tão ambiciosa assim, pai. Só quero oferecer a essas crianças um lar que possa ser lembrado por um punhado de coisas simples, que contribuam para tornar menos pesada a vida que eles terão, quando saírem para suas batalhas pelo mundo. Que tenham honestidade, coragem, empenho, fé em Deus, nos companheiros e em si mesmos, é só isso que eu almejo.

– Isso é tudo. Dê a eles essa ajuda e deixe que construam suas vidas como homens e mulheres; e qualquer que seja o sucesso ou o fracasso que obtenham, creio que vão se lembrar de você e abençoar os seus esforços, meu bom filho, minha boa filha.

O professor havia se juntado a eles e, enquanto falava, o senhor March deu uma mão a cada um; depois se afastou, com um olhar que era uma bênção. Quando Jo e o marido ficaram juntos por um momento, conversando tranquilamente e sentindo que o trabalho realizado no verão tinha sido muito bem feito, já que o senhor March o aprovava, o senhor Laurie deslizou para o corredor, disse uma palavra para as crianças e de repente todo o rebanho entrou dançando na sala; as crianças se deram as mãos e dançaram ao redor do papai e da mamãe Bhaer, cantando alegremente:

LOUISA MAY ALCOTT

Os dias de verão terminaram,
O trabalho de verão é finito;
Com alegria se plantou a safra
E tudo foi bem colhido.
Agora chegou ao fim a peça
E o banquete foi comido,
De novo nossa Ação de Graças
Foi um rito bem mantido.
O melhor de toda a safra,
Aos olhos de Deus querido,
São os pequenos, felizes,
Esta noite em casa reunidos.
E aqui estamos para oferecer
Agradecimentos a quem são devidos,
Para vocês, papai e mamãe,
Com corações e vozes agradecidos.

Com as últimas palavras, o círculo se estreitou até que o bom professor e sua esposa se viram prisioneiros de muitos braços e foram meio escondidos pelo buquê de jovens rostos sorridentes que os cercavam, provando que uma planta havia criado raiz e germinado lindamente em todos aqueles pequenos jardins. Pois o amor é uma flor que prospera em qualquer solo, realiza seus doces milagres sem medo da geada do outono nem da neve do inverno, desabrocha bela e perfumada durante o ano todo, abençoando aqueles que dão e aqueles que recebem.